法医昆虫学搜查官

尸语女法医

虫卵之谜

147ヘルツの警鐘

[日]川濑七绪——著

郭勇——译

中国友谊出版公司

图书在版编目（CIP）数据

尸语女法医：虫卵之谜 /（日）川濑七绪著；郭勇译．—北京：中国友谊出版公司，2019.1

ISBN 978-7-5057-4514-8

Ⅰ．①尸… Ⅱ．①川… ②郭… Ⅲ．①推理小说—日本—现代 Ⅳ．① I313.45

中国版本图书馆 CIP 数据核字（2018）第 288531 号

著作权合同登记号　图字：01-2019-7084

书名　尸语女法医：虫卵之谜
作者　［日］川濑七绪
译者　郭　勇
出版　中国友谊出版公司
发行　中国友谊出版公司
经销　新华书店
印刷　三河市冀华印务有限公司
规格　880×1230 毫米　32 开
10.75 印张　259 千字
版次　2020 年 2 月第 1 版
印次　2020 年 2 月第 1 次印刷
书号　ISBN 978-7-5057-4514-8
定价　45.00 元
地址　北京市朝阳区西坝河南里 17 号楼
邮编　100028
电话　（010）64678009

如发现图书质量问题，可联系调换。质量投诉电话：010-82069336

Contents

Chapter 1

多方协作

1

房间里冷气开得很足，但一股烧焦的肉味依然弥漫四周。不过，这气味并不是生肉在炭火上烧烤时散发出的香味，而是已经开始腐败的臭气。这难闻的气味分子直钻鼻腔深处，且至少会残留两天。

东芳大学法医学教室的地下室里，四壁和地面都是混凝土材质，一种压抑的鼠灰色铺天盖地而来。“咔嚓”“叮咚”“哐当”……刺耳的金属撞击声在墙壁之间跳跃，还不停地产生令人心烦的回声。过度明亮的灯光被不锈钢解剖台反射到四面八方，刺激着人们睡眠不足的瞳孔。

警部补[1]岩楯祐也脸上的医用面罩总是往下掉，他不得不频繁用手指把面罩推回原来的位置。

在反射着银光的不锈钢解剖台上，放着一段类似烧焦炭化的树木残枝样的“东西”。如果把这段“东西”放在河边的话，人们不会感到奇怪，因为它就像野营的孩子从林子里找来生火燃烧后留下的树枝残骸。但是，如果仔细辨认，可以看出这段“东西”具有人形的特征。四肢的前端都已被火烧毁，呈缺损状，但头颅还在，只不过已经缩成瘤子状。这颗头颅已经露出头盖骨的外形，外面紧紧裹着一层焦黑的皮肤残留物。

1　警部补，日本警察官阶，在警部之下，巡查部长之上。

和已经烧成黑炭的肢体形成鲜明对比的是，这个人形物体的腹部胀裂开来，爆出一摊被烟熏过的桃红色物体。那是小肠！在整个黢黑的肢体上，唯有这一摊颜色鲜艳的东西暴露出来，更加令人作呕。这摊黏糊糊、纠缠不清的小肠好像马上就要流下来，落到手术台上。

“当——”一声清脆的金属碰撞声终于让岩楯祐也回过神来，他那双死盯在小肠上的眼睛才找到机会转向别处，这也让他长舒了一口气。真庆幸，被噩梦缠绕的时间终于可以稍微缩短一点了。法医梅原敦刚才随手丢到不锈钢托盘里的镊子发出了那个清脆的声音。但镊子并没有老实地待在托盘里，而是弹了一下落到了地上，一旁的男助手慌忙将它捡了起来。

梅原敦此刻的心情异常糟糕。虽说他一年到头的心情总是很糟糕，但今天所有的因素都让他的心情更加糟糕。在透明的医用面罩下，他眉间三道深深的皱纹清晰可见。连环纵火案已经发生多起，但这次却有人丧命。梅原敦的表情、动作，分明是在指责警方的不作为。

梅原敦摘掉已经弄脏的医用乳胶手套，把两只团在一起用力地扔进脚边的垃圾桶。随后他戴上一双新手套，又给助手递了个眼色。助手立刻心领神会，把死者牙齿的X光照片插在了灯箱上。梅原敦把一面小反光镜伸入死者口中，助手则拿起35毫米相机为牙齿拍摄近距离特写照片。死者的双唇已经烧毁殆尽，牙齿呈裸露状，梅原敦花了些时间对每颗牙齿进行了仔细确认。

“死者肘部以下已经烧没了，没办法进行指纹对照。但牙齿的结构和治疗痕迹可以进行比对。检查之后我可以确定，死者的牙齿状况与她生前在牙科医生那里拍的X光照片完全一致。”

“死者就是被烧毁的那所公寓的住户，女性，32岁。”警方痕迹鉴定课课长旁若无人地自言自语道。法医梅原敦轻轻地点了点头。

“后面会对死者的身体组织进行检查，但根据现场对死者牙齿的检查，再比对死者生前的牙科记录，应该是本人无疑。死者身高大约 161 厘米，遗骸重 30 千克。因为手脚已经缺失，再加上部分肌肉组织烧毁以及水分的蒸发，所以才变得这么轻。”

“是一氧化碳中毒造成的死亡吧……”西高岛平警察署署长开口说道。他一副一目了然的表情，之前对于旁人的发言多次点头表示认同。此时，他的衣服已被汗水打湿，胸前有一个三角形的汗迹。

署长近 100 千克的庞大身躯包裹在蓝色的手术服下，虽然房间里的冷气很足，但他还是汗流浃背，而且像刚跑完马拉松一样，上气不接下气。梅原敦不客气地看了一眼这位署长，冷冰冰地说：“这么草率地得出结论怕是不太好吧，而且调查死因是我的工作！”

“不、不，我不是那个意思。我是觉得，火灾中的死者大多是死于吸入有毒气体。这已经是常识了。”

“毫无意义的常识，我劝你还是保留在心里吧。切开死者的肚子，如果我发现 10 颗子弹呢？”

“如果举这些例外的情况，那就没完没了了。我只是根据情况进行推测。”

“你那不是推测，而是臆测。而且，不正是因为你们之前误判了调查方向，才导致这次死了人吗？”

梅原敦把脸贴近死者，从头到脚仔细地检查着遗骸的每一个角落，同时开口说道：“有件事情我一直如鲠在喉。你们警方内部是不是有个心照不宣的规矩，就是不出现死者就不会动真格的？跟踪狂也好，虐待儿童也好，家庭暴力也罢，只要不死人，你们就睁一只眼闭一只眼是吧？只有死了人之后，你们才会慢吞吞地行动起来。我说，岩楯警部补，我想这个案子的详细情况你应该最清楚了，向你打听点事情行吗？”

“什么事？”

“在板桥附近，这周以来发生了几起纵火案？”

“4起。半年来一直有纵火案件发生，但之前都是一月一起的频率。说起来，这像是个‘连续纵火狂’所为。”

听岩楯祐也这么回答，梅原敦不屑地用力“哼”了一声，然后挤出一声干笑，说：“这家伙如此‘勤快’地四处放火，而你们每回都像看热闹一样，事发后到现场拍几张照片就完事了，让这家伙逍遥法外了半年之久！虽说有穿着制服的警察在夜间巡逻，但依然让那家伙屡屡得手。从某种意义上说，是你们警察给了那家伙犯罪的机会。”

“医生，您可真够刻薄啊！当地的居委会也说过类似的话。不过，我们还是希望您不要再指责我们了，我们警察真的没有背着手在旁边看热闹。”站在岩楯祐也斜后方的搜查一课课长平静地说道。然后，他用“请你闭嘴”的目光瞪了一眼梅原敦，接着说道：“我们各做各自领域的专业工作。医生请您时刻牢记这一点。”

“完全同意！所以，请门外汉不要再说什么‘烧死的人都是一氧化碳中毒’，更不要再说这是什么‘常识’。”

梅原敦医生幽幽地说完这句话之后，西高岛平警察署署长用手扶了扶那嵌入脸颊的玳瑁眼镜，露出一脸尴尬的苦笑。他是想用笑容来掩盖内心的愤怒和羞耻，但这样的笑注定非常难看。心里想什么，随口就说出来，这是署长的一个坏毛病。但梅原敦医生觉得，嘲笑署长不走脑子的结论着实很痛快。自己一句话就把署长打得“落花流水”，他自我感觉很好。

室内的空气依然沉重，大家都闭嘴皱眉，凝视着横在解剖台上的遗骸。虽说在空调的作用下，室内的温度已经被调低到令人感到森森寒意，但这并不能阻止遗骸腐败的进程。腐烂产生的臭味似乎越来越浓，刺激着人的鼻腔。

今天和岩楯祐也搭档的警官是年轻的鳄川宗吾，他一动不动笔直地站立在岩楯祐也身旁。鳄川宗吾竭尽所能地装出一副镇定的样子，但金属边框眼镜后面的那双小眼睛暴露了他内心的动摇。那对眼珠似乎找不到合适的安放位置，不停地四处乱动。

这时，不知什么地方传来了整点的钟声，已经是下午 4 点了。

法医梅原敦则专心于用镊子采集遗骸上尚未烧尽的纽扣、铆钉、小装饰品等物件。他把这些东西从遗骸上取下之后，递给了助手。

在医生工作的过程中，鳄川宗吾怯生生地说："医生……不好意思，打扰您一下，我能问个问题吗？"

署长立刻咳嗽了一声，想借此训斥随便发问的部下。但梅原敦却转过头看了一眼鳄川宗吾，然后扬了扬下巴，示意他继续说下去。

"为什么只有尸体的右侧看起来烧伤程度要轻一些呢？这到底是怎么回事？"

"因为她刚开始倒在地上的时候，身体右侧在下面。"

"'刚开始'右侧在下面？也就是说，中途她还变换过姿势？"

"没错。你应该烤过鱿鱼吧？哦，对了，现在像你这样的年轻人都不会自己烤鱿鱼了。"

"我小时候跟爸爸一起用炭火烤过鱿鱼。"

"那你应该知道，鱿鱼用火一烤，很快会打卷，对吧？人的尸体也是一样，火烧会使肌肉改变性质，尸体也会随之变换位置，而且变换的幅度超出你的想象。"

在署长的头脑中，把眼前的遗骸和烤鱿鱼的形象重叠在了一起，这不禁让他感到胃中一阵翻江倒海，他连忙咽了口口水，把涌到喉咙的一些东西"镇压"了下去。

“死者肘部弯曲，两只小臂朝上，膝关节也呈现弯曲的状态。无论是被烧死的人，还是被烧过的尸体，都会变成拳击运动员打拳时的样子。就像这样……”

说着，梅原敦屈膝弯腰，两臂抬起，做了一个拳击运动员比赛时的姿态给鳄川宗吾看——和解剖台的遗骸确实很像。遗骸肘关节弯曲，两只小臂直直地向上举起。膝关节弯曲，大小腿夹成了一个“7”字形状。

“这具遗骸上的烧伤基本都在三度以上，已经烧到了脂肪层。手、脚以及脖子和躯干的一部分都已被烧到炭化，缺损不见了。”

“那肠、肠子呢？看起来还保持着原样。”鳄川宗吾望着那摊为遗骸增添了一些鲜艳色彩的外露肠子，用几乎颤抖的声音问道。

“即使肌肉被烧得绽裂开来，内脏从中露出，尸体的肚子里也不会轻易燃烧起来。特别是肠子，因为肠子的水分很多。要想用火把人体彻底烧成灰，还是很困难的。即使在火葬场，要把遗体烧成骨灰，也需要用 800 摄氏度以上的火力连续烧两个小时。死者家的大火是什么时候扑灭的？”

“大概烧了一个小时以后。”岩楯祐也回答道。

“那样的话，从这具遗骸炭化的情况判断，她房间里的可燃物应该比较多，旁边还有助燃的东西。或者，也有一种可能，死者被淋了汽油，然后点燃。”

“淋了汽油？！”在场的人不约而同地叫了出来。

梅原敦用手在眼前使劲挥了一下，说道：“我只是打个比方。引火物你们还没有查清楚吧？”

“嗯，昨天晚上着的火，现在很多情况还在调查中。”

“从遗骸外观看，没有与人争斗的痕迹，也没发现防御性创伤。但是，脂肪层被烧得如此厉害，有点可疑。如果只是一般的住宅失火，不至于把死者烧到这种程度。”

“您的意思是……”

“从遗骸来看，很像被淋了化学助燃物之后再点的火。而且，最令我想不通的是这个……”

梅原敦指了指遗骸面部只残留有一点肌肉组织的右眼睑。

“她的睫毛被彻底烧光了！”

“这个……在火中烧了一个小时，睫毛怎么可能还在？头发、眉毛、睫毛这么脆弱的组织，一遇到火应该很快就会被烧光吧？”痕迹鉴定课课长插嘴道。

梅原敦用力地摇着头，医用面罩都差点被甩掉了。他说：“当人感到痛苦的时候，面部会发生扭曲，眼睛也会使劲闭起来。即使已经死亡后再被火烧，人眼睑的肌肉也会收缩，使眼睛紧闭。所以，睫毛是不容易被完全烧光的，至少根部会保留一部分。只要尸体没有整体被烧炭化，睫毛根部应该能保留下来。可是，这具遗骸就完全没有睫毛。她眉间也没有紧锁的皱纹，看起来她并没有感受到火烧之痛。”

“喂！那你的意思是说她被杀之后再被人放火焚尸的？”搜查一课课长很不高兴地说。

“我可没那么说。只有检查了遗体的内部，才能得出结论。”

说着，梅原敦挨个把在场的人都看了一遍。

岩楯祐也双臂抱在胸前，注视着那具烧焦萎缩的遗骸。大约从半年前开始，板桥地区就开始不断发生火灾，其中有一些是比较轻微的火灾。但从上周开始，火灾突然频繁起来。板桥地区古旧的公寓和住宅比较密集，各种条件不算太好。最初的火灾，只是有人把汽油淋在垃圾上，然后点燃。警方并没有太当回事，认为只是有人精神压力太大，而选择了“纵火”这样一种扭曲的排解方式。但昨晚的这场火灾，性质和规模就明显不同了。难道放火烧垃圾已经不能满足那个变态纵火狂的需求了吗?还是纵火者有什么其他目的?

岩楯祐也盯着死者的脸部，总感觉死者从哪个地方露出诡异的笑容，很别扭。死者头发已经被烧光，头盖骨似乎都萎缩了，左眼球已经被烧毁，露出一个可怕的黑洞。鼻子也被烧没了，只剩两个孔。颧骨显得很高，没有嘴唇的嘴里露出两排白牙。

仅凭残骸想象死者生前的面容实在困难，但她生前体型瘦削是无疑的。看一眼嵌入腰间的皮带，估计她的腰围不会超过 60 厘米。死者下身的衣物从残存的一点痕迹可以看出是牛仔裤，上身则是方格花纹的衬衣。已经没有头发的焦黑头皮上，还贴着几个金属发卡。因为受过高温的洗劫，发卡已经陷入了头皮。发卡上还有星星状的装饰物。

遗骸虽然已经被烧得不成人形，但处处还能显露出死者生前生活的痕迹。这让岩楯祐也口中泛起一丝苦涩。如此死相真是太难看了。她死时的心情似乎还留存在这具残破的遗骸中。虽然毫无根据，但岩楯祐也还是忍不住这样想象着。作为一名警察，他见识过太多的恶性凶杀案，但眼前这具残骸执拗地缠住他的思绪不放，让经验丰富如他的老警察也难以习惯。像所有的犯罪受害人一样，她肯定也不愿意死。对她来说，被卷入漆黑的恶意而丧命的事情，也只能从电视或报纸上看到吧。她何曾想到这样的厄运竟然也会降临到自己身上。从遗体中，岩楯祐也看到了一个过着平凡生活的女孩子，她和其他女孩一样爱打扮，也会和闺蜜无话不谈。想到这里，岩楯祐也感到无比沮丧。

沉默良久的法医梅原敦突然发声了:“好了！”助手立刻递过去一把剪刀。说是剪刀，其实更像是小偷用来剪断钢丝锁的钳子。

梅原敦医生将嵌入遗体腰间的腰带剪断了几处，然后小心翼翼地把它们从遗体上剥离下来。在烈火中残留下来的牛仔裤、衬衣、内衣裤等残片，几乎和尸体融为一体。梅原敦医生在剥离它们的时候，比切开腹腔看内脏更令人难以忍受。剥离的时候，会伴随一阵阵类似皮肉分离的嘶嘶声，让人牙根发酸、头皮发麻。第一次观看解剖现场的鳄川宗吾，缩在岩楯祐也背后不敢直视。也许是因为皮下脂肪已经被火烧融，死者裸露的乳房变得凹凸不平，不成形状。

“这是性侵犯的痕迹吗？”

对于搜查一课课长的提问，梅原敦医生故意咳嗽了一声，提高嗓门说：“你也看见了，死者穿着牛仔裤，腰带也系得好好的，里面还有内裤。”

“但这也不能确定就没发生过性侵犯啊。”

“是。但我的眼睛没有看到死者遭受过性侵的痕迹，我也不会看漏。是否有性侵，再往下就是科学化验的领域了。如果你有兴趣的话，可以研究死者内裤上的残留物。不管怎样，现在我要开始解剖了。”

把遗骸身上所有衣物残片都剥离干净之后，梅原敦医生不再说话。他从助手手里接过手术刀，把它插入遗体的锁骨下方，从这个位置开始解剖会比较快。就像从冰面划过的溜冰鞋一样，手术刀飞快地在遗体胸前划出了一个“Y”字形切口。梅原敦医生随后用钳子掀开了腹腔。

即使是刚死不久的尸体，切开胸腹腔也会散发出难闻的臭味。但任何死尸内脏的臭味恐怕都无法和眼前这具相比。除了内脏特有的臭味之外，还有浓重的腐烂气体瞬间喷薄而出，再加上生肉烧焦的气味……

“受不了啦！”署长用手捂住了口鼻。

只是瞥了这位“没出息”的署长一眼，梅原敦医生又不动声色地拿起了之前那种类似钳子的剪刀。在烈火的高温下，死者的骨头变得很脆，像白巧克力那么白。“嘎嘣嘎嘣”，随着一声声脆响，医生剪断了死者的肋骨，并把它们取下来。因高温变形、变色的内脏，渐渐全都裸露了出来。

突然，一直镇定自若的梅原敦医生竟然惊叫起来：“怎么回事！”

他慌忙把死者糜烂的肺拨向两旁。在场的人也都围拢过来，当他们近距离看见死者内脏的可怕情景时，脸上的表情都扭曲起来。死者的心脏变成一个黑色的块状物体。肺已经溃烂，还有浑浊黏稠的黄色液体从肺部流出来。

“因为蒸烧，体内的脏器已经半炭化了吧。”一课课长像是寻求别人认同一样，抢先表达了自己的看法。

岩楯祐也根本没有工夫搭理一课课长，又向前探了探身，仔细观察着遗体的内部。这具遗体真的很奇怪，不，应该说是“不可能”。当岩楯祐也把脸凑近遗体的时候，那腐烂和烧焦的臭气刺激着他的眼睛和鼻子，让他咳嗽不止。但他顾不上这么多，把脸扭向了梅原敦医生。

“医生，根本看不到胃在哪里，难道是我的眼睛出了问题？”

“不是，你的眼睛比谁都正常。”

一脸严峻地盯着尸体腹腔内部的梅原敦医生，把已经半液化的肝脏向旁边推了推。摸索到了气味恶心而且变成紫色的胰脏，他接着寻找肠子的端头。

“等等，真的没有胃！”梅原敦医生说。

他又把手插入死者心脏下方，拉出一个焦煳扭曲的器官。

“甲状腺以下的器官消失得无影无踪。胸廓上口的消化器官也不见了……”

“被烧没了吗？”面对鉴定课课长的询问，梅原敦摇了摇头。

“其他内脏虽也被烧毁，但都有残留。只有胃和食道，一点痕迹都不见了，我认为这不是火烧所致。”

梅原敦医生把死者的甲状腺拉出来，检查了一下切断面。然后他又摘取了拳头大小的焦黑心脏，在托盘上切开了。

“左心房、右心房、冠状动脉都正常，没有曾经发生梗死的迹象。”

梅原敦的表情越来越严峻，但其中也夹杂了几分疑惑。他把死者脏器一一摘除下来，现场检查、称重，然后再交给助手做记录。

“也不是生前因为胃病切除了胃，因为没有手术的痕迹。可是，胃真的不见了。”

“到底是怎么搞的呢？”

“不知道。是不是因为吸入了热气造成的？我还不能断定。支气管也有烧伤，但至少保留了下来。为什么只有食道和胃不见了呢？”

梅原敦医生用金属压舌板小心翼翼地掰开死者的嘴，用手电筒照着嘴里检查。

“舌头整个不见了，连舌骨也没有。上颚和喉头损伤也很严重。这是普通住宅火灾造成的伤害吗？反正我从没遇到过。”

“我们只看见嘴里烧伤很严重，如果不是这样，医生您的意思是……”

对于一课课长不太友善的质疑，医生只说了半句含糊其词的话：“我没什么意思……”

这具被烧死的遗体确实有些可疑的地方，胃不见了是其一。另外一点，即使在外行人看来，死者所遭受的烧伤也有一些难以理解的地方。就连岩楯祐也也感受到了梅原敦医生内心的动摇，其中有疑惑、焦躁不安，还掺杂着一丝恐惧。

室内又恢复了安静，只有解剖台周围的沟槽中传来液体流动的声音。有时还有块状物堵住排水口，造成排水不畅，发出咕噜咕噜令人心里发毛的声音。直到那块状物被冲下下水道，潺潺的流水声才恢复。

梅原敦医生看了一会儿眼前这位毫无防备就被“开膛破肚”并展现在众人面前的女子遗体，随后吐了一口气，又走到解剖台边。

“不管怎样，解剖继续进行吧。现在再怎么想也想不出什么新花样。结论还是先往后推一推吧。”

梅原敦医生换了一副新的乳胶手套，手术刀也拿了把新的。他先捧起那摊早已被挤出腹腔的小肠，把它们放在豆形托盘里。和全身严重的烧伤相比，被熏得变了色的小肠还保有相当的水分。

给小肠称完重量，梅原敦医生再次面向遗体时，好像发现了什么东西，精神为之一振，并慌忙把松垮的医用面罩扶正、戴好了。

“这次又是什么？”医生紧张地自言自语道，然后俯下身子把手伸进遗体那空洞的腹腔。在肾脏旁边，他摸到了一个棒球大小的东西在滚动。拿出来一看，球体的表面并不太光滑，还有焦黑的痕迹。到底是什么东西呢？

“是结石吗？不会吧。”鉴定课课长说道。

梅原敦把那个球体放在托盘上。

“难道她吞了这么大一个球？”署长说。

医生完全无视署长那蹩脚的玩笑，保持惊诧的表情用手术刀切向了球体。哪知道球体被切开后，里面开始一个接一个涌出白色的小东西，掉在托盘上不停蠕动。

“该死！”梅原敦脱口而出一句怒骂，反射性地后退了一步。看着从球体切口涌出的白色小东西，他不停地咂嘴，同时再次提高嗓门喊道：“天哪！是蛆！这是个蛆球！里面有无数条蛆！”

“蛆？！”

到刚才为止还能强装镇定的岩楯祐也，这时也不禁全身颤抖起来。署长跟着“啊”的一声也叫了出来，然后迅速向后跳开。岩楯祐也身旁的鳄川宗吾则赶紧用手捂住了嘴，呻吟着把上半身弯了下去。

看到这个情形，岩楯祐也大喊道：“鳄川，要吐出去吐！不要把这里的地板弄得更脏了！”

鳄川宗吾强忍着涌到喉咙的胃中之物，踉踉跄跄地奔出了解剖室。

可署长已经来不及了，他找到墙边最近的一个水槽，抱着水槽就呕吐起来。呕吐的时候，他一身的赘肉像波浪一样跟着震颤，同时嘴里发出呕吐时的怪响，让人听了也跟着反胃。岩楯祐也心中的焦急暂时战胜了恶心感，他仔细观察着托盘中的球体。手术刀切开的裂口处，不断有奶白色的蛆爬出来，掉在托盘里。那些蛆蠕动着，身体很是肥硕。它们蠕动的光景不停刺激着岩楯祐也已经紧缩的胃，真是令他难以忍受。

“难道是它们吃了死者的胃，并且在大火中活了下来？”

“我也不敢相信，可是也只有这一种可能。受害者死后被放置了一段时间，然后就生出了这些蛆。它们吃掉了死者的舌头、食道和胃才长到这么肥！”

“可、可这些蛆为什么会形成一个球呢？”一课课长一把摘掉医用面罩，提高声音问道。

梅原敦医生只是不住地摇头：“我也不知道，我从没遇到类似的情况。”

“真是令人恶心的东西！”一课课长似乎也到了呕吐的边缘。就在这时，鳄川宗吾回来了，他脸色苍白，两只小眼睛又红又湿润，喉头还在不停上下滑动。

梅原敦好像突然想起了什么似的，急忙检查了死者的颈部，用手术刀沿着气管切开了一条口子。

“甲状软骨有歪斜痕迹。不像是火烧造成的，不能排除死者生前被勒住脖子致死的可能。”

“就是说，先勒死，再放火焚尸……”岩楯祐也盯着那堆蛆说道。

梅原敦医生不住地点头：“一个32岁的健康女性，要说突然一天自然死亡，这实在难以想象。但在她肚子里发现的东西，比子弹更麻烦。”

死者尸体的烧伤情况实在太严重，已经无法准确推测她的死亡时间。梅原敦把托盘里蠕动的蛆堆推给了助手。

2

晚上 7 点。

路上禁止边走边吸烟，岩楯祐也一直忍着早已发作的烟瘾，不过此刻他也没有心情抱怨。路边停着一辆黑色本田雅阁轿车，那是警察局配的搜查专用车。岩楯祐也打开车门坐进副驾驶位的同时，赶紧点燃了嘴里叼着的万宝路香烟，尽早享受尼古丁带来的放松感。烧焦的人肉、腐烂的内脏，还有蛆，这些东西散发的臭味死死地缠着他的身体，连鼻孔、口腔都不放过。岩楯祐也感觉喉咙深处有种说不出的苦涩，到底是哪儿来的苦味呢？

想一想他都觉得恶心，他感觉自己已经被逼到了极限。他贪婪地、一口接一口地吸着烟，让烟雾充满自己的胸腔，然后极其吝啬地一丝一丝往外吐着烟。想起那烧焦尸体的情形就令人反胃，但岩楯祐也选择无视这一切，专注地摄取香烟中的尼古丁。

岩楯祐也吸烟的时候把所有的车窗玻璃都摇了下来，不一会儿，一根香烟就只剩烟灰了。10 月潮湿的空气灌进车里，夹杂着过于浓厚的泥土气息，让人感觉这空气并不清新。白天的时候，夏天的余威还不愿退去，到了傍晚，气温依然降不下来。在这样温暖的环境中，尸体腐烂的进程会进一步加速吧。还有那些蛆，也会更加嚣张地活动。

尸体的样子又浮现在脑海里，岩楯祐也用力地挠着脑袋，可是并不管用。这次无论如何也无法把它从头脑中驱赶出去。那个球体，那个由活生生的蛆组成的球体，再次出现在岩楯祐也眼前，他感觉自己的视网膜正在被什么东西灼烧。

岩楯祐也用手指揉了揉太阳穴，转而把视线移向了后视镜。镜中映出一张不太随和的男人的脸，在街灯的照耀下显得有些苍白。早晨刚剃过的胡子又长出了不短的胡楂儿，额前的头发散乱地垂下来，就快挡住眼睛了。口、鼻、目看起来英俊、刚毅，那已经不知道是多少年前的事情了。40 来岁的今天，时间成了他最大的敌人。这样一个男人，如果半夜三更走在一位女性身后，一定会引起警觉。岩楯祐也心里清楚，这就是自己现在的样子啊。

岩楯祐也用双手捂着脸狠狠搓了两把，想借此让自己清醒一下。就在这时，鳄川宗吾走了过来。这个小伙儿又瘦又高，身高和岩楯祐也差不多，应该有 180 厘米。他稀薄的前发被打湿了，贴在前额上，一副寒酸样儿。但与之前相比，他的面容要精神一些，肯定是用凉水洗过脸的缘故。鳄川宗吾坐进驾驶位，长长地叹了一口气。

“那些蛆……那蛆球……”

他就像一个在自言自语讲述白日梦的精神病患者。把汽车发动之后，他接着说道：“它们为什么要团成一个球呢？有什么理由让它们团成球状呢？”

“当然有理由吧。不过，如果那些蛆堆成三角形，你就能理解了？”

“……不，堆成什么形状我都不能理解。我还是第一次看到那样的东西。”

“谁不是第一次呢？如果那东西出现在马路边，那才叫麻烦呢。”

“要是不小心踩上了才倒霉呢，不知道里边要爬出多少蛆。”

看来鳄川宗吾“病”得不轻，他嘴角颤抖着挤出了一个再难看不过的笑容。

“我没想到自己的神经竟然这么脆弱。现在胃里又开始翻江倒海了。”

“这毕竟是你第一次参观解剖现场，而且还是已经开始腐烂的烧焦的尸体，关键是还有蛆，确实不简单。不过，经过这次之后，下次再看什么尸体都不在话下了。”

“下、下次？”

“对啊，只要你还干警察这一行，当然还有下次啊。难道你以为这是第一次也是最后一次吗？”

这句话戳中了鳄川宗吾的痛点，他支支吾吾地说：“不管怎样，我相信我能挺住。”

岩楯祐也把手捂在嘴上调皮地做了一个呕吐的造型。鳄川宗吾则把手按在肚子上，连连吞口水。

“刚才我真丢脸，不好意思。”

“没什么。你，还有那位署长，估计现在还没缓过来吧。”

“署长嘴唇都白了。”

“他吐吐好，正好减肥。”

鳄川宗吾没忍住笑了起来。随后他从提包里拿出一个小袋子。

“岩楯警部补来一颗不？”

鳄川宗吾递过来的是一颗直径 2 厘米左右的糖球。外边包着粉色的包装纸，上面写着“草莓味”。鳄川宗吾把糖球托在手掌上，递到岩楯祐也的面前，脸上还带着孩子般无邪的笑容。

岩楯祐也惊奇地盯着他问：“没事吧？”

“什么没事吧？”

“笑眯眯地拿一块草莓味糖球给我吃的你，没事吧？”

鳄川宗吾的眼睛在岩楯祐也的脸和手中的糖球之间来回看了几次，

然后恍然大悟似的点了点头，说："你不喜欢吃糖吗？没关系，我还有巧克力和口香糖。要不就是你不喜欢草莓味的，大多数男人都不喜欢草莓味，太娘了。我还有橘子味的……"

说着，鳄川宗吾又把手伸到小袋子里去摸索。岩楯祐也一下抓住了他的手腕，然后缓慢而坚定地摇了摇头。这次，岩楯祐也仔细地、长时间地端详着旁边这位搭档的脸。

鳄川宗吾有一张枯瘦的脸，很薄的两片嘴唇再配上金属边框的眼镜，给人留下一种神经质的印象。虽然他只有 31 岁，但不幸的是，前额的发迹线已经开始后退，头发稀疏细软，看上去就像一个坐办公室的中年上班族。那勉强聚拢到一起的稀疏头发，也遮不住他宽宽的脑门。他眼镜背后那对小眼睛却很锐利。

虽然鳄川宗吾对自己的眼神有所控制，但依然能让人感觉到其中隐藏着某种野心。

岩楯祐也又抽出一根烟，用过滤嘴一端在烟盒上蹾了几下。鳄川宗吾则剥开糖纸，把糖球送到了嘴里。他用舌头把糖球赶到嘴的右边，所以右边腮帮子就鼓了一个大包。接着他放下手刹，踩下油门，汽车开动了。

"不吃甜的东西，我的脑子就转不过来。像今天遇到如此震撼的场面，我就更离不开糖了。总之，现在我必须得转换一下心情。"

那么大的糖球在嘴里滚来滚去，可他还能说个不停。

"我包里常备糖果，你想吃的话别客气啊。"

"原来如此。现在我有两件事想问你。"岩楯祐也一边点烟一边说道，"今天的解剖现场是不是让你有点吃不消？如果你真的觉得接受不了，可以尽早跟我说。"

"身体确实有点吃不消，但精神上还能挺住。"

"那就好。第二个问题，你是不是'那个'？"

“什么？那个？哪个啊？”

“我是问你，你是不是从心底里认为自己是个女人。”

鳄川宗吾一时间被这个问题弄蒙了，但两秒钟过后等他反应过来的时候，笑得差点把糖球喷出来。

“为什么会这么问？”

“咱们俩是搭档，这是个相当重要的问题。因为我们要从早到晚一起工作，我可不想为多余的事情担心。”

“那你可以把心放回肚子里了。我是如假包换的‘直男’，我最喜欢女人。”

“哦，那最好不过了。”岩楯祐也叼着烟点了点头。

汽车驶过本驹込，鳄川宗吾转动方向盘拐弯驶入了白川大道。原定晚上8点钟召开侦查会议，在开会之前还有时间吃个晚饭吗？白天看了那种东西，本应该一点食欲都没有的，可不知为什么，现在就想往胃里装点东西。

“我是第一次和搜查一课的人搭档。”驾驶汽车行驶在有点拥挤的国道上，鳄川宗吾突然来了这么一句。

“那就请你好好努力吧。”

“好像古时候迎娶新媳妇时的客气话。”

不管怎样，能和岩楯祐也成为搭档，鳄川宗吾觉得挺光荣。可是，他没高兴多久，脸上就蒙上了一层阴云，接着就变成了愤怒，甚至右腮帮子都因为生气而哆嗦起来。

“为了毁灭证据和现场，这该死的凶手在杀人后还放了一把火。”

“万一是纵火狂恰巧潜入这间公寓，发现里面有具腐尸，就顺便放了一把火呢？不过发生这种情况的概率确实很低。”

“如果是连续纵火狂潜入死者公寓，杀人之后再放火呢？可是，为什么要把尸体放一段时间等她腐烂后再放火呢？”

“是啊，为什么呢？”岩楯祐也附和道。这正是案件的关键点所在。如果凶手要毁尸灭迹，应该在杀人之后马上就放火啊。

岩楯祐也掐灭了烟头，把车窗摇了起来。从解剖室带来的臭味经过秋风的洗礼之后，减轻了很多。此刻车里充斥的是烟味和鳄川宗吾嘴里的草莓糖味。

“先说一句，我不会像你的上司那样限制部下的发言，更不会责备部下。”

“嗯。”

“你注意到的事情、想到的事情、有疑问的事情，随时随地都可以说，我非常欢迎。”

鳄川宗吾已经略显疲态，但还是用力地点了点头。车子驶入了首都高池袋线。

“鳄川宗吾，介绍一下你的专长吧，也就是你的‘卖点’在哪里。”

鳄川宗吾不假思索地回答道：“分析别人的心理。我大学的专业是犯罪心理学。”

“通过心理分析来推断犯人的特征，是吧？”

“对，我当刑警，就是因为想走这条路。我的理想是有朝一日进入警视厅总部的犯罪分析团队。不过我先要在基层参与现场侦破工作，积累经验。坐在办公室里凭空进行分析、推断，那只能是纸上谈兵。”

看着干劲十足、滔滔不绝讲述自己理想的鳄川宗吾，岩楯祐也心想：“年轻真好啊！”而且，把眼前这个年轻人和十年前的自己重叠起来看，岩楯祐也的心中不禁对他涌起一股好感。

刚进入警界的时候，岩楯祐也想把搜查一课当作踏板继续往上爬，每天拼命地工作，甚至牺牲了睡觉的时间。那时的他也把进入警视厅总部当作职业理想。可以说，为此他已经把自己逼到了极限。可是，心中的期望越高，现实中的失望就越大。而且，一起工作的同事，很多人的注意力并不是放在与犯罪分子斗争上，而是关注怎么出人头地。再加上严格的纵向体制，上司说是白的，你就不能说是黑的，即使它原本就是黑的。所以，岩楯祐也的工作热情也在一点点被侵蚀。对于一个没有经验、未经挫折的优等生来说，他只能在心中默默忍受这一切。他本以为在基层混上两三年就可以向上调动，可迟迟不见动静。工作中也只有文件、文件、文件——处理不完的文件。

在这样的组织中长期“空转”的话，人的工作意愿只会越来越弱，当初的理想也越来越遥不可及。或者，继续欺骗自己，只埋头于自己出人头地的渺茫理想中。如果连自欺欺人也做不到的话，那脑袋很可能会出问题，最终不得不辞职离开。在警界就有很多妻离子散的例子。下班回家之后发现家中财物和家人一起消失了，这似乎是只存在于小说、电视剧里的情节，可岩楯祐也身边的同事就不幸地经历过。所以他经常想，警察，真不是人干的活啊！

但当有人问他为什么要当警察的时候，他会回答：“因为我喜欢！”一个没有底气、自欺欺人的答案。

鳄川宗吾急躁地左右不停变换着车道，超了一辆又一辆的汽车。前方一辆白色奔驰轿车又进入了鳄川宗吾的“视界”之内。他轻踩油门加速跟了上去，一点点缩短与奔驰之间的距离。在这种威压之下，奔驰终于让出了车道让雅阁超了过去。鳄川宗吾嘴角现出了满意的笑容。人一旦握住方向盘之后，人格就会突变，这位爱吃糖的警官此刻如此急躁，不禁让人怀疑他的理想是否真的是在仕途上一路高升。

“开会前，我们还是填填肚子吧。”岩楯祐也突然来了这么一句，让鳄川宗吾脸上的笑容立马消失了。他不可思议地朝岩楯祐也看了过来，眼神中有种微妙的胆怯。

哪有食欲？刚看了解剖现场就吃东西？烧焦的尸体腐烂成那样，还有恶心的蛆……现在还能吃得下去饭？你到底在说什么？你的脑子是不是哪里不太对劲？

一瞬之间，鳄川宗吾的脑子里肯定闪过无数的问号。他的眉头已经拧成一个疙瘩，嘴也撇到了一边。看到鳄川宗吾如此厌恶的表情，岩楯祐也却满脸堆笑。

“因为一个黏糊糊的蛆球就没有食欲吃不下饭，那还怎么继续工作呀？”

“蛆、蛆球……我说等等，请不要用这种表达方式好吗？杀伤力有点太大了！”

“对了，还不单单是个蛆球。”

“还有什么？”

“五分熟的蛆球。”

看岩楯祐也没有停下来的意思，鳄川宗吾赶紧伸出一只手示意他不要再说下去了。他喉咙干呕了几声，急忙又剥开一个糖球塞到了嘴里。否则，那已经涌到喉咙的什么东西就要喷薄而出了。

“岩楯警部补，请你不要再继续讲了！”

“真是的，就要讲到关键地方了，算了，饶了你。我说，吃拉面还是烧肉盖浇饭？赤塚公园前面的小馆子，两种都可以吃到。”

鳄川宗吾眼镜背后的小眼睛不停地眨着，发了半天愁，最后无可奈何地说了一句：“那就拉面吧……”

西高岛平警察署的会议室里，整齐地摆着很多长条桌，警员们忙碌地往里搬运、安装无线设备和显示器等。墙壁的白板上已经贴好案件相关资料和照片，还有几台电脑在操作员的操控下飞速运转着。

临时侦查总部支起炉灶之后，下面各个部门就都一派忙碌的景象。

警视厅总部的介入使这里的空气变得更加紧张了，但同时也使人们变得拘谨，甚至热情没那么高涨了。因为大家都清楚，有总部的介入，就会画出一条无形的分界线，核心人物在中间，其余人等只能靠边站。晚上被召集来的侦查员，个个脸上都是一副不情不愿的表情，共有20人左右。有的打着哈欠，有的伸着懒腰，更有甚者已经坐在椅子上打起了瞌睡。

岩楯祐也找了个中间的位置坐下，警视厅总部的人当然是坐最前排。因为他们清一色穿着黑色的警服，看起来就是一个威严的集团。

实际上主持大局的是搜查一课课长，从脸上看不出下午尸体解剖给他带来的冲击。但那个场面是否给他造成了精神上的伤害，还是个谜。因为他一脸严肃、面无表情，显不出一丝的动摇，也不会对在场的任何人微笑一下，就像一个呆板的机器人。他腰背挺得笔直，双臂抱在胸前，三七分的头发没有一丝凌乱。

此外，担任这个临时侦查总部副部长的是西高岛平警察署署长。他身体肥硕，体重有100千克，弓腰驼背，憔悴、疲惫的状态暴露无遗。他频繁地用手帕擦那张又大又圆的大饼脸。

当所有干部都落座之后，场内迅速安静了下来。

“哎——大家晚上好！这么晚还把大家请出来，真是辛苦你们啦！接下来马上开始侦查会议。首先，向大家报告目前我们掌握的情况。”

担任会议主持的是理事官，他给人的印象是一个敦厚老实的老人，或者说是一个“老好人”。他一边和啸叫的麦克风做斗争，一边宣布会议开始。随后他用手指了指股长，示意他可以开始讲了。只见从干部集团靠边的座位上站起来一个人。

“我先从介绍受害者的身份开始。死者，乙部美智，32岁，女性。住址：板桥区德丸三町目二十号的某某公寓，103室。”

“问一下，就是公寓最里面的位置，完全烧毁的那间是吧？”

“是的。死者独自居住。她出生在长野县松本市，父亲在她出生之前死于事故。母亲在10年前病故。没有兄弟姐妹。关于她的亲属，接下来我们将会走访调查。”

宣读的过程中，股长为了清嗓子咳嗽了好几次。读完一页之后，他翻开了第二页，接着读道：“乙部美智在3年前搬到德丸的这所公寓居住。在那之前，她住在埼玉县的和光市。死前的工作单位位于丰岛区上池袋二町目，名叫佐伯心理诊所。死者生前是一名心理咨询师。”

“有没有恋人？”

理事官插入了一个问题，股长头也没抬地回答道：“还在调查中。”

岩楯祐也听着股长的报告，眼睛则一直盯着乙部美智的照片。那是一张公司员工的合影。乙部美智正脸对着镜头，一副认真的表情。她有一张瓜子脸，下巴很尖，眉毛很浓。她还有一头又长又直的黑发，一直垂到腰间。那一头长发乌黑光亮，一看就是精心打理过的。这一点能让人感受到她对头发的执着。乙部美智的外表给人的整体印象是，她是一个干净整洁、容不下一丝污垢的女性，而且也称得上是一个美女。但同时也能感觉到她是一个不易通融的人，容易树敌。

她是一个为烦恼的人进行心理疏导的咨询师吗？岩楯祐也和照片中的乙部美智对视了一会儿。从她那略微上斜的眼角中，岩楯祐也还看到了一种不服输的刚强性格。从这张照片中，他看不出乙部美智身上有面对弱者——心理患者的温柔。

岩楯祐也又把自己的注意力转回到股长的报告上，他就像念经一样，语调没有起伏。

“对遗体的司法解剖在今天下午已经结束。火灾造成的损伤非常严重，死因尚无法确定。根据解剖医生的报告，死者甲状软骨有变形迹象，因此不排除被勒死的可能性。”

“仅凭甲状软骨的变形就断定是他杀？”

“不。”股长皱了一下眉头。

“从遗体腹部发现了一个蛆团。”

蛆团？会议室里立刻骚动起来。

“直径 10 厘米左右、呈球状的一个蛆团——在肠下发现的。”

在场的侦查员你一言我一语地议论着，其间偶尔有惊叹的声音传出。岩楯祐也往旁边一看，鳄川宗吾正在专心致志地把股长的话一字一句地记在笔记本上。他甚至还给蛆团画了一个图，画得还很逼真。他是善于掩饰内心的感受，还是有意识地把解剖现场的冲击封印起来了呢？至少现在看不出来他有什么异样。

意识到岩楯祐也在看自己，鳄川宗吾的脸上浮现出了笑容，嘴里说了一句：“漂亮！”然后用两手比画了一个圈给搭档看。岩楯祐也不明白他的意思，但还是点了点头。

股长报告发现蛆团这一段，把侦查员们的精神都提起来了。各种各样的推测开始满天飞，但蜷缩在座椅上的署长的脸色却非常难看。

这个时候，一课课长平静地从股长手里要过了麦克风，声音庄重地说了一句：“安静！”在他棱角分明的脸上，他想用庄严的表情尽量隐藏身心的疲劳。他的一双眸子像刷了黑漆一样闪闪发亮。这种威严感，坏人看了都想拔腿就逃。

“这些蛆为什么要团成球状，目前还不清楚其中的原因。当然，球体外侧的蛆已经因高温而死，但内部还有大量的活体。”

“还有活蛆？”从后排传来一个又高又尖的声音。

“是的，还有很多蛆在烈火中活了下来。”

这时，工作人员在白板上增添了几张解剖现场的照片。焦黑的遗体、外露的桃红色肠子，还有球状的蛆团。“真过分！”下边有人又喊了一句，紧接着此起彼伏地涌起一阵叹息声。

“总之，接下来要向专家咨询蛆的生活习性。但发现蛆的存在，说明死者死后，被火烧之前，已经被放置了一段时间，以至于都生了蛆。至于她是在公寓里遇害的，还是在别处被杀害后再被转运到公寓里的，就不清楚了。现阶段，我们掌握的线索非常有限。我们的侦查员在走访死者周围邻居的时候，他们都说前几天并没有闻到异常的臭味。周围住的大多数是单身的青年，他们一般都很晚才回家。这也许是他们没有注意到异常的原因之一。”

一课课长把麦克风还给股长，让他继续报告。

“通过对死者生前工作单位的调查，我们发现死者死前请了一周的假。假期从 10 月 5 日到昨天的 11 日。但在今天凌晨 3 点 42 分，消防队接到了火警电话。”

“知道报警人是谁吗？”

“嗯，是该公寓 102 室的住户，乙部美智的邻居，28 岁的外派（外地公司派到本地的工作人员）女白领。她在睡觉时被门缝中透过来的烟雾熏醒了，就慌忙跑到了室外。这个时候，103 室的窗户里已经冒出了火苗。火势相当猛烈。”

“除了受害者之外，没有出现其他死伤者，这已经是不幸中的万幸了。周边的公寓和古旧建筑非常密集，很容易烧成一片，出现更多死伤者也并不奇怪。”

“是。受害者的住处被全部烧毁。公寓楼后面的房间以及左右邻居的家也被烧毁一半。”

“嗯、嗯。”

理事官脸色难看地啪啦啪啦翻阅着资料。

白板上张贴着一张附近区域的地图，并用红圈标出了纵火的位置。

半年来一共发生了10起纵火案。这周有4次，之前有6次。

岩楯祐也手头的地图上也标注着纵火地点。纵火地点基本上沿着东武上东地铁线的线路展开。从上板桥到练马，再延伸到赤塚一带。纵火的时间点和这一次也基本上一致。

岩楯祐也一边摸着自己的胡楂儿一边思考着。

看来，这个纵火狂非常了解当地的地理情况。估计多半是这个地区的居民，但关键问题是，这个纵火狂和本次的杀人事件到底有没有联系。岩楯祐也把这么多次纵火事件的照片摊开来进行比对。结果发现，纵火狂选择的目标都是木结构的公寓，而纵火点都位于一楼的背后。可见，这个纵火狂始终坚守一个原则，就是从大路正面看不见他的行动。但最后一次火灾的燃烧方式和前几次有所不同。

岩楯祐也把目光移到乙部美智房间残骸的照片上。不知道放火的人浇了多少助燃油，但应该少不了。房间的木质墙壁都已经烧光，只剩下已经炭化的木柱子立在那里。通过这些也可以想象到当时的火势有多么猛烈。

过去半年的纵火案基本上都是小火灾，烧的多是居民放在门口的垃圾，最严重时也就是把公寓的后门给烧坏了，从没有把墙壁都烧倒塌的情况。感觉纵火者并不想造成人员伤亡。他选择的放火地点都离墙壁有一定距离，要么把狗食盆里放上引火物点燃，要么把垃圾放进自行车车筐引火……看起来就像是坏孩子的恶作剧。但是最后这次火灾可不一样，纵火者似乎已经不在乎烧死人了。

岩楯祐也无意识地从衣服内侧口袋里掏出那盒万宝路，但突然想到警察署里是全面禁烟的，只得不情愿地又把烟塞了回去。

“顺便介绍一下，通过对过去6起纵火案件的技术分析，我们发现它们有一个共同点——助燃物都是煤油。煤油是任何人都可以轻易弄到的东西。”股长继续说道。

“这次的呢？”

“包括今天凌晨的这次火灾，本周内发生的 4 起纵火案还在调查中。我们有必要从头梳理这些纵火案的细节。”

理事官重重地点了点头，然后催促股长继续。

“受害者乙部美智死亡的准确时间难以判定，因为火灾造成的身体损伤实在太严重了。但据报告称，她最后一次被人看见是在 10 月 4 日。她从单位回家的时候，和同事打了声招呼。”

“争取找到她在回家路上被目击的信息，这个很重要。”

“是。另外，关于死者体内是否存在有毒物质或药物，目前通过简单化验，并没有检测到。马上还要进行详细化验。”

“有没有可疑人物的报告？”

“目前没有。不过，有邻居曾经目击到有两个男人进出过乙部美智的公寓，尚不明确其中是否有她的恋人。其中一人身材矮小，年龄不详；另一人是衣着时尚的中年男人，身高中等、胖瘦中等。用乙部美智隔壁那位女白领的话说，这个男人像一个‘意大利人’。”

“不是指国籍意大利吧？”

“对。是指他的气质和行为举止像意大利人。见面时会笑脸相迎，客气地打招呼，在楼梯间碰面时，坚持‘女士优先’的原则。好了，报告完毕。”

“辛苦啦！”理事官对股长说。然后他环视了一遍在座的人们，用目光询问他们是否有其他要补充的。见没人要发言，他拿起了麦克风。

“那么各位，从明天开始，请大家认真走访调查。另外，这次我们还试验性地引进了一种新的侦查方法。这个决定做得比较仓促，因为毕竟是全国警察组织第一次引进这种侦查方法。”

一直盯着报告书看的岩楯祐也听到这里，终于抬起了头。旁边的鳄川宗吾也停下了记笔记的手。

“日本的犯罪侦查技术，在全世界范围内也属于顶尖级水平。但在犯罪侦查方面，我们还有很多领域没有涉足。所以，在今后的犯罪侦查中，我们决定把一些专业学者编入侦查队伍。目前也算是一种尝试，为以后积累经验。”

让学者进入侦查队伍？对于这种含义复杂的表达方式，岩楯祐也在自己头脑中轻轻敲响了警钟。

“嗯，我刚才只是宣布已经决定好的事情，不是征求大家的意见。我们将给专业学者一定的侦查权限，所以他有权到罪案现场进行侦查，也可以搜集证据、采集证物。”

“什么？等等！”坐在前排的警视厅总部侦查员忍不住了，高声喊了起来，“给专业学者侦查权限，是什么意思？”

“刚才我说过了。”

“他们可是完全不懂犯罪侦查的门外汉啊！”

“当然，我们会对他们进行一定的培训。”

“这……”发言的侦查员一时语塞。

岩楯祐也插空问道：“是什么专业的学者呢？”

“昆虫学，不，准确地说，应该是法医昆虫学。”

“法医昆虫学？”

“对。欧美一些国家已经确立了法医昆虫学在犯罪侦查中的地位，将其作为必不可少的侦查手段。活动的内容是……”

理事官似乎也说不清楚，赶紧翻阅相关资料，找到相应的位置后读了起来：“代表性的侦查形式有观察遗体中的蛆虫，根据蛆的发育程度推断死亡时间。另外，借由虫子进行DNA鉴定的研究最近也非常火热。资料里举了一些例子，我给大家读一读。比如在罪案现场发现的虱子或螨虫就很有利用价值，它们会吸人血，通过检验这些昆虫体内残留的人血，就可以进行DNA鉴定，从而锁定杀人或强奸的嫌疑人。虽说这项技术还处于研究阶段，但科学家的热情我们不能否定。”

紧接着下面就传来了各种议论之声，有的说，这简直是纸上谈兵；有的说，学者们喜欢研究就在实验室里研究呗，干吗给他们参与侦查的权限；还有的说，就连已经确立的法医解剖也没有什么特权，为什么要给什么“法医昆虫学”特权。

“其实在很早以前上头就已经决定，一旦遇到跟昆虫有关的案件，就试验性地引入法医昆虫学的专家参与侦查。这次的案件刚好符合条件。毕竟从遗体的肚子里发现了一个球状的蛆团嘛。恐怕也只有昆虫学家才能把这个蛆团分析明白吧，对不对？”

理事官的语调平顺而坚定，分明是在告诉大家，这个决定是相当高的高层做出来的。但从他个人的角度来看，似乎也不太满意这个决定。就像检察院的检察官每次到现场监督办案一样，都会把现场搞得一团糟，简直让警察们郁闷不已。但检察官毕竟还算业内人士，要让完全不懂侦查的学者来参与犯罪侦查，那还不知道得把现场搞成什么样呢。

通过一整天的共同工作，大家算是领教了上司心情不好时的样子。就拿一课课长来说，他现在依然板着面孔，而且还能看见他腮帮子的肌肉在不停鼓动，说明他在用力咬着后槽牙。他眉头紧锁，眉间都拧成了一个疙瘩，而双臂抱胸的姿势一直没有改变过。这也难怪，他肯定不会认同让学者参与侦查的决定。

“姑且尝试一下嘛。”理事官想尽量安抚侦查员们动摇的心，“上面已经决定了。任何新事物的登场都会受到抵制甚至反抗。但我想，大家也可以从中得到一些好处，还是跟着专家学者们好好学习一下吧。”

一派胡言！大家心里想。

“接下来，我公布侦查员的分组情况，日后大家就按照自己的分工，和团队共同协作。嗯，首先是取证组……”

理事官滔滔不绝地按照分组念着大家的名字，岩楯祐也根本没听。即使听漏了自己的名字，他也不想去问自己被分到了哪个组。侦查员们都在心里抱怨刚才那个决定，谁都没有心情听理事官的。

侦查会议结束后，分组表分发到了每个侦查员手中。大多数人是在看了这个表之后才知道自己和谁一组，然后纷纷按组聚拢成小圈子，但没有一个人的脸上有高兴的表情。

“岩楯警部补。”

和岩楯祐也打招呼的人拖着椅子坐到了他对面，原来是同属第一科第四股的警员。对方很年轻，只有29岁，在岩楯祐也看来，这个年轻人女里女气的，喜欢追新潮，有点臭美。他今天打了一条水滴图案的领带，岩楯祐也心想真够俗的。

“辛苦啦！”年轻人说。

“我和你一个组？”打哈欠的同时，岩楯祐也从嘴里含含糊糊地说了这么一句。

“喂！什么意思？和我一组你有什么不满吗？”

“没有，是我无上的光荣。是排查组吗？”

“是，主要排查死者生前的交友关系。先不说这个，刚才那个事你怎么看？”

“你别问我。估计坐在这间屋子里的人想的都差不多。”

“真是的，把侦查权限交给不懂行的门外汉，上面的大佬是怎么想的？要我说，所谓的专家就是一群‘书虫’，根本没必要到现场来，在实验室里做做研究就够了。”

唠叨了这么久他终于停了一会儿，然后用双手向后梳理着那头染成茶色的秀发，脸上露出不怀好意的笑容。接着他又开口道："研究虫子的专家，我想多半是变态吧。干脆和虫子谈恋爱，和虫子结婚算了。"

"那和你不正好挺配嘛。虽然种类不同，但都是变态啊。"

"我不是真变态，只是'装变态'，现在不是流行这个嘛。你可不要误会呀，否则可就麻烦了。"

"原来是这样啊。随便你装什么，但不用告诉我，我不想知道。估计痕迹鉴定组你那位前女友也不想知道。"

两人面面相觑，同时发出了一声叹息。这时，被分配到同一组的西高岛平署的侦查员也都聚拢了过来。相互打招呼之后，大家简单地做了自我介绍。随后通过讨论确定了本组的组长。

"听说今天你也参加了司法解剖？"一个打着骷髅图案领带的侦查员一边整理文件一边问鳄川宗吾。

鳄川宗吾抬起头，还没等开口回答，对方又接着说道："只要和岩楯祐也警部补搭档，就肯定有机会'欣赏'解剖现场。这已经成一个约定俗成的规矩了。鳄川君，他是不是事先也没跟你打招呼，就直接把你带到解剖室去了？"

"啊，是啊。"

鳄川宗吾从对方的话语中听出，只要和岩楯祐也搭档，以后还有可能参加尸体解剖。想到这一点，鳄川宗吾的心情就像一个突然被告知马上要考试的中学生一样。他的嘴角机械地向上翘了翘，本意是想笑一下的，可也只有嘴角动了动，眼睛却显出迷惑、逃避、动摇等一系列复杂的情绪。

"因为一遇到尸体解剖，上头总会要求岩楯警部补参加。"有人插嘴道。

"不看见尸体，岩楯警部补的想象力就没法运转。"骷髅领带说。

“啊，这我倒是领教到了。”一旁的鳄川宗吾不停点头，“岩楯警部补看着尸体，就像在和它对话，好像能看透死者的想法一样。而解剖医生就不一样了，他们只是在和尸体对话，不了解尸体的感情。”

“听你这么一说，我都感觉解剖尸体有点浪漫了。”

听了他们的对话，岩楯祐也心想，在当前这种情况下，人已经无法冷静思考了。他对此付之一笑，然后把各种资料在桌面上咚咚地蹾了几下，塞进了文件夹。

“好嘞，把报告书写好交上去，今天就可以收工啦。”

岩楯祐也看了一眼手表，已经过了 9 点半。他希望在 11 点之前结束工作。窗外的街上，在路灯的照耀下，银杏树的叶子随秋风拂动。侦查员们纷纷离开会议室，岩楯祐也感觉室内温度立马降了 3 摄氏度，不禁打了个寒战。

3

第二天依然挺热，人在太阳底下还会出汗。

岩楯祐也呼吸着带有浓重尘土味儿的空气，环视着周围的环境。这里房屋比较密集，是相对集中的住宅区，而且家家户户的房子都不一样，很有特色。听说上池袋附近住着不少富裕的年轻人。很多具有现代艺术风格的住宅让岩楯祐也难以理解，钢筋混凝土的建筑总让人觉得没有生命力，缺乏生活气息。日本人还是喜欢住木制房屋。

在这片建筑物的一角，岩楯祐也找到了那座外墙贴着白色瓷砖的小楼。这是一座三层小楼，没什么特色，不会给人留下太深刻的印象。小楼的入口处堆放着几个万圣节的鬼脸南瓜，周围还装饰着一串彩色灯泡。

“为什么非要装饰这些廉价的饰品呢？看起来好像一个破败的主题公园。”岩楯祐也想到哪儿就说到哪儿。

鳄川宗吾则掏出智能手机忙着给周围的环境拍照。忙中偷闲，他对搭档的疑问应了一句：“不给糖就捣乱！[1]因为快到万圣节了，10月的节日。”

“这我也知道。可是这节日对我来说，有点难以理解啊。而且，哪有孩子会来精神病院捣乱啊？”

1　万圣节时，孩子挨家挨户敲门要糖时说的话。

“喂！我说岩楯警部补。”鳄川宗吾连忙制止搭档，并东张西望看看周围有没有人，同时把食指竖在嘴前示意他不要再说了，然后小声说，“这不是精神病院，是心理诊所。”

“有区别吗？”

“当然有，心理疾病没精神病那么严重啦。”

“哦，在我看来都差不多。”

两人穿过装饰着橙色鬼脸南瓜的小路走到玄关，踏上两级台阶，来到大门前。大门旁边挂着一块不显眼的牌子，上面用小字写着“佐伯心理诊所”，像是生怕别人看见似的。大门上还有彩色的装饰玻璃。这里完全就像一个隐秘的私房菜馆，怎么看也不像诊所。

拉大门上黄铜把手的瞬间，岩楯祐也感受到了一股异样的压迫感。走进大门，便是接待室。接待室的面积最多只有 8 张榻榻米[1]那么大。地上铺着奶油色长毛地毯，天花板上吊着一盏造型夸张的吊灯。

咖啡桌上装饰的假花大得有点碍事，还有大理石摆件以及静物画，都和房间的大小不太相称，让这个小空间显得更加拥挤。但更令岩楯祐也受不了的是屋里的气味。那是用化学制剂合成的芳香剂的气味，浓浓地充满了整个屋子。

趁大门还没有关上，岩楯祐也赶紧使劲吸了一口室外的新鲜空气，让它充满自己的整个肺部。然后他脱了鞋，换上了像拖把一样的毛绒拖鞋。

岩楯祐也继续环顾接待室里的一切。虽然他对室内装潢、家具搭配这些完全不在行，但这并不妨碍他怀疑这个室内设计师的品位。这个房间和让人身心舒适的空间相比，相差实在太远。

1　1 张榻榻米大约等于 1.62 平方米。

当鳄川宗吾也换上软绵绵的拖鞋时，里面的门打开了。一个“光彩夺目”的女人精神抖擞地闪亮出场。她脸上的妆容浓得令人吃惊，但对掩盖她衰老的势头确实有一定的效果。米白色的西服套装有香奈儿范儿。耳环、项链、胸花、戒指……各种首饰一应俱全，看了让人眼花缭乱。不用想，这个房间的装饰设计肯定也是出自这个女人之手。

岩楯祐也掏出名片递了过去。

“打扰您的工作很不好意思，我是警视厅的岩楯祐也，之前跟您电话联系过。”

“今天我们休诊，所以没关系。我是佐伯弓枝。”

说着，她从压花真皮名片夹里麻利地抽出一张名片，递给了岩楯祐也。

“真是出了大事，昨天我听到消息后精神都恍惚了，难过得不行。”

女医生坐到了藤编沙发上，跷起二郎腿，露出那双苗条的腿。随后她在自己旁边的位置上啪啪拍了两下，说：“来，坐这里。”岩楯祐也一时有点不知所措。眼前这个女人手中有金钱、权力，应该不是胆小之人。尽管如此，但是邀请前来为重大案件做笔录的警官坐在自己旁边，岩楯祐也对她的这种行为还是难以理解。就像这个房间的装饰一样，这个女人在某些地方也有点不对劲。没有办法，岩楯祐也只得乖乖地坐在她的身旁。而鳄川宗吾则坐在单人沙发上，摊开了笔记本。

“佐伯医生，您是这家医院的院长，对吧？先问个失礼的问题，您的年龄？”

“54 岁。”

说完，佐伯弓枝从烟盒里取出一支香烟，衔在那红得瘆人的嘴唇上。“本来这里是禁止吸烟的。”她微笑着说这句话的时候，香烟跟随她的嘴唇不停地震颤着。然后她用圆形打火机点燃了香烟，深深吸了一口之后，仰头把烟吐向了空中。

她的每个动作都那么夸张。她毫无意义地让人着急，其实是想宣示自己的主导权，让对方清楚彼此之间的上下关系。根据岩楯祐也的经验，这种人很可能是暴发户。他不禁展开联想，来这里诊疗的患者是以怎样的心情面对这位女医生的呢？在歌剧院舞台布景一样的接待室里，患者被这里的一切压迫着，精神萎靡地接受这位医生诊疗的样子，浮现在岩楯祐也的脑海中。这些患者还真是够倒霉的。

“乙部小姐是我的优秀员工，而且很热心。”

“听说她是 3 年前来您这里工作的。”

“对。3 年前我对这栋楼进行了翻修，把家和医院都安在了这里。当时乙部小姐就应聘到我这里工作，一直干得很好。”

“请问您的医院一共有几名工作人员？”

“算我一共有 3 个人。员工除了乙部小姐之外还有一个人。”

“麻烦您详细介绍一下乙部小姐的具体工作内容好吗？”

佐伯弓枝使劲吸了几口烟，把剩余挺长的一截按在便携式烟灰缸里熄灭了。

“她在我这里是一名心理咨询师。她有临床心理咨询师的执业资格证书，对心理指导很有见解。在心理诊所里，我作为医生负责给患者诊断和开药，而心理咨询师通过与患者进行对话来安抚他们的心，帮他们做心理建设。乙部小姐是一个敏感的人，能够很好地把握患者的心。”

“那她自己有没有什么烦恼？”

“任何人都有烦恼啊。”佐伯弓枝说话时摇着她那头齐颈短发，还不时观察着岩楯祐也的表情，“刑警先生您也有烦恼吧？看到您的眼睛我就明白这一点了，眼睛是心灵的窗户嘛。您的私生活还好吗？”

“私生活？这个范围也太大了吧。您这么问，估计所有人都会觉得您说对了。毕竟每个人的私生活多多少少都会遇到点坎坷、挫折。您确实具备当占卜师的素质。”

佐伯弓枝又夸张地把嘴角扬起来笑出了声。

“您真是个风趣的人，刑警先生。但您说的还真有点沾边。如果占卜师学了心理学，那他的生意会比以前好很多。回到正题，关于乙部小姐，她应该没有什么想不开的事情。至少我没有听说过。”

“您的另一名员工，也就是乙部小姐的同事，有没有跟您聊过乙部小姐的话题呢？”

“这个您还是问她本人吧，她就在二楼等着呢。”

佐伯弓枝又拿出一支烟，但这次没忙着点燃，而是用指尖摆弄着，同时有一搭没一搭地朝鳄川宗吾手里的笔记本望了几眼。

“乙部小姐和患者之间有没有发生过什么摩擦，不管是最近还是以前？”

岩楯祐也这么一问，佐伯弓枝使劲地摇头，连那头直短发都跟着摇了起来。“我们诊所只针对女性，只接诊女性患者。患者基本上都是长期来治疗的老顾客。如果她和患者有什么矛盾，肯定马上就能传到我的耳朵里。但我从没听到类似的投诉或抱怨。”

“那乙部小姐和您的关系如何？有没有不和？”

听到这个问题，为了表达自己的不高兴，佐伯弓枝噘起了嘴。

“没有不和，我们关系一直很好。”

“乙部小姐从 10 月 5 日开始请了一个星期的假，关于她请假的原因您清楚吗？”

“她说要去旅行。”

“旅行目的地是哪儿？”

“这个我就没多问。啊，忘了给你们沏茶，真不好意思。”

这明显是一句没有诚意的话。佐伯弓枝把烟点燃，自顾自地吐着烟。

岩楯祐也已经意识到，从面前这个女人嘴里是问不出什么实质性信息了。并不是她有意隐瞒什么，只是她对别人太不感兴趣了。根本看不出她有任何举止去主动了解、推测别人的内心，她把所有兴趣都集中在了自己身上。从诊所的装潢就可以看出来，这位院长并没有考虑患者的感受。她多半只是按照心理医学教科书上的条条框框按部就班地对患者进行诊断、开药，剩下的就完全甩给心理咨询师了。

看见鳄川宗吾停了笔，说明他把刚才的情况已经都记下来了，于是岩楯祐也继续提问："乙部小姐的交友情况您了解吗？比如恋人啊，亲戚啊，朋友啊。"

"这个我没听说过。"

佐伯弓枝突然意识到有烟灰掉到了地毯上，赶紧弓下腰去检查地毯有没有被烧坏。发现奶油色的地毯上果然被烧出了一个褐色的小点，她心疼地咂了几下嘴，然后恶狠狠地把剩下的烟蒂掐灭在烟灰缸里。

"警官先生，我喜欢有话直说，因为不想浪费彼此的时间。"

"那最好不过了，您请说。"

"乙部小姐是被杀害的，对吧？"

"您为什么这么想？"

"如果不是这样，警方为什么要反复给我打电话，还专门派人来刨根问底？同样的问题我已经不知道被问过多少遍了。说不定接下来还会派警察来把我抓走吧？"

"给您添了这么多麻烦，真是对不起！"

佐伯弓枝又把岩楯祐也的名片拿到眼前仔细看了一遍，然后抬起头盯着岩楯祐也的脸说："侦破凶杀案就是你们搜查一课的工作吧？"

"没错，不只限于凶杀案，所有恶性案件都由我们负责。这次的纵火案也在我们的工作范围内。"

佐伯弓枝扬了扬下巴"嗯"了一声，然后靠进沙发又跷起了二郎腿。

“我说这话也许会让你觉得我是一个冷漠的人，但实事求是地说，经营心理诊所就是一项精细的‘生意’。”

“生意？”

“没错，是生意。听患者倾诉，然后收他们的钱。”

“原来如此。也就是说，这个事如果声张出去的话，会影响您的生意，对吧？”

“说白了就是这个意思。因为我们是做心理治疗的，这个事对我们的打击比普通医院要大得多。你想啊，如果听说心理咨询师被杀了，谁还敢来我们这儿做心理治疗啊？”

佐伯弓枝吐烟的同时夹杂着一声叹息，此时她眉头的皱纹很深。

“第一，如果我们的患者知道给自己做心理疏导的心理咨询师被杀了，就不仅仅是不敢来我们这里治疗那么简单了。她们原本心理上就有创伤，所以这个消息对她们的打击会相当大。”

“这倒是。”

“希望你们不要误解，对于乙部小姐被害的噩耗，我也备受打击，可能比任何人都难过。但是，活着的人还得继续生活啊。”

“所以，您的意思是叫我们不要把这件事闹得沸沸扬扬，是吧？”

“善良的老百姓都希望过平静的生活，如果这个最基本的权利也得不到保证的话，那就太说不过去了。那感觉就像拼命保护的东西在眼前被人破坏了一样。毕竟，被警察找上门来，总归不会有什么好的影响吧。对不起，我说得太多了。”

浓烈的芳香剂气味和佐伯弓枝超快的语速，让岩楯祐也的脑袋开始有点痛了。关键是，她能提供的信息只限于乙部美智的工作情况，其他方面不涉及一丝一毫，而且她还把自己员工的死当成一个麻烦来看待。难道医生这项工作就需要如此严谨细致、滴水不漏吗？鳄川宗吾的两片嘴唇一张一合的，明显地也含有一丝不满的情绪。

“那么，你们问完了吗？”说着，佐伯弓枝看了一眼她那块镶满钻石的手表。

“不好意思，还没完。我理解您的心情。但毕竟死了人，我们要把她的背景调查清楚才行。给您添了麻烦，我代表警方向您道歉，但还是希望您配合我们的工作。”

“如果你们要我交出乙部小姐手上患者的病历，那我只能表示拒绝了。”佐伯弓枝抢了个先，把这条路堵死了。

岩楯祐也只能挤出一声苦笑，说：“院长，拜托您了。这个对我们破案非常重要。”

“再重要也不能逼我违反对患者的保密义务啊。如果我把患者的私人信息透露给你们，你们是不是也会找到患者家里去刨根问底呢，就像现在这样？”

“有必要的话，我们是会上门找相关人员了解情况的。”

“你们警察就会挥舞权力的大棒去追赶那些内心软弱的人。真是的，这叫什么事啊！”

内心软弱的患者？这个时候她开始关心患者了？岩楯祐也叹了口气，再次把视线移到了佐伯弓枝的脸上。

“您是担心患者投诉你们违反保密义务吧？这会对你们日后的生意造成影响吧？”

被戳中要害的佐伯弓枝似乎想说点什么，可并没有开口。

“那样的话，我们可能要带上搜查令再来一次。但到时候主导权就在我们手里了，可能会对你们医院进行彻底搜查。”

“你想说什么？”

“到时我们将对医院以及您的住所进行彻底搜查，不会放过任何角落。院长您就没有隐私可言了。而且，在我们搜查期间，希望医院暂时停业。”

“喂！等等！这算警察威胁普通老百姓吗？”佐伯弓枝气得瞪大了眼睛，从沙发上直起身子。

“岂敢岂敢。我只是希望您配合我们的侦查。”岩楯祐也笑容满面地说。

佐伯弓枝因为气愤，脸已涨得通红。不过，她虽然生气但并没有丧失理智，因为她在心里盘算得失的小心机不经意表现在了脸上。作为经验丰富的老刑警，岩楯祐也并没有看漏这一瞬间。

“顺便问一句，院长您对乙部小姐有没有什么深仇大恨，甚至想烧死她的那种？”

“这话太过分啦！没有！”佐伯弓枝气急败坏地说，气得眼睛都竖了起来。

岩楯祐也和鳄川宗吾走出接待室来到室外，马上使劲深呼吸几次，想把充满肺部的芳香剂赶快排出去，换成新鲜空气。

此刻，他们甚至开始怀念汽车尾气的气味——比芳香剂的气味不知好多少倍。

“院长化的妆还是很应景，很快就到万圣节了嘛。[1]”

二楼要从外楼梯上去，他们两人拾级而上。爬楼梯的时候，岩楯祐也自言自语地说了上面那番话。结果把搭档鳄川宗吾逗得笑弯了腰，肩膀不停地震颤，只是他强忍住没有笑出声。

二楼的走廊在背阴的一面。当俩人上来的时候，发现一位微胖而衣

1　国外过万圣节的时候，人们要化妆成鬼怪的样子。

着朴素的女子已经站在那里等他们了。女子见到二人，赶快向他们点头致意。这女子看上去就像一夜没睡，脸色苍白，黑眼圈很重。

“您是心理咨询师相马薰子小姐吗？”

“是。”女子点了下头，并再次向二人深深地行了个礼。随后，她打开了二楼入口的门。

“乙部小姐的诊察室还保持着原样。那……你们慢慢看，我就先下楼了……”

“相马小姐请留步，我们还有些事情想向您咨询，所以希望您跟我们同行，正好也可以做个向导。”

一瞬间，她好像非常痛苦似的，皱了下眉头。但最后她还是答应了警官的请求，嘴上说着“请进”，并伸手做了个“请”的动作。

室内轻声地播放着钢琴曲，暗红色的间接照明，能让人心情平静下来。岩楯祐也从心底松了一口气，因为这里并没有一楼那种和舞台布景差不多的装饰。

二楼的面积也不大，中间用带孔的白色三合板隔成了两个小房间。相马薰子打开了右侧那个房间的门。

“这就是乙部小姐的诊察室。”

岩楯祐也两人在门口停住了脚，往里面环视了一遍这个只有 6 张榻榻米大小的房间。窗边摆着一张简约的办公桌。办公桌对角线的位置上，是一张可以斜躺的皮革沙发。此外还有一张玻璃台面的茶几桌、一个铁质书架、一盏一人来高的落地灯。仅此而已。这里的装饰风格和一楼接待室正好相反，简洁到让人觉得空旷。

“乙部小姐就在这里对患者进行心理疏导。”背后传来了相马薰子怯生生的声音。她接着说道：“患者在一楼接受了佐伯医生的检查诊疗之后，需要进行心理疏导的就会来这里。”

“嗯。”岩楯祐也回应了一句，然后穿过房间径直来到办公桌前，并拉开了办公桌的抽屉。映入眼帘的只有文具，圆珠笔有很多支，还有三本笔记本。岩楯祐也把笔记本拿起来翻了翻，本子里空无一字。办公桌下有一个纸板箱，里面装了一些精神医学类的书籍，估计是书架上放不下，就装进了这个箱子。另外，纸箱里还有几本用来为患者进行心理测试的素描本、彩色铅笔及问答形式的调查表。

岩楯祐也一样一样地检查着死者的遗物，专心地搜寻有关乙部美智的任何信息。

可是，在这堆东西里，岩楯祐也没有发现一丝带有乙部美智个性的特征。对颜色的偏好也好，趣味也好，习惯也罢，总之，无意识中自然流露出来的个性特征一点也找不到，简直不可思议。这个房间里的一切都是以实用为目的进行配置的，没有任何个人色彩。

岩楯祐也又拉开了第二个抽屉，弯下腰往抽屉深处窥探。这里多是文件和信函。他一份一份地仔细翻阅着，结果发现了夹在一摞工资明细单中的茶色信封，信封上没写任何字。信封里装的是照片，所有照片中都有一个年轻、活泼的短发女孩。如果不知道她的年纪，第一眼见到照片，会感觉她也就 20 出头的样子。岩楯祐也看着照片中那位笑得无比开心的女孩。她自信、乐观、快活、充实、气势十足。这些照片传递的都是积极的感情，女孩的快乐可以感染到看照片的人。岩楯祐也一张张地翻看着，心中疑惑地想：“这个女孩是谁呢？”突然，他的手停了下来。

等等！

一张照片引起了他的注意，女孩拿着麦克风正在放声高唱，齐耳短发使她显出一种中性美，给人一种阳光女孩的印象。可是，这女孩就是乙部美智啊！她瘦削的下巴、浓浓的眉，还有略微上挑的眼角，都是乙部美智的特征啊。

岩楯祐也盯着这张照片吃惊不已。这和昨天在会议室看到的合影中的乙部美智完全就像两个人。这张照片中的她有一个笨笨的乡村姑娘的单纯，让这张照片也显得纯洁无瑕。可是，之前她那头长发呢？昨天那张照片能让人感受到乙部美智对长发的执着甚至已经达到了病态的程度，是什么原因让她痛快地剪断了长发呢？这个过程中她的内心经历了什么呢？这张照片中的她一手拿着大杯啤酒，一手拿着麦克风，拿麦克风的手里还夹着一支烟。

而且，这个表情是女孩子能做出来的吗？岩楯祐也不得不在头脑中对乙部美智的信息进行了大幅修正。

不知道拍摄的人是谁。岩楯祐也开始在照片中寻找线索，结果一个细节吸引了他的目光。窗户玻璃上隐约反射出一个手拿照相机的男人身影。容貌肯定看不清，但从那骨节明显的手以及棱角分明的轮廓可以推断，这个男人已经不年轻。从玻璃的人影中还能看出他戴了一个粗大的戒指。戒指头就像一个小印章。从乙部美智开怀的表情判断，拍照的这个男人很可能是她的恋人。之前的目击证言中提到过一个“意大利人”，可能就是这个男人。

岩楯祐也又看了一眼照片后，就把它们放回了信封，并把信封递给鳄川宗吾。

“非常感谢您的配合。不过……相马小姐，接下来我们还想问您一些事情。”

“嗯，好的。”

相马薰子有点坐立不安，她小声地说：“啊……不好意思，我们能不能到别的房间去谈？在这里我安不下心来。”

说话时，相马薰子还不时目光闪烁地望向办公桌前带轮子的椅子，好像乙部美智就坐在那里似的。

三个人移步到了斜对面的房间，那是相马薰子的诊察室。这个房间和一楼接待室、乙部美智诊察室的风格都不一样，装饰品都很自然，任何人进来都不会感到讨厌。室内所有家具都是白色木质的，只有患者坐的沙发上盖着一张浅茶色的布。屋里还有几盆绿萝、吊兰等观叶植物，给这个房间增添了几分生气。看房间的装饰，也能大体了解到主人的一些性格。从这一点考虑，也能让人感觉佐伯弓枝、乙部美智身上有很多谜团。

岩楯祐也二人和相马薰子交换了名片，并互相进行了简单的自我介绍。当听说相马薰子只有 41 岁时，二人稍微有点吃惊。也许是因为乙部美智的事对她冲击太大，这两天让她变憔悴了，她看起来就像一个老婆婆。她双目深陷，眼睛通红，脸色也不好看。三个人坐了下来。

“佐伯院长还真是个个性十足的人哪。”

相马薰子弱弱地笑了一下，伸手向耳后捋了一下头发。

“也许吧，她在国外生活了很长时间，思维方式也和一般人不太一样。”

“原来是这样啊。那这家女性专用的心理诊所，是不是也是按照国外的模式营造的？”

“听说女性专用的心理诊所在国外有很多，因为那边好像有很多女性对男性怀有恐惧心理。打造一个只允许女性来的空间，可以让她们产生安心感。”

岩楯祐也点了点头，表示明白了她的意思。然后他话锋一转：“因为工作方式、薪资报酬、思维方式的不同，有没有发生过什么问题呢？我是说乙部小姐和佐伯院长之间。”

她们之间当然会存在问题吧。感受过佐伯弓枝那冷淡的态度和爱搭不理的说话方式，相信任何人都会和她产生矛盾吧。可相马薰子摇了摇头，不过她短暂发愣之后显出了不安的神色。

“当然，相马小姐所说的话，我们是不会透露给佐伯院长的。所以希望您能如实相告，不管多么微小的问题。”

听到这个“保证”，相马薰子才低着头打开了话匣子：“她们之间好像是有意见分歧。乙部小姐是个超爱学习的人，而且对心理咨询师这个职业也一直抱有很强的自豪感。心理医生与心理咨询师的立场不同，因此也难免会发生一些分歧。如果从立场上来说，这个职业就是相对的两极。”

“相对的两极？愿闻其详。”

“比如，在对患者进行诊疗的时候，心理咨询师会进行主观的判断，换句话说，就是用‘人’的眼光来看待患者的问题。而心理医生则会从疾病理论入手，根据理论对患者进行客观的诊断。”

“哦，这样啊。”

“如果说心理咨询师的立场是以患者为中心的话，那么心理医生的立场就是对患者的心理健康进行管理。如果把我们比作倾听者的话，心理医生就是指导者。心理医生的社会责任更重一些。所以，两者之间会存在不同的看法，但也正好形成互补关系。一个心理医疗机构，需要这样的互补团队。”

鳄川宗吾飞快地记录着，笔记本的页面已经快被文字填满。

“但是，乙部小姐和佐伯院长之间的团队协作关系出现了裂痕？”

相马薰子下了很大的决心才说：“有这个情况。对于心理疾病，不容易彻底治愈。所以，不管是医生还是患者，都不知道什么时候才能结束治疗。佐伯院长似乎更愿意不紧不慢地对患者进行长期治疗。”

“也就是说，佐伯院长会让患者不必要地、更长时间地来诊所接受治疗，对吧？”

相马薰子沉默了，似乎在绞尽脑汁寻找合适的语言来回答这个问题，经过一番思想斗争之后还是避开了肯定回答。但警官们心里知道，在医疗界，医生对患者进行不必要的检查，开多余的药物并不罕见。而以佐伯院长的性格，做这样的事情是不会犯怵的。

相马薰子转而开始说乙部美智。

“乙部小姐非常热心、自信，也很努力。她会设身处地地为患者考虑，我从没见过对患者这么好的心理咨询师。所以，她会经常和佐伯院长交换意见。”

“说实话，我觉得那位院长不太好沟通。交换意见，恐怕比较困难吧。”

对于岩楯祐也的直言不讳，相马薰子露出了浅浅的微笑。

“乙部小姐不管如何强烈地谏言，佐伯院长总有纠缠不清的理由加以回绝。我常想，如果我处在乙部小姐的位置，我该怎么办呢？”她接着平静地说，“所以患者对乙部小姐非常信任。有不少患者来我们诊所就是冲着乙部小姐来的，希望向她倾诉心声。”

“就是说，如果乙部小姐辞职的话，会给佐伯院长带来大麻烦。那乙部小姐和患者之间发生过矛盾吗？”

“没有。”

这次相马薰子抬起头望着岩楯祐也的眼睛给出了干脆的回答。

“我真羡慕乙部小姐。有的患者甚至从埼玉县的大医院转院到我们诊所来，就是为了接受乙部小姐的心理疏导。我在一旁看着，觉得乙部小姐对患者实在是太热心了。我甚至觉得她和患者的距离过于近了，但对患者来说，这一定是一件求之不得的好事吧。当患者感到乙部小姐对自己真诚相待之后，给予她的便是彻底的信任。”

听到这儿，鳄川宗吾突然停下手中的笔，抬起头来。

“不好意思我插一句，乙部小姐和患者的距离那么近，会不会发生‘移情’的情况？”

“移情？”岩楯祐也似乎没听懂这个专业术语。

鳄川宗吾微微点了点头，说：“就是患者对心理咨询师产生精神依赖的情况。也就是说，患者对自己的心理咨询师产生幻想，投入大量感情，并把自己心目中理想的人物形象与心理咨询师重叠起来，达到了不可收拾的地步。”

“乙部小姐和患者之间有没有这种情况？”岩楯祐也问相马薰子。

相马薰子的脸上露出了无奈的笑容，回答道：“实际上，乙部小姐说过，如果不让患者对自己移情，就没法听到她们发自内心的声音。”

“您的意思我大体上听懂了。就是说乙部小姐违背了行规，对吧？”

“是的。在这一点上，她有点太乱来了。如果和患者之间的一层窗户纸被捅破，那患者和心理咨询师就融为一体了，这样是不负责任的。我也提醒过她，但她对自己的做法充满自信，不听我的意见。”

“相马小姐，您觉得乙部小姐的这种工作风格和这个案件有关系吗？”

相马薰子摇了摇头说不知道，同时还反问了一句：“警官先生，听说乙部小姐是被杀害的，真的吗？”

“佐伯院长这么跟你说的？”

“……是的。”

相马薰子歪着脖子，低头摆弄着自己的手。她没有化妆的脸，显得有些干燥。

“相马小姐，您是怎么认为的呢？您觉得乙部小姐有可能卷入凶杀案吗？能想起什么蛛丝马迹吗？”

相马薰子开始有些坐不住了，不停地变换姿势、挪动身子。经过一段长时间沉默之后，她终于发出了颤抖的声音，而原本通红的眼睛里充满了泪水。

“有一件事我不知道和案件有没有关系。但我一直很在意，我之前也对她说过，希望她好好考虑一下。”

“能详细说一下吗？”

“大约半年前，乙部小姐突然改变了形象，她把一直留到腰间的漂亮长发剪成了齐耳短发，穿的衣服也花哨起来。原本她对那头长发视若珍宝，非常爱惜，可突然在没有任何征兆的情况下就剪短了。不仅如此，她的性格也变了，变得特别开朗，聊天的时候话特别多，她以前从来不这样。”

这时，岩楯祐也给鳄川宗吾递了个眼色，对方立刻会意地点了点头。鳄川宗吾把资料袋递了过来。岩楯祐也从资料袋里抽出两张照片，一张是乙部美智和别人的合影，另一张是她唱卡拉 OK 时的照片。然后他把这两张照片放在桌子上推到相马薰子面前。

相马薰子指着照片说：“这是变身前，这是变身后。”

岩楯祐也看了看两张照片。这样放在一起看，感觉乙部美智前后的变化真是太大了，就像两张照片里的根本不是一个人。相马薰子咽了一大口口水，喉咙发出的声音旁边的人都能听见。

“因为男人。”岩楯祐也断言道。相马薰子频频点头。

“乙部小姐的恋人好像以前是位美容美发师。乙部小姐曾高兴地告诉我，她的头发就是他剪的。因为他说短发更适合她。可是，乙部小姐以前也对我说过，无论发生什么事情，她都不会剪短她的长发。他们交往还不到一年时间，但听说已经订婚了。”

“听你的描述，乙部小姐的变化真的很大，似乎连价值观都变了。可是，看起来她很享受自己的改变呀，你为什么要反对他们交往呢？”

相马薰子盯着乙部美智的照片，眼眶终于无法承受蓄积的泪水，眼泪像断线珍珠一样落了下来。

“也、也许我这个人太保守吧，我就是觉得他们俩有些地方不合适。乙部小姐好像是在哪个‘邂逅网站’上认识他的。我总觉得应该有更好的男人适合她。而且他们俩的年纪相差也太大了，那个男的好像已经快 50 岁了。”

给乙部美智拍照的那个男人，应该就是她的恋人吧，岩楯祐也心想。

话已出口，相马薰子有点后悔了，连忙补充道："对不起，这应该是我的偏见。"

"没什么，我觉得大多数人都和您想的一样。您知道那个男人的名字吗？"

"不知道。我只听说那个男人讨厌手机，所以也没有手机。乙部小姐曾笑话他，因为上了年纪，所以用不来手机……"

这是"耍家"的惯用套路。那个男人应该没有结婚的意思。交友网站上像他这样的"耍家"还不少，看到心仪的女性就勾引出来玩弄一段时间，等玩腻了再换人。

"后来，乙部小姐也开始用公共电话。我和她一起回家的时候，好几次都见她去公共电话亭打电话。"

"公共电话？和那个男的联系？"

"她联系谁我就不太清楚了。"

岩楯祐也把桌上的照片收回来交给鳄川宗吾。

"今天非常感谢您，相马小姐。如果您再想起什么蛛丝马迹，请一定给我打电话。拜托了！"

两位警官站起身来，相马薰子也跟着摇摇晃晃地站起来。

"警官先生，乙部小姐真的是被杀害的吗？"

相马薰子两侧的头发已经被泪水打湿贴在脸颊上，嘴唇不停地颤抖着。岩楯祐也看着她的眼睛，认真地说："乙部美智被杀害，是事实。"

两位警官回到停车场，岩楯祐也赶紧钻进那辆雅阁轿车，摇下车窗，迫不及待地点上了一根万宝路烟。秋风比刚来的时候强劲了一些，从他嘴里吐出来的烟马上被吹散了。当一根烟快抽完的时候，鳄川宗吾坐进了驾驶位。他的嘴里已经塞了一块糖球，一侧的腮帮子鼓着。坐定之后他马上拿出记录本放在方向盘上，还拿着笔对记录进行检查、勾画。岩楯祐也掐灭了烟蒂，同时看了一眼这位搭档。不过搭档笔记本上密密麻麻的字更吸引他。

“你到底记了些什么呀？写了那么多，像经文似的。”

“基本上全都记下来了，从头到尾。我觉得有价值的地方，还会记得更详细一些。”

“还包括这些？什么‘二郎腿频繁地交替，视线游移不定’‘抿嘴笑以争取思考时间’，这都是什么呀？我还是头一次遇到像你这样把别人的行为举止都记录在案的警察，好像在写剧本。”

“我是这样做的，我会先把对方的所有语言和行为举止都以文字的形式记录下来，包括那些看起来并不重要的。然后再像现在这样进行反刍，把不需要的部分删除，只剩下重要的内容。在这个过程中，关键点自然而然就会浮现出来了。”

说话的时候，鳄川宗吾那眼镜背后的小眼睛闪闪放光，同时用笔把笔记本上的很多内容用双横线画掉了。

“看样子你很有自信嘛。那……那个圆圈和三角又代表什么？”

“这些符号代表对方内心的活动。她说话的时候，流露出怎样的感情。因为人不管怎么掩饰自己的内心，不经意间总会在言谈举止中流露出一些感情的蛛丝马迹。所以，根据我的分析，佐伯院长发自内心的话只有一句——‘这算警察威胁普通老百姓吗？’”

“这句勾画得好！顺便把‘这话太过分啦！’也画进去。”岩楯祐也笑着说。

“做事情的时候，尤其是侦破罪案的时候，如果只考虑效率，就难免会漏掉一些东西。所以，我选择先把所有事情都记录下来。而且，我的记录中很重要的一点就是人的感情。”

岩楯祐也心想，眼前这个男人，在性格上和自己刚好相反，但也许他比自己想象的能干。想到这儿，他的心里不禁涌起一股欣喜之感。以前和自己做过搭档的警察，大多不会向他坦露内心，他们只想着在这个小团队中如何获取主导权，如何更好地行使主导权。虽然对方也会听取他的意见，但最终只会相信他们自己的经验和直觉。鳄川宗吾和那些人有些不同，他有率直而坚定的信念。岩楯祐也心想，难道这样单纯的人真的那么有魅力吗？想到这儿，一股年轻时的激情在他内心闪现了一下。

“对了，你找到关键词了吗？能告诉我吗？”

“啊，稍等一下……”

鳄川宗吾翻阅着自己的笔记，嘴里还不停嘟囔着什么。

“我还得再仔细整理一下。要让我马上说的话，我脑子里一下浮现出好几个词。‘自豪感’‘热心’‘自信’‘努力’……这都是相马薰子形容乙部美智时反复用的词。相马薰子也是一名心理咨询师，从她的言语中我们可以看出，乙部美智对工作太投入了，甚至有点不太正常。从‘移情’这个词就可以看出来，乙部美智小姐因为太热心，所以就没有把握住和患者之间的距离。”

“那个猎艳的老男人呢？”

“那个男人当然也是一个关键点，但我对‘移情’更在意。”

确实，当一名心理疾病的患者完全信任甚至依赖自己的心理咨询师，并一心希望从他那里得到救助的时候，也会存在一定的隐患。比如，如果患者觉得心理咨询师“背叛”了自己，会不会做出过激的行为呢？

“这么说来的话，乙部美智的患者中，有可能存在纵火狂了？”

“不，不，这倒不会。”

岩楯祐也从鼓鼓囊囊的文件夹中抽出了一张地图，就是那张标注了纵火地点的地图。

“这半年来一共发生了10起纵火案。其中，集中在最近一周频繁发生的有4起。地图上显示，全部10起纵火案都发生在东武上东线沿线。看，就是这里。”

岩楯祐也指着地图上的东武上东线给鳄川宗吾看，那是一条横穿板桥地区的地铁线。

“起初是每月一起，频率相对较低，这样的纵火案共发生了6起。但以东武上东线为界，这6起都发生在南侧，就是地图上画蓝圈的地方。而这一周的4起纵火地点就没什么规律了，东武上东线南侧也有，北侧也有。看，就是画红圈的地方。”

“嗯，最后4起纵火地点确实没有规律。”

“所谓纵火狂，大多是按照自己制定的规则纵火。前半年的6起纵火案，可以看出这个纵火狂选定了东武上东线的南侧。可以猜测，这个犯罪嫌疑人的住处在线路北侧。因为在自家附近放火不太妥。估计他家到放火地点的距离应该是步行或骑自行车就能到达的。”

“会不会开车呢？”

“深夜两三点钟开车外出的话，肯定会引起邻居的怀疑。从他纵火的手段和行事风格来看，这家伙应该是个小心谨慎的人，不会涉险。一个月放一回火，烧些垃圾什么的，绝对不想伤到人，只是当作一种疏解压力的手段。他应该是一个胆小的家伙。”

“你的意思是说，犯罪嫌疑人有两个？”鳄川宗吾头也没抬地问道，似乎有些费解，但同时飞速在笔记本上做着记录。

“上周发生的4起纵火案，多半是杀害乙部美智的凶手所为。那家伙杀害乙部美智后，发现尸体和现场不好处理。正好这半年附近发生了连续纵火事件，他就想到乘此之便放把火，毁尸灭迹。”

“原来如此！”鳄川宗吾恍然大悟地拍了下巴掌，“那么，杀人凶手也知道之前的纵火案都发生在地铁线南侧啦？”

“这个嘛，只要留意一下报纸上的相关报道，就能找到这个规律吧。而乙部美智的公寓也在地铁线的南侧，如果她家着火的话，警方应该会怀疑和前半年的纵火案有关吧。所以，在杀害乙部美智后，凶手在一周之内频繁到处放火，以制造纵火狂开始‘发狂’的假象。我想，这就是凶手在杀害乙部美智后没有马上放火毁尸灭迹的原因。”

“也就是说，死者尸体在公寓里被放置了一段时间，所以才会生蛆。”

杀人之后，把尸体从公寓里转移出去，对凶手来说风险太大了。所以他选择了把尸体留在案发现场，然后再毁尸灭迹。

“你们侦查团队对于这10起纵火案怎么看？”

“我曾经提出犯罪嫌疑人不止一个的猜测，但大多数人倾向于10起纵火案都是一人所为的观点。他们认为纵火狂越来越嚣张，也越来越难以控制自己，所以活动开始频繁起来。我觉得他们钻进了牛角尖。”

等鉴定课的检查结果出来之后，那些人应该会改变想法。估计点火的助燃剂不会是同一种。

鳄川宗吾兴奋地把搭档刚才的话记录下来，然后说了句“咱们走吧”，就发动了雅阁轿车。岩楯祐也暂时把刚才询问的两个人排除在犯罪嫌疑人范围之外。佐伯弓枝这个人连憎恨别人的热情都没有，哪还会对别人行凶？而相马薰子看起来不会说谎。

这个时候，岩楯祐也怀里的手机振动起来。掏出手机，他看到屏幕上显示的是一个熟悉的电话号码。

课长到底有什么事？绝对不是什么好消息，岩楯祐也心里有种不祥的预感。接通电话之后，只听课长的声音比平时更加低沉。他直截了当地说了要说的事，多余的话一个字也没有。

挂断电话之后，岩楯祐也告诉搭档：“回署里，他们叫我们回去。”

4

上午 10 点之前，人们还能感受到秋天的凉爽。而 10 点过后，气温升高，太阳在头顶上毫不留情地散发着一股股的热浪和紫外线。紫外线之“箭”射在人们裸露的皮肤上，让人感觉阵阵刺痛。在太阳底下待久了，汗水依然像夏天一样不停往外渗。

沿着头发滴下的汗水已经把肩膀打湿，赤堀凉子擦了擦肩膀，把黑色的遮阳帽正了正。她有一股想把长袖衬衣脱掉的冲动，可在强烈的紫外线之下还是忍住了。她直起腰，抬头眯着眼睛望向太阳，挂在睫毛上的汗珠好似一个透镜，把阳光折射成美丽的彩虹。仰望天空半分钟，让强烈的阳光照遍全身之后，赤堀凉子把视线移回到眼前广阔的草地。

狗尾草、艾蒿等野草异常茂盛，到处还有一人来高的芒草探出头来。在一眼望不到边的苍翠之中，偶有几株秋樱为这片草地增添了几点鲜艳的色彩。

这里是长野县腹地的农村，还没有开发商来“糟蹋”，所以算得上是一片净土，空气中都散发着原始的清新气息。在这里，人能感受到草木、泥土、动物吐出的气息。这片没有被化肥、除草剂污染的土地，肆意地生长发育着。

“10 月初才割过草，一转眼又长这么高了，真是的。今天又热得像夏天似的，让我们老百姓可怎么活！”

赤堀凉子旁边传来一个老迈的声音，那是一个弯腰驼背的老婆婆。老婆婆头上包着一条圆点花纹的毛巾，身上围穿着灰色的厨房围裙。老婆婆伸手拔着身边的艾蒿，长靴上粘的泥巴随着走动发出咔嚓咔嚓的声响。

“要用除草的药，一下就把杂草都除完了，可我家那顽固的老头子非说用药会把土地弄坏，不让用。他说草拔完了，这块地他打算种白菜。都八十多了，还闲不住，真是的。”

“大爷就是这样的人，这才招人喜欢呢。”

“他一定是老年痴呆了。”老婆婆叹了口气说。

赤堀凉子赶紧笑着摆了摆手，说：“不会的，不会的。大爷绝对不会老年痴呆的，我可以保证。我反而觉得他还在生长发育呢。”

“我说凉子，我家那老头子一天到晚不是上山就是下地，弄了一身泥巴回来后，还要在院子里整菜园，根本不搭理我。你说说，有这样的老头子吗？”

老婆婆把头上的毛巾摘下来，无奈地摇着头，可脸上却洋溢着笑意。赤堀凉子看着眼前这位老婆婆，她常年被阳光照射的皮肤，黝黑得泛着红光，但脸上刻着数不清的皱纹，银白的头发已经很稀疏，依稀能看见头皮。凸出的手指关节、被泥土染黑的手指缝、长期从事农业劳动而弯曲变形的腰肢……一个典型的农村老妇形象。赤堀凉子心想，自己晚年也想成为老婆婆这样的人。

看着这位笑着抱怨自己老伴的婆婆，赤堀凉子感觉很不可思议。不幸的人总会到处宣扬自己过得多么幸福，而真正幸福的人却会在人前不停地抱怨。这种自我否定的美学正在日本各处蔓延。

“不过，我说凉子。”老婆婆看着赤堀凉子的眼睛说。

老婆婆的右眼有长年旧疾，瞳孔有点无法聚焦。

“今天你大爷没来，有点对不住啊。他要参加一个聚会。”

“啊，没事。反正我也是随便干点活，不着急。婆婆，您也回去嘛。”

“不用，我想帮点忙。”

“天这么热，对您身体不好，您还是回去吧。再说，今天还有一个男帮手来，比大爷还能干呢。”

说着，赤堀凉子回头张望着。老婆婆也模仿她的样子，慢慢扭过头去张望。只见远处的小路上停着一辆面包车，一个男人正从车上搬下一个大背包。老婆婆晃了一眼后，立刻把目光盯在了那个男人身上。那男人一边擦脸上的汗水一边朝这边走来。

老婆婆带着一点胆怯地问赤堀凉子：“喂！凉子，糟了！来了一个外国人，他懂日语吗？”

“当然懂。他是在群马县出生、长大的，只不过他妈妈是乌兹别克斯坦人。”

“乌龟别说话？”

看着老婆婆一脸认真地问话，赤堀凉子忍不住笑喷了。

“婆婆，您太搞笑啦！‘乌龟别说话’，哈哈哈哈……”

老年人不自觉地、一本正经地说笑，最让人受不了。赤堀凉子已经感觉肚子和两肋开始痛了，喘气都费劲，但还是笑得停不下来。

就在赤堀凉子弯着腰抱着肚子咯咯笑个不停的时候，头上传来一声咳嗽。

“凉子前辈，婆婆可没有搞笑的意思哟。”

一来，这位男帮手就一本正经地纠正赤堀凉子的不严肃。可是，老婆婆却畏缩地看着这个相貌“离奇”的青年，嘴巴一张一合想说什么却说不出来。这让赤堀凉子笑得更厉害了，简直快岔气了。

男子则面向老婆婆认真地打起招呼：“初次见面，我叫辻冈大吉。我母亲是乌兹别克斯坦人，我父亲是日本人。”

“哇，吓了我一跳，你的日语说得很好嘛。”

“我是有日本国籍的日本人。乌兹别克语我倒是说得不怎么好。”

“我住在乡下，像你这样的外国人脸，我只在电视里看过。能见到真人真是太不可思议了。不过，大吉君，你的名字取得很好啊。”

“我母亲起的。她信什么风水啊，占卜啊，所以给我取了个吉利的名字，叫大吉。”

辻冈大吉有点害羞地搔着头皮给老婆婆解释着。这个时候，赤堀凉子的笑声终于收敛了一点。辻冈大吉身高170厘米左右，身体有点小胖，T恤衫和工装短裤紧紧地包裹着身体，没有什么富余。他的发型很可爱，是齐着耳朵上边剪的一个蘑菇头。汗水正从头发上滴下来。不过，与发型相比，老婆婆还是对他的面容更感兴趣。又黑又浓又直的两条眉毛，中间几乎连在了一起，是个典型的“一字眉”。眉毛下边是一对双眼皮的大眼睛。不过眼窝就像用刻刀雕刻过的一样，比东方人深得多。看来他的容貌更多地继承了母亲的基因。

老婆婆一直盯着大吉的脸看，直到看得心满意足。然后她转向赤堀凉子问：“这是你的男朋友吧？”

“哎呀，不是啦！您误会啦！他是我大学的后辈，我们现在一起工作而已。”

“你们两个都是一副娃娃脸，可已经开始工作了，真厉害呀。”

“我已经36了，他也30了。”

“36岁，在我看来，和穿开裆裤的娃娃没什么区别。”

穿开裆裤的娃娃？虽然大吉生长在日本，但对方言还不是太懂，他对这个词的理解就是小婴儿。

“对了，你们做的是什么工作啊？我家老头子没跟我说过。”老婆婆一边把毛巾围在脖子上一边问道。

辻冈大吉连忙从口袋里掏出名片，恭恭敬敬地递给了老婆婆。因为老花眼，老婆婆把名片拿得远远的，眨着眼睛一字一顿地读了起来。

“大吉昆虫顾问？”

“是啊，为了驱除害虫，我租赁虫子给别人，也负责昆虫种群的设计策划。反正跟昆虫有关的活儿，我都可以干。”

“租赁虫子？虽然我不明白是什么意思，但我能感觉到这是一个奇怪的工作。”

“是、是，经常有人这么跟我说。赤堀前辈的工作也跟昆虫有关，但和我的工作又不一样。不过她给我帮了很多忙，也经常喊我给她帮忙。”

与说话的内容相比，老婆婆更感动于这个青年流利的日语。她始终认为，长着一张外国脸的人，说日语应该是磕磕巴巴的。

赤堀凉子一再催促老婆婆早点回家休息。没有办法，老婆婆只得放下手里的活儿，回家了。临走之前，她嘱咐了一句：“要小心丘鳗鱼啊。”然后她就慢慢悠悠地往回走了。赤堀他们两个人目送老人回家，直到她的背影变成一个小黑点消失在视野中。

“好，我们开始吧。今天临时把你叫出来，真的很感谢！你能来真是帮了我的大忙。”赤堀凉子一边用袖子擦汗一边说。

辻冈大吉嘿嘿一笑，露出一口整齐而洁白的牙齿。另外他的鼻子也很有特点，横向很宽，鼻孔很大。

“凉子前辈提出要求，哪里我都会去，什么活儿我都会干。那今天我们干什么呢？”

看着跃跃欲试的这位后辈，赤堀凉子自然地笑了。此刻这位后辈脸上的表情，就是一个单纯喜欢昆虫的孩子的脸。

“在这片空地上捉蝗虫。”

“蝗虫？”

“没错。之前我就跟管理这片空地的大爷说好了，只要这里出现大量寄生蝇，就给我打电话。”

“只在这里？”辻冈大吉扬了扬下巴，用下巴指着这片空地问。

赤堀凉子点了点头。她眯起了眼睛，看着那随风起伏的草浪，同时竖起了耳朵倾听。在阵阵蟋蟀叫声中，她的鼓膜敏锐地捕捉到了另外一种声音，那种声音十分细微，就像窃窃私语。那是蝗虫吃草的声音。

赤堀凉子在倾听昆虫声音的同时，再次转向了辻冈大吉，说：“明年以后，以东北地区为中心，有可能发生蝗虫群体变异。”

“群体变异？”辻冈大吉用惊恐的语调反问道，同时连忙用手背擦掉了鼻头渗出的汗水。

“嗯，也就是蝗虫大泛滥。”

“蝗虫大泛滥……不过凉子前辈，你这个预测有点不靠谱啊。为什么这么说，因为日本的各种环境条件都不适合蝗虫泛滥啊。日本的蝗虫以卵的形式越冬，从这一点来看，日本的蝗虫就不具备大规模泛滥的先天条件。”

“你说的确实有道理。但是我们不能忘记，2007 年，关西机场就发生了蝗虫灾啊。当时蝗虫群大约有 1300 万只，而且发生了群体变异。”

“群体变异，是指蝗虫的体色由黄绿色变成黑色，体型也变小了？”

“是的。它们翅膀变长了，腿变短了，为了支撑飞行肌肉，头部横向变宽了。它们能比以前飞得更远，以便寻找更远处的食物。变异后的蝗虫可以乘着气流，不吃不喝飞行数千千米。”

“从外表上看，它们已经完全不是原来的样子了。看到它们，人们很容易联想起全副武装的特种部队，脸上好像还戴着一副大墨镜。”辻冈大吉伸出双手比画了两个圈，放在眼前模仿戴着墨镜的样子。

“日本爆发蝗虫灾的记录不多，但在明治时期以前，关东地区发生过几次。北海道也发生过规模较大的蝗虫灾。只不过没有标本留下来，研究起来比较困难。”

“即使日本的蝗虫也会发生群体变异现象，但凉子前辈你说‘明年以后，以东北地区为中心将发生蝗虫灾’，有什么根据吗？”

“地震。”

赤堀凉子的表情变得严峻起来。过冈大吉则抿着厚厚的嘴唇，期待她的解释。

“某个地区某年雨水较多的话，这个地区的外围就会出现蝗虫增多的现象，因为它们都在往雨水少的地方迁移。当蝗虫群体达到相当高的密度之后，它们的感觉器官就会受到刺激，从而发生变异，改变外貌。但这种情况多发生在中国和美国。在日本，火灾或开发所致的环境变化，才是蝗虫泛滥的导火索。比如在马毛岛，因为一场山火，岛上四分之一的植被被烧毁，随后就发生了蝗虫灾。在关东地区，由于建造了一个人工岛，当地植被发生了较大变化，之后也出现了蝗虫泛滥。北海道过度砍伐森林，也曾引发蝗虫灾。基本上来说，都是哪里的自然环境被破坏了，蝗虫就会赶来产卵，在植物恢复的过程中，蝗虫也会泛滥。我分析这是因为环境的破坏使蝗虫的天敌减少造成的。”

一口气解释了这么多后，赤堀凉子才喘了口气。随后她接着说道：“出于这样的原因，被地震破坏的地区，发生蝗虫灾也没什么奇怪的。不过，这只是我的个人观点，不发生蝗虫灾的概率还是很高的。”

“我明白了。但是，按照前辈的假说，蝗虫似乎瞅准了城镇重建的时机，酝酿大爆发。那样的话，本来就遭受自然灾害的农民，还要面临蝗虫的袭扰，真是太惨了。”

过冈大吉把那双毛发发达的手臂抱在胸前，一脸担忧地陷入了沉思。

因为日本是个地震频发的地方，所以，对于地震灾害的感受，赤堀凉子也和大多数日本人一样，心中充满了恐惧。但是，地震灾害的冲击和伤害，也会随着时间的流逝在人的心中变得淡薄。现在，赤堀凉子也只是把它悄悄地收纳在记忆的某个角落，不会轻易开启。而且那记忆还在加速变淡。

大都市的夜晚被流光溢彩的霓虹灯装点出一派歌舞升平的繁荣景象，城里人似乎从不缺少食物，还在肆意地浪费。他们会看着电视放声大笑，每天按时上班、下班，打扮得漂漂亮亮的和心爱的人共度美好时光。但在这样的繁荣景象背后，凶恶的犯罪也在悄无声息地发生着。

而这些犯罪，并未在人们的内心激起多大的涟漪。即使看到隔壁邻居的生活被灾害破坏，只要自己没受什么损失，心情就不会受到影响。

赤堀凉子有时候想，也许自己就是一个冷漠的人吧。虽然知道自己是个重感情的人，但是在现实中看到别人遇到麻烦时，她会毫不犹豫地移开视线，转过身逃避。有的时候，赤堀凉子也为自己麻木到这个程度而感到惊慌失措。所以，为了补偿心里的亏欠，她会参加各种“好听”的活动。比如，她会到处参与志愿者活动，捐款也是毫不吝啬。但是，这些全是徒劳。她已经看透了自己，就像一杯沉淀的茶，虽然上面已经澄清，但下面还是那么浑浊。她知道自己心中就住着一个浑浊的自己。不过最近她发现，也许关心受灾地区的一切，才是保住自尊心的好办法。

从这一点出发，她唯一能做的事情就是运用自己的专长，来帮助东北地区。

赤堀凉子从放在草垛上的巨大运动包里拿出一个粉红色的塑料圈。

“这是什么东西？”过冈大吉把这个圈拿在手里掂量着问。

“孩子用的呼啦圈。我在呼啦圈上加装了捕虫网和铅坠。”

就像一个大型的捞金鱼网。过冈大吉上下摇晃着手中这个网，想弄明白它的使用方法，他那浓浓的一字眉也跟着上下移动着。随后他说：“如果用捉标本的捕虫网捉蝗虫的话，虽然也能捉到，但数量太有限了。

但只要把这个网往草丛里一扔，一下子就可以捕到很多。不过我有一个问题不明白，能问一下吗？”

“请讲。”

“为什么非要到长野县来捉蝗虫呢？大学的草丛里也有啊。”

“要问为什么……”赤堀凉子咳嗽了一声，抬头看着大吉，“因为寄生蝇会寄生在这里的蝗虫身上。很久以前，我在做其他研究时，偶然发现了这种情况。”

“你不会是想在这一大片草地中寻找寄生蝇的宿主吧？这和大海捞针有什么区别？”辻冈大吉指着眼前的草地说。

“确实不容易。我们人类预防蝗虫灾的发生，只是在蝗虫灾爆发之后用杀虫剂杀灭它们，但这样做不仅无济于事，还会破坏土地。大吉，你是这方面的专家，你有什么想法？”

“你说得没错。蝗虫也不傻，一看情况不对会马上转移阵地。所以，杀虫剂根本无法彻底消灭它们，只会增加对环境的破坏。如果杀虫剂管用，那世界各地就不会为蝗灾发愁了。”

辻冈大吉好像领悟到了什么，极目远望着天空。

“凉子前辈在想什么，我似乎明白了。你想捕捉到寄生蝇的宿主，从宿主中提取寄生蝇的幼虫，然后培育这些幼虫，为不知何时而来的东北地区蝗虫灾做准备。”

“没错。只要发现了蝗虫灾的征兆，我就先把寄生蝇放出去看看情况。对付虫子只能用虫子，这是最基本的原则。这样不仅不会破坏生态环境，还能切实有效地减少害虫的数量。而且这种做法并不会完全消灭蝗虫，只是根据当地的情况，把蝗虫控制在合适的数量之内。”

“说吧，你想让我做什么？”

“设备费和饲养费我出，你有空的话，能不能来给我帮帮忙？不方便就算了。我想这是我唯一能为这片土地做的事情。”

“真是的！”辻冈大吉一脸不高兴地说，然后摇了摇头，又喷出一句，“真是的！”接着他说：“凉子前辈，你太瞧不起我了。你觉得我会不干吗？这么好玩又刺激的工作，让我掏钱我也愿意干啊。”

辻冈大吉一张洋里洋气的脸上，大眼睛一眨一眨的。看到他这个样子，赤堀凉子会心地笑了，他这个样子真招人喜欢。

赤堀凉子介绍了自己设计的捕虫网的使用方法。人先在草丛中乱蹚一通，把蝗虫都赶起来，然后看准它们落脚的地点猛地抛出捕虫网。方法虽然简单，但比普通捕虫方法效率高很多。

赤堀凉子正了正帽子，用大手帕遮住了口鼻，穿好长靴，做足了防护准备。然后她把大型捕虫网递给辻冈大吉，并向他使了个眼色，意思是，咱们开始吧！

进入草丛之后，首先会有无数的蚊子扑面而来。这是在野外工作的人永远无法避免的麻烦。一只蚊子的嗡嗡声已经足以让人心烦意乱，一群蚊子的嗡嗡声简直震耳欲聋。但作为野外工作的老手，这两位早已学会有意识地无视这些蚊子的骚扰。两人开始在草丛中大步乱蹚，把蝗虫都惊起来。这样的地方对于人来说，不是什么好地方，却是蝗虫最喜欢的栖息场所。

高高的草反跳回来，抽打着人的脸，脚下干枯的刺藤刮着裤管，每前行一步都很费劲。被突然出现的人类惊扰，蝗虫们先后飞了起来。

“那里！”

随着赤堀凉子的一声大喊，辻冈大吉连忙举着捕虫网冲了过去，看准蝗虫们集中降落的地点猛地抛出了捕虫网。因为呼啦圈上绑了铅坠，所以捕虫网被抛出去后，飞行和降落的速度都很快，被罩住的蝗虫都无法逃脱。辻冈大吉朝捕虫网落地的地方跑去，刚伸手抓住呼啦圈，又马上发出了一声惊恐的嘶吼："哇！怎么有这个东西？！"

他向后急退的时候摔了个屁股蹲儿，手里刚抓住的捕虫网也撒手了。

"喂！大吉！什么东西？"

"凉……凉子前辈，这……这里太危险啦！"

赤堀凉子赶到惊恐的辻冈大吉身边，望向捕虫网，发现里面有一条褐色的蛇。这条蛇长约一米，背上还有四条黑色条纹，不停地吐着芯子、摇着尾巴，做出威胁的动作。

"什么呀，不就是条丘鳗鱼嘛。婆婆临走前不是提醒咱们了嘛。"

"丘鳗鱼？请说蛇好不好！蛇！"

"只是一条普通的草蛇。这家伙被你吓坏了。"

说着，赤堀凉子就把手伸进了捕虫网，大吉急忙阻止道："别碰它！看它那个可怕的样子，会咬人的！"

赤堀凉子不管那么多，一把抓住了蛇的脖子，把它从捕虫网中拉了出来。这家伙也不老实，用身体缠住了赤堀凉子的胳膊。它粗糙的鳞片给人一种摩擦感，而且它的身体很凉。赤堀凉子一边把蛇从自己的胳膊上"解"下来，一边说："怎么样，这条蛇，你看它背上的条纹像不像阿迪达斯的标志？"

"阿迪达斯是三条好不好！这家伙有四条！哎呀，够啦！像阿迪达斯还是耐克都无所谓啦，赶快把这家伙扔远点！"

看着吓成这样的辻冈大吉，赤堀凉子心里暗笑，还突然把手上的蛇伸到他面前吓唬他，把他吓得哇呀怪叫。赤堀凉子这才作罢，一手拎着蛇尾巴，把蛇在空中转圈抡起来，呜呜作响。

"这小家伙没有毒，你不惹它，它就是个可爱的家伙。是你把它吓到了。"

赤堀凉子像唱歌一样，伴着抡蛇的节奏抑扬顿挫地说着。然后她瞅准时机，撒手把蛇甩了出去。辻冈大吉一脸不可思议地看着她的这一举动，目光随着蛇在空中画出的弧线，不带眨眼地追踪着蛇落地。

“喂！你在干什么！怎么不扔远点？话说回来，一个女孩子竟然敢拎着蛇尾巴抡，你到底是不是人类？”

对蛇充满了厌恶和恐惧的辻冈大吉，开始喋喋不休地给前辈讲解这种细长的冷血动物有多么危险、有多么恶心、有多么阴暗……赤堀凉子则把他的唠叨都当成耳旁风，开始捕捉网中正想趁机逃跑的蝗虫。

和预想的一样，这种方法的效率确实很高。只不过同时还捕捉到了其他各种各样的生物。草蛇、蜥蜴、马蜂、蜈蚣……有好几次辻冈大吉在检查捕虫网中的收获时，都惊恐地瞬间跳开了，也许是之前那条蛇已经给他造成了心理阴影吧。他心里还在暗自害怕：如果捉到剧毒的蝮蛇，那我这条小命就要交待在这儿了。两个人互换岗位轮流工作，捉蝗虫一直捉了 3 个小时。

“应该捉了 500 多只了。”

辻冈大吉呼呼地喘着粗气，浑身上下沾满了各种黄绿色的野草，就像一个久居深山的野人。而赤堀凉子的造型也好不到哪儿去，身上和大吉差不多，脸上因为不停擦汗，也已经变成花猫脸了。

“今天就到这儿吧。回去后我再仔细寻找有寄生蝇的宿主。如果找不到的话，我们还得再来。”

“明白。”辻冈大吉用毛巾擦着脸回答。为了防止弄死捉到的蝗虫，他小心翼翼地把蝗虫转移到麻袋中。

“一会儿你要不要去婆婆家露个脸？她肯定会给你端出很多好吃的。”

“你怎么安排？”

“晚上 6 点我和人有约了，所以必须得赶回大学。有一个‘大活儿’等着我去干。”

赤堀凉子把矿泉水瓶中的水一饮而尽，然后开始收拾东西准备返回。

5

虽然暑热还有余威，但太阳下山的时间明显变早了。

岩楯祐也和鳄川宗吾的脚步声在混凝土校舍中回响，还不时传来回声。

矗立在黄昏的微暗中，灰色的校舍看上去有种监狱的阴森感，怎么看怎么觉得别扭。空无一人的校园甬道给人带来丝丝寒意，周围的一切都在给岩楯祐也心中的沮丧添油加醋。

“被安排来给专家学者当保镖，还真是我们的光荣啊。”

岩楯祐也把已空的万宝路烟盒捏扁、攥成团，丢进了长凳旁边的垃圾桶，然后开腔道：“上边的大老板（高层上司）说，必要的时候还要带专家一起参加侦查活动。”

“不过，请外人提供一些意见，没准还真能帮上大忙呢。在封闭的警察组织中，这未尝不是一种了不起的尝试。”

鳄川宗吾发表了一通姿态相当高的看法，但对此岩楯祐也用鼻子“哼”了一声，随后说：“那些大老板每年都会变着法儿地想出愚蠢的提案来。好几年前，有人就提出借助超能力破案的想法，你听说过没有？他们是不是傻？”

“你说超能力？请等等，开玩笑吧？不过听说美国 FBI 好像真的请了超能力人士。”

“没开玩笑，我们的大老板真的提出过用超能力破案的想法。我觉得所谓的学者，就是只会坐在书桌前搞理论研究工作。他们可以把永远也无法得出结论的课题，用一堆文字和图表写成上百页的报告，我们还要去逐一验证。”

岩楯祐也气愤得不行，为什么一课课长非要给部下安排这种像陪人玩耍的工作？他都有点担心自己的血压了，因为气愤脸都涨红了。不过他也知道，这个工作落在自己头上并不意外。所谓的专家学者，只接受了一周时间的侦破学习，警方是不会让他们单独进行侦查工作的。自己参加过尸体解剖，所以让自己照顾专家，自然也在情理之中。岩楯祐也虽然心里明白其中的道理，但还是无法阻止无力感和疲惫感的袭来。

岩楯祐也开始默默地思考今后的侦查顺序，不再出声，只是闷头走路。路边有几个塑料的简易温室，里面泛着白光。从外面可以看见不少巨大的蛾子趴在温室的内壁上，这让岩楯祐也联想到了不吉利的象征，不禁打了个寒战。

在校园最深处快没有路的地方，他们终于找到了目的地。这里有几棵橡树，橡树的叶子随风飘摆，发出哗哗的声音。发白的叶子背面忽隐忽现，整棵树像是在不停闪烁。茂密的橡树枝叶把一座小小的建筑包裹得严严实实。从外观上看，这座小建筑就像一个临时搭建的简易房。屋外的空地上随意地堆放着一些空箱子和玻璃瓶。房子的窗户上垂着褪了色的苇帘子，墙壁上还残存着已经干枯的牵牛花藤残骸。

岩楯祐也在微暗的环境中再次翻开了笔记本，眯着眼睛看上面记录的地址，确实就是这里。

“研究员说的研究室，应该就是这里了。”

说完，岩楯祐也抬起脸，又环顾了一下这个有光亮从门窗缝隙漏出的小房子。

“怎么看都不像研究室啊。”

“好像个储物房。”

两人沿着长满狗尾草的下坡路向小屋前行，在大门旁边的墙壁上发现一块门牌。门牌上用记号笔潦草地写着“法医昆虫学研究室分室”。鳄川宗吾敲了敲门，里面传来一个无精打采的声音：“请进。”

鳄川宗吾撩开苇帘子，打开门的同时，一股温暖之意扑面而来，那是白炽灯的亮光带来的暖意。

小屋面积不大，只有大约 8 张榻榻米大小。墙边堆积着各种资料，几乎把墙壁都淹没了。不锈钢架子上摆放着各种纸箱、玻璃器皿，以及叫不出名字的器材，而且到处都贴着便笺纸，风一吹，它们像鱼鳞一样摆动着，让人看着不太舒服。

在这堆破烂之间，有一个人正坐在书桌前埋头工作。

这个人上身穿一件藏青色的风衣，下身是一条褪了色的牛仔裤，头上的短发被一根橡皮筋随意地扎成一束。她正把脸贴近桌面，用镊子在分拣什么东西。看样子，她就像这所大学的一名学生。

“非常不好意思，打扰你工作了。我是警视厅的岩楯祐也，请问赤堀凉子副教授在吗？听说她在这里。”

两人并不想再往屋里走一步，所以岩楯祐也只是站在门口简短地表明了来意。那位学生模样的人头也没抬地说了句：“请稍等一下。我先把手头的事干完。那边有折叠椅，你先找一把坐吧。”

她对来访的人似乎并不感兴趣，也可能她的注意力都集中在手头的工作上。两名警官只得进入屋中等待。

这名女子把一个温度计放入眼前一个素陶的茶碗，又从架子上拿来一个玻璃培养皿。

只见那个玻璃培养皿中有白色物体在蠕动，是蛆！她打开培养皿的盖子，毫不犹豫地把蛆投入冒着热气的茶碗。

“这、这是干什么？”看到这意想不到的一幕，鳄川宗吾的声音都有些发颤。

“这是名副其实的‘蛆茶’[1]，怎么样？”

这个女子到底是什么人？岩楯祐也盯着她上下打量，那眼神简直让人发窘。那女子并不在意，看了一眼手表，估计时间到了，就把镊子伸入茶碗。经过热水一烫，蛆都蔫了。女子用镊子迅速把它们转移到一个透明容器中。

“OK，完活儿了。对了，你们是谁？”

岩楯祐也从折叠椅上起身，从怀里掏出名片递了过去。此刻的她双目放光，睁圆了眼睛饶有趣味地读着名片上的头衔和名字。

“之前我们和赤堀凉子副教授约好，6 点钟见面。”

听到这话，女子连忙把手伸进牛仔裤屁股后面的口袋去摸索，结果说了一声：“糟糕！没有，名片好像放在教室里了，我就是赤堀凉子。”

“啊？你就是赤堀凉子副教授？”

“是啊。话说回来，你们两位的个子还真够高的，有一米八以上吧？对坏人确实有震慑力。你们应该会柔道吧？顺便问一句，你们俩几秒钟能制服坏人啊？还有，到现在为止制服了多少坏人啦？”

女子挺直了腰身和岩楯祐也比着个子，同时嘴里还不停地说着话。

岩楯祐也心想，没人告诉我赤堀凉子副教授这么年轻啊，看样子也就 20 多岁。所以他又开始好奇地打量眼前这个女子。她有一张圆圆的娃娃脸，而一双灵动的大眼睛让她显得更加年轻。她皮肤白净、身材苗条，身高只有 155 厘米左右。但看外形，她显得娇滴滴的。总之，她具备了

---

1 日本著名的“宇治茶”，和“蛆茶”发音完全相同。

所有“可爱女生”的要素。但是，她全身又被一种不服输的倔强气质包裹着。

单凭外表就判断一个人，是世上最愚蠢不过的事情，岩楯祐也对这句话百分之百地认可。但是，要把侦查的一部分权限交给这个无论外表还是言行举止都像个孩子的女生，真的合适吗？而且，还要让她加入团队一起办案？岩楯祐也感到有些失望，用双手揉搓着脸颊。

“不好意思，问个私人问题，副教授，你多大年纪？”

“36。”

赤堀凉子毫不忌讳地回答道，同时伸手端起刚才那个烫过蛆的茶碗，还把茶碗往嘴边送。看到这个景象，岩楯祐也慌忙喝止道：“等等！这应该是泡过蛆的水吧？”

“啊，对了，不能喝。差点又喝下去了。”

“又？”岩楯祐也打了个冷战问道。

赤堀凉子则微笑着站起身来，把茶碗里的水倒进了水槽，然后拧开水龙头随便冲了一下茶碗。她从架子上又拿了两个一模一样的茶碗。随后打开小型冰箱的门，从里面拿出瓶装冰红茶，给三个茶碗倒满。在这个过程中，两位警官瞥见冰箱里还有一些奇怪的瓶瓶罐罐，似乎是福尔马林泡的什么虫子。他们心里充满了不安。

“请喝茶吧。”说着，赤堀凉子把两碗茶端到了两人面前。两个人像检查罪案现场那样仔仔细细地把眼前的茶碗从里到外检查了一遍，直到发现没什么异样才把提着的心放回了肚子里。

“我看门牌上写的这里是分室，你为什么不在研究室里工作呢，这里这么窄？”

“窄吗？好像是有点窄。”

“刚才路过研究室的时候，我们也进去看了一眼，那里的工作环境多好啊。”

“对人来说是很好，但对虫子来说就不好了。空调可是昆虫的大敌。”

“哦，明白了。昨天我们在受害者尸体中采集到的虫子样本已经送到你这里了吧？”

“刚才我就在研究它们。”赤堀凉子用眼睛看了一眼装蛆的瓶子，示意他们那就是警方送来的样本。

“你为什么要把蛆泡在茶碗里制作什么‘蛆茶’？如果这是你的特殊爱好，那我们现在就打道回府了，实在受不了这个。”

“要说是我的特殊爱好呢，也不为过。不过你们现在还不能回去。我那样泡蛆，是为了‘固定’它们——就是杀死它们，让它们的生物钟停止。”她接着说，“包括人在内的动物死后，苍蝇很快就会寻着尸臭飞来，在尸体上产卵。所以，尸体上蛆的发育时间和动物的死亡时间基本上是一致的。在尸体上采集蛆的时候，如果立刻停止它们的生物钟，就可以确定它们已经存活了多久——也就是动物死了多久。”

“但也没必要对它们用‘煮刑’吧？有很多方法可以杀死它们呀，比如泡在福尔马林里。”

“煮刑！啊哈哈哈……”听到“煮刑”这个词，赤堀凉子狂笑起来，笑了很久才有所收敛。她接着说道：“我说警官大人，蛆也好，毛毛虫也好，都是柔软、可爱的小虫子啊，而且它们都是生物进化的杰作。”

对于“可爱”这个词，岩楯祐也就当自己没听见。

“你觉得幼虫面临的最大危险是什么？”赤堀凉子问。

“应该是被天敌吃掉吧。”

“实际上，这个危险系数只能排第二。最大的危险是环境问题。”

赤堀凉子就像老师准备给学生们上课一样，手握空心拳，把拳口挡在嘴前咳嗽了一声，这是先清清嗓子。然后她一本正经地讲道：“昆虫的幼虫最怕干燥。因为幼虫的身体大部分是由水分构成，如果缺水的话，它们就只有死路一条。”

“它们最怕干燥？这我还是头一次听说。”

“所以，为了防止水分流失，它们外骨骼的外面都有一层防水膜，就是角质层。有了这层防水膜，就连医用酒精都无法渗透到它们内部。那样的话，死掉的幼虫就会从内部开始腐烂，根本无法制作医学标本。”

“那么，只有水能渗透到它们体内？”

“嗯，是的。我刚才用热水烫蛆，也是没有办法的办法。本来应该用专业的固定溶液来浸泡蛆，但因为我们经费不足，买不起固定溶液，我只好用77摄氏度的热水当替代品了。”

岩楯祐也的兴趣似乎被调动起来了，开始不停地提问。

“那么说，采集的虫子全被你杀死了？”

“不是，我把它们分成了两组，有一组拿来饲养。”

“饲养？养它们干什么？”

“苍蝇的幼虫，也就是蛆，是不是长得都差不多？所以，只看幼虫的话，很难确定这是哪种苍蝇。我必须把它们饲养到成虫阶段，到时才能辨别它们的品种。在饲养过程中，我还会创造一个和发现它们的环境相同的环境，观察它们的发育速度。”

赤堀凉子转过身，指着一个正方形、类似小冰箱的东西，说：“这个是恒温箱，里面的温度和亮度可以通过程序进行控制。现在我把温度设定在20摄氏度和24摄氏度两个档，喂蛆的饵料是牛肝脏。不过我有一个奇迹般的发现，我在这些蛆中找到了尚未孵化的活着的卵。我会精心饲养这些家伙。”

能够如此兴味盎然地谈论蛆的女人，岩楯祐也还真是第一次见到。

“听说岩楯警官参加了尸体解剖，我当时也申请参加，可是警方没有同意。”

赤堀凉子喝了一口茶，改变了话题。她说这番话的时候，虽然语气平静，但也能让人听出一种不满的情绪。

“嗯。解剖现场的照片他们给你了吧？”

赤堀凉子点了点头，随后拿过一个金属容器，打开盖子取出了一个球状物体。对于两位警官来说，这个东西不管看多少遍都不会习惯，它只会给他们带来不舒服的感觉。这就是那个外表焦黑的“蛆球”。蛆球已经被切成两半，赤堀凉子拿镊子探索着球体的内部。

“这东西不管颜色还是外形，都很像烤饭团。如果把它放在盘子里，说不定会被人当烤饭团吃掉呢。”

一旁的鳄川宗吾差点把嘴里的茶水喷出来。

“喂！别说啦！我们应该建立一种默契，不许把这东西和食物并提，好吗！”

“啊，这样啊，对不起。”

鳄川宗吾的脸色又苍白起来，还不时揉搓自己的胃部。赤堀凉子像安抚小孩子一样拍了拍他的胳膊。随后，刚刚出现的柔和表情立刻从她脸上消失了。岩楯祐也心中暗想，这个女子的体内一定藏着双重人格。一边是无忧无虑的孩子般的粗枝大叶，一边又具有某种攻击性。

“当时我曾向警方申请参加尸体的现场解剖，哪怕中途让我进去都行。在发现虫子的那一瞬间，我和警方的初次合作也就成立了。而且，对我来说，这也是一个重要的尝试，甚至会决定我对未来方向的选择。可是警方却以我没有侦查权限为由，拒绝了我的请求。”

“这个结果并不意外，因为我们警方也只有少数人才有权参加现场解剖。”

“但是，你们警方的尸检人员会把一些重要的证据像垃圾一样扔掉，真是太可惜了。如果让我亲眼看一下尸体的腐烂程度，我一定会有新的发现。”

此时，这位女子的情绪稍微有些激动，她把手伸向胸前的口袋，同时叹了一口气。她从风衣胸前的口袋里掏出一盒烟，抽出一根叼在了嘴上。可是，随后她自己摇了摇头，又把烟放回了烟盒。

“我是一名法医昆虫学者。关于这个专业，需要解释一下吗？”

“我大体知道一些，就是利用蛆或其他虫子，来推测死者的死亡时间。”

“嗯，那是我们代表性的工作。不过，日本在法医昆虫学方面还非常落后，并没有把对昆虫的研究当作法医学中的有效手段。而且，昆虫学方面的证据也没有被赋予有效的法律效力。”

“是啊，最多也就是当作侦破工作的一个参考。”

“在自然界的循环中，物质循环的主角就是昆虫。尸体会吸引昆虫，不同时段的尸体会吸引不同的昆虫。我们早已掌握尸体上昆虫种类的变化模式。也就是说，只要仔细研究尸体上不同种类的昆虫的发育情况，就可以推算出死者的死亡时间。”

赤堀凉子直直地盯着岩楯祐也的双眼，继续说道：“我最想直接从尸体上采集虫子样本。而你们警方刚刚才把虫子送到我这儿来。这就有一天的时间差了，对我们来说，这是一个相当大的误差。”

“对于罪案现场的侦查，肯定只有我们警方的首批侦查员参加。这也是我们警察组织的一个规矩，如果没有特殊情况，这个体制是很难改变的。”

“确实！”赤堀凉子噘着嘴说，“你们对尸体进行解剖的法医对死者的死亡时间怎么说？”

“他说由于尸体的损伤程度实在太厉害，无法准确推断死亡时间。但10月4日，死者的同事在单位最后一次见到过她。”

赤堀凉子托着下巴思索着，突然，她好像想到了什么似的，迅速拉开不锈钢抽屉，从中拿出一个文件夹。一个天真的娃娃脸女子，兴致盎然地看着一张内脏暴露无遗的尸体解剖照片，这情景给人的反差感实在太强烈了。照片中，解剖台上乙部美智残缺不全、焦黑、蜷缩的尸体弯曲着腿脚，在毫无怜悯心的明亮灯光下，看上去她好像无比羞耻地颤抖着。她身上残留的衣物也被剥掉，胸腹被无情地切开，露出了内部的一切。人肉烧焦散发的臭气在岩楯祐也的喉咙深处复苏了，他连忙咳嗽几声，想把这艰难的记忆赶走。

赤堀凉子一张一张地翻阅着解剖现场的照片，最后停留在一张腹腔特写照片上，就是发现蛆球的那一瞬间。她眼睛一动不动地盯着照片看，好像时间在这一刻已经停止了。

岩楯祐也的提问打破了静止的空气："从照片中也能看出，蛆球是在肠子下面发现的。其他地方一条蛆也没有，这意味着什么呢？"

赤堀凉子终于把视线移开了照片，抬起头来。

"为了逃避高温。在我们的内脏中，肠子是水分最多的部分。在这样惨烈的火灾中，死者的肠子还能基本保持原形，也正是因为这部分水分多。侵入人体的蛆，在恶劣的环境中，肯定会想方设法往更适于生存的地方移动，这是它们的本能。"

"那形成一个球体，又是怎么回事呢？"

"这是虫子的习性。很多昆虫在越冬的时候也会抱成团，形成球体，以减少热量的散失。它们在球体内部共同生活，甚至会同类相食。"

"真是令人作呕的习性。"

"从这些照片中我能得出的结论是，它们是为了逃避高温或者寒冷，才抱成团的。"

"你说逃避高温我能理解，可大火中哪儿来的寒冷呢？"

"死者的表层皮肤基本上都已炭化，所以我没有办法准确断定，但不能排除凶手曾经对尸体进行过冷冻处理。比如用保冷剂、冰，或把室内空调温度开到最低等。凶手这样做可能是为了延缓尸体的腐烂，但寒冷让蛆钻向了身体的更深处。这是我的猜想。”

确实，从尸体残存部分的腐烂程度来看，这种可能性很高。左边的邻居没有闻到臭味，可能也是因为凶手对尸体进行了冷冻处理。岩楯祐也思索着。

“蛆的耐受力是很强的。某些种类的苍蝇幼虫甚至已经适应了热水或冰点以下的环境。”

鳄川宗吾做笔记的速度比以前快了很多，一本已经写完，不得不再拿出一个空本子接着写。赤堀凉子站起身，把胳膊伸过头顶从架子的高处拿下一摞打印的资料，用手指头指着上面的文字快速搜索着。

“从发现尸体的那天往前追溯，我调查了过去 3 周的气象数据。板桥地区德丸一带的最高气温，平均是 24 摄氏度左右。按照一般情况来说，室内温度应该不会超过 30 摄氏度。如果开空调，室内温度还会比气温低。这样的温度，苍蝇的活动不算最活跃，分解尸体的速度也会有所下降。”

说着，赤堀凉子还拿了几条已经固定的蛆标本并排放在桌子上。

“这些蛆是蝇科的幼虫，卵的孵化时间为 8 至 24 小时，幼虫发育期 12 天。然后变成蛹，再经过 17 天左右变为成虫。苍蝇嗅到尸体散发的臭味之后，10 分钟之内就会飞过来在尸体上产卵，比其他虫子到得都快。”

“不过尸体可是放在封闭的室内呀。”

“那样的房子对于苍蝇来说，简直不在话下。在寻找入口这方面，它们可是天才。岩楯警官，这个你应该知道吧。”

赤堀凉子嘴角上扬浅浅一笑，岩楯祐也也报以同样的微笑。

确实，即使人死于密室中，没人管的话也会腐烂、生蛆。

岩楯祐也指了指桌上的几个塑料容器，不同的容器里分别漂浮着大小不同的蛆。

“你制作的这些标本，应该是从蛆球中采集来的吧。采集时它们都是活的吧？”

“嗯，是活的。”

“我有一个简单的问题，蛆球里蛆的大小相差这么多吗？是不是来产卵的苍蝇也有时间上的先来后到，所以卵孵化成蛆的时间不同，大小也就不一样了？不过，这条是怎么回事，它比别的都肥大很多？”

岩楯祐也的目光落在一条格外显眼的大蛆身上。它比其他的标本都肥大，白色中泛着黄色，身上的节也更加明显，让人觉得更加恶心。

“这个问题提得好！不愧是刑警。蛆大小的不同，确实如你所说，有先来的有后到的。不过这是指一般的情况。”

“那你的意思是这条大蛆不一般？”

赤堀凉子歪着脖子，脸上显出一个奇妙的表情。她拿起一条最小的蛆，这条蛆只有几毫米长。

“顺便说一下，这条蛆是一龄幼虫。”

听到这儿，鳄川宗吾停下笔，插话道：“不好意思，我打断一下，‘一龄’是什么意思？”

“蛆随着成长会蜕皮，每蜕皮一次，就增加一龄。比如，第一次蜕皮前，叫一龄蛆；第一次蜕皮后，就是二龄蛆。用蜕皮来界定它们的发育阶段。”

“原来如此。这些标本是几龄蛆？”

“基本上都在一龄的范围内，但也混有一定数量的三龄后期的蛆。这个接近 2 厘米的蛆，马上就要变成蛹了。这个三龄蛆是问题所在……”

赤堀凉子用拳头支撑着腮帮子，盯着那条最肥大的标本。

“这位女性受害者，最后一次活着被人看见是在发现尸体的 8 天前。而这条三龄后期的蛆，至少需要 10 天才能发育到这个程度。这一点我敢确定。”

“有没有出现误差的可能性？”

岩楯祐也一提出这个问题，赤堀凉子马上摇头否定：“即使按照最大的误差推算，孵化后也需要 10 天才能长这么大。我认为实际上需要更长的时间。”

到目前为止，对乙部美智的最后目击证言只有 10 月 4 日傍晚的一次。她家附近便利店的监控摄像头也捕捉到了她回家时的身影。按照赤堀凉子对蛆的分析，乙部美智应该死于 10 月 2 日以前。

真是天大的笑话！岩楯祐也带着恶心的回忆看着那些蛆。在侦查会议上，法医昆虫学的可信度成为大家抨击的主要矛头。但如果就此舍弃法医昆虫学这个侦查选项，岩楯祐也又觉得有些可惜。因为面对这个致命的矛盾，赤堀凉子依然表现出坚定的自信。

“副教授，你怎么看这个误差呢？”

赤堀凉子好似正在思考，听到岩楯祐也这么问，她“嗯”了一声，岩楯祐也感觉她应该有自己的理由，可得到的回答却是：“我也不知道。”

岩楯祐也震惊得差点从椅子上滑下去。

“喂！喂……”

这到底是什么情况？明明什么都不知道，可为什么她全身都散发着自信的气息呢？毫无根据的自信！一股疲惫感向岩楯祐也袭来，他无可奈何地用手揉了揉太阳穴。

“非要说个假设的话，有可能是其他动物尸体上生的蛆，转移到了被害者体内。比如，她家里饲养了宠物，宠物死后尸体在房间里生了蛆。”

“但根据我们目前掌握的信息，并没有死者生前饲养宠物的证据。

“而且，死者从食道到胃部都被蛆吃光了，这个现象不知和三龄蛆有没有联系。读了验尸报告，我发现死者身上没有一处伤口。如果尸体上有血液，苍蝇会最先飞到血液上，舔食血液并在伤口处产卵。如果尸体上没有伤口，苍蝇就会利用身体上有孔的地方进入体内产卵，比如眼、鼻、口、耳。验尸报告显示，阴道和肛门没有被苍蝇入侵。从这一点可以分析出，死者脸部的严重损伤，不仅仅是火烧造成的，之前可能已经被蛆啃食得面目全非了。但有一个疑问，为什么蛆只把食道和胃部全吃光了？

“另外，副教授，我问一下，蛆像这样啃食尸体的方式，你以前遇到过吗？”

“没有。”赤堀凉子当即回答。

“随着腐烂的发展，尸体会发生液化，物质会溶解。但是，受害人一周前还活着的话，死后腐烂的程度还不至于发展到液化的地步。”

“而且，她死后凶手还可能对尸体进行了冷藏。”

“是的。所以，考虑到腐烂进程、冷藏等因素，可以看出在这个案件中蛆吃尸体的速度也太快了点。总而言之，这个案件中不可思议的地方太多了。”

目前，在法医昆虫学者这里也没能获得决定性的线索，这令岩楯祐也有些失望。他抱臂在胸前默默地思索着。纵火、勒死、蛆、内脏消失……这些都悬在空中，找不到通向任何方向的线索。

赤堀凉子睁着圆圆的眼睛盯着正在思考的岩楯祐也。

“我说，警官先生，作为我们已经熟识的证据，我有一个请求。”

“‘熟识的证据’？你这句话说得有点怪。”

“啊？奇怪吗？”

“那么，你有什么请求？”

“我想去发现尸体的现场调查一下。”

看样子，在这个女子的头脑中，已经确定了行动的顺序。电灯那刺眼的亮光映照着她的眸子，闪烁着星形的光芒。她的眼睛看起来有些炫目，岩楯祐也不得不眯起了眼睛，心想，这得是多么执着的人，眼睛中才会闪现这样的光芒啊？

“赤堀副教授也是我们侦查团队中的一员。你去现场调查不需要经过任何人的许可。所以，你不用客气。反过来，我们也不会客气的，会跟你一起去。”

“能给我这样的权限，我真的很高兴。客气就是浪费时间。”

赤堀凉子扑闪着睫毛笑了起来。两位警官还是第一次见到她如此柔和的表情。

Chapter 2

移情

1

梯田。

这是板桥的德丸地区给岩楯祐也的印象。道路的右侧是相当陡的一个大斜坡。在这斜坡上，像梯田一样分布着很多昭和风格的独栋住宅，一般都比较矮，此外还有年代久远的木制公寓房。不宽的石阶在房子之间蜿蜒而上，描绘出一幅迷宫一般的图景。虽然这幅图景很别致，在外人看来也很新鲜有趣，但对住在这里的人来说，却相当不方便。因为汽车、自行车都不能直达自家门前，而是要走上几十甚至上百级台阶才行。快递员每每到这里送货都想哭。

“真是个了不起的地方！让我想起了参观金刀比罗宫[1]的情形。”

穿着不太习惯的长筒雨靴爬石阶，对岩楯祐也来说有点费力，听到后面传来赤堀凉子的感叹，他回过头去。她还穿着昨天的那件风衣，把风衣的风帽戴在头上，正手搭凉棚向远处瞭望。她单肩斜挎着一个很大的背包，估计里面装的都是工作用的工具。这个包估计很重，把她的肩膀都压歪了。她的手里还拿着一个比她还高的捕虫网。从她矮小而纤细的身形来看，她就像一个放暑假的小学生。

1　日本香川县的一座神社，建在半山腰，要登很长的石阶才能到达。

“副教授，把你的包给我吧，我帮你背。否则别人看见你背这么大的包，还以为我虐待你呢。”

“谢谢你的关心，不过不用担心，我的体力和骡子有一拼。”

“有把自己比成骡子的人吗？”岩楯祐也笑得差点喷出来，“但是话说回来，这个地形救火会比较困难，消防车开不上来。”

“上面的道路正在放水。住在这里的人是一点点把山削平后，修建了房子，根本没有整体规划，东一块西一块，最后连成了片。”

从赤堀凉子的后面传来了鳄川宗吾的声音。他还在用手机给周围的环境拍照。这是笔记狂爱做的事情，他有他的哲学。

虽然是秋天，但穿着一身工作装还是很热的。岩楯祐也用袖子抹了抹额头的汗水。这时风向变了，一股木材和塑料烧焦的气味飘了过来。

有水从上方石阶汩汩流下，上面在举行消防演习。水上还漂着几块油膜，呈现出彩虹的颜色。

他们三人继续拾级而上，赤堀凉子突然发力，迅速从岩楯祐也身旁超了过去。

“我要做点准备，先走一步了。”

只见她一蹿一跳，瘦小的身影在石阶上跃动着，灵活得好像一只猿猴。转眼之间，她已经走出了很远。到了目的地后，她放下挎包，从包里拿出长靴换上，穿上塑料雨衣，又戴好黄色的安全帽。准备停当，她就走向了警方拉起的警戒线。这时，一个上了点年纪的执勤警察大声喝止道：“喂！这里不能进！没正事来这儿干吗，还带着捕虫网？”

“我来捕虫子呀。我有正事，有很多呢。”说着，赤堀凉子挎着大包、拿着捕虫网就从黄色的警戒线下钻了进去。

“喂！站住！你是哪个学校的学生？”

她果然被当成学生了。警官冲上前去准备抓她的衣领，但赤堀凉子一个闪身躲过了警官的手，同时把挂在脖子上的工作牌举起伸到了警官面前。

“我是侦查员。”

“啊？什么？”

“具体情况你去问后边的岩楯警部补，我跟你解释你也不会信。”

“等等！”这时岩楯祐也赶了上来，叫住了追赶赤堀凉子的老警官，开始给他解释原委。确实，如果让赤堀凉子自己解释的话，估计说到太阳落山人家也不会相信。今后，这种情况肯定会越来越多。

岩楯祐也戴上面罩和安全帽，对鳄川宗吾说了声：“走！”两人先后进入了乙部美智的公寓。从斑驳的残存痕迹中可以看出，这座公寓原来的外墙应该是白色的，具有现代风格。现在已经面目全非，只有大门口的拱门还保留着原来的轮廓。位于这条死胡同尽头的这座公寓，估计到了晚上会变得人迹罕至吧。从外面就可以看到，公寓四周挂着塑料薄膜，有几名身穿蓝色制服的痕迹鉴定侦查员正趴在地上专心地收集有价值的微小证物。

岩楯祐也看了看周围的岔路，一边确认地形一边想象着杀害乙部美智的凶手的模样。作案过程中，这个家伙最少来过两次。杀人来一次，放火还要来一次。从尸检结果来看，死者身上没有和人搏斗的痕迹，所以凶手要么是死者的熟人，要么是可以进屋而不引起死者怀疑的人。邻居、朋友、送货员、邮递员、送餐员……岩楯祐也在头脑中走马灯似的思考着各种可能性，但留在最后的是照片中那个男人的倒影。

卡拉OK厅玻璃窗子上映出的那个男人，年纪比死者大很多，以前是个美容美发师。这个男人的身影停留在岩楯祐也的头脑中挥之不去。这个男人是从哪儿来的？他到底是谁呢？他毫不犹豫地把剪刀伸向乙部美智最珍贵的长发的情景，岩楯祐也想象了无数遍。即使乙部美智也同意剪断长发，但他真忍心这么做吗？他的这个行为让人觉得冰冷无比，根本感受不到他对乙部美智的爱。

岩楯祐也还想到了另一个方向，就是那些为了接受乙部美智的心理疏导专门转院而来的患者。但从这条线索得到的结论也不尽如人意，根据现有的情报，从这些患者身上找不到太多的行凶动机。总而言之，所有的情报都不够完整，而且乙部美智自身也有很多谜团。在她身边根本找不到能称为“朋友”的人，她每天的生活就是往返于公寓和诊所之间。死前请假计划的这场旅行，是跟恋人一起去吗？

岩楯祐也暂时收住自己的想象力，把意识拉回到现场来。他和痕迹鉴定课课长打了招呼之后，撩开塑料薄膜进入了被烧毁的房间。里面充满了潮湿的焦臭味。在这股复杂而且令人不快的焦臭味中，还混杂着解剖中那种令人作呕的尸臭味。

岩楯祐也尽量让自己无视嗅觉的影响，留意着脚下小心翼翼地向房间深处走去。这个时候，一声“嗬！”吸引了他的注意，他走上前去看个究竟。赤堀凉子正以花哨的姿势在空中挥舞着那个捕虫网。在这样的地方，这个女子到底在干什么？结果她笑嘻嘻地把手伸进捕虫网，把捕到的虫子拿出来。

“马蜂！”

“喂！等等！你捉它干什么？而且你连手套也不戴，不怕它蜇你吗？”

岩楯祐也一着急，说话都有点带颤音了。鳄川宗吾也连忙跌跌撞撞地赶了过来。

“不用担心，没事的。我从背后抓住它的两只翅膀，它的螯针蜇不到我。”

“这个你先放一边，我就是想问问你，这个行动的意义在哪里？”

“你是想说我是一个不可思议的女人？”

“不是！你不要胡乱揣测别人的想法。不过，请先把那家伙弄死！”

“别惊慌，现在还不能杀死它，这是我采集的样本。”

赤堀凉子从包里取出一个小瓶子，把拇指大小的马蜂装了进去。

“这个季节，马蜂最具攻击性，警官先生们请小心哟。”

“请我们小心？我问你，你到这里来是干什么的？捉虫子做标本？”

“也算是吧。马蜂属于第三集团的。”

“第三集团？”这又是一个新鲜词，又刺激了鳄川宗吾敏感的好奇心，他赶紧从怀里掏出了笔记本。

“参与分解腐烂尸体的昆虫主要分为四种类型，分先后到来。”

“四种啊？”

“嗯，首先是第一集团，吃腐尸的昆虫，主要有苍蝇和甲虫等；然后第二集团赶来，是吃苍蝇幼虫、甲虫，或寄生在它们身上的昆虫，比如阎魔虫、埋葬虫，寄生类的有小型的蜂类和蚂蚁。”

鳄川宗吾手里的笔在本子上飞快地书写着，强烈的好奇心让他迫不及待地问：“那第三集团呢？”

“随后赶到的第三集团是大型蜂类和蚂蚁，还有一部分甲虫。这个集团的昆虫既吃腐尸，也吃其他昆虫。可以说是食欲最旺盛的一批昆虫。”

解说的同时，赤堀凉子举起了那个装着马蜂的玻璃瓶。突然被关在这么狭小的空间中，马蜂似乎非常生气，它不停抖动着翅膀，用身体撞击玻璃瓶壁。看到这个情景，鳄川宗吾感觉身上的汗毛都竖了起来。

“马蜂翅膀发出的声音，无论什么时候听到，我都感觉不舒服。它们发出的那个声音，能让我立刻警觉起来。只要一听到，我会立刻东张西望地寻找它们，一旦发现它们的影子，我会拔腿就跑。”

“马蜂抖翅声的频率是 150 赫兹，苍蝇的是 147 赫兹。因为苍蝇是在模仿马蜂抖翅的声音，以威吓敌人。鸟类等天敌被苍蝇的抖翅发出的声音欺骗，以为是马蜂，就不敢接近它们。苍蝇真是欺骗的高手。”

赤堀凉子盯着瓶子里的马蜂，说："这小家伙知道这里有吃的。以前尸体还在这里的时候，它多半来过好多次，是个'常客'。"

从她嘴里说出来的话，充满了自信。岩楯祐也心想，这个女子和一般人肯定不在同一时空里，她一定是生活在别的频道上。

岩楯祐也正了正安全帽，把话题引回到刚才的话题上："那第四集团呢？"

"第四集团，也就是最后一批来的，是蜘蛛类。它们在尸体附近织网，轻松地捕食其他虫子，真是一帮聪明的家伙。"

"那……这个是什么？"鳄川宗吾指着焦黑的柱子上趴着的一只茶色小螳螂问。

"啊，这个是临时凑热闹的。"

"临时凑热闹？"岩楯祐也不解地问。

"就是偶然从这儿路过，过来看个究竟的。这种事情经常发生啊。比如，你在路上看到一群人聚在一起吵吵嚷嚷，肯定也会产生好奇心——'咦？这么热闹，他们在干什么呢？'然后就会不自觉地停下脚步，向里面张望，想知道他们到底在干什么。"

"我可没有凑热闹的习惯。"

"不管怎样，与分解尸体毫无关系的昆虫也会出现在这里，这很正常。我首先必须了解现场的生态环境，这一点非常重要。不过，经历了大火之后，这里的小生态环境已经被破坏了。我说岩楯警官，你不要再磨磨蹭蹭了，咱们赶快到发现死者的房间去吧。"

赤堀凉子微笑着。一旁的鳄川宗吾看到岩楯祐也被人这么指使，笑得不行，可他又不敢笑出声来，只得使劲憋住，但肩膀还是不停地上下震颤。岩楯祐也瞪了他一眼，朝乙部美智的房间走去。这个房间已经不能称为房间了，它比照片上看到的还要惨很多。在警方架起的白色照明灯之下，所有被烈火焚烧的痕迹都显眼地浮现出来，没有一处遗漏。一个胳膊上戴着“火灾调查”的人正在认真地工作着。

乙部美智居住的这座公寓只有一个房间，8张榻榻米大小。地上有的地方贴着胶带，有的地方摆着号码牌，把之前房间里物品的位置大体标注了出来。地上散落着几个被烧得不成样子的空易拉罐，装化妆品的小瓶子、小镜子等被聚拢到一堆。死者生前好像还养金鱼或热带鱼，已经破碎的玻璃小鱼缸倒在一边。

岩楯祐也心里感叹，原来木制房屋需要这么多钉子啊。地上随处是被烧落的钉子，几乎找不到下脚的地方。这些钉子呈茶色，生了锈又被火烧过。西面的墙壁已经完全被烧毁，电冰箱、电视机等家用电器也都扭曲成黑色的坨坨。床也只剩下光秃秃的床架，可以看出床原来是靠窗边的墙摆放的。窗子的玻璃都已在高温中碎裂，散落一地。

“起火点找到了吗？蔓延路线是怎样的呢？”

岩楯祐也问火灾调查员，这个有点驼背的男人单手拿着记录夹板走了过来。他全身上下都沾满了黑灰，只有眼镜后面还能看出肤色。

“起火点应该有4个，首先是这个，A点。”说着，他用笔指了指地上被胶带围起来的地方。

“这是尸体所处的位置。地板已经烧毁，和其他地方的燃烧方式明显不同。”

“也就是说，凶手是对着尸体点火的。”

“嗯，应该是这样的。助燃剂是汽油。”

最初的6起纵火案，嫌疑人使用的助燃剂是煤油，这次果然不同。

岩楯祐也小心翼翼地走过来，看着乙部美智倒下的地方。那个地方的地板几乎已经烧光，可以看到下面地基的柱子，周围还遍布着像油污一样黏稠的液体，焦黑色中还带点暗红色。汽油、体液、血、肉……应该是这些东西的混合物，好像被碾碎的亡灵，岩楯祐也无法再想象下去。

“然后是B点。”火灾调查员一边翻看笔记一边给他们解说，“这面墙壁已经完全烧毁，墙根也烧得很严重。恐怕凶手在墙上泼了汽油，或者说，房间里到处都泼了汽油。而且凶手很谨慎，连大门外壁也淋了汽油。”

窗帘已经满目疮痍，下面碎成一条一条的，中间还有大大小小的洞。不过，窗帘看来是耐火材质的，并没有完全烧毁，还能大体看出原来的形状。随着风从破窗中吹进来，窗帘还跟着摇摆。

从凶手放火的手段来看，他完全没有顾忌周围无关人员的性命。或者说，他就是想将这一带都变成火海，完全毁灭犯罪现场和证据。他唯一没有算计到的就是死者肚子里出现的“蛆球”。正是这个蛆球，暴露了凶手的马脚。从现场看到的凶手的每一个举动，都显示出他是一个以自我为中心、毫无同情心的家伙。

在绷着脸、双臂抱在胸前的岩楯祐也身后，鳄川宗吾也在头脑中得出了相似的结论。他被气得嘴角直颤，咬牙切齿地说：“凶手是典型的秩序型，我想他以前有犯罪经历的可能性非常大。”

“嗯，而且他以前作奸犯科还没被抓住过。”

“从凶手的手法上看，他非常大胆，甚至有些自信过度。感觉他是一个对犯罪习以为常的家伙，冷漠而且冷静。我猜测这个人有固定的工作，而且周围人对他的评价还说得过去。”

“这个嘛……”岩楯祐也接话道，他不能完全认同鳄川宗吾的看法，“这是你的判断，有一点我不太赞同，就是说他‘冷静’。”

鳄川宗吾解释说：“凶手会利用近期发生的纵火事件，花一周时间四处放火以便把自己最后这次毁尸灭迹的大火嫁祸给别人。如果他不冷静的话，肯定早早地逃离现场了，或者杀人后马上就放火了。”

“我认为他放火，仅仅是迫于形势的需要。如果我是凶手，我会在杀人之前就四处放火制造假象。那样的话，我就没有必要再次返回杀人现场了，可以在杀人之后立即放火，那样不是更安全吗？而凶手的行动中，多余的动作太多，应该可以看出他是很着急的。”

鳄川宗吾用手背向上推了推眼镜，稍微思考了一下之后，露出一个奇妙的表情。

“岩楯前辈，你的意思是凶手缺乏计划性？”

“是杀人之后才开始做计划。”

可能凶手一开始并没打算杀人，多半是因为什么和受害人产生了冲突，然后失手将其掐死或勒死了。但有一点岩楯祐也和鳄川宗吾意见一致，就是凶手对犯罪习以为常，并不是第一次犯罪。

“那么，我能进去了吗？”

岩楯祐也听到赤堀凉子有点着急的声音，回过头去，只见她已经准备停当，调节着头灯的角度，戴着一双有点脏的劳动手套，口鼻裹着纱巾，脚下还是那双伤痕累累的长靴，看上去就像一个熟练的老矿工。

岩楯祐也嘱咐了一句：“小心脚下！”赤堀凉子比了个“OK”的手势，就迫不及待地进入了死者的房间。她轻巧地避开地板被烧毁的地方，沿着地基的柱子毫不费力就来到了乙部美智倒下的地方。看到赤堀凉子今天的样子，就知道她绝不是一个只会坐在办公桌前解决问题的学者。“学者的脑袋都学傻了”这种固有的偏见，在岩楯祐也的头脑中瞬间被颠覆了。只要听说哪里发现了罕见的昆虫，赤堀凉子那家伙一定会屁颠屁颠地跑过去看个究竟。

赤堀凉子找了个合适的位置站定双脚，然后开始呼呼地摇动她的捕虫网，嘴里还不时发出“嘿”“哈”“嗬”的喊声。捕虫作业完成之后，她从腰包里取出一个小镊子，匍匐在尸体所在的位置旁边。那强烈的尸臭味，她似乎完全没有闻到。

仔细检查着尸体附近位置的每个微小细节，突然，赤堀凉子好像想到了什么似的，摘掉手套，用手指去蘸原尸体所在处的油污，然后慢慢把围在嘴上的纱巾拉了下来。她接下来的动作更令人吃惊，竟然伸出舌头，准备去舔手指上的油污！

“副教授！你要干什么！？”

鳄川宗吾似乎看到了人世间最难以忍受的场景，着急地迈步上前打算阻止赤堀凉子的怪异行为。可是，只听啪叽一声，他一脚踩到了那可怕的液体上。就在他慌忙撤脚的时候，因为动作过大，装在胸兜里的手机又掉了出来……

赤堀凉子被这突如其来的状况吓了一跳，望着天空发了一会儿呆，然后终于反应过来，脸上露出了笑容，同时把手指上的油污在牛仔裤上蹭了蹭。

“啊，我又陷入自己的世界无法自拔了。”

“你这个解释很可爱嘛，不过你应该知道那是尸体的体液和汽油的混合物吧？”

“嗯，在研究昆虫的时候，我习惯了用舌头去尝一尝。刚才可真危险，太危险了！差点舔了不能舔的东西。”

“你总是用舌头去舔吗……”说着，鳄川宗吾的喉咙发出咕噜一声，他吞了一口口水。

“对于昆虫的尸体，可以通过味道判断它们死亡时的状况。这可是我发明的方法，我把它命名为‘赤堀味道判断法’。”

“死亡时的味道？你饶了我吧，难道你是野兽吗？”

“你这话就太失礼了吧。不过，我的这种方法确实存在一定的风险，毕竟虫子尸体上可能存在连锁球菌、黄色葡萄球菌等危险的细菌。”

“问题的关键点不在这里。”

岩楯祐也想一想都觉得胸中憋闷，赶忙把口罩拉了下来。

“喂，鳄川，你的脸色太难看了，要吐的话，千万不要吐在这里啊。”

“我还能忍住。但是，赤堀副教授总搞‘突然袭击’……”

“忍住！你就别把她当人类看。”

法医昆虫学者又投入了工作。她沿着室内的地基慢慢地移动着，不时调节着头灯的角度，用镊子夹起各种她认为有价值的小东西放入塑料袋。她认真的表情中，已经完全看不出刚才那顽皮的样子，整个人散发着一种令人恐惧的敏锐气场，好像在向周围发出警戒：“不要靠近我！”

赤堀凉子向火灾调查员详细询问了现场的各种细节，然后花了整整30分钟在室内各处进行调查。在烧毁的地板下，她挖起一小撮土装进袋子，连烧尽的杂草根也不放过，仔细采集起来装进袋子。她把各种微小的物品分类整理、收集起来。但从表情来看，她并不是很满意。

“有什么不对吗？”岩楯祐也问。

赤堀凉子微微叹了口气，说：“当初的设想可能出错了。这个房间里没有动物尸体存在过的迹象。”

“你是说死者体内的大蛆是从宠物的尸体上爬进死者尸体的？”

“当初想过这种可能性。但是，这间屋里没有动物的尸体，这个假说就不成立。那些大个头的蛆到底是从哪儿来的呢？”赤堀凉子咕哝着，同时用手支撑着下巴思考着。

“从房子外面进来的呢，有没有这种可能性？”

昆虫学家摇了摇头，指了指大门旁边的换气扇，说：“我想苍蝇们应该是从那里进来的。虽然换气扇上还有一层纱窗，但纱窗的间隙也足够一些虫子钻进来了。而穿越失败的虫子，就会在纱窗的外边变成黢黑的家伙。”

说着，她从腰包里抽出一个塑料袋，里面装的是一些像黑色线头一样的小虫子。

“孵化出来的蛆转换‘居住’场所并不罕见，但只有三龄蛆才能做到。它们主要是为变蛹做准备。它们会寻找一个不会被捕食者轻易发现的地方变蛹。话虽如此，外面的蛆要想爬上墙、通过换气扇进来，再钻到死者的体内，也是不可能的。因为它们做不到，这段路程对它们来说太艰难了。”

“那……那些肥大的蛆到底是怎么回事？”

“现在我只能告诉你们，不知道。我正在寻找下一个假说。”说着，赤堀凉子耸了耸肩。

所谓法医昆虫学，看样子就是不断推翻各种假说的工作。岩楯祐也心想，这和自己的刑警工作还有几分相像呢，都是先做假设，然后多方搜集证据，要么证明假设，要么推翻假设。虽然大部分工作都是没有结果的，但只要抓住一点蛛丝马迹，就可以直逼真相。如果没有使命感的话，这样的工作是干不下去的。

岩楯祐也用眼神示意鳄川宗吾，该收队了。可这个时候，赤堀凉子正蹲在浸水的地上捡被大火烧焦的空易拉罐。这个易拉罐在床的附近，她从罐口往里看，又拿到鼻子前闻一闻，再放到耳朵旁听一听里面的动静。岩楯祐也想，这还真是一份充满“野性”的工作。赤堀凉子一只手把易拉罐倒过来，另一手在罐口下面接着，结果倒出一些像沙粒一样的东西。

“我在野外工作的时候，也会仔细检查这些东西——空易拉罐、遗弃的雨靴、背包，它们是虫子最喜欢的栖息场所。”

说着，赤堀凉子咧开嘴笑了。她的手套里捧着那些细碎的黑色物体，这让两位警官感觉不太舒服。

“你这是发现了寻宝图的表情啊！”

“这些是某些昆虫的一部分，虽然被烧焦了，但多少还留下了一点形状。不知道这些虫子和案件有没有联系。不过，好多只同一种虫子的残骸出现在一个空易拉罐里，是不是有点奇怪呢？”

“从这些虫子的残骸中能发现什么呢？”

“如果发现不了的话，我就辞掉这份工作。”

“你还真有自信。”说着，岩楯祐也笑了。

“多给我点时间，让我仔细调查一下，一定能确定这些虫子的种类。”

赤堀凉子把易拉罐里虫子的残骸装进一个小瓶子，用手撑着脚边的地，慢慢站起身来，然后像杂技演员一样，轻巧地跃步走出房间。岩楯祐也跟在她身后，可是突然，一个强烈的刺激将他钉在了原地。

岩楯祐也视野中出现了一个移动的物体，这就是那个刺激源。他似乎听到了一种令人耳鸣的声音，有什么东西在焦黑的木柱上爬行。岩楯祐也把这个烧毁的房间环视了一遍，最后，目光终于定焦在木柱上的某个地方——那里有一只蜘蛛。

那是一只前所未见的巨大蜘蛛，身上有暗褐色的斑点，八条长腿呈放射状向八方延伸。那家伙身上竖立的硬毛清晰可见，圆圆的身体太过肥硕。它的两条前腿抬起，做出一种随时可以跳过来的架势，让人不寒而栗。

岩楯祐也一动不动地站在原地，更准确地说，他是动弹不得。只见那只蜘蛛开始沿着木柱爬行，不时停下来抬起两条前腿，像是探测着岩楯祐也这边的气息。在那家伙的头顶上，有八颗黑曜石一样的眼睛，闪烁着瘆人的光芒。

岩楯祐也也变成了一根柱子，身体已经不受自己控制，他只感觉每个汗毛孔都在往外“喷射”汗水。

蜘蛛爬行的声音，我们人类应该是听不见的，可不知道为什么，岩楯祐也感觉，蜘蛛每落一次脚，他的耳朵深处都会听到咚的一声巨响，让他全身震颤不已。他只感觉上半身的血液一下子全都沉到了双腿上，面部变得冰冷、苍白。此时的岩楯祐也只能往里吸气，无法往外呼气。他铆足全身力气，弯下腰捡起地上的一段木头残骸。必须弄死这家伙，马上弄死，否则的话……

就在这时，一个沉稳的声音在岩楯祐也耳边响起。

“岩楯警官，放松，慢慢深呼吸。没事的，慢慢深呼吸。不用担心，也不用害怕。”

说着，赤堀凉子从岩楯祐也身边挤到了他身前，用手抓住那只巴掌大小的蜘蛛，并从窗户扔了出去。岩楯祐也稍微松了口气，咳嗽一声之后发现自己能够正常呼吸了，但心跳的速度暂时还降不下来，而且有点反胃想吐。他用袖子抹掉额角渗出的汗水，然后双手支撑着膝盖，弓着身子开始大口喘气，想把呼吸调匀。这时他才注意到赤堀凉子正在轻抚他的后背，表示安慰。他顿时觉得很难为情。

“……不好意思。我最讨厌蜘蛛了，丢人现眼了。”

“不用放在心上，有蜘蛛恐惧症的人有很多呢。”

“那是只外国蜘蛛吗，怎么那么大？日本不应该存在那么大的蜘蛛吧？”岩楯祐也终于抑制住身体的颤抖，可以稍微正常地思考、说话了。

“那是外来物种，应该是谁养的宠物吧。这种蜘蛛在一部分昆虫爱好者中非常受欢迎，所以日本养这种蜘蛛的人也突然多了起来。刚才那只可能是谁不想养了，被遗弃了的。”

“随便遗弃那种东西？这种人要是让我遇见了，一定狠揍他一顿，然后把他塞进猪圈！”岩楯祐也用毫无力气的声音发完一顿咒骂之后，赤堀凉子拍了拍他的后背说：“算了，算了。那种蜘蛛不织网，也没有毒性，不会对人类做坏事。放在家里，它还有驱除蟑螂的功效，应该算是益虫。”

“这倒是不错，我家是不是也要养一只？”岩楯祐也打趣道。但他心想，要是再让我碰见那样的蜘蛛一次，说不定要犯心脏病而死。

岩楯祐也跟在比自己矮两个脑袋的赤堀凉子身后，被这个“弱女子”领出“恐怖房间”。他对一脸担心的鳄川宗吾摆了摆手，做了个苦笑的表情。

“让你看到了我出丑的样子，真是丢脸。”

“快别这么说。昆虫恐惧症和恐高症、幽闭恐惧症属于同一类型，是非常常见的。”

“这么说我应该感到高兴啦？”

鳄川宗吾只得露出一个尴尬的笑容。与此同时，他的手机振动起来，衣服兜里还透出手机闪烁的灯光。当他掏出手机把它放在耳边的瞬间，“哇”的一声大叫，把手机扔了出去，然后就蹲在草丛中开始呕吐起来。

“喂！喂！怎么回事？”

岩楯祐也不知发生了什么事，捡起了手机。结果发现手机的屏幕上沾满了恶心的液体，他也像拿到一个烫手山芋一样，把手机扔了出去，比鳄川宗吾扔得更远。

“鳄川，今天咱们两个走背字，忍住啊！”

看了一眼蹲在地上干呕的鳄川宗吾，赤堀凉子走过去把手机捡了起来，然后用风衣的衣襟擦掉了上面的黏液。“好了，给。”说着，她把手机递向了岩楯祐也。

“已经不臭了。”

“怎么可能？那可是尸体的汁水和汽油一起‘烹调’出来的恐怖物质啊。”

岩楯祐也不知自己说出的哪个词刺激了鳄川宗吾，只见他又弯下腰去吐。

“确实是‘烹调’出来的恐怖物质。鳄鱼警官（她给鳄川宗吾取的外号），你没事吧？我看你的胃里好像已经没什么东西可以吐了。”说着，赤堀凉子还帮鳄川宗吾拍了拍背。

岩楯祐也和仍然在现场工作的警员们道了个别，准备回去了。此时他感觉身体里的所有地方都充满了烧焦的尸臭味，喉咙里更是刺痒难耐，他也想像鳄川宗吾那样吐个痛快。在下台阶的时候，赤堀凉子提了一个不错的建议：“我能抽支烟吗？”两位警官立刻表示赞同，同时他们俩也都各自点了一支猛吸起来。

三人让烟在肺里肆意扩散着，也让头脑暂时被麻痹。对两位警官来说，今天的遭遇实在太可怕了。赤堀凉子则轻松地向空中吐着烟，还不时吹出几个烟圈。

“岩楯警官，我估计你母亲也害怕蜘蛛吧？”赤堀凉子把香烟夹在指间问道。

“是啊，你怎么知道的？如果房间里发现了蜘蛛，那她两小时之内是不会进那间屋子的。”

“你们对蜘蛛的恐惧和它们的大小成正比，对吗？”

“对，很小的蜘蛛，倒是不怕。”

“果然如此，和我想的一样。对虫子的恐惧如果发展到恐惧症的地步，一般会在家人之间‘传染’。如果孩子在 12 岁之前没有出现对某种昆虫的恐惧症，那他基本上一辈子都不会恐惧这种昆虫。”

“这么说，我一辈子都会怕蜘蛛了。我的整个人生都害怕蜘蛛。”岩楯祐也笑了。

“我还在特意寻找像你这样害怕虫子的人呢。因为害怕虫子的人对虫子更加敏感，只要一有虫子，他们肯定会第一个发现。所以，岩楯警官，如果你感觉附近可能有蜘蛛，那就告诉自己这里一定没有蜘蛛，也不要到处乱看，赶快离开就是了。OK？”

岩楯祐也点头表示同意，然后熄灭了烟头。

关于自己害怕蜘蛛的事情吧，岩楯祐也还是第一次和别人说起，但赤堀凉子并没有嘲笑他，还安慰他，这让他心里感觉很舒服。

随后，大家要开始各忙各的了。赤堀凉子把她的大挎包和捕虫网抬到自行车上，麻利地骑上车回去了。她头上还戴着那顶黄色的工地安全帽，上面“安全第一”四个大字异常显眼。

警官的雅阁轿车停在大路边，两人向停车的位置移动。一路上，岩楯祐也的眼睛也没有闲着，四处打量着这里的街道。路对面的房产中介店也是小规模纵火案的受害者之一，但只有招牌被烧了，黄色的外墙被熏黑了，其他倒没有什么损失。

也许附近有什么大学吧，这一带学生打扮的人不少。警方在这一地区已经进行了彻底的走访调查，但到目前为止还没有获得有力的情报。

又走了几步，一家陈旧的洗衣店映入岩楯祐也的眼帘，洗衣店的招牌还是用洋铁皮做的，锈迹斑斑。店里，一个身穿花围裙的老女人正隔着柜台一脸没好气地接待着客人。岩楯祐也没多想，也没停下脚步，从洗衣店门前走了过去。可是，没走出几步，他似乎突然想到了什么，放慢了脚步的节奏。

前面不远是一个十字路口，只见一个肩背青绿色旅行背囊的胖男人无视红色的信号灯，闷着头就往马路对面走。对于鳄川宗吾来说，交通法规是神圣不可侵犯的，看见有人闯红灯，他一边咂着嘴，一边就要冲过去阻止他。可岩楯祐也一把拉住了他，因为他更在意洗衣店里的事情。

岩楯祐也拉着鳄川宗吾回到了洗衣店前，他透过玻璃门往里边张望。里面一共有三个人，穿花围裙的女人、她对面的客人，以及在柜台深处拿着蒸汽熨斗和一堆衣服进行“格斗”的男人，这个男人看上去应该是老板。柜台上放着小山一般的衣服、衣架，收据、发票等也摆放得杂乱无章。和普通的洗衣店没什么不同，也没什么可疑的地方。但是，岩楯祐也的视线始终停留在一个点上。

“怎么了？”鳄川宗吾好奇地问道。

“谁会戴纯金的、像印章一样的大戒指，罗马教皇、黑手党分子，还是魔法师？”

2

不会错！这个人就是照片中玻璃上倒映出来的那个人——曾经的美容美发师、乙部美智的恋人。

这个人黑色的头发中夹杂了丝丝白发，头发还有波浪卷，从嘴的周围到两腮还精心蓄着胡须。他的肤色略黑，但充满了光泽，可以看出他的生活没有太深刻的烦恼。他的面容棱角分明，眼睛很大，眼角稍微下垂。在之前的目击信息中，有人说看见“意大利人”进入乙部美智的公寓。岩楯祐也心想，“意大利人”这个形容词还真是一语中的。

等这个男子从洗衣店出来的时候，岩楯祐也靠上去向他打招呼。他身上喷着香草味的香水，浓得有些呛人。

“不好意思，我是警察。”

说着，岩楯祐也掏出工作证展示在男子面前。结果，男子一脸惊讶地来回打量着眼前的两个便衣警察，然后花了很长时间盯着岩楯祐也的工作证看，随后忽然露出了一个沮丧而无奈的微笑。

“从某种意义上讲，也许你们来得正是时候。我正想去警察局呢。”

“那太好了。有什么话你可以跟我们说。我们的车停在那边，我们车上说吧。”

男子平静地点了点头，然后低着头走在岩楯祐也前面。

男子上身穿着一件棉麻混纺的象牙白色夹克，里面是一件红色格子衬衫，这种搭配岩楯祐也不太喜欢。这就是一个风流老男人的假面具吗？岩楯祐也从头到脚反复审视着眼前这个男子。

最后，他也不得不承认，在招惹女性方面，无论从气质还是外表看，这个老男人无疑都是合格的。

走到雅阁轿车边，岩楯祐也让男子坐进了后排座椅，自己把长筒雨靴脱下来，换上便鞋，然后坐到了男子旁边的座位上。等鳄川宗吾坐进驾驶位之后，岩楯祐也准备开始询问，可他刚把头扭向男子，却发现他潸然泪下，弄得他有点不知所措。

“美……美智死了，是真的吗？”男子说一句哽咽一下，用他那满是泪水的大眼睛望向了岩楯祐也的眼睛。

“一直联系不上她，我很担心，就过来看她，可我看到的只有烧毁的公寓……”

“对不起，您是……”

“我叫国居光辉。是乙部美智的朋友。”

“朋友，是吗？能先给我看一下身份证吗？”

国居光辉擦着眼泪摇头道：“不好意思，我没有随身带身份证的习惯。”

“这样啊。不过，那边停的那辆大红色宝马车，应该是你的吧？”

岩楯祐也用手指了指50米远路边那辆汽车，同时又看了看男子腰带上挂的钥匙环——上面有四把样式各异的钥匙，还有一个宝马汽车的遥控钥匙。国居光辉脸上瞬间闪过一丝吃惊的表情，但随后他马上又恢复了悲伤难过的表情。

“啊，是的。不好意思，我很少开车，所以都忘了自己还带着驾驶执照。”

说着，国居光辉从屁股后面的口袋里掏出一个压花的长钱包，从中抽出驾照递给了岩楯祐也。

国居光辉，48岁，居住地是目黑区的祐天寺，居民公寓的2楼。

“你在哪儿工作？”

“说起来丢人，我之前的公司重组，我被裁员了。现在还在找工作。”

“哦，这样啊。”

国居光辉又把驾照递给鳄川宗吾看，同时又用颤抖的声音问了一遍：“警官先生，美智真的死了吗？”

“非常遗憾，死者确实是乙部美智本人。”

“哦，哦……”

他已经难过得说不出话来，全身颤抖，紧握双拳。

“为什么会这样？为什么……”

他从紧咬的牙缝中挤出这句话来。但是，那只不过是为了追求一种戏剧效果罢了。岩楯祐也心想，我刚被那只硕大的蜘蛛吓得半死不活，现在哪还有心情陪这个小丑演戏？于是，不等国居光辉再次落泪，岩楯祐也的问题就杀到了。

“你说之前和乙部小姐失去了联系，是从什么时候开始联系不上她的？”

国居光辉望向窗外，痛苦地任眼泪流淌下来，但这也是给自己争取一些思考时间吧。

“我想应该有两个星期联系不上她了。”国居光辉郑重其事地回答，“以前，我和她从来没有超过一周不联系的情况。所以这次我有一种不祥的预感。我赶到这里一看，就只看见烧得只剩框架的房子。我没有勇气走近去看，我害怕。”

“所以你就到洗衣店去打听情况？”

“是。美智以前常去那家店洗衣服。结果……听说烧死的好像是美智……”

说着，他的悲伤情绪又被激发出来，双眼皮的大眼睛里又成功落下大颗的眼泪来。

“乙部小姐从 10 月 5 日起申请了一个星期的休假，这个你知道吧？”

“休假？不知道，这是第一次听说。”

“她没提要去旅行的事吗？”

“从没听她说过。”

“你们不是每周都要联系吗，如此亲密的关系，连这样的事你都不知道？这未免有点奇怪吧？”

“我真不知道。她不告诉我也没什么奇怪的呀。怎么啦？”

对于某些影射和讽刺，这个男人似乎假装听不出来。他从口袋里掏出手帕擦掉了脸上的泪水，还做出一副无法释怀的天真表情。同时，他还偷眼瞟了瞟岩楯祐也的神情，然后怯生生地开了口：“我能问个问题吗？”

“请问，随便问。”

“警官先生，刚才你们是在洗衣店外等我出来的，是吗？”

“是的，怎么了？”

“唉……你们为什么要在外面等我，而不直接进去找我？我和她的关系，看起来你们早就查过了。”

岩楯祐也觉得有些不可思议。这个男人应该对乙部美智彻底隐藏了自己的身份，和她交往时他很小心，都不会和她合影。

岩楯祐也稍作思考，决定给这个擅长表演的男人设个圈套。

“啊，你和她的关系都是从乙部小姐同事那里得来的情报。刚才在洗衣店外看见你的身材、外貌和她同事说得差不多，就等你出来询问了一下。结果果然是你，名字和她同事说的一样。”

“名字一样？”

国居光辉从心底里感到吃惊，不自觉地反问了这么一句。但他立刻发觉自己露馅了，慌忙补了一句：“啊，不好意思……”想蒙混过去。岩楯祐也的圈套奏效了，和他预想的一样，这个男人和乙部美智交往时，用的都是假名字。相马薰子果然“旁观者清”，看出这是一个不靠谱的男人。

鳄川宗吾用敏锐的视线透视着国居光辉的心理变化，同时，把他的一言一行逐一记录在笔记本上。

“你和乙部小姐是怎么认识的，我能了解一下吗？”

“我和她的相遇是偶然的，不，也许应该说是必然的。总之，就是感觉彼此的灵魂相互强烈吸引，就像两块磁铁一样。”

“听起来很浪漫啊，不过像爱情小说的语言，以后有空你再讲给我听吧。现在我只听‘必要’的内容。”

国居光辉忍着心中的怒火，咳嗽了一声。

“我这个人性子急，请省略那些甜蜜的描写，直截了当地说主题。”岩楯祐也说。

“我想，两个人的关系是个人隐私。”

“当然，这没错。不过，询问个人隐私正是我们刑警的工作。”

这个恰如其分的回击，让国居光辉变得支支吾吾不知如何应对，他只得不停拿手帕擦额头的汗水。其实这也是他在拼命为自己争取思考的时间，他在头脑中盘算，说出事实对自己有没有好处。

可是，岩楯祐也似乎并不想给他思考的时间，连珠炮似的问道：“首先，请告诉我你们是在什么地方认识的？”

“在网……网上聊天认识的，我和她聊得很投缘。”

“就是所谓的艳遇网站吗？”

“我们那可是一个严肃认真的网站，没有警官先生想的那种勾当。我和美智在网上聊了很久，又通过几封电子邮件，才真正见面，见面时彼此感觉很不错。”

“那是什么时候的事情？你们第一次见面的时间。”

“3年前吧。”国居光辉掰着手指头回答道。

岩楯祐也知道他在撒谎。乙部美智彻底改变形象还不到一年时间。

而且，乙部美智向同事相马薰子讲的有关“他”的情况，也和眼前这个男子的描述有很大不同。

“你以前曾干过美容美发？听说乙部小姐的头发就是你给剪的？”

“这个……不是的，没有那回事。我也没干过美容美发这个行业，这是从哪里听来的传言？”

国居光辉故意显出一副吃惊的样子，同时使劲在面前摆着手表示否定。这也是在撒谎吧？不，也许从某个角度看他是在说实情，因为他已经意识到，关于自己以前的职业，警方只要调查一下履历表就可以轻松查明。岩楯祐也又想，虽然他不是美容美发师，但乙部美智的头发也许就是他剪的，或在他的鼓动下剪的。

“我还听说你们已经订婚了？”

“没有，我们还没考虑到那一步。我们只是好朋友。不过我倒是很喜欢她，也许有一天我会向她求婚。”

“有没有发生肉体关系？”

“怎么能睡好朋友？”国居光辉抛出了一句似乎早有准备的台词。

“哦，这样啊。乙部小姐有没有跟你倾诉过什么烦恼？或者她和谁发生过矛盾，她有没有预感到危险的存在？”

“她倒是说过和她们诊所的院长不太合得来，但从没听她说和院长发生过什么矛盾……”

回答完之后，国居光辉好像意识到了什么，突然睁大了眼睛。似乎被突如其来的打击镇住了，嘴唇突突地发颤，说不出话来。这样的演技如果放在大屏幕上播放，倒是可以接受，但是在现实生活中见到的话，就显得浮夸了。

“等等！警官先生，为什么要问那些？难道说，美智是被人杀害的？”

岩楯祐也不置可否，脸上没有任何表情。于是国居光辉又向鳄川宗吾“求救”，看到没有希望，又把视线转回了岩楯祐也的脸上。此时国居光辉的脸涨得通红，他砰砰地拍着自己的膝盖，近乎歇斯底里地喊道：“她是被人杀害的！对不对！怎么会这样？畜生！她还有很多梦想没有实现！一切才刚刚开始！是哪个畜生干的！”

嘴里不停地咒骂着“畜生”，反复拍打着自己的膝盖，最后，国居光辉用双手捂住了脸，低下头哽咽起来，指缝间开始有大颗的眼泪滴落下来。他痛不欲生的样子令人“同情”。

如果没经过事先调查，不了解国居光辉的底细，也许很多人会同情这个突然失去恋人的苦命男子。他的演技可称得上专业。不过，这个男子只不过是在撒谎罢了。他最善于迅速判断损益，并根据情况编造出最合适的谎言。他忧郁的眼睛深处有小小的狡黠在跳动，但他把自己的真实内心封闭得严严实实，从外面很难看出来。

这个男人就是杀人凶手吗？岩楯祐也花了挺长时间观察他的侧脸。他正“陶醉”于自己的演技中。如果杀害乙部美智的凶手真是这个男人的话，他应该不会轻易露面吧。此时逃跑还来不及呢。那么，在这个时间点，他为什么要来到乙部美智受害的现场呢？

国居光辉只是低着头不住地哭泣，岩楯祐也则用毫无抑扬顿挫的语调接着提问。

“国居先生，10 月 11 日从深夜到第二天早晨，你在什么地方？希望你能如实回答。”

男子缓慢地抬起头，只见那充血的眼睛中愤怒已经几近沸腾。

“等等！难道你们怀疑是我干的？！”

“常规询问而已，只是为了确认一些事情。”

国居光辉大口吞着口水，喉头发出“咕咚”一声，因为愤怒，他的嘴唇都扭曲了。

“我怎么会杀美智？！你们的推测简直大错特错！开什么玩笑！请不要太过分好吗？！”

“不好意思，判断一个推测的真伪，是我们警方的工作。11日深夜，你在什么地方？”

“我肯定是在自己家里！”

“有没有人能给你做证？”

“没有！”国居光辉简直到了愤怒的地步，用力地挠着头皮，“单身独居的人，是不是你们警察最方便的怀疑对象？真是不敢相信！你们警察，就连受害者最亲近的人也要质疑吗？美智的死，我受到的伤害最大，可你们竟然还怀疑我，真是太过分了！”

国居光辉气愤地发表着他的“抗议演说”，可就在这时，不知谁的手机振动起来。国居光辉愣了一下，一秒钟之后，他连忙把手伸进上衣的内兜，掏出手机看了一眼，并没有接电话，而是关掉了手机电源。看见他的这一连串动作，岩楯祐也的脸上浮现出和蔼的笑容。

“哎？听说，你不是不喜欢手机，也不用手机的吗？乙部小姐好像是这样说的。”

“哦，这是公司给配的工作手机……”这话一出口，国居光辉立刻后悔了，他知道谎话编出了纰漏。

但不等他继续狡辩，岩楯祐也的话及时杀到：“公司配的电话？你刚才不是说你现在没工作吗？这到底是怎么回事？”

“哎……这……这个嘛……是这么回事。刚才我一着急说错了，不是公司配的，我确实没工作。发生了这么大的事情，我心里边本来就七上八下的，脑子也不够用了。再加上您一逼问，我一紧张就说错了。真对不起。”

“你紧张什么？不用紧张。”

国居光辉连忙擦着脸上的汗水，拼命让自己沉着下来。他想继续把谎话说圆，可岩楯祐也并不打算让他得逞。对于这样的人，就应该追问到底，让他破绽百出。

“你和她不是用公共电话联系的吗？”

“公共电话？”男子稍微停顿了一下，随后马上摇了摇头，“没有那回事。而且，从来都是我主动联系她。”

“哦，明白了。国居先生，你被公司裁员后一直在找工作，现在没有工作你是靠什么生活的呢？”

“要说靠什么生活，只有靠以前储蓄的存款喽，一分钱掰成两半花，处处节约，过俭朴的生活呗。”

“嗯。可是，你开着价值 700 多万日元的崭新跑车，戴着 100 万日元左右的欧米伽手表。这应该不算俭朴的生活吧？不过，这也只是像我这样的穷人的价值观而已。”

“……这个……有些内情你是不知道。我正打算把那辆汽车卖掉呢。就像你说的那样，养一辆豪车，对现在的我来说简直太奢侈了。”

这个男人编瞎话真会顺势而为，岩楯祐也都有点“佩服”他了，在这方面，他绝对算得上专业。他多半还有别的情妇，而且他好像就是靠“吃软饭”混生活的。也许他的事情被乙部美智发现，双方发生争吵，结果他杀了美智。这种可能性在岩楯祐也的头脑中来回盘旋着。

岩楯祐也看了他一眼，说：“请跟我们回警署吧。”

“什么？我已经没什么可说的了。难道你们要强迫我去吗？”

“当然是自愿，但我认为，跟我们走一趟对你更有好处。”

对于岩楯祐也如此强硬的语气，国居光辉有些畏缩。但从他眼睛中可以看到狡黠的光闪烁，他肯定又在盘算新的计划。

回到西高岛平警察署，岩楯祐也和鳄川宗吾把那位“风流大叔”交给署里的侦查员，然后换了身衣服又坐进了雅阁汽车。时间已经是下午 2 点多。

两位警官还没吃中午饭呢，于是来到街上觅食。鳄川宗吾极力推荐一家中华料理店，岩楯祐也懒得反对，就跟着去了。可到了一看他有点傻眼，很窄的一家小店，而且卫生状况堪忧啊：店里的地面就是一层灰色的水泥，满地油光锃亮，那些油渍感觉怎么擦也擦不干净。很多椅子都破了，露出了垫子里面的海绵。再看店主那张臭脸，好像谁都欠他钱一样。岩楯祐也心中怀疑，他到底有没有心情做生意。可是，店里的 5 张桌子和柜台前的吧台都坐满了客人。

“平时午饭时间都得排队的，今天这么清静还真难得。”鳄川宗吾说。

“那我们还真是人品爆发啊！”岩楯祐也无精打采地打趣道。

岩楯祐也对这家饭店的饭菜没有任何期待，他们点了一份拉面和一份扬州炒饭。可面到嘴里岩楯祐也才发现，这家店生意好果然是有原因的，拉面的美味甚至让他忘记了店里的脏乱差。拉面汤是经过精心熬制的，除了猪骨之外，岩楯祐也还品出了鱼贝类的鲜味。汤汁是拉面的精髓，加入海鲜熬制的高汤鲜而不腻，正合岩楯祐也的口味。面里配的叉烧肉也诚意十足，不仅块头很大，而且每一块都切得很厚，吃在嘴里让岩楯祐也回忆起了小时候的味道。他还好几次端起碗，喝冒着热气的面汤。这确实是值得排队来吃的美味。

美食的感动让岩楯祐也感到空前地放松，没用 5 分钟，碗就见底了。鳄川宗吾也是一样，他吃完炒饭后，掏出手机浏览着，眼睛闪烁着兴奋的光芒，似乎有什么好事要发生。

“昨天我上网搜索了一下法医昆虫学的相关信息，发现了一个发生在夏威夷的案例。警方在甘蔗田里发现了一具高度腐败的尸体。法医昆虫学侦查员在尸体上收集到多种昆虫，其中发现了‘叙利亚果蝇’的幼虫。

这种苍蝇生活在都市里，而且它们的蛆比其他苍蝇的幼虫都大。根据这种苍蝇的幼虫，侦查员判断死者是在城市里被杀害的，然后被抛尸到甘蔗田里。通过尸体中昆虫的种类和发育情况，侦查员推断出来死者的死亡地点和死亡时间。仅仅通过一些蛆就可以得到这样的成果，是不是很厉害？”

“喂！你这话适合在饭后说吗？我刚才还在回味好吃的拉面呢，现在有点反胃了。”

鳄川宗吾还没有说够，还想继续，但这时他的手机响了起来。他精神振奋地站起身来出去接电话，不一会儿就回来了。他把笔记本铺展在岩楯祐也面前的桌子上。

“和岩楯警部补预测的一样。”

鳄川宗吾放低了声调接着说：“国居光辉开的那辆宝马 3351 型跑车，注册人不是他。”

“一想就是。”

岩楯祐也一口喝光了杯子里的水，然后把目光放在了鳄川宗吾的笔记本上。上面记录了一个女性的名字以及位于五反田地区的一个住址。高梨亚美，年龄 29 岁，购车时间是去年 8 月。

“让这么年轻的女人为他大笔地花钱，他到底是怎么做到的？虽说他长得不错，但毕竟是已经快 50 岁的无业大叔啊。”

鳄川宗吾对国居光辉的指责中还夹杂了一丝酸酸的羡慕。

“嘿嘿，你也不要不服气。那家伙那张‘可爱’的脸，可以激发出女人的母性本能。而且，国居光辉本人也很努力啊。你看他流泪的演技，温柔、体贴，不会否定任何事情的态度，不管多大年纪，都会受女人欢迎啊。更重要的一点是，他对他玩弄的女性都不感兴趣，这反倒让那些女人觉得这个男人优雅、宽容。”岩楯祐也说。

“你这段话还蛮有说服力的嘛。”

“因为我正好是和他相反的那种男人。”

鳄川宗吾已经把糖球塞进嘴里，又让一边的腮帮子鼓了起来，那是他的饭后甜品。他眨着眼睛望着岩楯祐也的脸，然后真诚地点了点头说：“确实。”

付完账，两人又坐进了雅阁汽车，鳄川宗吾发动汽车马上出发了。

“宝马车的所有人，应该在家吧？”

“应该吧。刚才国居光辉接到的电话应该就是她打来的吧。我看见电话上显示的女人名字了。你应该也看见了吧？”

“嗯，虽然我在前排驾驶座，但也看见了。毕竟留意一切细节，是干我们这行的基本功。”

“不错，给你点个赞。另外，能够一下子买下 700 多万日元的豪车送人的 29 岁女性，应该相当有钱啊。要么是天才企业家，要么就是高级应召女郎。我推测多半是后者。”

国居光辉在警察署接受完调查，被放出来后，肯定会第一时间给这个女人打电话。也许他会继续编造谎话，但只要两人通了气，就再难从那个女人那儿打听到任何有价值的情报了。所以，必须趁国居光辉被放出来之前赶快去调查那个女人。

“那男人的钥匙链上一共有四把钥匙。一把是他自己家的，其他三把应该是不同女人家的——一把是乙部美智家的，一把是我们马上要去的五反田的，还有一把应该是其他女人家的。”

“这个男人还真能干啊，在这么多女人之间盘旋，都不会出纰漏。”

“他毕竟是‘专业选手’嘛，如果这都摆不平，那就没法混了。”

在拥堵的首都高速上穿行了 40 多分钟，雅阁汽车才开到了五反田地铁站。在地铁站东侧林立着很多座高级写字楼，路上的汽车也很多。但只要往里面再开一条街，风景就立刻焕然一新，变成了清静的住宅区。这里的住宅多是现代化的公寓，楼又高又瘦，适合那些成功的单身年轻人居住。国居光辉那辆宝马车的所有者应该就住这里。

在一幢外墙贴着砖红色墙砖的公寓楼前，雅阁车停了下来。在公寓大院门前，缠绕着几株缺水的蔷薇枝。暗绿色略显干瘪的蔷薇叶子，更加衬托出这幢公寓楼的阴气。

岩楯祐也的老毛病又犯了，开始四处张望，就连草丛深处也不放过。他知道这样的地方肯定有蜘蛛网。但是他马上想起了赤堀凉子的忠告，不要乱看，不要乱想，就当这里什么也没有，赶快离开。

进入公寓楼的院门，来到大楼入口处，门旁墙壁上有一个可视电话门禁系统。

鳄川宗吾掏出笔记本，找到高梨亚美的房间号，在门禁系统的电话上播了对方的房间号。铃声响了好一阵，才响起了应答的声音。

“我是西高岛平警察署的鳄川宗吾警官，请问是高梨亚美小姐的家吗？”

“啊？西高岛平警察署？警察找我？”

“是。”鳄川宗吾回答道。然后把警官证拿到可视电话的摄像头前，展示给对方看。因为他戴了一上午的安全帽，稀薄的头发紧贴在额前，看上去有点滑稽。

“是关于你名下的一辆汽车的事，我们想了解一些相关情况。”

“我名下的汽车怎么了？”

“这个要当面谈。不好意思，麻烦你开一下门。”

鳄川宗吾说话的语气很客气，但也不容反驳。隔了一段时间后，眼前的玻璃门自动打开了。两人进入建筑物，立刻感觉到了一股凉飕飕的空气。他们沿着楼梯往上走，要走访的人就住在二楼。登上二楼，最靠近楼梯的一个房间就是，鳄川宗吾按响了门铃。

一会儿，门开了一道缝，从里面闪出一个成熟的女人脸，脸上有些许雀斑。因为没有化妆，她基本上没有眉毛，眼睑和脸都有些浮肿，一看就是宿醉。但岩楯祐也心想，这样的女人，一旦化妆，就会完全变成另外一个人，美艳无比。她过着混乱的生活，身穿一件丝绸睡衣，这样的搭配显出几分妖艳。

高梨亚美一边梳理着那头满是烟味的长发，一边不停地来回打量着两位警官。

“突然来打扰很不好意思，有几个问题想问问你。”

岩楯祐也拿出警官证给她看。高梨亚美把本来就细的一双眼睛眯得更细，仔细审视着警官的证件，随后嘴角露出满意的笑容。

“说实话，我以前还曾经期待出现这样的画面呢——有警察突然找上门。我一直都想见见真正的警官证，今天算是开眼了。但你们和电视剧里的警察不太一样，我有点失望。”

“不好意思，让你失望了。”

“不是，你们至少比电视剧里的警察更真实……”

说着，她双手抱着丰满的胸部前仰后合地大笑起来。乍看上去，这个女人粗枝大叶、不拘小节，但岩楯祐也从她眼睛深处看到了一种冰冷而坚硬的东西。她的头脑正在飞速运转，思考警察突然来访的缘由。这样的女人最会插科打诨，回避主要问题。

“说正事，我的汽车怎么了？”

“先问一个人，也和你的汽车有关，叫国居光辉，你认识吗？”

“国居光辉？”

高梨亚美歪着头，砰砰地敲着宿醉的脑袋，抿着嘴做思考状。

“这个名字有点陌生，没准是我的客人。”

“请问你的职业是……”

“应召女郎。”

她低头看着自己涂成粉红色的指甲回答道。只有此时，她的脸上闪过一丝阴郁的影子，但也许早就习以为常，所以随即就消失了。这个细节让岩楯祐也觉得她有点可怜。岩楯祐也给鳄川宗吾递了个眼色，后者会意，马上掏出手机调出国居光辉的照片给她看。

“就是这个男人，你认识吗？”

这是鳄川宗吾在洗衣店前给国居光辉拍的照片，很清晰。高梨亚美眨着眼睛看了看手机上的照片，马上吃惊地睁大了眼睛。

“这是正行啊。”

“哦，他叫正行啊？”

“他是我的男朋友，村泽正行。他怎么了？莫非出交通事故了？”

和预想的一样，那个男人在这个女人面前又换了个名字。高梨亚美脸上显出了警惕的表情，但担心的情绪明显更高一筹。她原本缺乏血色的脸更加苍白了，嘴唇也跟着微微颤抖起来。岩楯祐也更加同情这个女人了，同时对国居光辉的气愤也加重了一重。

“喂！他到底是不是出了事故？”一着急，她的关东口音都冒出来了。

岩楯祐也摇了摇头。

“吓我一跳……”她长舒了一口气。随后，她抬起头显露出挑战的眼神，说：“那警官先生，你们想问什么？我还要为晚上的工作做准备，忙得很。还有，他干了什么，你们最好快点告诉我。要是兜圈子、绕弯子的话，那就恕不奉陪了。”

“非常遗憾，我就像你说的那样，就爱兜圈子、绕弯子。你和他是从什么时候开始交往的？”

“哈？这算什么问题？我为什么连这种隐私都要告诉你？”

“我可以明确地说，挖别人隐私并不是我的个人爱好，而是我的工作职责。”

高梨亚美怒从心头起，还打算辩驳几句，但想了想，还是忍了下来。她把手按在胸口上，做了好几次深呼吸。

“OK！我知道了。遇上你这种性格执拗的人，反抗也是徒劳。或者说，我能做的只有尽力取悦你这个‘虐待狂’警官了。”

“一眼就被你看穿了，还真有点不好意思呢。”

“好吧，现在我就开始坦白招供。和他交往是从去年圣诞节开始的。我们见面就会做爱，接吻的次数就数不清了。其他你还想知道点什么？做爱的体位？场所？你想知道的话，更色情的内容我也可以告诉你。”

“拜托，请先从刺激比较小的地方说起。这儿还有一位纯情的年轻警官呢。色情的内容，日后你可以用电子邮件发给我。”

高梨亚美伸长脖子看了一眼鳄川宗吾手里的笔和本子，知道他详细地记录着一切，她的脸上露出了满足的笑容。

“现在，你和他在这里同居？”岩楯祐也透过门缝往屋里张望，看见一双男式帆布鞋。

“应该叫半同居吧。每个月有一半时间他必须回老家。”

“为什么？”

“他母亲有病。”

“哦，原来如此。还有个问题，我知道有点失礼，但还是得问。你好像‘援助’他不少的钱。那辆宝马汽车也只是挂在你的名下，实际上都是他在用，对吧？而且，其他方面你肯定也没少给他花钱。”

“所以呢？援助别人金钱，不算犯罪吧？”

“好吧，那接下来的问题就是我个人的好奇心了。一个年近 50 岁的大叔，是如何从一个 20 多岁的美女手里无偿得到那么多援助的呢？”

高梨亚美涨红了脸，一脸怒气就要爆发，可不知她想到了什么，愤怒的表情瞬间变成了和缓的笑容，并偷眼窥视岩楯祐也。

“那我就满足你的好奇心吧。他有个朋友跟别人借钱，找他当担保人，他就答应了。结果那个朋友跑路了，几千万的债务就落在了他的身上。真是天上掉下来的横祸。”

“哦，还真够惨的。顺便问一下，他是做什么工作的？”

“电影导演！因为他现在还是一个独立导演，所以基本上赚不到什么钱，但我相信他一定能成功。他一定能拍出感人的电影，到时候我也会出场，那将是我当女演员的首秀。”

“从某种意义上说，你花在他身上的钱也相当于一种投资，对不对？”

“算是投资吧。”高梨亚美调皮地挤了下眼睛。

国居光辉那家伙多半是在网上查了一个不出名的电影导演，然后冒用了人家的名字。这样老套而低劣的谎话居然还有女人相信，岩楯祐也还真有点吃惊。他原本还对眼前这个女人有点好感，现在什么感觉都没有了。从另一个方面也可以看出，国居光辉的骗术还真是滴水不漏，而且各种女人通吃。就连乙部美智那种现实主义者，也上了他的圈套。

“嗯，我基本明白了。还有最后一个问题。本周的星期四，也就是 11 日晚上到第二天早晨，大导演在哪里，你知道吗？”

“哦，原来如此，我明白了。你们是不是怀疑正行干了什么坏事？”

“关于这个，就任由你发挥想象力吧。”

“那好吧，我可以给正行做不在场证明！”

说话时的高梨亚美双手叉腰，仰着下巴，不知哪儿来的一股倔劲儿。

“那个时候正行和我出去旅行了，11 日出发，在外面住了两个晚上。”

“去哪儿旅行了？”

“京都。”

如果高梨亚美说的是事实，那么国居光辉就没有纵火的时间。可如果真是这样，当时国居光辉为什么不说出去京都旅行的事呢？只要他说自己和高梨亚美去京都旅行了，警方再找高梨亚美一核实，就可以完美证明他当时不可能出现在现场。对于一个正常人来说，洗清杀人嫌疑应该比隐瞒与多名女子的关系更为重要。可国居光辉却优先选择了隐瞒自己与多名女子的关系。

他是别有隐情，还是出于习惯，随口就撒了谎？岩楯祐也试着推测国居光辉的心态，可是无论如何也想不明白。而且，乙部美智是如何卷入其中的呢？目前所掌握的材料还远远无法解开这些疑点。

临走的时候，岩楯祐也想管个闲事，多一句嘴，但马上就打消了这个念头。他想给高梨亚美忠告，让她尽快远离那个男人。但他从高梨亚美那双眼睛中看出，她只是在装傻，她应该从一开始就看出了国居光辉是在骗自己。

3

暂时给国居光辉自由，不拘押他。

这是侦查会议做出的决定。但是，火灾当时国居光辉不在东京而在京都，并不能证明他没有杀人。乙部美智的死亡时间尚未定论，而且如果有多名凶手实施作案，也不需要国居光辉在场。

还有一件事情让岩楯祐始终不能释怀。如果杀人嫌疑落到一般人头上，这人肯定不会再顾及什么个人形象，而会想尽一切办法优先洗脱杀人嫌疑。比如，有的人为了提供不在场证明，会说出自己出轨的事情，有的甚至会供出自己当时在其他地方偷东西等较轻的罪行。但国居光辉不一样，他对自己与女性之间的关系进行了过度隐瞒。侦查员们把这种情况解释为国居光辉这个人自尊心太强，但岩楯祐也不这么认为。他觉得国居光辉是一个无限接近黑色的灰色人物。不，也许就应该把他归类为黑色人物，不能轻易把他排除出侦查视野。

收音机里的天气预报说，今天的温度比昨天降了 5 摄氏度以上。岩楯祐也的目光随着车窗外忙碌工作的雨刷器来回移动，漫不经心地抽着烟。原本他以为晚上才会下雨，没想到上午就开始下了。和阴郁的天空一样，岩楯祐也的心情也笼罩着一层浓厚的铅灰色。

乙部美智生前的患者有 12 人，其中有 5 人接受她的心理疏导已经有 5 年以上的时间。向这些患者询问乙部美智的情况，真是累坏了岩楯祐也。他要绞尽脑汁谨慎地选择语言，尽量不给这些心理原本就脆弱的人带来些微冲击。几乎不可能告诉她们心理咨询师已经死了的事实。因为她毕竟是她们唯一可以倾诉心声的对象。岩楯祐也把烟头掐灭在车载烟灰缸里。患者们无声的抽泣始终萦绕在他的头脑中挥之不去。送讣告这份工作，不管干了多少次，他都无法适应。

“看来患者们对乙部美智的依赖超出了我们的预期。”鳄川宗吾一边说一边巧妙地变换着车道。雨下得更大了，路上的车辆都降低了车速。

“总部的意思是把患者作为调查的重点。”

“当然，患者不能排除嫌疑。另外，你总结的那几个关键词都很准确啊。自豪感、热心、自信、努力。也许相马薰子对她的评价比较准确。”

“但是，以我个人的感觉，患者中不应该有人对她怀有杀意。岩楯警部补你觉得呢？”

“是啊……”

岩楯祐也盯着前方一辆慢吞吞的面包车的尾灯出神。患者们都哭着说自己能跟乙部美智倾诉心声太好了，能够定期见到她太好了。乙部美智的心理疏导肯定有助于她们的恢复，而且她也给患者们提供了切实可行的建议。

不过……岩楯祐也的头脑中还在不停回忆那些泪流满面的患者。她们的那种悲伤似乎已经超越了患者与心理咨询师之间应有的关系，更像亲人的悲叹。提起乙部美智，她们那种盲信的眼神、近乎崇拜的狂热，让岩楯祐也想起了多年前的一个事件。

多年以前，日本曾经出现过一个邪教组织，警方发现教主经常以修行的名义对教徒实施虐待。岩楯祐也被派去调查该邪教组织，他还清晰地记得那些教徒眼神中的虔诚，这和乙部美智的患者有相似的地方。不管问那些教徒什么问题，他们都会非常认真地说问题全出在自己身上，教主愿意听他们倾诉、帮他们改正错误就是他们最大的幸福。最后他们总会痛哭流涕地忏悔说，都是因为自己修行不够，精神力量不足，才使组织陷入了现在的困境，把警察招来也是他们的错。很多教徒都把教主奉为神明，把教主的话当作神谕，可以忠诚笃信好多年，也有的教徒为组织捐赠了巨额金钱。

教徒们那种狂热的目光，岩楯祐也在乙部美智的患者中也能窥见一二。不过，虽然患者们对乙部美智的情感不太正常，但和邪教组织的教徒一样，她们对心理咨询师的强烈崇拜，使其他感情根本无法插足，更别提杀意了。

“鳄川，之前你提过一个词叫‘移情’，对吧？是不是就类似于‘洗脑’？”

鳄川有点惊讶地看了岩楯祐也一眼，然后用手扶了扶眼镜框。

“洗脑和移情完全是两回事。所谓移情，就是患者把自己的主观意识、空想或感情，投射到一个实际人物形象上的现象。因为患者扭曲着看现实，所以心理咨询师的形象在他们心中也是另外一番模样。”

“那么，故意使他们的视角扭曲，算不算洗脑呢？”

“这个嘛……我认为彻底的洗脑还必须有药物的配合。”

有关精神方面的话题，岩楯祐也从来都听不进去。他觉得精神方面的说明太含糊其词了，就像绕弯子又夸张的哲学一样，理解起来有难度。

“你的这个表情，感觉好像没有听明白呀。”雨天潮湿的空气让鳄川宗吾稀疏的头发又贴在了额前，他说着，用手往后理了理头发。

“我不太善于理解黑白不分明的话。”

“嗯，精神确实是一个极端模糊的话题，不是能够准确说明白的领域。”

“我说……”岩楯祐也慵懒地说道，“最好不要跟我说这种傻瓜爱说的台词。你总爱说一些貌似深奥的话，让人似懂非懂。有没有女人这么跟你抱怨过？‘宗吾，你到底在说什么啊？真是一个不清不楚的人。我已经累了，没法理解你的心情。’然后她就把你甩了。你应该有过这样的经历吧？”

“岩楯警部补还真过分……”

“这就是现实啊。你再这样下去，就不要期待会有能够理解你的理想对象出现了。”

“说什么呢！你把我一个重要的梦想都踩碎了。”

“这不好吗？还是抛弃幻想吧。好了，我们回到刚才的话题。最后，人日常的所作所为也会发生移情？这样的人认为自己如果能成为自己喜欢的那个人就好了。发展下去的话，自己的言行就会不断向那个理想的目标接近，是不是这样？”

旁边车道的一辆丰田普锐斯轿车突然要插到他们前面，鳄川宗吾使劲按了几下喇叭，并加速没让它插过来，还瞪了一眼普锐斯的司机。

“岩楯警部补你说的这是日常错觉的领域，和移情完全是两回事。在医疗现场更容易出现移情的情况。因为医生是将患者从痛苦中拯救出来的人，在患者心中他就像救世主一样，所以患者对医生的期待是超出正常范围的，已经不仅仅是喜欢，而是把医生当作英雄来崇拜。”

岩楯祐也从兜里拿出了万宝路烟盒。

“刚才调查的一些患者，我感觉她们在精神层面对乙部美智依赖太深了。”

“因为我觉得乙部美智本人也有故意让她们移情的想法。她把自己角色的分量想得太轻了。不过在精神医疗现场，这种情况倒不少见。”

患者们对乙部美智异常的依赖，倒是被鳄川宗吾简单地解释了。

不过，整个案件还是让岩楯祐也感觉到了太多的不正常，死因、杀人动机、人际关系、感情、行动、性质……另外，又出现了很多超出常规的要素，纵火、超常发育的肥蛆、现场出现的不明昆虫残骸……岩楯祐也虽然在自己的头脑中有很多分类明确的小抽屉，但当前的这些情况，都找不到合适的抽屉存放。他只觉得在头脑中不断浮现的是一个大箱子，箱子里装满了东西，都快装不下了，而箱子上还贴着一个大大的标签——“不确定”。不过，在如此错综复杂的要素中，还是国居光辉最显眼。

雨点比刚才更大了，砸在挡风玻璃上砰砰作响。过了成增，就陷入了严重的交通堵塞状态，雅阁汽车完全停了下来。星期六的国道堵到令人烦躁。此时，距离乙部美智以前工作过的埼玉县增子综合医院至少还有 30 分钟的车程。

岩楯祐也从烟盒中抽出一根烟，就在这时，他上衣口袋里的手机振动起来。他掏出手机一看，是一个未知来电。

接通电话后，岩楯祐也感觉对方在电话那头呼吸有点急促。

“那个……不好意思，请问是岩楯警官吗？”电话里传来一个紧张的女性声音。

“对，我是岩楯祐也。”

“我是前天你找我谈过话的、佐伯心理诊所的相马薰子。”

“啊，是相马小姐啊，有什么事吗？”

岩楯祐也头脑中浮现出了那个非常消沉的心理咨询师相马薰子的身影，他把拿出的烟又插回了烟盒里。

“我一直犹豫要不要给你打电话，最后还是决定打这个电话。是关于乙部小姐的事，我又想起一些。不过，也不是什么大不了的事。”

“没关系，什么事都行。请具体讲讲吧。”

岩楯祐也歪着脑袋把手机夹在腮帮子和肩膀之间，腾出手来拿出笔记本和笔。只听相马薰子在电话那头长叹了一口气，然后开始小声讲述起来。

“那天你们走后，我反复回忆和乙部小姐聊过的事情。我们同是临床心理咨询师，我使劲回想这三年来我们之间的谈话。最近这段时间，她聊得更多的是她和恋人之间的话题，但以前，我们曾经聊过各自的部分经历、理念之类的话题。”

岩楯祐也一边“嗯嗯”地附和，一边快速记录着。

“她提到的有些事情，我本想深入问她的，但她好像不太想深说。”

“是什么样的事情呢？”

“关于她在学校当心理咨询师的事情。”

相马薰子像是在回忆很久远的事情似的，放慢了语速。

“她来佐伯心理诊所工作之前，曾经在埼玉县的医院工作过。”

“嗯，据我们掌握的资料，是朝霞市的一家综合医院。”

“对。她在那家医院工作的时候，还曾在公立中学做兼职心理咨询师，好像一周要去学校一天。”

这还是第一次浮出水面的情报。

“关于她在学校做心理咨询师的事情，乙部小姐并不想深说？”

“现在我回想起来，应该是这样的。听说她在学校做的心理疏导都跟校园霸凌有关，都不是什么美好的回忆。”

电话那头的相马薰子吞了一口口水。

“乙部小姐甚至对校园心理疏导的制度本身发表了否定意见。在这件事上，当时我感觉她有点钻牛角尖，反正感觉怪怪的。”

“钻牛角尖？能具体讲讲吗？”

“她对学校心理咨询产生了厌恶，甚至憎恨的情绪。”

“憎恨可是一种相当激烈的感情啊。”

“是啊，不过，这只是我的感觉，她自己并没有这么说过。不好意思，我说的这些也许有我的主观判断在里面。”

“顺便问一句，你知道她去兼职的学校名字吗？”

“这个不知道，她没说过。但是，你们可以到她以前工作的医院问一问。”

说完之后，相马薰子像是在思考什么似的，停顿了一会儿，然后接着说道："那个……我也是临床心理咨询师，却没有注意倾听乙部小姐的烦恼。可是我想她也懂心理学，这些问题应该不会困扰她。但现在我想，她心里可能怀着很严重的问题。当时如果我能和她再亲近一点就好了……"

说到最后，她的语调开始有些发颤，电话里传来了抽泣的声音。也许在乙部美智身边，只有相马薰子稍微了解她一点。最后，相马薰子说了好几句"拜托你们了"，然后挂断了电话。

这是一家很古旧的医院。从远处看，还以为是一家早已废弃的医院。L 形的大楼上异常均等地排列着几排窗户。每个窗台的下面都有雨水留下的灰褐色痕迹，看起来又脏又旧。进入大楼，给人的感觉就更古老了，地面的瓷砖有些已经有了裂痕。诊察室里也和岩楯祐也想象的一样，原本白色的墙壁泛着暗黄色的光，鞋子经常踢到的墙角、手扶到的墙壁，更是脏污不已。

总之，这里目之所及的一切都肆意地剥夺着人的活力。空气中则是消毒水和疾病气息混杂在一起的气味。

一位年老的精神科医生，满头白发中还带着些许黄色，他的胡子也是同样的颜色。他舔一下食指，翻一页文件，手上青色的血管格外突出，手指好像干枯的树根。看上去他的年纪已近六旬，向下的嘴角显示出他的固执。看样子他不太善于收拾东西，桌子上贴着便笺的书籍和文件杂乱地堆积着，有如小山一样。

喝了口热水润了下喉咙，医生咳嗽一声后抬起了头。

"不敢相信乙部小姐死了，还是被杀害的……"

医生说话的时候喉咙里好像有痰，呼噜呼噜直响，然后又重复了一遍刚才的话。

"不敢相信。"

“听说乙部小姐在这家医院里工作了 5 年，是吧？”

“是的，正好 5 年。她虽然年轻，但学习热情很高。”

一脸阴郁的老医生叹了口气后，脸色更加难看了。但岩楯祐也也看出，乙部美智的案件明显已经引起了他的兴趣，但并不仅仅是出于看热闹的好奇心，而是出于医生看到病人的一种职业敏感。

“她到底是怎么死的？”

“被杀害之后，又被纵火焚尸。真相还在调查中。”

老医生噘着嘴歪着脸，思索了一会儿，摇着头自言自语说了句：“怎么会这样？”接着他说道：“她是一个和犯罪完全无缘的人啊，怎么会卷入杀人事件呢？真不敢相信！”

“犯罪，是不会选择人和场所的。”

“话虽这么说，可她是一个年轻但不轻浮的心理咨询师啊。”

“医生，从您个人角度来说，您对乙部小姐有什么样的印象？”

“刚才我说的就是对她的印象啊。”医生用略带嘲讽的语气说完，露出了一个苦笑。

“我想知道的是‘真实的东西’。”岩楯祐也并不客气。

在日本人的习惯中，即使是最坏的人，也不会说死人的坏话。

可能老医生也只想说一些无关痛痒的回忆，不过，即使没有岩楯祐也的提醒，他也知道这样不行。他给患者进行诊治的时候，应该遇到太多这样的情况，他也希望患者上来就说重点，不要浪费时间。

老医生理了理花白的头发，紧了紧领带结。那是一条品位不错的小花纹领带，看得出老医生对穿着打扮还是蛮上心的。

“你想听‘真实的东西’啊？看来我不想说也不行了。”说着，他靠在了带有小脚轮的椅子上，“坦率地说，乙部小姐有点缺乏吸引人的魅力，这就是她给我的整体印象。她表情不多，话也很少。话虽如此，但并不等于说她是一个冷漠的人。”

“她的性格是心理咨询师中比较少见的类型？”

“不，这倒不是。那种过度笑脸相迎的人，在这个行业中反倒比较少见。因为在和患者接触的过程中，心理咨询师需要保持一种坚定的态度。不过总的来说，乙部小姐算是一个不太容易接近的人。”

“她的语言或行动有没有什么问题？”

“反正在这家医院工作的过程中，她没有引起什么问题。”

老医生的眼珠色素比较淡，他眯起眼睛继续说道：“她刚来医院的时候，还是新手，所以还无法独当一面，基本上都是参与集体诊疗。临床心理咨询师的执业资格，也是在我们医院工作的时候考取的。不过……”

“不过什么？”

岩楯祐也催他继续说，老医生摘下细金边的老花镜，抬起头来。

“她辞职的时候，曾对患者进行过怂恿。”

“怂恿？这可不是什么好词啊。”

“我就是这个意思。”

老医生浅浅一笑，重新戴上了老花镜。

“从我的角度来说，‘怂恿’这个词还是比较恰当的。乙部小姐是带着几个患者离开的。她对患者说，再在这家医院治疗下去也没有用，就带着她们一起去了新的心理诊所。”

岩楯祐也又想起了那些眼神虔诚的患者，其中有两名每次都是专程从埼玉县赶到佐伯心理诊所找乙部美智做心理疏导的。看来是乙部美智劝她们一起过去的。

岩楯祐也在头脑中对乙部美智的印象进行了修正。她为患者着想的心情不容置疑，但同时，她也有点过于自信了。

“乙部小姐当时为什么要离开工作了 5 年的医院呢？有没有和医院发

生什么不愉快的事？”

岩楯祐也这么一问，老医生摇了摇头。

“没有发生不愉快，她辞职的理由，可能只有她自己知道。”

“薪水上的问题？”

“嗯，也许有薪水低的原因吧。临床心理咨询师这个职业有资格更新制度，需要不断进修、考试，难度比较大，但是，单靠这个工作又挣不到多少钱。”

“所以，乙部小姐还去学校做兼职心理咨询师？”

“学校的兼职心理咨询师？”老医生反问道。思索了一会儿后，他好像想起了什么，接着说道：“啊，是的，我想起来了。她确实去学校为学生做过心理辅导工作。你不提我都忘记了。你们警察调查得还真够仔细啊。”

“我们也是无意中获得的情报。”

“不过，薪水问题和乙部小姐去学校做兼职没有关系。她在学校的兼职工作完全是志愿性活动，不收钱的。”

“也就是说，她做心理咨询师以及在学校做心理辅导，似乎都是出于使命感和责任感。”

老医师表示同意，点了点头。

“能告诉我乙部小姐兼职的学校名字吗？”

“这个你可以去问教育委员会，因为她的志愿者活动和我们没有关系。”

嘴上这么说着，老医生长长地叹了口气，虽然觉得麻烦而且要承担一定的责任，但最后还是决定帮警察查一下乙部美智兼职的学校名称。他拿出一个鼓鼓囊囊的文件夹，从里面翻找起来，不时还要和眼镜“战斗”一番。花了挺长时间，他找到了学校的名字，用一张便笺纸把学校名字写下来递给了警察。

“我和当时朝霞市的教育局局长是亲戚，听说乙部小姐有去学校当心理咨询师的意愿，就把她介绍给了我的那个亲戚。当时她去兼职的学校有两所。去兼职刚好是从我们医院辞职的前一年。具体情况你们去问学校吧，好像发生了不少事情。”

“好的，谢谢您！最后还有一个问题：乙部小姐有没有招致患者恨意的行为？您有这样的感觉没有？”

“这个嘛，虽然不能百分之百地说没有，但我觉得她还没有亲密到那种程度、能够由爱生恨的患者。要是有的话，最多也就是她带走的那几位患者。”

“哦，这样啊。”

“你们之前给我打电话时，说要乙部小姐的患者名单，就是这份，给你们。不过，你们要联系这些患者的时候，请事先通知我一声，我需要先跟患者说明一下情况，免得太唐突吓到他们。”

岩楯祐也把老医生给的文件和便笺递给鳄川宗吾，从椅子上站起身来。

“医生，今天非常感谢您的配合。”

两位警官一番感谢，老医生也站起来，但他歪着脑袋好像在思索什么。

“我想起来了，当时乙部小姐辞去了学校的兼职工作后，马上也从我们医院辞职了。”

“辞掉学校的兼职工作也很突然吗？”

“不，据说是她和学校的合同到期了，在学校的服务合同只有一年。但随后马上辞掉医院的工作确实有点突然，当时她的理由是自己身体不好。”

老医生一脸费解的表情留在了岩楯祐也的脑海中。他和鳄川宗吾再次向老医生表示感谢后就转身离开了诊察室。他们现在就想直冲朝霞市樱坂中学一问究竟，但还不能直接去。他们必须有正式的手续，并且还得获得教育委员的认可，否则即使到了学校，老师们也不会开口的。

走出医院大门，他们在雨中一路小跑，冲向了雅阁轿车。

4

朝霞市樱坂中学的校风看起来很自由。

岩楯祐也透过办公室的窗户望向校园。操场上，学生们在开展各种体育活动，棒球、足球、网球……但从这些孩子身上看不出运动员的影子。很多学生都留着长发，而且头发的颜色各种各样。虽然是在运动，但没几个人穿运动服，大多敞胸露怀地穿着校服，甚至还有人穿着便服。教练始终保持着笑容，是个和颜悦色的老好人。岩楯祐也想起自己学生时代的老师，个个都是凶神恶煞的，戒尺是他们最爱用的武器。

看到这番光景，岩楯祐也真想抱怨两句。这样真的是尊重孩子个性的教育吗？还是在培养没规矩的孩子？又或是老师要看着家长脸色做事？但他终于还是忍住了，毕竟时代不同了。也许是因为自己上了年纪，跟不上时代，才想发牢骚吧。

昨天的大雨已经彻底停了，树叶间被阳光照射的水滴偶尔折射出晶莹剔透的光芒。岩楯祐也感觉有点炫目，眯起了眼睛。这时，一个犹豫的声音传进了他的耳朵。在说出这句话之前，对方至少已经酝酿了10分钟。

“唉，真的不知道该怎么说。”

说话的是一个上了年纪的女人，说话时，她还用手遮着嘴巴。藏蓝色的针织连衣裙包裹着她肥胖的身体，赘肉在腹部形成了好几圈“游泳圈”。她是学校的教导主任。在岩楯祐也和鳄川宗吾的对面，隔着大理石茶几，校长和教导主任并排坐在沙发上。她们的身子只要一动，那张皮革沙发就会发出咯吱咯吱的声响，好像承受不了这个重压，发出衰弱的呻吟声。

“在我们学校里，知道乙部小姐的，现在就只有我们俩了。”

与教导主任的身材形成鲜明对比，校长是一个瘦小的女人，她说话的语气相当严肃。校长手里还攥着一条苏格兰格子花纹的手帕，看得出，她攥手帕时相当用力。

“乙部小姐在我们学校虽然只工作了一年时间，但她对学生非常热情，也很用心。真的不敢相信，她竟然遭人杀害了……真是太可怕了！”

“就是说，乙部小姐是4年前，也就是2008年，在贵校担任过一年时间的心理咨询师，对吧？”

“是的。她每周只来一天，她留给我的印象就是一个很认真的人。”

“在校长您的眼中，乙部小姐除了认真和热心之外，还有其他什么特点吗？工作上、工作外的都可以。您亲眼见到的、亲身感受到的，或者听别人说的都行。”

说着，岩楯祐也拿起了茶杯，喝了一口淡黄色的茶水。茶水温热，但茶香并不浓郁，很淡雅。他又喝了一口后，把茶杯放回了茶几上的茶盘。接着，校长伸手从茶盘里拿起了她的杯子。警察的来访无疑给她造成了一定的困扰，这种情绪无法掩饰地流露在她的脸上。从一开始，她的手脚就不知道放在哪儿合适，来回变换着姿势。校长一口喝干了茶杯里的茶，喉咙发出响亮的咕嘟声，然后用已经攥得皱巴巴的手帕擦着额头上的汗水。

“说实话，我和乙部小姐并没有深入地交流过。她当时一周只来我们学校一天，而且大部分时间都在咨询师中为学生做心理辅导。”

“她不会来办公室吗？”

“也会来。每次在学生们做完心理辅导后，她都会来办公室向我汇报相关的内容。”

“‘相关内容’，是指她和学生交谈的内容吗？”

“不是的，不是的。”校长连忙否定，还举起手不停在眼前摆动。

“我们完全尊重学生的隐私。我只是想知道哪些学生来找她做了心理辅导，乙部小姐只汇报学生的名字。”

“顺便问一句，乙部小姐当时一共为多少名学生进行过心理辅导？”

校长的目光落在一摞文件上，回答道：“16 个人。”

“有个地方我不太明白，如果校方不了解心理咨询师和学生的对话内容，那也就没法采取任何处理措施，对吧？比如校园霸凌问题。”

“当然，如果问题很严重的话，心理咨询师也会和我们汇报学生的具体问题。不过在我们学校，所谓的校园霸凌问题，很多情况都是学生自己认为的，或者说是一种反应过度，还有一些是家长过分紧张造成的。现实中也许并不严重，但学生一听说要接受这方面的心理辅导，受害者意识就立刻膨胀起来，和同学之间一点小小的矛盾也会被上升到校园暴力的高度。唉！青春期的孩子就是这样的。”

“哦，原来是这样。”

校长好像在出席一场法庭申辩，她不时用手帕擦汗。岩楯祐也已经感觉到，她具有典型的公务员思维方式。不管发生什么事，她都会一口咬定，自己的学校没有校园霸凌事件，再退一万步，至少自己没有听到这方面的消息。

昨天在医院、今天在学校的调查，岩楯祐也唯一弄清楚的一点就是乙部美智和工作单位的人都合不来，他们甚至都对乙部美智抱有否定的态度。

岩楯祐也和校长视线相对，发现校长正把空杯子端到嘴边。

“据我们的调查，乙部小姐曾经跟她的同事说，在学校当心理咨询师没有留下什么好的记忆。对此，您有什么看法？”

“什么？她说过这样的话？她具体经历了什么，我不是很清楚。”

“那么，她在这所学校有没有遇到或引发什么问题？”

很明显，肯定是有什么问题，校长只是在极力隐瞒。

虽然校长还是装作面无表情的样子，但那飘忽不定的眼神和无处安放的双手，已经说明了她的心虚。

校长咳嗽了一声清清嗓子，然后用强装出来的镇定语气说：“没什么问题啊。”

但就在这个时候，一直在一旁沉默不语的教导主任再也忍不住了，她用颤抖的声音说：“校长！”

教导主任把手放在胸前，深深地吸了一口气，然后才说道：“乙部小姐死了，是被人杀害的吗？”

“喂！教导主任，你这是怎么了？刚才警官不是说了嘛，乙部小姐是犯罪的受害者，当然是被人杀害的啦！”

“我不是这个意思。凶手不是还没抓住嘛。我觉得，虽然我们知道的事情不一定和这个案件有联系，但只要是跟乙部小姐有关的，就应该全都告诉警官们。”

“你在说些什么！”校长吃惊地说。

岩楯祐也无视校长的阻挠，让教导主任继续说下去。

“关于乙部小姐，你知道的事情有哪些？愿闻其详。”

“好的。乙部小姐对我们学校的心理辅导制度本身就持否定态度。学生们都是鼓足了勇气才来找乙部小姐倾诉的，但如果学校和老师不积极参与其中，只靠心理咨询师是根本解决不了问题的。乙部小姐曾经说，只是和孩子面对面交流，并不是心理咨询师工作的全部。”

“说得没错。”岩楯祐也附和道。

“嗯，我也是这么认为的。但在学校看来，说到底，乙部小姐也只是个外人。”

“等等！教导主任。”校长探出身子，带着责备的语气阻止教导主任继续说下去。但教导主任已经因气愤进入兴奋状态，校长的阻挠根本不起作用。

“如果出现了校园霸凌现象，学校就应该通过班主任、欺负人的学生、被欺负的学生和家长的多方沟通来解决问题。但是，即使乙部小姐不停向学校反映校园霸凌的存在，校方也熟视无睹，不提供任何协助。因为校方根本就不愿承认自己的学校存在校园霸凌。”

“才不是你说的那样呢！”校长插嘴道。

“不，就是这样的。而且，你们还把乙部小姐当作一个麻烦制造者，因为她说出了真相。你们说她是在夸大其词，说她太年轻。我想，乙部小姐找校长您提意见绝不止一两次吧。她还找我聊过。我真心希望学校方面能为解决校园霸凌问题做点什么，但学校什么也没做。知道乙部小姐与学校的合同只有一年时间，所以就静静地等待合同到期的那一天。”

一口气把心中压抑已久的话都说出来之后，教导主任的眼中满是泪水，肩膀一上一下地抽泣着。

校长一脸茫然地沉默着，目光凝视着茶几上的某一点，不知该做怎样的反应。

教导主任的这番话不知和杀人案件有没有直接的联系，但至少可以从侧面证明，乙部美智这个人不管在什么情况下，都敢于在工作中坚持自己的信念。但她的耿直似乎有些过于简单粗暴了，结果导致四面树敌，甚至招致杀意也不足为奇。

岩楯祐也没有继续发问，而是静待这亢奋的空气慢慢沉淀下来。校长频频观察警官们的脸色，最终还是耐不住沉默，首先开腔。

“我承认乙部小姐很热情，同学们也很喜欢她。但她也是打破平衡的人，学校的‘和谐’被她破坏了。如果放任她继续闹下去，难免会发生不愉快的事情。因为她根本不看周围的情况，只固执地坚持自己的意见。”

“根据我们掌握的情况，乙部小姐是有可能造成这样的局面的。她有点热血青年的感觉。”

“所以这些话我必须跟警官们说清楚。乙部小姐有点夸大其词了，其实在我们学校并没有那么严重的问题。而且她只是兼职心理咨询师，每周只来一次，并不能连续地、长期地观察我们的学校和学生。不仅乙部小姐，只要不是天天扎根在学校长期工作的人，都有片面看问题的倾向。而且一个兼职的人，她的责任也不大，随时都可以辞掉这个工作，说的话、做的事也不用承担多大的后果，她当然可以不管不顾地去指责某个方面的问题。”

“校长！也不至于这么说吧……”教导主任惊异地开了口。

但这次，校长用眼神制止了她，示意她闭嘴，然后接着说道：“我觉得不同的人有不同的见解这很正常。但我们学校没有问题就是没有问题，请你们不要被误导了。”

“这个您可以放心。朝霞市樱坂中学虽然校园暴力横行，但校方却不采取任何对策而是听之任之。不仅如此，一个兼职心理咨询师的正确意见也被当作恶意的捣乱。这样的事情，我们是不会到处宣扬的。怎么样？您满意了吧？”岩楯祐也说道。虽然他面带微笑，但说话却掷地有声。

校长猛地抬起脸，想反驳几句，但还是有所顾忌地摇摇头没有说话。

再继续调查下去，在樱坂中学里恐怕也得不到什么有价值的信息了。在警官们的心里，校长给他们留下的印象只有一个——麻烦的人。从校长的语言中他们可以听出，乙部美智被杀，她自身也有一定的原因。但校长这样的说辞，好像也失去了教导主任对她的信任。

岩楯祐也从校长那儿要了乙部美智曾经辅导过的学生的名册。二人和校长礼貌性地道别之后就走出了办公楼。阳光照晒下的校园里，昨天落到地面的雨水正在不停蒸发，像蒸笼一般散发着热气。在操场上嬉戏奔跑的学生，在岩楯祐也看来好像火苗一样摇曳不定。两人沿着操场边的甬道走了一段，鳄川宗吾说话了，他似乎已经很久没有开口了。

“真是的，虽然国家教育部在大力推广校园心理辅导制度，但这个学校还是这个样子。地方的教育委员任期一到就换一拨人，基层政策没有连续性。校园心理咨询师到底在为谁做心理辅导，是为学生，还是为制度，还是为了领导的面子？真是搞不清楚。”

“哪个行业都是一样的。上层做的决策要落实到基层，还要花费很长的时间和很多的劳力。你看看这次的侦查总部，不也一样嘛。”

“你是指‘非人类’的赤堀凉子吗？”

一想起昆虫学家那另类的行为举止，岩楯祐也就忍不住笑了。

“像那位副教授那么强悍的人，到哪里都能生存下来啊。即使她流落荒岛，也能活得好好的。”

“她确实太强悍了，都有点强悍过头了。回到案件上，我觉得乙部美智不太善于维护人际关系。虽然她的想法和意见都是正确的，但给别人建议的时候，如果能稍微婉转一点就好了。”

鳄川宗吾摸出遥控钥匙，打开了雅阁轿车的门锁。岩楯祐也钻进副驾驶座后，马上掏出一支烟衔在嘴里，而他的搭档则塞了块糖球在嘴里。

“我想，接下来我们要去的城山西中学也好不到哪儿去。乙部美智对别人的理想和要求太高了，不太善于融通。”

这个预测是正确的。在朝霞市樱坂中学发生的一切，在城山西中学重演了一遍。乙部美智为了坚持自己的信念，似乎和学校里的老师发生了多次争执。而且，她在城山西中学的行动比在樱坂中学时更出格，据说她曾在校外强行对学生进行心理辅导。此事被学校知道后，告到了当地的教育委员会，结果教育委员会向乙部美智提出了严重警告。

从某种意义上说，这是一种病态……岩楯祐也莫名感到一股寒意。确实，她的出发点并没有错，那么热心地帮助别人也是非常了不起的一件事。也正因为如此，她才赢得了患者的绝对信任。

玩弄女性的国居光辉肯定还有隐情。而和乙部美智关系紧密的那些患者中，也不乏杀意的种子。

随后，两人回到了西高岛平警察署，开始写详细的报告书。写报告是一种非常消耗精力的工作，但幸好有鳄川宗吾超级详细的笔记作为参考。

看鳄川宗吾的笔记，就像回放录像带一样，对于岩楯祐也整理思路非常有帮助。精读鳄川宗吾的笔记、看他用手机拍的现场照片，几乎成为岩楯祐也每天下班前必不可少的工作。

岩楯祐也起身活动一下僵硬的肩膀，这时，鳄川宗吾一路小跑冲进屋来。

“岩楯警部补，这个案件目前涉及人物的档案都查到了。有一点很奇怪。”

鳄川宗吾拎了一把椅子坐在岩楯祐也对面，哗啦哗啦地翻阅着手头的文件。

“刚才会议上也提到过，国居光辉没有犯罪前科。我们还彻底调查了针对他的报警、举报、投诉等，结果什么也没查到。如果他一直使用假名字，那针对‘国居光辉’的报警、举报、投诉，当然是没有的。”

“哦，有点遗憾。”

“再有，国居光辉现在的情人，那个应召女郎高梨亚美，两年前因为故意伤害罪被起诉。”

“故意伤害？她都干了些什么？”

“和来店的客人发生口角，结果她飞起脚来踹对方，最后还把人家的脸挠伤了。”

听到这儿，岩楯祐也哈哈哈地笑出声来。

“真是个有意思的家伙，这样的女人不招人讨厌。以后再去调查她的时候，一定要注意，小心被挠伤。”

“另外，就是佐伯心理诊所以及埼玉县增子综合医院中由乙部美智负责的患者。这些患者中也都没有犯罪前科。问题出在下面这些人身上。”

说着，鳄川宗吾把散落在额前的头发向后理了理，然后一脸严肃地把几份文件摊开在桌子上，每份文件上都附有一张身穿学生制服的孩子照片。

“这些是乙部美智在学校里做过心理辅导的学生吧？”

“是的，朝霞市樱坂中学16人，城山西高中10人。但是这些学生中，现在有5人下落不明。”

“什么？”

岩楯祐也连忙从靠着的椅背上直起身来，探身抓起桌上的文件。

“下落不明的这5个人，在2008年都是15岁，都上初中三年级。5人初中毕业后，分别考上了不同的高中。可是从第二年到第三年之间，5人先后离家出走了。”

岩楯祐也看了一眼5人的档案，这是警方当时存档的搜查申请。警方把这5个人的失踪都判断为一般的离家出走，并没有采取大规模的搜查行动。只是将这几个人的信息录入了失踪人口数据库，然后对其监护人进行了询问和辅导，仅此而已。在“离家出走原因”一栏中，记录的基本上都是校园霸凌或人际关系问题。因为他们的出走原因过于“常见”，所以就被埋没于失踪人口数据库中无人问津。

“对了，我们走访的中学对这个情况似乎完全没有了解啊。”

“他们离家出走都是初中毕业后的事情了，学校对于已经毕业的学生哪里管得了那么多？可是，不管怎么说，他们都是乙部美智曾经做过心理辅导的孩子……”

这到底是怎么回事？岩楯祐也把文件放回桌子上，抱着胳膊思索起来。青春期的孩子离家出走，大多是一时头脑发热，没想后果就走了。不过，很多人都是在大城市的繁华商业街被警察发现，然后送回老家；还有一半左右是因为钱花光了，只得乖乖回家；也有一小部分选择堕落，走上犯罪的道路，最后被警方逮捕。

“有没有想过乙部美智和他们的离家出走有关？难道是她教唆孩子们这么干的？”鳄川宗吾问。

“可是，是什么动机使她这么做呢？”

“保护孩子免受校园暴力的折磨？或者是为了贯彻自己的信念？”

“别胡说了。再热血的心理咨询师也知道这么做是犯罪吧。而且，那些孩子不已经考上高中了吗？在学校被欺负的经历应该已经成为过去了呀，他们为什么还要离家出走呢？”

“你说的也有道理，但在我心中，认为恰恰有这种可能性。从我们了解的乙部美智的性格以及她的思维方式、行为方式来看，她完全有可能做出某种不合常理的事情来。而且，孩子们也许从心底里希望服从她。”

岩楯祐也盯着那些稚嫩少男少女的照片出神。

“好像童话故事《彩衣吹笛人》里的情节啊。”

“那些孩子在出走的时候，都没给家里留下任何字条之类的信息。但他们走的时候都带了替换的衣服，所以无疑是有预谋的离家出走。”

乙部美智真的参与了学生的离家出走吗？虽然有点不愿相信，但根据目前掌握的人物性格特点，她还真有可能做出这样的事情来。

乙部美智到底是怎样的一个人？她对自己的职业抱有强烈的使命感，还会为坚持自己的信念努力奋斗，但总让人感觉她还有不为人知的一面。岩楯祐也再次想起了那些目光虔诚的患者，后背不禁一阵发凉。

已经快到深夜 12 点，岩楯祐也回到了位于三鹰的家。在楼下他就看到自家的每个窗户都亮着灯。

岩楯祐也刷卡打开门禁，乘电梯上了 7 楼。他家在 7 楼靠边的一户。他掏出钥匙插进锁孔，因为前段时间刚在锁孔里喷了防锈喷剂，所以开起来还有点不顺畅。只拧半圈就打开了锁，岩楯祐也心想，老婆应该再拧一圈防盗锁。进门后关上门，他拧上了防盗锁，一股煮东西的气味扑鼻而来。

穿过门廊，岩楯祐也走到了客厅，然后开始到各个房间关灯。卧室、书房、卫生间，挨个关上。这项工作他基本上每天都要做。因为老婆晚上一个人在家的时候，害怕家里有黑暗的地方，所以会把所有的灯都打开。但这样做反而增加了精神的紧张度。厨房关着门，门上有一层磨砂玻璃，打开厨房的门，煮东西的味道更加浓烈了。岩楯祐也反射性地屏住了呼吸。

“你回来啦！不是跟你说过嘛，回来晚要提前打个电话啊。”

岩楯祐也的妻子麻衣从厨房探出头来，一脸抱怨地说。麻衣肤色略黑，有一张圆脸，皮肤倒是很光滑。看起来她刚洗过澡，头发还没干，湿漉漉地贴在头上。

“不打电话回来，就没法预定哟。”

“预定什么？”

“吃饭时间、泡澡时间、和我上床的时间。不知你什么时候回来，我就没法为你做准备呀。”

“不好意思。不过，你还是不要再煮奇怪的东西了。”

岩楯祐也伸着脖子往灶台上的锅里望去。只见绿色和紫色的某种黏糊糊的混合物在文火的炖煮下，正咕嘟咕嘟地冒着泡。冒出来的热气带着浓烈的青草腥味，吓得岩楯祐也赶紧缩回了头。

“你是魔女吗？”

“说什么呢！这是蔬菜汤，还加了中草药。喝这个比吃药可好多了，可以帮你把身体里的毒素全部排出来。”

“这么厉害啊。今天是不是加了蝙蝠和壁虎？猫啊狗啊之类的大动物千万不要加啊，我不敢吃。”

“不要说这么恶心的话好吗？从你嘴里说出来，我怎么听也不像开玩笑。”

麻衣开始详细说明蔬菜汤里的材料，但岩楯祐也根本没心思听。他回到客厅，把提包放在茶几旁的椅子上，然后脱掉夹克，松开领带，一边解衬衫的扣子一边往卫生间走。浴缸里已经放好泡澡水，但他实在太累了，根本没有心情悠闲地享受泡澡的乐趣。他只想赶紧洗完钻进被窝。

岩楯祐也冲了个热水淋浴，洗干净头发和身体，还刮了胡子。他感觉脖子肌肉僵硬得不行，后背一伸直也很痛。他活动了几下肩膀，只听肩膀的骨头咯吱咯吱直响。他并没有进浴缸泡澡，只是拿瓢舀了几瓢热水淋在头上了事，然后就擦干身体走出了浴室。

岩楯祐也套上T恤衫，用毛巾擦着头发。走到冰箱前拉开了门。看到这一幕，麻衣就一脸不高兴，因为知道他又要拿啤酒。她虽然想抱怨两句，但忍住没有开口。岩楯祐也假装没看见妻子的表情，拉开了易拉罐的拉环。

他拿着啤酒坐进沙发。电视一直开着，但没人看，他把目光茫然地投向电视屏幕。可能这电视也已经工作一整天了。嫌电视太吵闹，岩楯祐也关了电视，就在这时，麻衣从厨房端出了那碗蔬菜汤。那是一个白色的深碗，把里面紫绿色的浓汤映衬得更加恶心。

“来，先把汤喝了吧。”

看来妻子是认真的。岩楯祐也赶紧来了一句：“我已经吃过晚饭了。”

“什么？”

“我在快餐店随便吃了点。”

麻衣叹了口气，把双手叉在腰间。她身材匀称，全身没有一丝赘肉，看起来健康充满活力。这都得益于她每天风雨无阻地跑步锻炼。胸部和臀部的曲线相当完美，脸上的肤色也是黑中带红，不知道的还以为她是一名运动员。

“喂！要我说多少遍你才明白！”麻衣用低沉的声音警告道。

“什么事？”

“在外面吃饭对身体不好！盐分、糖分、脂肪，都会超量。而且外面的饭菜不知加了多少化学调味料。”

“如果在意这些，就什么也不能吃了。”

“我煮的饭菜就很健康啊。你看看你，抽烟、喝酒、饮食不健康，再加上工作过度，你的身体里已经满是毒素了，你就像一个大毒瘤。你到底想怎么样？慢性自杀吗？”

岩楯祐也一口气喝干了罐里的啤酒，把空罐放在茶几上，然后伸了个大大的懒腰。麻衣坐到了他的对面，一脸不悦地看着他。她上挑的眉毛很有日本画中美女的风貌，和她不大的眼睛非常搭配。虽然麻衣今年已经 36 岁，但岩楯祐也觉得她和初见时基本上没什么变化。

“今天我可是给你发了 5 条短信哟。”麻衣满含怨气地说。

“啊，不好意思，太忙了，没看手机。”

“一派胡言！”

麻衣说得没错。实际上岩楯祐也看到了她的短信，只是觉得都是鸡毛蒜皮的小事，没什么可以回复的。

“5 天前我就告诉你我进入排卵期了，这几天也天天提醒你，可你今天为什么又回来这么晚？！”

“没有办法呀，有工作嘛。”

“工作、工作，又是工作！”

麻衣托起双手，手掌朝上耸了耸肩，露出一副无奈的苦笑，然后接着说：“你就知道工作，其他事情都可以放一边吗？！所以我们才生不出孩子来。”

“唉，都这个点了，你还是饶了我吧。”说着，岩楯祐也不耐烦地站起身来，又去冰箱里拿出一罐啤酒。

“怀不上孩子和工作没有关系吧。”

“当然有关系。你每天接触的不是凶犯就是尸体，看了太多负能量的东西，身体里积累了数不清的毒素。”

“这是什么话？你的脑子没事吧？”

“你给我认真听着！我可不是在开玩笑。像恶意这样的负能量，一旦进入人的身体，就很难排除出去。它会一点点侵蚀人的身体。不想办法排毒的话，后果你自己想想！再有，你看看大街上的人，有几个像你这样整天和尸体打交道的，要么就是和那些凶残的杀人犯斗智斗勇？这些都会让你的身体吸收太多的毒素。”

“没想到你这么嫌弃我的工作，不过再怎么说它也是我的工作啊。”

“我反复跟你说过很多遍了，今天再说一遍，你要不要换个工作岗位？”

“没想过。”

“看吧，我就知道你还会这么说。既然你不想改变工作环境，那至少应该想办法排除身体里的毒素吧。”

麻衣把目光移向了茶几上那碗黏糊糊的恶心浓汤。因为已经放凉了，汤开始凝固了，那颜色也更加令人作呕了。

“只要改变饮食习惯，整个人都会往好的方向发展。你是不是该认真考虑一下我的建议？你总是固执地坚持自己的想法，对我的话从来都是左耳朵进右耳朵出。”

“从某种意义上说，你的这些话就像神话，我真的很难接受啊。”

“那是因为你缺乏一颗虔诚的心。有的人喝了这种蔬菜汤，癌症都治好了。”

“哇！这可真是个奇迹！你应该带着你的汤去医院，喂那些癌症患者吃。顺便问一下，哪里的哪位癌症患者喝了这种汤就好了？我想采访一下他，问问他康复的经过，能告诉我患者的名字和住址吗？”

麻衣被他气得不行，嫌弃地挥了下手，跷着二郎腿换了个方向。

“你又来了！什么事情你都怀疑，难道下班之后你还要延续你的刑警本色吗？就你这脑子，没法跟你沟通。”

岩楯祐也心想，这不正是我想说的台词吗？但因为实在太累了，他不想再和妻子斗嘴。他在心里盘算，我现在需要一段最简短的语言来结束这场争论，可这句话在哪儿呢？他喝干了罐里寡淡如水的啤酒，把易拉罐捏瘪放在茶几上，然后双手放在膝盖上。

“我说，麻衣，请你冷静地听我说。”

“我一直都很冷静。”

“不知道是谁怂恿你煮这种汤的，但夸大这种蔬菜汤的作用，就像一种宗教式的宣传。说不这样做就会死，不那样做就会倒霉，要么就会生病。这种缺德的洗脑方式，不知道每天要骗多少人。”

“你不要把那种骗人的把戏和我的蔬菜汤混为一谈好不好？我又不是傻子。他们给我推荐这种汤又不管我要钱，他们完全不是缺德的骗子。”

“你太天真了。那些家伙不会放过任何一个冤大头。一开始他们肯定不会收钱，但当把你圈进来，当你无法自拔的时候，他们才会采取下一步行动。你身为一个刑警的老婆，如果被这样的人骗了，我岂不是很没面子？”

“祐也，你到底还想不想要孩子？”

“不要转移话题嘛，这完全是两回事嘛。”

“就是一回事！”声音颤抖的麻衣用挑衅的眼睛看着老公。在她瞳孔的深处，岩楯祐也看出了一种已经结晶的愤怒和恨意。他用缠在脖子上的毛巾擦了擦脸，然后语重心长地和老婆讲道理。

“医生不是说了嘛，咱俩都没有不孕不育的毛病。所以你不要着急，人一着急就容易焦虑，一焦虑反而更坏事了。”

“才不是呢，你也有错。”

“不，咱们都没错。我不打算吃药，或制订什么生孩子的计划，也没准备要求你这样。只是你的愿望太强烈，所以才会伤害到你自己。”

麻衣盯着老公，嘴唇不停震颤着，但最后还是挤出几声自嘲式的干笑。

“你以为我不知道吗？你现在从心底里后悔和我结婚。你现在就想随时和我离婚。”

“那样的话，我为什么还要和你讨论这些呢？”

“我说祐也，你什么时候好好看过我一眼？什么时候想过了解我的内心？你需要的只是一个挂着‘贤妻’头衔的装饰品罢了！浑蛋！”

说完，麻衣愤然起身，一路小跑进了卧室，然后咣当一声摔上了门。岩楯祐也挠着脑袋发了一会儿呆，从脱掉的夹克口袋里掏出烟盒，衔了一根烟走到阳台上。

他靠在阳台的栏杆上点燃了嘴里的香烟，深吸一口让烟在肺里走了一圈后，又把它吐向了漆黑的夜空。秋天的夜晚比想象中要凉，寒气包裹着他从半袖T恤衫袖口中露出的双臂。岩楯祐也低头看着住宅区零散分布的点点灯光，一口接一口地吸着烟。

麻衣是上司给他介绍的对象，5年前他们走进了婚姻的殿堂。当时，岩楯祐也也是每天扑在工作上，恋爱呀，结婚呀，都还没进入他的考虑范围。但是，麻衣是一个把结婚作为人生最大梦想、既单纯又感性的女性。岩楯祐也也没多想，就和她结成了伴侣。结婚后，麻衣的全部生活都以家庭和丈夫为中心，就像电视剧中的贤妻良母那样，为了家庭不惜付出所有。就连现在，她依然醉心于这种悲剧的家庭现状。她的生活空间狭小得难以想象，但她认为这样也不错。她一心要为丈夫打造一个温暖的家，追求完美的家庭主妇形象，认为自己是一个理想的伴侣。但实际上，这只是她的一厢情愿罢了。

要说麻衣有什么不满足的话，那就是“心”。她已经看透丈夫的内心，丈夫对她只有亲情而没有爱情。他去追求新欢，多半只是时间上的问题。麻衣异乎寻常地想要孩子，也是出于对爱情的渴望，她希望借此挽回丈夫的心。可是，丈夫明明知道自己的想法，却迟迟不愿生孩子，说明有些事情已经难以挽回了。

岩楯祐也心里也清楚自己家庭的状况，可是，老是沉溺其中，不改变心情的话，也于事无补。即使做些表面上的努力，也无法使已经降温的内心再迸发出激情。在出发点产生的小小偏差，现在已经发展成无法弥合的巨大裂痕。而且，岩楯祐也也提不起热情再回到原点去修复当初的偏差了。

其实麻衣已经敏感地捕捉到了丈夫的感受，但这使她变得更加固执。这个家变得非常冰冷、干燥，已经到了坍塌的边缘。即使有了孩子，孩子成为夫妻复原纽带的时期也是有限的，一旦过了那个时期，两人依然会形同陌路。岩楯祐也在花盆边缘按灭了烟头，并把烟头插进了花盆的土壤，然后他看了看左手无名指上的结婚戒指，那个戒指上已经满是划痕。

岩楯祐也心想，自己不管长到多少岁，都依然是个不成熟的孩子。他觉得自己是一个内心不安定、不完整的冷漠之人。

Chapter 3

虫子的低语

1

在狭小的研究室分室里，一个又矮又壮实的小伙子站在靠里面的地方。他穿着一件活力十足的红色夹克，下面是一条实用的工装裤。小伙子脸的中央有一个“横向发展”的狮子鼻，鼻头上渗出豆大的汗珠。他留着一个蘑菇头发型，这可是很复古的一种发型，已经很多年不流行了。从这个独特的发型可以看出他很有自己的主张和个性。再有，他的整个面容都非常特殊。

岩楯祐也盯着小伙子浓浓的一字眉看了半天。他那棱角分明的五官、深深的眼窝，都跟美术室里的石膏像有一拼。在日本，这样的脸保证让人过目难忘。他是墨西哥人？不，更像中东那边的人。他到底是什么人呢？

见两位警官站在门口不进来，屋里的小伙子露出一个诙谐的微笑，赶快迎了出来。

“是岩楯警官和鳄川警官吧？”

从他嘴里竟然说出一串流利的日语，这让两位警官吃惊不小。而且，他还伸出了右手。岩楯祐也迟疑了一秒钟，也伸出右手去和他握手。

“赤堀凉子跟我交代了，说二位要来。”

“那个……赤堀副教授呢？还有……你是……”

“凉子前辈去教学楼拿东西去了，一会儿就回来。”

说着，小伙子从夹克的口袋里掏出名片递给了二位警官。

“我叫辻冈大吉。”

不知什么缘故，他还主动拿出了驾驶执照给二位警官看。

“这可不是伪造的哟。我不是非法滞留的外国人。别看我长成这个样子，我可是地地道道的日本人。可是，不管我走到哪儿，总有警察要检查我的身份证，我该怎么办呢？你们是警察，可以教教我吗？”

说完，辻冈大吉哈哈大笑起来。岩楯祐也再一次从上到下地打量了他一番。就他这个样子走在大街上，不被警察询问才怪呢。但这个小伙子确实有性格。一般人听说有刑警来，都会产生畏惧心理，可他不但不紧张，还主动迎上来开玩笑。

岩楯祐也的兴趣被勾起来了，他仔细看着小伙子递过来的名片。

“昆虫顾问？从来没听说过这种职业。”

“我现在的主要工作是病虫害防治，也会做租借昆虫、昆虫策划等生意。而且我想我会逐渐把后两种业务发展成主要业务。”

“还有人租借昆虫？那人对昆虫得多么狂热地迷恋啊！”

“请坐。”辻冈大吉搬出两把椅子，让两位警官坐下聊。

“不是昆虫迷恋者租借昆虫。你们可能不了解，昆虫是可以当作劳动力来使用的。每年都有人找我租借蜜蜂。种植果树的农民要对果树开的花进行授粉，如果是人工授粉，需要耗费庞大的人力和大量的时间。但只要放出蜜蜂，它们就可以帮助花儿授粉，原本复杂而辛苦的劳动可以轻松完成。租借蜜蜂授粉的费用还不足人工授粉费用的十分之一。”

“哦，原来如此，这就是所谓的‘虫媒’吧？”

“对，你知道的还挺多嘛。”

“那昆虫策划又是怎么回事？”

“举个例子吧，有一种虫子叫椿象，就是我们常说的放屁虫、臭大姐，它们最喜欢吃桃子。所以种桃子的果农对椿象深恶痛绝。我们治理椿象会使用寄生蜂，让寄生蜂寄生在椿象幼虫身上。释放寄生蜂的两三年后，这个地区的椿象基本上就没有了。而且，寄生蜂会一直在自己的栖息地监视害虫的动向。一旦发现椿象，它们就前去‘消灭’。你们知道这样做的另一个好处吗？可以减少九成农药的使用量。”

“这很了不起啊！还能减轻环境污染啊。”鳄川宗吾很感兴趣，他把辻冈大吉的话都记在了笔记本上。

“是啊。虽然在使用昆虫的时候，还存在管理等方面的问题，但我会不断研究加以改善。我们必须想办法净化我们的自然环境，在这个时代，我认为这是最重要的课题。不过，说了这么多，我要声明一点，我可不是偏执的自然崇拜主义者。在保护大自然的过程中，需要科学的介入。”辻冈大吉挠着他那可爱的蘑菇头笑着说。

“由此看来，昆虫顾问的主要顾客应该是农民啦？”

“不是，最近也有人租借蟑螂和苍蝇，他们就不是农民。”

“我是不是听错了？我刚才好像听到了肮脏的害虫的名字，这和净化环境可是完全相反的呀。莫非蟑螂也是帮我们监视什么东西的益虫？”

“怎么可能！”辻冈大吉把他那双肉肉的大手拍在一起哈哈大笑起来，“租借蟑螂的是拍摄恐怖电影的剧组。我给他们无菌饲养了一万只日本蟑螂。电影拍好后，看那些蟑螂的镜头真的很震撼。它们一齐从排水口涌出来，让很多观众头皮发麻。不过，那可是我精心饲养的乖宝宝，用 3G 动画绝对做不出那么真实的效果。电影里还有像沙尘暴一样铺天盖地而来的苍蝇。”

热情无比的辻冈大吉一提起他的昆虫，话匣子就关不上了。但他的那些细节描述，让两位警官感觉胸口发闷，胃也有点不太舒服。鳄川宗吾不禁皱起了眉头。

“有所大学的考古研究室还向我租借了一种甲虫。他们在制作动物骨骼标本的时候，要想干净地剔除骨骼上的肌肉组织，又不伤到骨骼，就只有用虫子。也就是说，让虫子吃掉骨骼上的肉。”

真是一个热情四射的怪人。可能也正是因为如此，两位警官判断，他一定是赤堀凉子的好朋友，因为他们简直就是一类人。正在滔滔不绝讲述昆虫的时候，辻冈大吉好像突然想到了什么似的，探出身来说：“对了，我一定要给两位警官介绍一种小家伙。”

“是什么东西？”

“请允许我推销一种能力超强的昆虫，那就是雄性蚕蛾。你们知道吗，雄性蚕蛾可以嗅到数十千米外的雌性蚕蛾释放的信息素，然后赶去和它们交配。是不是很了不起？”

他到底想说什么？辻冈大吉越说越兴奋，一边说还一边比画，手舞足蹈的样子活像一个指挥交响乐队的指挥家。

“我的意思是，只要对雄性蚕蛾 DNA 中的一部分加以修改，就可以让它们对其他气味做出反应。如果我能在它们体内加入对毒品做出反应的受容体，那它们的用处可就大了。在毒品案件中或在海关，它们就可以帮助警方寻找毒品，这样藏毒运毒的人也就无处遁形了。缉毒犬还需要训练，我的缉毒蛾子完全靠的是本能，根本不用训练。而且，一只雄性蚕蛾的成本只有 50 日元。不，我可以给你们打一个大折扣，一只 38 日元，怎么样？”

辻冈大吉那西方人的眼睛顽皮地眨着，一双厚实的手充满期待地搓来搓去。看着这个“天真无邪”的小伙子，岩楯祐也忍不住大笑起来。

“凭你这么强的推销能力，说不定我们警方真会找你买蛾子呢。”

“现在我正在全力研究，相信不久的将来，就能够应用到实际中。到时候，除了搜查毒品之外，这些蛾子还能感知疾病、寻找被遗弃的尸体等。昆虫的潜力绝对是无穷的。”

岩楯祐也心想，如果这个案件没有引入赤堀凉子这样的昆虫学家，自己就没有机会听到这么多有关昆虫的话题。这绝对是他到目前为止的人生中，思考、谈论、接触昆虫最多的时期，也是唯一让他为昆虫而感动的时期。

这时，怀抱一大摞文件的法医昆虫学家回来了。进来后，她熟练地用屁股关上了门，看样子她经常这么干。

“岩楯警官、鳄鱼先生，你们好啊！我来迟了，不好意思。”

赤堀凉子把文件放好后，就坐在了她的办公桌前，桌上有两架显微镜。今天她穿了一件格子衬衫，下面是牛仔裤。齐肩的短发只是简单地用发卡别了一下。她依然没有化妆，但脸蛋嫩滑得就像刚剥好的煮鸡蛋。

“他已经跟你们做自我介绍了吧？他是乌兹别克斯坦人。”

“不对，我是半个日本人。”辻冈大吉立刻纠正道。

“他对害虫很了解，所以我请他来帮忙。他可是昆虫生态学的博士。”

“也就是说，在火灾现场的空易拉罐里发现的那些残骸，是害虫的残骸？”

“在我们看来不是害虫，但一般人确实把它们当害虫。”

赤堀凉子模棱两可地笑了一下，随后从一个大尼龙包里取出一个塞着软木塞的玻璃瓶。瓶子里装着几只虫子，还不停地扇动翅膀发出嗡嗡的声音。这些虫子身长不足 1.5 厘米，身上有明显的黑白条纹。这些家伙的外形和马蜂很像，只是体型要小一些，颜色也不一样。其中一只的腰部还系着一根棉线。

“这是黑胡蜂。今天早上我在千叶的山里捉的。”

“不知道你捉它们做什么，但还是要说声辛苦啦。那只身体上系的线绳是干什么用的？”

“啊，那只呀，那是带我找到它们巢穴的向导。我先抓了一只工蜂，然后给它腰上系了根线绳，作为记号，然后放了它，跟着它我就可以轻松找到它们的家了。”

“轻松……”

岩楯祐也看了看赤堀凉子卷起袖子的胳膊，就知道那绝对不是轻松的工作。只见她的小臂和手背上有好几处红肿的大包，肯定是被黑胡蜂蜇的。他的头脑中立刻浮现出赤堀凉子像一头野生动物一样在野外工作的样子。即使被马蜂蜇，她也不在乎，仍然不亦乐乎地捕捉她的昆虫。

“先来看看这个。”说着，赤堀凉子站起来让出椅子，让岩楯祐也过来看显微镜。岩楯祐也按照她的指示，把眼睛凑近了那架双目显微镜。

透过镜头，他只看到一些焦黑的圆形物体。盯着看了一会儿后，岩楯祐也还是没什么发现，觉得那些可能是土块或沙粒。如果非要说像什么，只能说像刚要发芽的种子。

“来，你再来看看这个。”

赤堀凉子又指了指旁边另外一架显微镜。岩楯祐也从这架显微镜里看到的东西不再是焦黑色的，而是淡黄色的、表面有复杂形状重叠在一起的圆形物体。很难用语言去形容，它的表面带有光泽，给人活生生的感觉。但到底是什么，他还是看不明白。岩楯祐也抬起困惑的脸，赤堀凉子则敲了敲桌上的一张纸，让他看。

“这是透过显微镜拍摄的放大照片。因为烧焦了，所以不太好辨认。但请看这里……”

之前照片中那个物体的下部被红笔画了个圈。

“这是颚，内侧有上唇。这是唾液腺，虽然看不太清楚。从这个构造上看，这应该是某种昆虫幼虫的口器。右侧显微镜下则是新的幼虫的脑袋，两个应该属于同一品种。”

“那么，火灾现场的空易拉罐里装的全是毛毛虫的脑袋？”

“嗯，聪明。”

“等等！”鳄川宗吾连忙摆动双手打断了赤堀凉子的话，“我把你们刚才的对话归纳一下，行吗？没有异议的话我开始喽。”

“好，你归纳吧。”岩楯祐也向煞有介事的鳄川宗吾伸了伸下巴，示意他赶快说。

“在被害者死亡现场的地板上发现的空易拉罐中，还生活着专吃毛毛虫的其他生物。从目前的状况分析，应该是这样吧？而且，这种生物吃毛毛虫还有一个怪习惯，就是不吃头。真是令人恶心的习性。”

鳄川宗吾说话时，身体还打几个寒战。

“鳄鱼先生的归纳很正确，确实有种生物吃幼虫，而且不吃脑袋。”

“你一定要告诉我那是什么生物。下次遇到它，我一定躲它远点。”

“即使你想遇到它，也没有机会了。我想，喜欢吃幼虫而且不吃脑袋的生物，就是被害者乙部美智小姐。”

“喂！喂！我说你的思维也太跳跃了吧。”

岩楯祐也的眼睛在显微镜和赤堀凉子之间来回看了好几趟。太出其不意了，这位昆虫学家总是在不经意的时候给人一个要命的惊吓。

“你说乙部美智吃毛毛虫？这是闹哪出啊？简直是妖怪出没的恐怖故事。”

“好啦，准确地说，不是吃毛毛虫。她吃的应该是这种黑胡蜂的幼虫。”

赤堀凉子又从她的运动包里掏出一个有水滴图案的饭盒。打开盖子一看，里面是一块满是六角形小孔的东西，看起来应该是蜂巢。每个小孔里还有一个奶白色物体，它们都露出小脑袋，在自己的孔里蠕动着。看到这一情景，鳄川宗吾呻吟着从椅子上站了起来。

岩楯祐也也浑身起了一层鸡皮疙瘩，但眼睛始终无法离开那块蜂巢和那些小肉虫子。手掌大小的蜂巢里，不仅有奶白色的幼虫，还有黑色蛹，甚至还有少量刚破蛹而出的小蜂，它们的身体是褐色的。两位警官怎么看都觉得恶心，从生理上难以接受这样的东西。赤堀凉子则满脸坏笑，还用手从饭盒里把蜂巢抓了出来。两位警官看得眼睛都直了。

“它们都长得很好，很有精神哪。”

赤堀凉子从笔架上取过一个镊子来，轻轻地插入一个六角形小孔，然后手法巧妙地一扭，就夹出一只奶白色的幼虫，放在另一只手掌上托起来给大家看。黑胡蜂幼虫的体长在 1 厘米左右，不太容易分辨出哪边是头哪边是尾。

“这就是黑胡蜂的幼虫，我们俗称蜂虫。岩楯警官，你应该听说过吧？”

“嗯，原来是它们啊。这可是古时候人们宝贵的蛋白质来源啊。我只了解这些。”

“嗯嗯。装有幼虫脑袋的易拉罐我是在床边找到的，估计死者生前是把它放在床上的，大火把床烧垮了，易拉罐就滚落到了地上。从这个角度分析，死者生前可能经常吃黑胡蜂的幼虫。”

赤堀凉子打开另一个饭盒，里面装的是从蜂巢中取出来的幼虫、蛹和刚孵化出的成虫，混在了一起。

“刚才，我在研究室把它们油炸了一下。请尝尝吧。”

赤堀凉子露出了一个特大号的笑容，同时把饭盒伸到三位男士面前。他们谁都没伸手，就连昆虫博士辻冈大吉，也直往后面退缩。

赤堀凉子专门挑了一条最大的，毫不犹豫地丢到自己的嘴里。两位警官惊呆了，心里想的是同一件事情：这家伙真的是人类吗？

“火候刚好，味道好极了！来，尝尝，别客气。”

“不要！算了吧！”

“怎么搞的，为什么要拒绝呢？这可是侦查活动的一个重要环节呀。受害人吃过的东西，刑警也应该体验一下啊。”

“你哪来那么多歪理？对了，我有一件事情必须问清楚。这虫子活着的时候以什么为食？”

“它们吃其他的虫子或动物的尸体。夏天的时候，它们大多吃蝉。工蜂会从死掉的蝉身上挑选肌肉组织运回巢里喂幼虫。”

听她这么一说，两位警官就更不敢尝了。

“喂，大吉，你来尝尝。”

“不用了，我和你们的侦查没有关系，我就不用体验死者生前爱吃的美食了。”

“真是的！这么美味又有营养的东西，你们竟然不吃，大人也会这么任性吗？白白长那么大个子，我都替你们难为情。我还撒了白糖，当餐后甜点很不错的。”

赤堀凉子噘着嘴，表现出不满的样子。岩楯祐也揉着翻江倒海的胃部，对着鳄川宗吾扬了扬下巴，说：“鳄川，你去！”

“为什么是我？！”

“啊，你不是爱吃糖嘛，她撒了白糖的。”

“我爱吃糖……等等！为什么要让我受这种惩罚？再怎么样，我也不吃！”

“哎呀，没什么啦。再说，这也是侦查的一环，你应该感同身受地体验一下乙部美智小姐的生活。这也是你当警察的进步之路啊。而且，这是命令！”

“我觉得你这是……滥……滥用职权。”

“什么滥用职权，让你吃就吃嘛。”

“岩楯警官简直是魔鬼上司，不过我并不讨厌你。哈哈哈哈。”说着，赤堀凉子哈哈大笑起来，嘴角都要咧到耳朵根了，然后她把油炸虫子捧到了鳄川宗吾面前。

鳄川宗吾简直都要崩溃了，用整个身体在拒绝对方的“好意”，但最终还是敌不过赤堀凉子的软磨硬泡，只得把心一横，捏着鼻子一闭眼往嘴里塞了一只。

“怎么样？味道还不错吧？”

“味道我不知道！有点甜……哇！怎么黏糊糊的？”

“幼虫的身体里都是体液啊。”

“体液？哇！不行啦！赶快给我倒杯水！”

“对不起！我这里没有水。”

“凉子前辈，有点过分啦……”

辻冈大吉用同情的眼光望向了鳄川宗吾。

“哇！鳄鱼先生，你要吐的话，赶紧去外面哈。吐了之后挖点土埋上。”

鳄川宗吾抓着自己的脖子，着急地四下里找喝的东西。同时，他干呕一声把虫子的一部分吐了出来，幸好他用手接住了。看到他吐出来的东西，赤堀凉子笑着说：“看吧，果然如此。”因为鳄川宗吾吐出来的是幼虫的脑袋。

“幼虫的口器有点硬，很多人不喜欢吃这一部分。受害人肯定也是出于相同的理由，只吃幼虫的身体，把脑袋剩下来放进了空易拉罐。鳄鱼先生，感谢你用身体进行了验证。”

“可是，验证这个有什么意义呢？”鳄川宗吾一边咳嗽一边问。

“可以了解受害人的习惯呀。这对破案应该有重大意义哟。”

岩楯祐也一边听赤堀凉子讲道理，一边翻开文件夹，看火灾现场的照片。在发现乙部美智尸体附近的位置，摆着一个标签，上面写着“桌子”。那张桌子烧得也只剩桌面了，垮在地板上。桌子周边散落着几个易拉罐，数数一共有5个。加上在床下发现的那个装有虫子脑袋的易拉罐，一共有6个。

“教授，你觉不觉得，乙部美智在吃虫子的时候，还有别的人在场？”

“是的，我也这么想。现场的易拉罐都是加长型的大罐，6罐啤酒一个人喝的话，有点多了。而且，我认为乙部美智被害的时间，很可能就是那天晚上她和别人一起喝酒的时候。”

“因为喝空的啤酒罐，一般不会在桌子上放好几天，对吧？”

岩楯祐也追加分析后，赤堀凉子重重地点了点头。

“蜂虫现在在市面上 50 克就要卖到 1000 日元以上，算是一种比较贵的食物。她居住的那一带没有卖蜂虫的，她多半是通过网购买的，或者是来访的客人送来的土特产。”

只要调查一下乙部美智的网购记录，就可以查明她吃的蜂虫是不是网购来的。如果不是网购的话，那就很可能是访客带来的礼物了。

“这种蜂虫在哪里能捕到？哪里卖得最多？”

“黑胡蜂在日本的分布非常广泛。基本上全国各地都能捉到黑胡蜂的幼虫。”辻冈大吉解说道。

“但是，吃蜂虫的传统主要集中在岐阜县、长野县和静冈县。现在，这三个县是日本蜂虫食品的主要产区和销售区。在这些县，很多村镇都设置了保护黑胡蜂生息场所的自然保护区。”

“乙部美智是长野县出身，所以也许她从小就有吃蜂虫的习惯……”岩楯祐也看着玻璃瓶中的黑胡蜂说。一种奇妙的灵感浮现在他的头脑中，但一时又不知道这灵感会把自己带向何方。也许这个灵感只会止步于乙部美智吃蜂虫这一事实，那样的话，这个灵感也就没什么实际意义了。

“对了，教授，死者肚子里发现的特别肥大的蛆，和她吃蜂虫的习惯有没有什么因果关系？”

“没有一点关系。”

“明白了，谢谢！”岩楯说。

赤堀凉子回了一个闪亮的微笑。

岩楯祐也心想，如果没有法医昆虫学家加入侦查队伍，那么肯定会有一些重要证物被埋没。一开始，他还把赤堀凉子看作门外汉，认为她参与侦查，只能破坏现场，不会有什么好作用。但经过这段时间的接触，他的这种想法完全被推翻了。他现在甚至想，应该给法医昆虫学家更多的侦查权限，让他们能够自由采取侦查行动。

2

夜晚，已经能够感觉到初冬的寒意。清冷的空气紧绷着，街灯静静地监视着寂寥的街道。远处传来敲梆子的清脆响声，很有怀旧的感觉。板桥区的自治管理委员会因为不满意警察的不作为，干脆自己组织了巡逻队晚上在街道上巡逻。

岩楯祐也把烟蒂掐灭在车载烟灰缸里，对着车窗吸了口凉凉的新鲜空气，然后摇上了车窗。刚才看的资料太多，他感觉资料上打印的文字现在还残留在眼睑的内侧。他揉着太阳穴，想把脑海中文件的残像清除出去。随后靠在椅背上闭目养神，任由鳄川宗吾驾驶汽车行驶。那 5 个曾经找乙部美智倾诉心声、后来失踪的孩子，现在到底在哪儿呢？他们还活着吗？还是已经死了？怎么一点音信都没有呢？

岩楯祐也他们走访了失踪孩子的家人，现在那些家长的脸一张一张地浮现在他的眼前。一开始，对于突然造访的警察他们都感到吃惊不已，后来随着谈话的展开，他们露出了安心的表情，但最后又变成了愤怒。自己的孩子已经失踪多年，他们急需得到一个结论。警察的到来，他们以为是来通知噩耗，所以一开始不知所措。但后来知道孩子还没有找到，那也就有活着的可能，所以安下心来。但最后，警察依然没有结论，他们对警察的无能感到愤怒。

乙部美智恪尽职守，严格遵守和孩子们的约定，没有把谈话的任何内容透露给他们的家人。这也是孩子们失踪后找不到任何线索的原因之一。

可尽管如此……岩楯祐也在头脑中反复思考着乙部美智的行为动机。根据别人对她的评价以及自己对这个人的直观印象，综合起来岩楯祐也得到一点结论——乙部美智非常热心，而且专业能力很强，但是也比一般人骄傲。在做校园心理咨询师的时候，她敢轻易地打破学校的规定，以个人身份在学校以外的地方（到学生家里）对学生进行心理疏导。根据乙部美智的性格，做出这种事情也是理所当然的，但如果把这种行为的动机只归结为热情或使命感，岩楯祐也有点不愿接受。她可以打破常识或规则，一心只为患者着想。乍看上去，这是一个了不起的慈善人士的举动。

但是，岩楯祐也隐约地感觉到，这背后还隐藏着乙部美智想借此验证自己能力的一面，她的行为具有实验性。

在那些孩子离家出走之后，乙部美智应该和他们有所联系。岩楯祐也大胆确信这一点，也调查了乙部美智的通信记录，却没有发现任何可疑的地方。家和工作单位之间几乎是她唯一的生活轨迹，而关系亲密的人也只有国居光辉。

岩楯祐也心想，难道自己一直执着于错误的方向？把乙部美智的性格放在这个案件的中心，是因为她的性格太特殊了。但这种判断方向也许不对。

头脑中反复思考了无数个来回之后，岩楯祐也发现，现在能确认的只有两点：第一，乙部美智是在没做抵抗的情况下被杀害的；第二，犯人巧妙地利用了之前频繁发生的纵火案，把毁尸灭迹的纵火嫁祸于人。结果他发现，得到的这两个结论又把他拉回了原点，并没有前进一步。

岩楯祐也转身把文件夹放到了后排座位上，然后从口袋里掏出万宝路烟盒。

“没有查到乙部美智购买蜂虫的记录。网购记录、信用卡消费记录、订货电话等，都查了，没有发现。”鳄川宗吾说。

为了抄近路回警署，鳄川宗吾驾驶着汽车穿行在北町住宅区的小路间。已过 10 点半，街道似乎也做好了入睡的准备，安静无比。路上偶尔能看见几个刚下班回家的上班族，工作的疲劳让他们脚步沉重。

“虽然昆虫学家在现场发现了奇怪的证物，但现在也不能确定就是乙部美智吃的。说到底，那些都只是推测。”

“是啊。侦查总部也感觉跟虫子有关的情报是鸡肋，食之无味弃之可惜。”岩楯祐也笑了，接着说，“现在，高层应该开始后悔让昆虫学家加入侦查团队了吧。读到蜂虫那段的时候，你看见理事官的表情了吗？”

“一课课长一脸无奈，好像在说：‘完蛋了……’”鳄川宗吾说。

“我们课长只相信自己和自己的部下。”

“岩楯警部补你怎么看，关于赤堀凉子？”

岩楯祐也把玩着一支香烟，同时回答道：“半信半疑吧。她的话倒是挺有说服力的。不管大蛆也好，蜂虫也罢，现在都还没有定论。但我觉得如果把这些证物以及昆虫学家排除在外，也有点可惜了。说实话，我觉得自己的存在也是个鸡肋。”

“听赤堀凉子说话，会奇妙地被她说服，心里总忍不住想听她的下一步结论。”

“肥大的蛆、蜂虫，这些稀奇古怪的东西和案件到底有什么联系呢？”

真是奇怪的缘分。岩楯祐也之前还鄙视昆虫学家，觉得让他们参与侦查只能起到反作用。而且，即使现在，昆虫学家也没有得出任何确定的结论。但不知为什么，岩楯祐也在心里对赤堀凉子怀有一丝期待和信任。而且，他对她已经萌生出一种奇妙的同伴意识。

“理化分析的数值也很奇特。竟然发现了新的助燃剂。”

鳄川宗吾谨慎地吸了一口气，然后说：“之前，在所有纵火案中发现的助燃剂分别有两种，煤油和汽油，这次新发现的是香蕉水。乙部美智公寓楼下的房产中介店遭受的小规模纵火，就是用香蕉水助燃的。也仅有这次纵火用的是香蕉水。”

“还有香蕉水？有点不好理解。”

“嗯，是不好理解。煤油比较容易弄到，但香蕉水就没那么容易了。我知道闻香蕉水有致幻的作用，有些人把它当作毒品的替代物。”

“10 月 6 日晚上的小规模纵火用了香蕉水。可能是用香蕉水当毒品的人放火玩的。”

这条线索很令人疑惑，使案件变得更加错综复杂。用香蕉水纵火是偶然的吗？还是和这起案件有什么联系呢？香烟在岩楯祐也的手指尖转来转去，他终于把它叼在了嘴里。就在这时，道路左侧前方一盏路灯映入了岩楯祐也的眼帘。汽车驶过它也只是一瞬间的事情，却在岩楯祐也的头脑中形成了一道闪光。他在苍白的灯光下，看见一个人影，那人抱着一个蓝绿色的包。在灯光的照射下，那个包的颜色异常显眼。

“停车！”岩楯祐也间不容发地命令道。可鳄川宗吾已经在路口向左转弯了，他立刻把汽车停在了住宅围墙的边上。岩楯祐也马上解开安全带，转身从后排座椅上拿起了文件夹。他迅速翻阅着厚厚的文件，找到了有关纵火的那一部分。

岩楯祐也凝视着文件中的一张照片，那是乙部美智公寓失火的现场照。红红的火柱吞噬着房子，把周围的建筑物也照得通明，周围的居民也都出来围观，人人脸上显出不安、恐惧的神色。岩楯祐也打开驾驶室的内灯，仔细审视着照片。最后，他的目光落在了照片中的一个点上。他看着一个被火光映红的人脸。

“鳄川，你还记得这个人吗？我们去乙部美智家做现场侦查的那天，路上遇到一个闯红灯的男子，你还想过上去制止他。”

“啊，记得，是一个厚脸皮的胖子。”

岩楯祐也抑制不住心中的兴奋，不等鳄川宗吾说完就继续说道：“那个厚脸皮的胖子也在这张照片里。你看。而且，刚才我在路上看见他了，就在刚才那盏路灯下。”

“什么？”

“我一定要问问他，这大半夜的到这儿来干什么。算上照片，已经三次遇到他了，我可不认为这是偶然。”

两人立刻下了车，沿着来时的路往回走，在路口右转之后，发现刚才的路灯下一个人也没有。两个人决定兵分两路，搜索主路两边的每一条小路。

很快，岩楯祐也便发现了那个男子。他无声地向远处的鳄川宗吾挥了挥手，打了个暗号，示意他发现了目标，然后便蹑手蹑脚地向目标靠近。那男子已经把怀里的包背在肩上，包的外面还挂着一串钥匙。胖男人正摇晃着身体东张西望地走着。胖男子身体很宽，看起来块头很大，但身高估计只有170厘米左右，不算太高。他上身穿一件黑色T恤衫，下身一条黑裤子。脚上是一双橡胶厚底的运动鞋。岩楯祐也敏锐地发现，他鞋跟的外侧磨损得很厉害。

虽然他的身形比较庞大，但看上去行动并不迟缓，让人觉得他有一种像大力士一般的爆发力。

胖男人沿着路一直走，只要左右有小路，他必定要往里张望一番。他还会扒着矮围墙伸头向民宅院里打探。遇到种植的植物围墙，他会蹲下身来，拨开植物往里面看。总之，他的行为太可疑了。岩楯祐也在他后面不远处悄悄地跟着，姑且静静地观察他。等他走到路灯明亮的大路后，才开腔打招呼。

“不好意思，请等一等。”

这一声可把那个胖子吓得不轻，他差点跳起来，转过身来的时候还一脚踏空险些摔倒。

胖子涨红的大圆脸上满是汗水，鼻尖上都快滴下汗珠了。鳄川宗吾也赶了上来，他走到胖子身旁掏出警官证给他看。胖子大眼圆睁，眼珠来回乱转，看上去很紧张。

“是警察啊……”胖子支支吾吾地只说了这么一句，然后从口袋里掏出了什么东西，伸向了鳄川宗吾。没有一点前兆，这个动作太突然了。但是，在街灯的反射下，胖子手边一闪，岩楯祐也当即感觉不妙，立刻大叫道：“鳄川小心！”

手握小刀的胖子抽回手转身开跑。岩楯祐也跑上去抓住鳄川宗吾的肩膀，摇晃着他的身体焦急地问道：“喂！鳄川！刺到哪儿了？”

只见鳄川宗吾捂着心口，用从未见过的严峻目光望着岩楯祐也，3 秒钟后，他终于开口了。

“没事！幸好衣服厚，夹克被划破了。”

岩楯祐也长舒了一口气。

随后，两人同时追了出去。胖子已经踉踉跄跄地跑出了一段距离，他在一个小路口，手拉电线杆身体随之一转，就拐进了右边的胡同。“站住！”岩楯祐也怒吼着，心里也不停地咒骂着。

刚才太不小心了，如果鳄川宗吾再往前站几厘米，他就要被刀子刺中了。一向谨慎的自己刚才怎么就大意了呢，差点断送了搭档的性命。

岩楯祐也跟着胖子拐进了小胡同，拐弯时肩膀撞到了围墙。重归安静的街道，只有两位警官的脚步声和哗啦哗啦的金属撞击声，那是胖子包上挂的那串钥匙在颠簸中发出的声音。在奔跑的过程中，岩楯祐也用手势示意鳄川宗吾继续追，自己则在前方的小路口右转，去堵截胖子。哗啦哗啦的钥匙声，成了岩楯祐也追击的线索。他在跑的同时还竖起耳朵听那声音的动向，在下一个路口没有转弯，而是径直向前跑。他能听出来，胖子就隔着房子在那边的路上跑，他们俩现在几乎在平行移动。只要在下一个路口左转，就能撞上胖子。可就在这时，岩楯祐也发现前面没路了……

“妈的，死胡同！”

他只得转身往回跑，找其他路去追胖子。他在一户人家大门前停了下来，感觉喉咙像着火一样灼热，小腹两侧刺痛不已，心脏不停咚咚地撞击着胸骨。岩楯祐也双手撑在膝盖上，吞了口口水调整着呼吸，同时竖起耳朵尽量去探听周围的声音。

只听见高亢的嗒嗒声，那是鳄川宗吾的皮鞋踏在水泥地上的声音，胖子穿的是橡胶底运动鞋，跑起来没有声音，可是刚才哗啦哗啦响的钥匙声已经听不见了。

藏起来了？

汗水进了眼睛，岩楯祐也擦了擦眼睛。他继续走起来，尽量不发出声音。目光在住宅间的犄角旮旯里搜索，寻找着能藏胖子那巨大身体的地方。他屏息静气地走到有路灯的地方后，鳄川宗吾从对面和他会合了。

“这边没有。”

“这胖子比想象的敏捷啊。但他应该就在附近。”

走出这条小路，就是刚才停车的那条路。如果胖子在这错综复杂的街道里躲起来，或者藏进谁家的院子，那可就难找了。

岩楯祐也让鳄川宗吾去汽车附近的路上埋伏，自己继续搜索，同时打电话请求支援。就在两人准备分头行动的时候，岩楯祐也的视野中出现了一个反光的物体。被水泥墙三面围起来的一个垃圾站里，有一个反光的小东西。走近一看，原来是胖子的那串钥匙，钥匙链上涂有反光材料。

“真是一个狡猾的家伙。”

正在岩楯祐也吐槽的时候，停车那个方向的路上传来了吱的一声怪响。这次又是什么情况？二人全力朝声音的方向跑去，发现胖子正蹲在他们的雅阁轿车旁边。显然，刚才他把刀子插进了轮胎……

“喂！你在干什么！你这个浑蛋！”

胖子站起身来就朝相反的方向逃跑。

岩楯祐也二话不说就追了上去。胖子虽然敏捷，但跑得没有警官快，两人之间的距离在一点一点地缩短。再跑几步就追上了，岩楯祐也心想，这次可不能让你跑了！胖子就在眼前了，岩楯祐也伸手去抓他的后背，结果抓住了他的T恤衫，胖子腿上用力，向前一蹿，挣脱了警官的手。可是，也因为用力过猛，他向前踉跄了两步扑倒在地。岩楯祐也被胖子带着向前跌倒，手撑在地上，蹭破了皮。岩楯祐也毫不迟疑，起来冲过去就用膝盖压在了胖子背上。

说时迟那时快，鳄川宗吾也赶了过来，一脚踩住了胖子拿刀的手。岩楯祐也迅速把胖子的两只手臂扭在背后，并掏出手铐紧紧锁在了他胖乎乎的手腕上。

“啊，疼、疼、疼！救命啊！来人啊！”

“你还真吵！让……让我们费了不少力气啊！你……你这浑蛋！”

三个人都呼呼地喘着粗气，一时间没人再说话了，先把气喘匀再说。岩楯祐也保持着用膝盖压住胖子的姿势，从喉咙里咳出一口痰吐在地上，他感觉这痰都带着血腥味，然后他看了看手表。

“现……现在是23点14分，我们以妨……妨碍公务罪、伤害罪、非……非法持有管制刀具罪，逮捕你。”

话还说不流利。岩楯祐也把趴着的胖子翻转过来，让他仰面朝天躺在地上。胖子的狼狈相就别提了，眼镜摔碎了，歪着挂在脸上，眼睛里竟然在流泪。额头擦破了皮，鼻子可能因为直接撞在了地上，两道鲜红的鼻血顺流而下。一身赘肉的他，体重估计在 80 千克以上。刚才那副凶暴的样子不知跑哪儿去了，不住地对二位警官道歉："对不起！对不起！"

岩楯祐也检查了胖子的裤子口袋，又打开他的包从里面找出了钱包，想看看里面有没有身份证、驾驶证之类能证明他身份的东西。没有。不过，有一张音像店的会员卡，上面有姓名和住址。

"你叫什么名字？"

"淳……淳太郎。"

"姓什么？"岩楯祐也逼问道。

"饶……饶了我吧……"

"你觉得我们能饶了你吗？"

"真……真的对不起！我也不想那么干的，真的，请你们相信我。"

"是吗？你反省得还真快，不错。不过，我们可没那么仁慈，不可能就这么放过你。"

岩楯祐也向鳄川宗吾伸了伸下巴，又看了看地上的刀子，意思是让他把刀子捡起来。只见鳄川宗吾夹克的前胸横着裂开了一道口子，里面的衬衣也被划开了，隐约能见到白色的皮肤。而且，皮肤上也有一道红印，像是用红色圆珠笔画出来的，其实是刀子划出来的。领带也被划出半个口子，没有断，挂在胸前乱晃。鳄川宗吾捡起地上的刀子一看，不禁冒了一身冷汗，后怕啊。

"我……我到底犯了什么罪？"

"你的罪状，我刚才已经说了。你嫌不够的话，我还可以给你加一条'剃光头晚上出来吓人'罪。"

淳太郎耷拉着眉毛，表情沮丧，一把眼泪一把鼻血加鼻涕。

“你刚才挥舞刀子，差点让这位警官内脏洒在马路上。而且，你那可是折叠军刀啊，不是一般的水果刀。”

“我……我当时以为被人袭击了呢。”

“被人袭击？你什么意思？”

“这一带的坏人比较多，以前在这附近我就被人威胁过。所以，为了保护自己，我就随身带着刀子。刚才我以为我是正当防卫……”

“哪里正当了？”

岩楯祐也把那张音像店的会员卡递给鳄川宗吾，然后扶着流泪的淳太郎站起身来，推着他朝汽车走去。把他塞进汽车的后排座椅，岩楯祐也坐在他旁边，近距离地打量着这个胖子。

“现在我可没心情和你闲聊。半夜三更你让我们跑了几条街，而且，害得我们还得自己换轮胎。”

这时鳄川宗吾坐进了副驾驶席，说：“刚才联络了总部，正在核实他的姓名和住址。过会儿就会有结果。”随后从他那破烂的夹克口袋里掏出一块手帕递给岩楯祐也。

“你手上的伤也挺严重。”

岩楯祐也这才意识到，自己的右手也擦破了皮，露出了肉，流了不少血，裤子上都是血点。谢了搭档之后，他把手帕缠在手上算是简单包扎了一下，然后从车上拿出抽纸巾，抽了好几张胡乱地塞进了胖子的鼻孔，免得他鼻血一直流。

几盏路灯，微弱的灯光，给深夜的后街蒙上一层朦胧感。几个住户不安地从大门里探出头来东张西望，估计是被刚才的喧闹吵醒了吧。岩楯祐也给淳太郎松开了背后的手铐，让他把手放到身前重新给他锁上了。支援的警察也陆续赶到现场，淳太郎透过车窗望着外面的警察，还不时看一眼身边的岩楯祐也。

“他有前科。”坐在前排副驾驶席的鳄川宗吾说道。他刚和总部取得了联系，调查了淳太郎的身份和履历。他接着说：“坂下淳太郎，30 岁。今年 2 月，伤害罪。”

“好吧，淳太郎，给我们讲讲，你干了些什么？”说着，岩楯祐也衔了一根万宝路，把打火机凑到嘴边。

“那……那个，那是一场误会。我没打算伤害谁，实……实际上，也没有伤害到谁。伤害罪，我是被冤枉的。”

“那你到底做了些什么？”

淳太郎好几次提起屁股扭动身体，因为双手被手铐铐着，他只能用肩膀头去蹭脸颊的鼻血。但实际上他的鼻血已经被堵住了，脸颊上只有干涸的血痕。他嘴里不停地嘟囔着什么，但警官们根本听不清楚。岩楯祐也给搭档递了个眼色，鳄川宗吾会意，点了点头，掏出了笔记本读了起来。这是他刚才和总部联系时记下的内容。

“在一个人气女子舞蹈团体的见面会上，坂下淳太郎突然袭击了其中一名成员。”

“不……不是的。”淳太郎突然大声反驳道，“我没有袭击小兰！她事先同意了我的要求。”

“同意？”

“是的。前一天我在小兰的博客里留过言，跟她说在见面会上，我想要点东西。她应该看到了我的留言，虽然没有回复我，但我感觉她已经同意了。”

“你跟她心有灵犀吗，这样就知道她同意了？还有，你管她要的是什么，内裤吗？”

“不要说那么下流的话，简直玷污了我心中的女神！即……即使你是警察，我也不能原谅你！”

“啊，对不起！我道歉，没你那么纯情，不小心就顺嘴说了出来。那不是内裤是什么呢？”

“头……头发。”回答的时候，胖子淳太郎还挺起了胸脯，好像自己的行为多么高尚似的，他非常自豪，“结果，见面会上我跟她要头发的时候，被保安和其他粉丝打了。我才是受害者呀，怎么给我扣上了伤害罪的帽子……”

岩楯祐也貌似悠闲地吸着烟，同时眯着眼睛打量因气愤而满脸通红的淳太郎，心想，这家伙生活在自己想象的虚幻世界里吗？

“对了，你要人家头发干什么呀？是吃啊，还是舔啊？难不成用头发来满足你龌龊的欲望，最后把它们当作传家宝珍藏起来？”

“我可没有你这么下流龌龊的想法。我的目的只有一个……就是从头发中采集小兰的DNA。”

淳太郎眼神空洞地嘿嘿傻笑了几声，估计他是在想象自己成功时的喜悦吧。这让两位警官哭笑不得。

“我要把小兰DNA中的密码全部解开，来证明她外表以及内在的美。然后我还要把她的DNA冷冻保存起来，等克隆技术发展成熟之后，我就可以完美复制一个小兰了。我的想法是不是很了不起？我要复制一个绝对服从主人的小兰！这也是我现在拼命研究的东西。我可不是你们眼中愚蠢的追星宅男。我是被神选中的使者，肩负着神圣的使命。”

岩楯祐也手里的万宝路仅剩很短的一截，他猛吸了最后一口，把烟头熄灭在了烟灰缸里。他冷不防地朝淳太郎的秃头狠狠地来了一巴掌。胖子“嗷”地叫了一声，同时，脑袋撞在了旁边的车窗玻璃上。看到这一情景，鳄川宗吾满意地点了点头。

“喂！你都30岁了，还在胡扯些什么？！被选中的神圣使者？做梦呢吧，被选中的变态还差不多。别老追人家明星了，干点对社会有用的事吧。”

“对……对社会有用啊，我……我的研究没准能改变人类的未来呢。”

“唉，愁死我了。”

岩楯祐也一脸绝望，无奈地叹了口气，揉了揉僵硬的肩膀。他心里暗暗思忖着，像淳太郎这样的人现在还很多呢，他们已经不单单是逃避现实，还会把自己的所有生活都建筑在想象的世界里。他们看起来懦弱、窝囊，但也会毫不犹豫地拔出刀子刺向别人。而且，对自己的这种举动不会感到兴奋、恐惧，也不会考虑后果。他们只想把眼前麻烦的现实赶快清除掉。这是一种没有杀意的杀意……

这时，鳄川宗吾把声音压得极低说：“警部补，外面的车还等着呢。他们会把这家伙带回警署做笔录。”

“不好意思，等一会儿再交给他们。我还想和他再聊聊。”

胖子在偷听两位警官的对话，岩楯祐也侧过脸来，给了他一个和蔼的微笑。

“好了，我们先把小兰放一边，聊聊别的。对了，刚才你为什么要逃呢？”

“喂！被人追当然要逃了，这是人的本能好不好？”

“一开始我们也没追你啊，还客气地和你打招呼来着。”

淳太郎不停用肩膀蹭着脸上源源不断渗出来的汗水，眼珠不停乱转，看起来忙碌得不行。

“快点说实话！”

警官一威胁，胖子干脆噘着嘴窝在座位里一言不发了。岩楯祐也伸出手准备去拿胖子的包，胖子以为又要揍他呢，“啊”了一声赶紧抬起胳膊护住脑袋，身体也缩成一团，做出防御的姿态。

“不用害怕，我不会再打你了。”

岩楯祐也打开淳太郎的背包，检查里面都装了什么。可是这一看不要紧，他不禁大吃一惊。

“电击枪、折叠军刀、绳子、胶带、撬棍、钳子、劳动手套……搞什么呀。你这是打算改行做建筑工人吗？”

淳太郎似乎要说点什么，但想了一下还是没有开口。他的身体不停地摇晃着，透出一种不镇定、有点病态的神经质。

“你知道这一带最近频繁发生了好几次纵火案吗？”

岩楯祐也在毫无前兆的情况下突然抛出纵火的事情，让淳太郎的身体不禁震了一下。

“你住在板桥区西台的父母家，可是，深更半夜的你却跑到这边来，在行人稀少的住宅区游荡，想干什么？”

“我……我只是来这边散散步。”

“哦，明白了。只是散散步啊，这个理由警察一定可以相信。顺便问一下，这个是干什么用的？”

说着，岩楯祐也从胖子的背包里拿出那双团在一起的劳动手套。

“这双脏兮兮的劳动手套，怎么有油味？而且，你这包也沾了不少油。”

背包的底下确实有一片黑色的油渍。淳太郎摇晃着脑袋正想解释，岩楯祐也不等他开口，抢先说道：“你满嘴DNA、克隆之类的高科技，可是你不知道日本警方的侦查技术也很发达吗？你包上沾的油和放火现场提取的油只要一对比化验，马上就能查出结果。到时候，我也就时来运转了，能抓住四处放火，还毁尸灭迹的纵火狂，上头应该会大大地嘉奖我吧。当地的居民也恨不得马上判你死刑呢。到时候就皆大欢喜了！”

“等等！什么？死……死刑？这……这是阴谋！可……可怕的阴谋！”

“嗯？现在你又说是阴谋论了？”

淳太郎满脸通红、浑身发热，向前探着身子急不可耐地辩解道：“我说实话！这可要冤死人了！确……确实，我放了几次小火，但都是小规模的，每次我都非常小心，绝对不会伤人。”

“不会伤人？”

“是……是的！我只是烧烧垃圾什么的，绝对小心，不会让火蔓延到居民的房子。我是有人性的！但是这附近最近的纵火案，不知是哪个浑蛋干的，明显是要嫁祸于我！请你们相信我！”

岩楯祐也一把抓住淳太郎被汗水浸湿的T恤衫前胸，拉近彼此的距离，死死地盯着他的眼睛。他真想痛殴胖子一顿，拼命抑制着自己使用暴力的冲动。

“够了！你这浑蛋，还说自己有人性，只要是故意纵火，点火那一瞬间，你就应该知道会有烧死人的可能性。”

“怎……怎么会？烧死人……”

浑身颤抖的胖子眼睛里已经盛满泪水，就差落下来了。为自己流的眼泪，更显忧郁。

“明知附近有人居住还放火，这和故意杀人没有区别！不要以为小规模纵火就可以判轻罪，你别痴心妄想了！”

岩楯祐也又瞪了一眼胖子后，狠狠把他推开。胖子低下头默默地说了一句对不起。

“刚才你在这一带干什么？快说！”岩楯祐也马上质问道。

胖子啜泣着，流着泪用颤抖的声音回答：“我……我在抓那个放火的人。我知道是谁想嫁祸在我头上，我绝对不会背这个黑锅！所以才会在半夜到这一带巡逻。”

“真是辛苦你啦！你是从什么时候开始这种‘正义’行动的？”

“从上上周的周二开始，我每天都出来。”

原来如此，就在乙部美智公寓起火的那天，淳太郎也在街上“巡逻”。

“你是不是有什么发现？”岩楯祐也用十分确信的口吻问他。

淳太郎有些迷茫又带着胆怯地偷眼看警官的脸色，最后微微地点了点头。

“11 日那天晚上，我在德丸一带巡逻。两天前，在北町发生了小规模纵火，我就推测，那家伙这次没准会在线路的北侧放火，也就是德丸地区。结果证明我的推测是准确的。”

淳太郎略带得意地扬了扬下巴。

“我看见有人登上了那段陡台阶。”

“什么时间？”

“我感觉好像是凌晨 3 点左右吧。”

岩楯祐也翻出了侦查资料，搜索着其中的记录。打到消防局报火警的电话是凌晨 3 点 42 分。应该就是淳太郎看到的那个人干的。岩楯祐也眼前浮现出那个嫌疑人默默地潜入乙部美智陈尸的公寓，然后各处泼汽油的样子。

“不过……”淳太郎后悔地说，“当时我离开了。因为我在下面等了一会儿，没看到起火，也没见人下来，所以我觉得可能不是放火的人，而是回家的人。”

“看清楚脸了吗？体形特征呢？”

“那人穿着一身黑衣服，个子比较高。但是他戴着口罩，看不清脸。他比较瘦，属于瘦高型。我感觉他比你矮一点儿，但也接近 180 厘米。”

“大概什么年纪？”

“感觉不是很年轻。但说到底只是我的印象。而另一个人……”

“什么？！”听到这话，岩楯祐也立刻抓住淳太郎的双肩，使劲摇晃着他的身体。

“等等！你刚才说什么？还有一个人？”

“是……是的，还有一个人……”被警官的气势压倒的胖子，语气有点畏缩。

岩楯祐也可惜地咂着舌头说:“这么重要的情报，你怎么才说？！看见那个人的脸了吗？”

“是——不！没有看到。”

“到底看到没有？”

“当时太黑了，而且他戴着帽子，把帽檐压得很低，脸实在看不清。但个子很矮，估计只有150厘米左右，我以为是个孩子。”

“孩子？！”鳄川宗吾不禁叫出声来。

“你在逗我们玩吗？”

“不，真的！大概是初中生或高中生吧，从远处看就是那个样子。感觉那个小个子提心吊胆的，一路小跑着跟在高个子后面。天太黑，隔得又远，但我仍能看出他们之间的主从关系。后面的小个子就像一条顺从的小狗。”

岩楯祐也的头脑中又浮现出失踪的孩子的脸。乙部美智认识他们，毕竟在学校为他们进行过一段时间的心理疏导，如果他们来访，乙部美智肯定会毫不犹豫地让他们进门。也许在家里他们之间发生了什么矛盾，孩子们在冲动下失手杀人，也有这种可能性。岩楯祐也反复思忖着自己的假设。孩子们失踪的时候，16岁左右，今年应该已经有19岁了。这个年纪如果个子长得矮的话，也不算奇怪。

但是……岩楯祐也抱臂在胸前思索着。看上去处于领导地位的高个子到底是什么人呢？之前岩楯祐也就曾经怀疑实施犯罪的嫌疑人并不止一个人，现在果然有新人物登场。他又想起了国居光辉，但他的身材并不算瘦高。

“你放火的时候，用的是什么助燃剂？”

“啊，这个……是煤油。家里炉子生火用的煤油。对不起！”

“还用过其他助燃剂没有？”

“没有，只用过煤油。”

只要闻一下他背包和手套上油渍的气味就能知道，他说的是真的。淳太郎用的是煤油，而杀人焚尸的人用的是汽油。那么只有一次纵火用的是香蕉水，这又是什么人干的呢？

岩楯祐也想从目前掌握的蛛丝马迹中找到合理的可能性。就在这时，淳太郎用怯生生的语气说：“那个……时间也不早了，可以放我回家了吗？我知道的都和你们说了。”

“都死到临头了，你还想着回家？”

“司法制度上不是有一个规定嘛，只要嫌疑人供出重要情报，就可以抵罪或减轻罪行吗？”

他在犯什么傻？这家伙脑子真的有问题。岩楯祐也心想。他望着淳太郎那献媚和期待的眼神，出其不意又给他脑袋来了一巴掌。用的力比刚才那一下还增加了五成。淳太郎“嗷”地叫了一声，用戴着手铐的手捂着脑袋，投来一个害怕又充满恨意的眼神。

“刚……刚才，你不是说不再打我了吗？”

“我这是给你上了一课，想告诉你，轻易相信别人会吃大亏。还有一点，我要遗憾地告诉你，在日本，没有你说的那种坦白从宽的司法制度。你的罪行是一点也不能减轻的。”

岩楯祐也把淳太郎推下车，交给了已经在一旁等了许久的支援警官，看他上了一辆警车。然后他不情愿地从后备箱里拿出千斤顶和备胎，准备换胎。

3

零点已经过了。

岩楯祐也和睡魔战斗了好久，终于把报告写完了。他把报告插进文件夹，起身去卫生间准备洗把脸。他站在卫生间的镜子前，看着镜中那个脸色憔悴的男人，眼睛周围已经浮出黑眼圈，冒起的胡楂让人更显疲惫。这张脸怎么看都不像一个好人，他有点讨厌这个男人。

他把水龙头拧到最大，用左手捧水往脸上撩水。右手的擦伤火辣辣地疼，眼睛因为过度使用，也感觉眼窝深处一阵阵地刺痛。但是，在钻进被窝之前，他还得让自己保持清醒。岩楯祐也用凉水洗了好久的脸，直到感觉头脑清爽了一点，然后用皱巴巴的手帕胡乱擦了两下脸。前额的头发还在滴水，他就走出了洗手间。但就在出门的时候，他差点和人撞个满怀，幸好他反应快，闪身躲开了。

“啊！吓了我一跳！这就是所谓的‘撞鬼’吧。咦？我以为是谁呢，这不是岩楯警官嘛。”

原来是赤堀凉子，那位法医昆虫学家。她的头发没有用发卡别起来，而是整齐地散在肩膀上。而且她罕见地穿了条裙子，还化着淡妆。不过，仅仅是这样的改变，就让她看起来完全是另外一个人。

“这个见面场所还真有点特别呢。话说回来，这么晚了，你在这儿干什么？”

“我来交报告书。交晚了要被你们上司骂的。”

“迟交报告对我来说是家常便饭。”

“我就知道——但我可不像你那么懒。”

两个人都笑了，然后并肩沿着走廊走起来。

“岩楯警官工作到这么晚，还真是辛苦啊。”

“啊，事情太多啊，而且今天晚上遇到一个追星的宅男死胖子，我才会这么惨，平时要比这早一点。”

“看来今天的关键词是‘宅男死胖子’。刚才在大楼入口碰到了鳄鱼先生，他也说了同样的词。”

“鳄川那家伙比我还惨，因为你强迫他吃了虫子。”

岩楯祐也在刑警办公室前停住了脚步，低头看着几乎比自己矮两个脑袋的赤堀凉子。

“你现在也要回家了吧？”

“是啊。”

岩楯祐也把赤堀凉子留在办公室门外，自己走进办公室拿了提包和衣服又走出来。

“看来我要送你回家了。”

“啊，不用那么客气，我自己可以回去。”

“恐怕不行吧，末班地铁早就收车了。”

“我骑自行车来的，不用坐地铁。”

岩楯祐也再次吃惊地从头到脚打量了一遍眼前这个女子。她里面穿了一件衬衫，外面罩着开衫毛衣，下身是一条刚刚露出膝盖的裙子。感受到岩楯祐也的眼神，赤堀凉子赶紧整了整苔绿色的毛衣衣襟。

“晚上有事见了个人，所以换了身衣服。结束之后，本想换身衣服再来交报告的，但无奈换的衣服忘在研究室了，所以就穿这身来了。”

“还是我送你吧。大半夜的，你穿这身，再戴个黄色安全帽骑自行车，是想打碎我对女人的幻想吗？”

“你这么一说，我还真想打碎你对女人的幻想呢，哈哈。”说着，赤堀凉子爽朗地笑了，“开个玩笑。”

岩楯祐也就喜欢敢于毫不客气开玩笑的人。

他带着赤堀凉子一起乘上电梯，下到了空无一人的地下停车库。岩楯祐也按了一下遥控车钥匙，停在远处的一辆黑色马自达睿翼轿车“啾啾”地叫了两声。赤堀凉子坐进汽车的副驾驶座，岩楯祐也驾驶着汽车驶上了地面。他把汽车开到警署大楼的正门前，看见一辆折叠自行车不偏不倚地停在大门前。两人下车把自行车折叠起来，装进了汽车的后备箱。

“你家住在阿佐之谷，对吧？”

“嗯，没错。看来我今晚来的时机正好。”

“是啊，我回家正好路过阿佐之谷，捎上你也不用绕远。”

岩楯祐也驾驶着汽车在高道大道的十字路口右转，驶入笹目路。这个时间段的国道被轰鸣的大型卡车占据了，不过还是很畅通。睿翼轿车平稳地行驶在路上。岩楯祐也开着车一手掏出烟盒，用嘴叼出一支，赤堀凉子立刻把打火机凑到他面前。

“既然送我回家，服务就周到一点，烟也给我一支吧。”

“一如既往，你说话还是那么‘客气’。”

赤堀凉子接过香烟，点燃后深深地吸了一口。

“那些长得异常肥大的蛆，还没有得出结论吗？”

赤堀凉子把车窗降下一个细缝，噘起嘴把烟从窗缝中吐了出去。

“到目前为止，我还是在不停重复‘假设’再‘推翻假设’的过程。”

“也就是说还没有实质性进展，对吧？对了，教授，在你心目中，那些大蛆的重要程度属于什么级别？”

“最高级！”赤堀凉子随即回答。看来她的见解和之前相比完全没有改变。

“那些蛆所携带的情报直接关系到案件的本质。虽然到目前为止还没有任何根据，但这一点绝对错不了。”

“你这份自信我倒是非常欣赏。”

岩楯祐也叼着烟笑了起来，烟也跟着摇晃不止。乙部美智体内的蛆告诉世人，她不是被烧死的，而是之前就被杀死了。那么，那些发育程度异常的大蛆，肯定在向世人传达另外一些信息。

“警方并不怎么看重法医昆虫学。这次你们在侦查中引入法医昆虫学，估计又是某位领导一时头脑发热想出的主意。但到目前为止，我还没有拿出实质性的结果，警方高层一定有些后悔了，再加上预算有限等问题，他们肯定想下次再也不用我了。怎么样？我的解读准确吗？”

“八九不离十吧。”

“啊，你承认得还真够爽快的。那也就是说，所有警察都把我当敌人啦？”

“应该不是‘所有’——大部分吧。”

“谢谢！谢谢你还补了一刀。”赤堀凉子露出了一个带有攻击性的笑容。她接着说道：“那岩楯警官你也属于‘大部分’吗？”

“这个嘛，准确地说，我是一半对一半吧。”

“谢谢你毫无同情心的回答。”

“不客气。”说着，岩楯祐也熄灭了烟头，赤堀凉子也随着他熄灭了手里的烟。

“警方认可一点，就是你的工作确实有些用处。但是，大部分警察没把法医昆虫学看作侦查工作的一部分，只把你的工作当作一种新奇的事物来看待。非常抱歉，但这就是现实。”

“是嘛。”赤堀凉子并不在意地回答，从她脸上看不出沮丧的神情。

不仅如此，她马上显露出一种无畏的笑容。岩楯祐也觉得眼前这个女人有点意思。

“总之，我也很着急。冷静想一想，我觉得呢，现在的我之所以还听不到虫子的声音，是因为我还没有用心去听。换句话说，警方对我来说是一个干扰，第一次为警方干活儿我还无法静下心来，所以我很着急。那些小家伙的声音虽然很小，但一定正在拼命向我诉说着什么，它们也急切地想让我听见。”

对面时而闪过的汽车灯光，一次又一次地照亮了赤堀凉子的脸庞。此刻的她就像一个迷失方向、无依无靠的小孩，但脸上却刻着坚定的意志。

岩楯祐也轻踩油门踏板，跟着前面的卡车左转弯开向了环八方向。

“不好意思，我问个无聊的问题行吗？可能以前很多人问过你同样的问题，你可别嫌烦啊。”

“请说吧，随便问。”

“教授，你怎么想的？为什么干这个职业？”

“因为喜欢。”赤堀凉子只答了这么一句，同时扭过脸来对着开车的人嘿嘿一笑，“确实有很多人问过这个‘无聊’的问题，我也都是这么回答的。因为我懒得跟他们多解释。”

“不过，我想听你多解释解释。”

“我母亲在我出生后不久就去世了。”

岩楯祐也转头瞟了一眼昆虫学副教授，只见她说话时正盯着前方卡车的尾灯发呆。

“我没有兄弟姐妹，就一直和父亲、爷爷三个人一起生活。小时候，我的整个世界就是家里的后院。那个杂草丛生的小后院，生活着数不尽的生物。当时的我想，如果我要仔细调查后院里的生物种类，恐怕用一辈子也数不清楚。蚂蚁、蜈蚣、孑孓（蚊子幼虫）、鼠妇（潮虫）、马陆（千足虫）、金龟子、蚯蚓、蚱蜢、蛐蛐、螳螂、知了、天牛……你能想象吗？在东京这样的大都市中，竟然还有这么多虫子，大自然真是丰富啊！”

汽车驶入旧早稻田大道后，路边有一处正在施工，工地上的红色警示灯瞬间把赤堀凉子的脸映照得有些妖艳。让岩楯祐也感到意外的是，赤堀凉子在讲这些的时候，并没有沉浸在对自己小时候和家人的追忆中，从她的表情就可以看出来。她的脸上充满了兴奋和愉快，她明显是在享受那段儿时的生活。她讲得那么生动，让岩楯祐也对她的后院大冒险产生了浓厚的兴趣。

“说到虫子，我们的地球上到底有多少种虫子啊？”

“已经确定种类的大约就有 95 万种。科学家们推测，地球上实际生活着 3000 万种以上的昆虫。”

“哇！太令人惊讶了！我有点无法想象。”

“事实就是这样的。包括我们人类在内的地球生物中，昆虫占了 90% 以上。打个简单的比方，地球上有一个人，就有十亿只昆虫。”

一比十亿！太夸张了！岩楯祐也还是难以想象这种巨大的反差。

“很多带壳的昆虫死后，还会保持原来的形状，把它们做成昆虫标本，是我小时候一直热衷的事情。我还可以悄悄地把它们带回家中。”

“这个我也干过。小时候，我就曾把螳螂的卵带回家，放在书桌的抽屉里等它们孵化。它们孵化出来的那一天，像精密的迷你模型一样的小螳螂密密麻麻地从抽屉里涌出来的时候，把我妈吓惨了，她因此把我臭骂了一顿。”

“小孩子都喜欢在书桌、书包里养虫子，虫子的生命力也相当顽强。记得当时，我养了一只雪白的小兔子。但后来病死了，我伤心极了，就把它埋在后院里，还立了块墓碑。但因为太想念它了，没过多久就把墓挖开了。”

“喂！你怎么能挖人家的墓呢！”岩楯祐也开玩笑地说。只见赤堀凉子闪烁的目光中蒙上了一层阴云。

“你应该能猜到结果吧？我把兔子的墓挖开之后，那情景把我惊呆了。兔子尸体上爬满了蛆，它们在兔子的白毛之间蠢蠢蠕动。兔子可爱的身影完全不见了，已成空洞的眼睛格外吓人。它还散发着恶心的臭味。我吓得转身就跑回屋里了。”

“对于一般的小孩来说，这应该会留下心理阴影吧？我听你描述，感觉汗毛都竖起来了。”

“是啊。我也受惊不小，在床上躺了好几天都没出屋，但心里还是担心我的小兔。直到一年之后，我才鼓起勇气再次挖开了小兔的墓。”

“你还真是个不长记性的家伙……”岩楯祐也一边打方向盘一边说道。

“这一次，小兔的身体彻底消失了，只剩下一副小小的纯白色骨架。它周围都是干燥的土壤，也没有臭味了。是虫子们让小兔的肉身回归大地，变成了泥土。看到那个情景，我感觉特别安心。”

“安心？为什么？”

“因为我去世的母亲应该也完好地回归大地了。”

此刻，赤堀凉子的脸显得格外平静和柔和。看来后院大冒险是她人生中必不可少的一堂课。岩楯祐也也彻底明白了，为什么当别人问她为什么要当昆虫学家的时候，她的回答只有一句“因为喜欢”了。对于赤堀凉子后面的那段解释，他也只想一个人独占。

“然后你就立志当一个昆虫学家？感觉那是你的天职？”

“是啊。不过，我能干上和虫子打交道的职业还有一个原因。那就是我爸爸的默许，对于我这个独生女，不走寻常路，他当时一句阻止的话也没说。”

“真是个了不起又有意思的老爹。”

聊到这儿，她开心地笑了。在夜半三更的汽车里，他们还能如此爽朗地笑出来。岩楯祐也感觉她就是一抔充满水分的泥土，有点冷，但又蕴含着无尽的温暖。不管多么唐突的话题，跟她一聊，她都能接下去，还能聊得有声有色，甚至开花结果。

从中杉大道向右一转，就看见了阿佐之谷地铁站的北口。从西高岛平警署出来已经过了将近30分钟。赤堀凉子住的公寓位于阿佐之谷南边的一条安静的住宅街。那是一幢很小的三层建筑，估计连十户人家都不到。外墙是浅茶色的，给人一种稳重的感觉。

岩楯祐也在建筑物门前的路边把车停好，然后下车从后备箱里取出了她的折叠自行车。

“非常感谢你送我回家！否则的话，估计现在我还在路上蹬自行车呢。”赤堀凉子礼貌地道谢。

“不用那么客气。虫子有什么进展的话，你可以随时给我打电话。拜拜！”说着，岩楯祐也朝她挥了挥右手，然后转身准备钻进汽车。

就在这时，赤堀凉子拉住了他右手的衣袖。然后顺着衣袖抓住了他的手腕，又进一步，往前攥住了他的手指。她要干什么？岩楯祐也后退了一步，但她沉着脸抬起头和他四目相对。

“你受伤了？”

岩楯祐也低头一看，右手上简单包扎的纱布已经渗出血来，他一直没注意。只是刚才开车的时候握方向盘有点别扭。

“啊，轻微擦伤。”

“看样子不轻呢。血都渗出来了，你怎么不早跟我说？”赤堀凉子责备地说，然后就拉着岩楯祐也的手往公寓门口走。

“喂！等等！你要干什么？”

“我先给你换个纱布。你不要做无谓的抵抗了。”

“不，这不行。”

“哪儿不行了？你和鳄鱼先生不都说我不是人类嘛。”赤堀凉子露出一副挖苦的笑容。

“再在这儿拉扯，会把邻居吵醒的，快跟我走吧！”

打开自动门后，赤堀凉子拉着岩楯祐也乘上电梯来到三楼。出了电梯，她二话不说就径直走到房门前，掏出钥匙准备开门。对于岩楯祐也来说，现在处于一种无法用语言解释的突发状况中，他想赶快逃离。但已经走到这儿，他倒是对昆虫学家房间里的样子产生了浓厚的兴趣。

她的房间里会不会全是虫子呢？散养的吗？不，至少应该装在盒子里养吧？如果出现违反《华盛顿条约》的保护物种，我该不该抓她呢？算了，暂且放她一马。哎呀！会不会有蜘蛛呢？很大的那种！

各种各样奇怪的臆测充斥着岩楯祐也的头脑，门开后，他脱了鞋跟着昆虫学家进了漆黑的房间走廊。首先，房间里有一种类似香草味的清爽香气。赤堀凉子用手在墙上摸索了两下，打开了客厅的灯。

岩楯祐也左右上下地打量着这间小而整洁的客厅。房间的四角都有间接照明，淡红色的柔和光线营造出一股温暖的气氛。

和预想的完全相反，墙壁上没有一只活虫子，屋里也没有养虫子的盒子。要说和虫子有关的东西，只有白墙上挂着一盒蝴蝶标本，里面有好几只漂亮的桃红色蝴蝶。墙边一张白木书桌上除了一台笔记本电脑外，就是堆成小山的书籍。一张双人沙发的布套和窗帘是同一颜色的，都是米黄色。整个房间给人一种柔和、温暖、清新的感觉。从房间的整体感觉来看，根本看不出它的主人竟然是个戴着工地安全帽蹬自行车、说话毫不客气、大大咧咧的人。这一切让岩楯祐也胸中产生一股莫名的骚动。

“你先坐吧。”

岩楯祐也顺从地坐在了双人沙发上。

房间里很安静，但和自己家的安静属于不同的类型。这里没有任何令人紧张的东西，只能听到偶尔路过的汽车声和风吹树叶的响动。

赤堀凉子小心翼翼地拆下岩楯祐也右手上渗血的绷带。大拇指根部的擦伤很严重，擦掉了很厚的一层皮，露出了鲜红的肉。她把脸凑近伤口仔细观察着，对伤口一点也不感到害怕。

“你这伤是怎么弄的？”

“摔倒了。”

“伤得很深啊。你大拇指动动看。”

岩楯祐也乖乖地动了动大拇指，他只感觉一阵撕扯的刺痛。

“神经和骨头没什么大碍，但愈合需要挺长时间。右手是你常用的手吧，这里伤了会很不方便啊。现在只能紧急处理一下，明天还是去请医生好好看看吧。你跟我来。”

说着，她把岩楯祐也带到了卫生间，先用温水认真地冲洗了他的伤口。待岩楯祐也回到客厅后，她走进了卧室。很快，她便拿着急救箱和毛巾出来了。打开急救箱盖，她先拿出油纸和软膏，再用镊子夹起一块医用纱布，在纱布上淋上消毒酒精。

岩楯祐也干刑警这么多年，血呀伤口什么的，虽然已经司空见惯了，但自己的伤口就另当别论了。赤堀凉子用纱布擦拭伤口的时候，他竟不敢直视自己的伤口。

“好了，没事了。”说着，她抬起头来望着岩楯祐也的眼睛，“不怎么痛吧？”

“痛哟。”

“男子汉大丈夫，痛什么，不要担心。”

就像帮自己驱赶蜘蛛时一样，她温柔又倔强的声音让岩楯祐也感觉很舒服。为了防止纱布粘在伤口上，赤堀凉子先在伤口上涂了一层软膏，然后用镊子夹了一块新纱布敷在伤口上，再盖上一层油纸，最后缠上绷带固定好。

“你包扎伤口很熟练嘛。”

“是吧。我在野外工作，受伤是常事，处理伤口都习以为常了。”

虽然绷带缠好了，但赤堀凉子并没有放开岩楯祐也的手。她跪在地上抬头仰望着坐在沙发里的岩楯祐也。在灯光的照射下，她黑色的眼珠看起来变成了透明的深琥珀色。

“你一个人在这里住了多久？”

“你现在就想知道这个吗？”

“对呀，越早知道越好，我好早做打算。否则被你男朋友撞见了，还不得痛揍我一顿啊？”

赤堀凉子眨着长长的睫毛大笑起来。

“岩楯警官，你直接问我有没有男朋友不就得了，还绕个圈子干吗。”

“不是，我并不想了解那些……”他的语气有点含糊。

“我一个人在这里已经住了5年。我没有男朋友。没有人会揍你，放心了吧？”

这个女人还真是令人捉摸不透。刚以为她有着少女的纯真，马上又发现她全身散发着攻击性，拒人于千里之外。

刚才还在温柔地笑，突然又可能露出咀嚼孤独时苦涩的表情。岩楯祐也知道自己身体里存在另外一个自己，难以抵抗眼前这个女人的存在感。她是一个能撕开你的胸口、钻进你身体的“麻烦”女人。

赤堀凉子还没有放开岩楯祐也的伤手，视线也没有离开他的眼睛。她白嫩的手背上，青色的血管清晰可见，那画面真美。岩楯祐也开始胡思乱想，她是在引诱我吗？我不清楚。她若有所思的表情代表着什么呢？难道是我想多了？他被她不可思议的眼神吸引了，但还是抽回了自己的手。

空气中飘散着血、消毒药、香烟、香草的混合气味。这气味刺激着人的嗅觉，并从岩楯祐也的衣襟底下钻进去，轻抚着他的后背和两肋。

岩楯祐也一下子抱住了跪在自己面前的赤堀凉子。除此之外，他不知道自己还能做什么。他顿时感到一股女人的温暖和气味，他双臂用力抱得更紧了。

自己到底在干什么？是对自己连看都不想看一眼的妻子的讥讽吗？是想逃离那个家吗？单纯的欲望？被现场的氛围左右？还是真的想占有赤堀凉子？

完全陷入岩楯祐也怀抱的赤堀凉子微微扭了扭身子，然后抬起双手放在他胸前，做了个推开的动作。

“岩楯警官，深更半夜孤男寡女同处一室确实有点奇怪。另外，我还有恋父情结。”

“所以呢？”

“所以，我有吸引那些上了年纪、长得又丑的大叔的特质，这也让我很困扰。”

“这样啊。”

岩楯祐也的头脑终于被现实和理性拉了回来，放开了温暖的女性身体。但令他吃惊的是，对于放开对方的动作，自己心中竟然有强烈的抵抗感。

“遇到那样的大叔，你都会像刚才那样引诱他们吗？”

“说什么呢？！”

赤堀凉子脸色骤变，强压怒火，说话的声音也变尖锐了。

“那你只要有机会，什么女人都抱吗？”

“那怎么可能？”

“我当然也不会像你说的那样。”

岩楯祐也还想继续应战，但还是闭上了上嘴，挠着脑袋。和女人打嘴仗是十分消耗内在能量的。他心想，这大半夜的，两个人到底在干什么呀。现在必须打破这个僵局了。岩楯祐也抬起头来，从沙发上站起身来。

“不好意思，你一定也累了吧。”

“你也是。”

“不管怎样，谢谢你帮我包扎手上的伤。刚才的事情就当什么也没发生，我们赶快忘了吧。”

“随便你。不过我可没有那么健忘的大脑。”

“这……这个……你优秀的大脑，我只有羡慕的份儿了。”

对绷着脸的赤堀凉子，岩楯祐也投去一个苦笑，然后走出了大门。不能再待下去了。可是，随手关上身后的大门，对岩楯祐也来说却需要极大的自制力。这一点是他万万没想到的。他真想立刻转身再回到那个温暖的房间。还好，在被自己感情的波澜吞没之前，他三步并作两步快速从楼梯下了楼，连电梯都没坐。

4

在玻璃培养皿中，肥大的蛆虫活泼地四处扭动着。培养皿中还放着牛肝，可是，这些肥蛆根本无视美食的诱惑，使劲沿着培养皿的边壁往上爬，想逃离这个“牢笼”。它们已经进入三龄后期，就快要变蛹了。生活在自然界中的蛆，到了这个时期后，就开始远离饵料，往树上或高处爬了。原因很简单，就是要远离饵料，逃避天敌的捕食，生存下去。找到安全的地方后，它们很快就会停止活动，为变蛹做准备。

赤堀凉子看着这些色泽鲜亮、健康肥硕的蛆，长长地叹了一口气。眼前的书桌上散乱地放着各种书籍、资料和实验器具，她用手指敲着桌子思索着。

从早上开始，她就一直在观察这些蛆，同时翻阅各种书籍和资料，这样的动作她重复了无数次。肥蛆旁边的培养皿中，也是从乙部美智尸体里采集到的蛆。采集时只是一龄蛆，现在也发育到了三龄前期。但是，平均看来，这些正常发育到三龄前期的蛆，无论是进食速度还是食量，都在可预测的正常范围之内。虽然都是在同一具尸体上采集到的蛆，但这些蛆却没有肥蛆那样的食欲。

这到底是为什么？为什么会有如此明显的不同呢？

赤堀凉子不厌其烦地反复思考着这个问题。从拿到这些蛆的那天起，她就一直没法跨越这一障碍。一开始她怀疑肥蛆属于不同的品种，但仔细一看也只是黑蝇科的幼虫，是尸体上常见的苍蝇幼虫，赤堀凉子对它们的了解比对自己身体的了解还详细。

到目前为止，有一点可以确定的是，食欲旺盛的肥蛆的发育速度根本不适用过去搜集的所有数据，甚至超出正常范围很多很多。赤堀凉子敲击着笔记本电脑的键盘，把肥蛆的数据再次输入电脑，进行检索。电脑硬盘嗡嗡地转动着，隔了一会儿终于有了结果。赤堀凉子目不转睛地盯着屏幕，看上面显现的文字：

“错误：输入值错误！不存在这种幼虫。”

“没输错！幼虫也真的存在！妈的……”

昆虫学家砰砰地敲着桌子，能想到的粗话都从嘴里爆了出来。怎样才能从这种无解的状况中突破出来呢？赤堀凉子把脸凑近培养皿，盯着那些反复尝试逃跑的肥蛆，大声说道：“喂！你们身上到底发生了什么？！请给我一个说得通的理由！什么？声音再大点！”

赤堀凉子咔嚓咔嚓地挠着脑袋，一下子把身子靠在椅背上仰望天井。视线的正前方是天花板上一个正方形天窗。天窗玻璃满是灰尘和落叶，但是从落叶间隙可以看见天空。此时的天空阴沉灰暗，好像有意在配合昆虫学家现在的心情。

“岩楯警部补！”

赤堀凉子满心的愤懑，终于找到了一个出气口。

“一张恶人脸！”

骂人的感觉比想象中还要好。她顿时感觉胸中没那么憋闷了。她旋转着椅子，从嘴里流出一连串儿的贬义词。

“傲慢、冷酷、毒舌、秘密主义、心口不一、粗鲁、心机深、偏执、自信过头、我行我素、阴暗、怕蜘蛛大叔……”

嘴上说着，可头脑中却不断浮现正好相反的词。

温厚、重感情、正直、公平、信赖、正义感、使命、严肃、优雅、怀念……都是褒义词。

赤堀凉子透过枯叶的间隙望着天空，脸上露出浅浅的微笑。她想起了第一次和岩楯祐也见面的瞬间，他身上散发出的那种厚重感，和过世的父亲有相似之处。就连他身上隐藏的一些阴暗的东西也很像。他话不多，会保护人，不会从根本上否定自己。他还会不停地在心里自问自答，比任何人都冷静，能够看透事物的本质。

赤堀凉子不知不觉就会把他当作自己的路标。

赤堀凉子充分了解自己当前的处境。她只是警方临时使用的、有使用期限的法医昆虫学者。现在她在警方高层的眼中一定无足重轻，如果自己做不出成果，任何人都不会认可她的存在。本来警察们对她的工作就没有任何期待。她也能想象到，没准几个月之后她就会收到警方的一纸通知。

通知的标题也可想而知：解约通知书。

她也知道，岩楯祐也会对高层对自己的否定态度进行反驳。他这样做，不单单是出于对自己的客气和体谅。他对这个新领域有浓厚的兴趣，而且也能理解她的工作。愿意积极信任她的人，在警方恐怕只有他一个吧。

所以，她就对岩楯祐也抱有特殊的感情？在一群冷漠的人中，只有他一个人愿意主动和她打招呼，她就像小狗一样追随他？赤堀凉子双手托着腮帮子思考着。感觉他像自己敬爱的父亲？还是希望投入某个人怀抱的欲望？抑或是久违的恋爱欲求又高涨起来？

真是麻烦。一旦某个人的身影在心中开始膨胀之后，她就再也无能为力了。她就像掉进了蚁狮在沙地上制造的漏斗形陷阱一样，一边痛苦地挣扎一边往下陷，看着自己的脚趾被蚁狮吞噬却无能为力，那恐怖的场面浮现在赤堀凉子的脑海中。

“真是傻瓜！”赤堀凉子自嘲似的摇了摇头。

岩楯祐也是有妇之夫。任何道理，在这道“铁壁”之前都必须戛然而止。爱情也好，喜欢也罢，任何心灵的火花都必须受到伦理枷锁的束缚。一切越轨行为甚至想法，都必须被消灭。

赤堀凉子姑且把这个令人透不过气的问题放在一旁，把精神集中到眼前的工作上来。她把已经爬到培养皿边缘的肥蛆拨回去，然后打开了笔记本，准备把自己的假设写出来。

笔记本的页面上已经记得密密麻麻，但大部分都被双横线划掉了。这是赤堀凉子推翻种种假设留下的痕迹。其中有很多假设都是不错的方向，但到最后总会遇到不可逾越的障碍，现有的数据和资料都无法对自己的假设提供支持。难道这些肥蛆的情况是前所未有的一种新情况？赤堀凉子开始认真思索起来。到目前为止，没有任何昆虫研究者遇到过类似的情况，也没有任何的相关提示。

赤堀凉子扭过头，把脸贴近墙上挂的镜子，看着镜中的自己。

只见自己双颊潮红，脸上的汗毛像桃子表面的毛一样立着。一想到自己可能发现全新的情况，说不定能创立新的学说，她的内心就澎湃不已。上帝给了她一个机会，让她成为世界上第一个创立某种新学说的人。赤堀凉子看着镜子中自己的眼睛。“好嘞！”她低声说了一句话，坚定地点了点头。

生物出现发育异常的情况，几乎可以肯定地说，原因都出于人类制造的环境问题。破坏环境、大气污染等，不知不觉间人类的活动就对生物的遗传基因造成了影响。就像在二噁英、环境激素等的影响下，生物的外形会发生改变一样，这些肥蛆肯定受到了外界因素的影响。

关于这一点，其实赤堀凉子一开始就想到了，但一直找不到证实的根据。研究环境问题与生物变异的学者有很多，但是相关报告、论文却很少。而且，赤堀凉子也向一些学者发出了咨询请求，但没有人回应她。经过一番思索，赤堀凉子认为，多半是乙部美智周围的环境发生了特殊变化。

赤堀凉子站起身来伸手去拿书架上层的文献，然后和刚刚做好的蛆的解剖数值资料进行对照。她在想，会不会是什么原因引起了蛆体内激素发生异常呢？蛹壳合成激素会促进蛆的蛹化，如果这种激素分泌过度，就可能造成蛆的发育速度加快。还有休眠激素等，都有可能使蛆的发育出现异常。

那密密麻麻的数值必须用尺子一行一行地比照，赤堀凉子的眼睛都看痛了。她还对比了蜕皮激素、影响代谢调节的神经肽数值。正常的数值她就一带而过，感觉不对劲的地方会停下来仔细看。

不对！等等！赤堀凉子把尺子停在了一行数值下，横向对比着这组数值。肥蛆代谢调节的数值比正常值高出很多。绝对不是测算误差，而是急剧升高。她又迅速对比了其他数值，发现异常的地方只有代谢调节数值。

难道是幼虫先天的异常？

赤堀凉子用红笔把异常的数值圈了起来，然后抱着胳膊思索起来。肥蛆异常旺盛的食欲使它们摄入了大量的营养，但异常旺盛的新陈代谢又将过剩的营养代谢掉了。结果，它们必须吃更多的食物。最后，身体的发育速度也就更快。如果用先天异常来解释这种现象，倒是解释得通，可赤堀凉子不能接受。看一下遗传基因序列就能知道，这些肥蛆并不是同一个母亲的孩子。在乙部美智周围的环境中，同时出现多个先天异常的个体也不太可能。所以，那一定是后天的原因。肯定是幼虫在成长过程中，受到了外界的某种影响，才造成了新陈代谢异常旺盛的情况。

赤堀凉子又从书架上取下一个鼓鼓囊囊的文件夹，打开文件夹，从中找出乙部美智尸体解剖的照片。她抽出一张死者口腔内的特写照片，借着台灯的灯光用放大镜仔细观察着。死者口腔里还勉强残留着白色的舌骨根部，舌头上的肉都已经消失不见了。可能是大火造成的烧伤，但大部分肯定还是被蛆啃食的。死者脸颊内侧和上颚也有缺损，喉头部分也已经空出一个大洞。

从照片上看，死者眼睛、鼻孔里也有蛆活动的痕迹，但可以说侵入体内的蛆基本上都是从嘴进入的。苍蝇在死者嘴里产了卵，孵化成蛆之后就沿着喉咙进入了死者体内。

赤堀凉子又找出一张照片，是死者的躯体部分，残存的组织包裹在肋骨上，肋骨的轮廓清晰可见。脂肪层和肌肉组织已经在大火中炭化，但内脏基本上保存了原形。除了肺以外，其他内脏基本上没有太大的损伤。

赤堀凉子把这张照片凑到台灯下仔细观看。一般来说，从口、鼻侵入死者体内的蛆，应该毫无秩序地胡乱吞噬内脏。各种内脏都含有蛆虫最喜欢的体液，所以它们会遇到什么吃什么，应该在体内迅速四处扩散。如果凶手还对死者的尸体进行了冷藏或者通过空调极度降低室内温度的话，那蛆虫更应该往死者体内相对温暖的地方前进了。可是，乙部美智死后，尸体却完全没有按照常规发展。

下一张是内脏照片，让人看了十分恶心。尸体从食道到胃的部分完全消失了。可以看出，蛆从嘴进入死者体内后的前进路线——从喉头、食道吃到胃。但是，它们只吃消化器官的现象太令人不可思议了。

“这些家伙似乎特别喜欢胃，像中了邪一样……”赤堀凉子看着照片自言自语道。针对肥蛆的发育速度和吃掉的部位，她在这两方面一定有什么重大的遗漏。

她哗啦哗啦地翻阅着警方提供的资料，翻到了化验部门给出的检查一览表。乙部美智的住所中发现了布洛芬类的镇痛药以及镇静、催眠药三唑仑的残骸。但是，通过身体组织检查，死者体内并没有查出上述成分。

又是中途受阻。可疑点有好几个，但都缺乏决定性的证据，因此总是半途而废，无法前行。

赤堀凉子继续耐心地翻阅资料，找到一份乙部美智住所残留物证清单。

其中能够影响虫子的东西实在太多了，洗碗液、洗发水、防腐剂、发蜡、除菌喷雾、空气清新剂、化学调味料……现代人舒适的日常生活中，已经离不开各种化学物品的帮助。但是，其中一种东西引起赤堀凉子的注意——一种名为“敌百虫”的药物。

在她的印象中，这应该是一种有机磷杀虫剂吧。她立刻在电脑浏览器的搜索引擎中输入了“敌百虫”。看了检索结果她明白了。记得在乙部美智的房间中，她发现了小玻璃鱼缸的碎片，估计是养金鱼或热带鱼用的。敌百虫是为观赏鱼清除寄生虫的药物。

赤堀凉子满怀期待地从书架上拿下很厚的文献翻阅起来。结果发现，有机磷酸酯具有影响神经元之间神经脉冲传递的作用。影响神经元之间的传导，就相当于直接作用于神经系统。也就是说，即使吸入这种物质，也会引起神经中毒。

苍蝇遇到有机磷酸酯类杀虫剂后，最先表现出来的是兴奋，会到处乱飞乱撞。然后身体就开始震动、痉挛，最后死掉。用过这类杀虫剂消灭苍蝇蚊子的人，应该都见过这种现象。

赤堀凉子似乎看到了希望，心跳都加快了。不过，苍蝇的幼虫，也就是蛆，对这种杀虫剂有一定的耐受性。

赤堀凉子猜测，杀虫剂会不会对蛆的新陈代谢和发育也造成影响呢？如果蛆摄取了这种杀虫剂，结果会怎样？由此，另一种可能浮现在她的头脑中——乙部美智会不会是服用了毒物呢？自杀？或者被人投毒？再或者是误食？……

赤堀凉子快速地翻着文献，遇到她想看的地方就把脸凑过去，几乎贴到书上了。用手指着文字，一字一句地读着，恨不得把那些字都吃进肚子。但是，当她看到一句话的时候，立刻就像泄了气的皮球，蔫了。文献上说，虽然蛆对有机磷酸酯类杀虫剂有一定的耐受力，摄入毒素后也会继续生长发育，但是，发育到三龄前期时都会死亡。

赤堀凉子把手上的笔扔在桌子上，抱着脑袋唉声叹气。此刻，培养皿中的肥蛆，哪有一点要死的样子啊，个个都生龙活虎的。真是在浪费时间，她对自己的无能感到无比懊恼。就在自己浪费时间的时候，杀害乙部美智的凶手可能已经隐匿在人海之中，为自己设置两重、三重的防线，防止被人发现。警察也正在笑话自己吧。她感到脸上一阵发烧。

但是，要冷静！越是这个时候越要冷静！赤堀凉子用双手啪啪地拍了几下脸颊，反复深呼吸几次。

之前所做的各种假设中，并不是所有的都找错了方向。也许只是稍微、一点点偏离了真相。现在应该用更宽的视野、更高的视角再审视一遍整个案件。对于尸体中发现的蛆虫，自己可是专家。那些特殊的蛆，肯定是一个不懂昆虫的人无意识之间所做的某件事情造成的奇妙结果。仅此而已。

赤堀凉子暂时闭上双眼，让自己冷静下来。她的这间研究室分室只有个名号罢了，其实就像一间储物室。屋外一棵茂盛的橡树，枝叶正在大风中飞舞，不时抽打着屋檐，随着风声发出啪啪的响声。远处，争夺地盘的猫发出相互威胁的叫声。屋檐下住着的鸽子，也时而咕咕地叫几声。这个地方和往常一样，而此刻的自己正在迷宫中寻找出路。

赤堀凉子睁开了眼睛。她在头脑中又一次梳理了一遍思路。从嘴侵入死者体内的蛆，只吃掉了以胃为中心的消化器官，而且吃得干干净净。这是为什么呢？刚才她也说了，因为这些器官比其他内脏更好吃。那为什么更好吃呢？因为那里有刺激蛆食欲的东西。

她盯着培养皿中努力往上爬的肥蛆，心想，也许自己过度拘泥于警方化验科的资料和数值了。

乙部美智的尸体已经开始腐烂，而凶手还在她的尸体上淋了汽油，并放火焚烧，其中很多因素都会影响化验结果的准确性。现在，最了解乙部美智死后发生了什么的东西，就是那些在烈火中生存下来的蛆。

赤堀凉子拉开不锈钢抽屉，从中取出好几个检测板。每个检测板都装在独立的小塑料袋里。不同的检测板可以检测不同的物质。她戴上乳胶手套用镊子从培养皿中夹出一条活跃的肥蛆放在托盘里。

“请告诉我真相。”她小声嘀咕着，同时把手术刀按在了肥蛆背上。一股黄色的液体从切口喷出，肥蛆扭了几下就不动了。赤堀凉子挨个撕开检测板的袋子，把检测板依次排列在桌子上。再用吸液管吸取托盘中肥蛆的体液，把体液分别滴在检测板的凹槽中。

桌上一共排列了 5 个检测板。她盯着这些检测板，目不转睛，身子一动不动，静等结果出现。检测板中央的渗透窗上有两个字母，分别是 C 和 T。C 是 control（代表质控区）的首字母，T 是 text（代表检测区）的首字母。看这里就能判断出检测物是阴性还是阳性。过了 3 分钟左右，最右侧的一个检测板有变化了，出现了两根紫线，表示大麻代谢物呈阴性。赤堀凉子马上把这一结果记在笔记本上。又过了一会儿，检测板一个又一个地有了结果。冰毒和安非他命都呈阴性，吗啡也是阴性。这时只有中间那个检测板还没有反应，但到了 6 分钟左右，它也有了变化。

在字母 C 那边出现了一根紫线。

赤堀凉子瞪着眼睛盯着这个检测板，一直盯了 10 分钟，但一根紫线的结果始终没有改变。

她用颤抖的手拿起最中间那个检测板。可卡因阳性。

“可怎么会……”

赤堀凉子再次翻开警方提供的化验资料，确认药物和毒品的化验结果。包括可卡因在内的20多个项目后面，都画着减号。奇怪！都是阴性啊！化验科的化验可不是简易测验，应该都用上了气相色谱仪之类的高精度仪器。而且他们也应该检测了肠子、胰脏、肌肉组织等受高温影响比较小的多种组织样本。如果死者摄入了可卡因，不可能完全检测不到啊。

赤堀凉子弹射似的从椅子上跳起来，蹲在了水槽旁。那里有一个像小冰箱一样的恒温箱。她打开恒温箱的门，取出两条蛆。一条是异常发育的肥蛆，一条是正常发育的蛆。它们都是从乙部美智遗体上采集到的。她对这两条蛆分别进行了刚才那样的检测，结果，肥蛆的可卡因检测呈阳性，而正常发育的蛆则呈阴性。

赤堀凉子在狭小的房间里来回踱步，还差点被地上堆放的纸箱和书籍绊倒。

“冷静下来！先冷静下来！一定要冷静下来！”

她尽量让自己平静下来，坐在椅子上再次检查了一遍只有一条紫线的检测板。

只有摄入了可卡因的蛆才会异常发育，新陈代谢也极端活跃。但同在死者体内的另一部分蛆却没有受到毒品的污染，保持正常发育。

因为它们吃的东西不一样。

赤堀凉子的头脑中开始把真相的碎片慢慢拼接起来，这不禁让她的身体颤抖起来，像有电流流过全身一样。她连忙抓起手机，在通信录里找到一个名字拨了出去。

肯定是这样的，不会错！虫子知道真相。她焦急地摇晃着身体期待对方快点接电话。就在电话接通的同时，她就迫不及待地大喊起来："岩楯警官！"

电话那头传来了"啊"的一声，明显是被吓到了。

"干什么？不用喊我也听得见。"

"之前你问过我，那些肥蛆和蜂虫是否存在因果关系。你还记得吗？"

"啊，对，我问过一句。"

"也许真有因果关系。我从那些肥蛆身上检测出了可卡因反应。"

电话那头的岩楯祐也瞬间沉默了，但片刻之后，他用低沉严肃的声音问："什么情况？"

"肥蛆体内检测到了可卡因。也就是说，死者摄入了可卡因。"

"等等！"岩楯祐也说，赤堀凉子听出他在翻文件，"根据化验科的检测结果，乙部美智身体没有检测出药物或毒品反应啊。化验科那些家伙可个个都是完美主义者，不至于蠢到连可卡因都检测不出来吧？"

"当然，并不是他们没检测出啦，而是他们检测的组织并不含有可卡因成分！"

"那个……我说教授，长期吸毒的人，就连头发里也会残留毒品成分的。化验科的家伙已经检查了死者的所有组织，但都没有查出问题。你应该相信他们的水平。"

"这个我相信。但是，不是有他们检查不到的地方吗？"

电话那头再次沉默了，手机里传来对方吐烟的声音。

"你是说从食道到胃部……"

"没错！而且，乙部美智并不是有毒瘾的长期吸毒者，多半是第一次摄取可卡因之后很快就被杀害了。毒品并没有在体内大面积扩散。"

赤堀凉子一手举着电话，另一只手再次拿起了那个只有一根紫线的可卡因检测板。

“本来，当人感受到巨大的恐惧时，消化就会停止，原本应该流向胃部的血液也会流向抵抗或防御的部位。虽然被害者的尸体上没有明显的防御创伤，但她脖子上不是有勒痕吗？当她被勒住脖子的时候，她肯定拼命反抗过。另外还有一点，我认为可卡因不是通过吸食或注射进入她体内的，而是从嘴里吃进去的。从蛆的活动线路——也就是从食道到胃的线路来看，我判断可卡因是从她嘴里进入体内的。摄入可卡因的蛆，新陈代谢增高，变得异常活跃，会更快地啃食含有可卡因的内脏器官。因为可卡因只残留在死者的消化器官中，所以只有消化器官被全部吃光了。这个应该说得通。”

赤堀凉子一口气把自己的想法全都说了出来，然后就等着对方的反应。

“那和蜂虫有什么因果关系呢？”岩楯祐也问道。

“我想，乙部美智体内的可卡因肯定来源于那些蜂虫。也就是说，蜂虫被可卡因污染了。”

“你的意思是，蜂虫里含有可卡因？”

“我猜测是有人故意在蜂虫里藏了可卡因，感觉是新型的毒品贩卖组织所为。”

岩楯祐也突然笑喷了，只听电话那头全是哈哈的笑声。

“喂！你在认真听我说话吗？”

“不好意思。不过我确实听得很认真。可卡因，1 克就要卖到 6 万日元以上，可是相当昂贵的。那么贵的毒品，为什么要塞进马蜂幼虫呢？”

“用虫子的身体藏毒、运毒的案例以前也有过啊。”

“啊，这倒是。但是，毒贩用虫子运毒，必须要考虑方便随时把虫子体内的毒品提取出来，再加上运输上的风险，他们不会费那么大的劲在那么小的幼虫体内藏毒吧。塞进去再提取出来，那得多麻烦呀。他们会尽量减少操作上的麻烦，在较少的虫子体内藏大量的毒品。另外，你考虑过可卡因的致死量没有？在乙部美智的房间里一共发现了多少个蜂虫的残骸？”

“12 个。”

“1 个蜂虫中藏 500 毫克可卡因的话，那么 12 个总共就有 6 克的可卡因。可卡因的致死量是 1.2 克左右，那么，乙部美智应该还没吃完 12 只蜂虫就休克而死了。”

确实如此。

“我们的化验科没有在乙部美智的遗体上检测到毒品反应，是因为她过去没有吸毒经历。这一点我和你的看法一致。但是，如果是凶手强迫或欺骗她吃下可卡因的话，那对凶手有什么好处呢？”

“就是为了杀她才给她吃的毒品呢？这个假设如何？因为凶手也担心事后警方检测出毒品，所以才放火焚尸的。”

“如果凶手担心事后毒品被发现，他从一开始就应该选择其他杀人手段吧？”岩楯祐也说得完全在理，赤堀凉子感觉没有反驳的余地。但是她觉得现在已经非常接近真相了。

“不过，从肥蛆中检测出可卡因是不争的事实。不管乙部美智当时知不知道，但她已经跟毒品染上关系了。回头你把那些蛆送到我们化验科再检测一下吧。”

“好的，明白了。”

“不过，托你的福，估计我可以看到警署里那些装腔作势的家伙大惊失色的样子了。我就喜欢看那些自以为是的家伙吃瘪的样子。到时候你肯定也会偷着乐吧？”

赤堀凉子拿着手机笑了起来：“对于你这种扭曲的变态心理，我倒不觉得讨厌。”

Chapter 4

解毒汤

1

“不愧是法医昆虫学家啊，这个发现太了不起了！我都感动了！”鳄川宗吾夸张地点了点头。

类似的话，岩楯祐也今天至少听 5 个人说过了。不仅仅是鳄川宗吾，很多侦查员在看到岩楯祐也和赤堀凉子对话时，都会凑过来听她说话。

“谁都没想到乙部美智死前竟然摄入了可卡因，可昆虫学家却通过蛆查到了这个线索。这就厉害了！这将从根本上颠覆未来的刑事侦查方式。换句话说，传统的痕迹鉴定、化验已经不够了。”

“嗯，以前的侦查手段已经显得不完善了，需要综合性的视野。”

现场侦查、痕迹鉴定、验尸、化验……这些领域被过分地孤立起来，缺乏横向联合的视野，这是组织体制的问题。赤堀凉子凭借热情和智慧发现的事实，也许仅会止步于众人的一片赞赏和感动之中。岩楯祐也悲观地想到。他觉得必须采取一些决定性的行动，才能不让赤堀凉子寒心，才能让她的战果延续下去。

“把毒品藏在虫子身体里进行运输、贩卖，这个假设怎么样，虽然还没有类似的前例？”

“怎么想都有点过于特殊了。之前像吃了枪药的那些侦查员也都是第一次听说这类情况，而且也没有获得任何相关的情报，传闻都没有。如果真有人把毒品塞进蜂虫身体进行贩卖，消息是很难藏得住的。”

“确实。采取这种方式贩毒，确实有点显眼，警方立刻能发觉。”

“不过，赤堀凉子断言可卡因的来源就是那些蜂虫。她还真有点气魄。”

“但是，一课课长问她要根据的时候，你猜她什么反应？她竟然哈哈大笑地说：‘没有根据，全凭我的直觉。’”

“真的是！这个女人早晚要害我得心脏病。”岩楯祐也说着摇了摇头，“我没见过像她这么大大咧咧的人。说实话，我也不知道该怎么和她打交道。为什么有人会往蜂虫里塞毒品，那位副教授会自行猜想原因。”

鳄川宗吾已经往他的冰咖啡里加了两块方糖，可他把咖啡杯端到嘴边尝了一口之后还是皱起了眉头，于是又加了一块。方糖沉到玻璃杯底，不管怎么用吸管搅拌，糖块都不会短时间溶解。过了一会儿，他杯子里的咖啡平静下来之后，只见底层沉淀了一层透明的砂糖。

他那么爱吃甜食，还点苦味的咖啡干什么？真搞不懂。岩楯祐也看一眼他的杯子，都感觉嘴里直泛甜味。岩楯祐也喝了一口没加糖的黑咖啡，透过窗子玻璃望向了马路斜对面的一家阴气森森的茶馆。

那家茶馆的外墙整个被绿色藤蔓植物包裹着，凸出的房檐边上也垂下像帘子一样的绿色植物。三角屋脊上立着一个风信鸡，但它却成了乌鸦立足的好地方。从茶馆的外观可以看出，店主是想营造出一个复古西洋建筑的氛围。但在这里，它却只像废弃的游乐园里一个纸糊的小妖怪屋。

茶馆的一个窗子漏出淡淡的橙色灯光，窗边有两个女人面对面坐着。其中一个女人似乎在刻意强调自己的身材曲线，穿了一件白色T恤衫，“V”形衣领开到很低的位置。

她每次抱臂在胸前的时候，那丰满的胸脯都快要溢出衣领了。她不时拨一下茶红色的头发，似乎要做出俯视对方的效果，故意仰着下巴。

对面的女人则始终低着头，还不时微微地点头。她一头黑色的长发简单地用橡皮筋扎着。上身穿着一件朴素的茶色对襟毛线衣。因为房檐的植物垂得很低，窗子里光线很暗，再加上她一直低着头，所以看不清这个女人的容貌。但是，从斜后方看，她很瘦，而且已经不年轻了。

在两位警官的监视下，那两个女人进入茶馆已经有 30 分钟了。看见瘦女人从提包里拿出一个茶色信封，岩楯祐也站起身来。

“看起来快结束了。”

两位警官付了咖啡钱，随时准备出去。就在这时，他们看见穿白 T 恤的女人走出了对面的茶馆，摇晃着手里的柠檬色手提包高高兴兴地朝地铁入口走去。在她下楼梯走进地铁入口时，还能听见她吹口哨的声音，看起来她心情大好。岩楯祐也和鳄川宗吾交换了眼色，出了咖啡馆朝对面的茶馆走去。

当他们推开茶馆的厚重橡木大门时，巨大的铃声响起了，难道店主在门上挂个铃铛是为吓唬客人吗？看见有客人进来，店主似乎并不打算走出吧台迎接。店里光线昏暗，有五张“X”形交叉腿的厚重实木桌子。店里的装饰除了泛着光泽的暗褐色木雕马之外，就是墙上贴着的已经褪了色的美国西部电影海报。

岩楯祐也的目光转向窗边的那张桌子。身穿茶色毛衣的瘦女人正双肘撑在桌子上，好像在祈祷着什么。此时，店里的客人除了两位警官之外，只有她一个。

隔着吧台跟店主点了咖啡之后，两位警官来到了瘦女人身边。

“不好意思，我们想向你了解一些情况。”

瘦女人慢吞吞地抬起脸，看见警官出示的警官证后，倒吸了一口凉气。她那张骨感的脸异常苍白，薄薄的嘴唇颤抖着。向警官点头示意之后，她让他们坐在对面，然后像抱住自己一样抱起了双臂。

“对……对不起！我，什么也不知道，真的。她儿子生病的事，死的事……”

瘦女人马上就要哭出来了。在她哭出来之前，岩楯祐也询问了她的姓名和住址，然后安慰她平静下来。

眼前这个女人是个护士，39 岁。看样子，她对眼前的状况完全没有弄明白。岩楯祐也给搭档递了个眼色，鳄川宗吾立刻从文件夹里抽出一张照片，放在桌上推到女人面前。

“你交往的对象就是这个男人吧？”

照片中的男人戴着那个醒目的大金戒指，正是国居光辉。瘦女人哭丧着脸看着照片。

“没……没错。对不起！是她报的警吗？我该怎么办？要是我被逮捕了，你们会通知我的家人和工作单位吧？”

“逮捕？逮捕你？为什么呢？”

“那个……我明明知道他是有妇之夫，还和他交往。而……而且还害死了他们的儿子。真……真的对不起！我知道，这是道歉解决不了的问题。我……我该怎么办呢？”

她竭力忍耐着，不让泪水流下来，要么咬下嘴唇，要么仰头望向天花板。但这些努力终于还是无济于事，她双手捂脸痛哭起来。这时，秃顶的店主大叔端来了警官点的咖啡，用粗暴的眼神看了一眼警官。

“好了、好了，你平静一下，我们不是来逮捕你的。”

处于亢奋状态的她，哭得根本停不下来，虽然她也在极力控制自己，但还是说不出完整的话来。在轻松的乡村音乐中，岩楯祐也耐心地安慰着她。总之花了很长时间，瘦女人由痛哭转为抽泣，掏出手帕擦了泪水之后，终于抬起了红肿的眼睛。

“刚才在这里和你说话的女人是谁？”

“他……他的妻子。”

“你们谈了些什么？另外，关于那个男人，你可以从头给我们讲讲，说不定我们能帮你。”

瘦女人低垂的眉毛更加低垂了，她的眼神在两位警官之间来回打量了几遍，然后用手帕使劲儿擦了擦眼睛。

“我和他是一年前开始交往的。我在二子新地的一家医院工作，当时他来医院看病，我们就是那时认识的。他给我讲了很多他的事情，他正在和妻子闹离婚。两人已经没有感情，彼此关系非常冷淡，并已经分居了一段时间，但他妻子就是不同意离婚。他们还有个儿子，妻子要求他支付高昂的生活费和儿子的抚养费，这让他很困难。他已经把全部存款700万都给了妻子，而且每月再支付20万的生活费也有两年时间了。”

她红肿的眼睛中蕴含着恨意和愤怒，紧紧地咬着嘴唇。

“无论在身体上还是精神上，他都已经疲惫不堪，并提过好几次想逃到一个没人认识的地方隐居起来。但因为有儿子，他又不能这样一走了之。他也不想和妻子闹到法院去，所以只能继续每月给她生活费。为了挣钱，他没日没夜地工作，已经累得不成人形。”

为了不让自己的脸上显出尴尬的表情，岩楯祐也尽量做出笑容来，但看起来是那么僵硬。

只能说国居光辉太厉害了！他接近这个女人的手法，和接近乙部美智的完全相反。这次他设置了一个妻子的角色，还装出拼命工作把身体累坏的样子，这对这个女人非常见效。国居光辉可以准确地把握女人的类型，真可谓一个把各种女人玩弄于股掌之间的高手。面对爱心泛滥的护士，他知道应该演绎在悲剧人生中顽强抗争的形象。而在接近乙部美智的时候，则完全相反，他尽量隐藏自己的内心，在她面前扮演一个引领性的角色，准确地把握到了她想在平淡无奇的日常生活中改变自己的愿望，并成功激发出了她内心的这个愿望。

瘦女人用手捂住了自己细细的脖子，像忍着剧痛一样咽了一口口水。

“他希望和我结婚，为此他会更加努力。但是，我觉得这不现实。只要他贪财的妻子在，就绝不会轻易地放开他。所以我提出了一次性付给对方一笔分手费的建议。让她写下字据，保证收到钱后不再干涉他的生活。以后她再闹，我们也有证据。”

“分手费的金额是多少？”

“1000万日元。”

“这笔钱你来出？”

她点了点头。鳄川宗吾不自觉地咂了下嘴，但马上假装咳嗽，把咂嘴的声音掩盖过去了。

“听说他妻子同意了，我也放心了一半。可是……”她停了下来，细长的眼睛里又开始流泪。

“今天，他妻子突然说要起诉我，紧急喊我出来。她说她儿子哮喘发作死了，原因是他听说爸妈要离婚，精神上受到冲击。”

“刚才你给了那个女人什么东西？”

“钱。如果我不给钱的话，她就要起诉我，还威胁说要把我和他的事告诉我的家人和工作单位。”

“你刚才给了她多少钱？”

“200万日元。现在我只能筹到这么多了。她说不够，还要我去借高利贷。我该怎么办？”

有了妻子这个角色，国居光辉竟然还能榨取这么多的钱，这家伙的脑子也太灵光了。

不知道他之前还骗过多少人、骗得多少钱，而且，他现在可能正在物色新的猎物。

好嘞，岩楯祐也心想，我非常乐于把这个杂碎送进监狱！他尽量安慰眼前这位可怜的女人，随后把那个男人诈骗她的事情和盘托出，告诉她通过民事诉讼讨回公道，也要要回被骗走的钱。听了实情后，瘦女人虽然依然哭个不停，但岩楯祐也能看出她已经下定决心，要采取行动了。估计以后国居光辉的日子就没那么好过了。

和瘦女人分手后，两位警官回到停车场，一打开车门就立刻钻进了车子。鳄川宗吾发动汽车开出了停车场。他都没来得及整理额前散乱的头发，就塞了一块糖球进嘴里，然后愤愤不平地说："妈的！简直太可恶了！气死了我！我这辈子最恨骗子！那家伙很会钻法律的空子，如果对他提起刑事诉讼，也会因为证据不足而无法立案。你看刚才那个可怜的女人，到现在还不知道国居光辉的真名和住处。"

"骗子一般都会通过别人的手收钱，不留下任何直接证据。当受骗人反应过来的时候，他早逃之夭夭了。"

"更令我气愤的是，很多骗子高手都是人格魅力比较强的家伙，不过也大多具有反社会性人格，精神变态！但同犯那个女人就不一样了，她给人的印象只是比较幼稚。"

"嗯，后面一定要好好惩罚他们。"说着，岩楯祐也掏出了万宝路烟盒。

"说实话，我还曾怀疑连续这么多天跟踪她到底有什么意义。看来我还是太嫩了。"鳄川宗吾说。

"这次我也只是凭直觉采取的行动。但国居光辉让她扮演妻子的角色，我也是服了，真没想到。我也好久没有这种被骗的感觉了。"

但不管怎样，国居光辉的真面目又被揭开了一点，线索也多了一点。打火机里的气快用完了，岩楯祐也打了好几次才打燃，好不容易把烟点着了。

两位警官对五反田车站东侧的地理情况已经了如指掌。因为从上周开始，只要有时间他们就来这一带监视那个女人。从附近的便利店，到青山的品牌专卖店，再到高级糕点店，他们甚至记住了一种名叫德尔切·迪利契·瑞莫奈的瑞士风格的甜品名字。要放在平时，这样的名字恐怕用一辈子也记不住。今天终于结束了这一切。

从雅阁汽车下来之后，岩楯祐也立刻来到公寓大门前，在门禁系统的屏幕上输入了房间号码。

等了一会儿，对讲器中传来一个兴高采烈的声音：“来啦。”听这声音就知道对方今天遇到了喜事。

“我是警署的岩楯祐也。”说着，他掏出警官证对着可视电话的摄像头给对方看。

对方看到后，声音依然爽朗愉快：“啊，我以为是谁呢，原来是警官啊，近来好吗？”

“真想沾点你的喜气啊。高梨亚美小姐，能开个门吗？”

“嗯——我现在有点忙，改天再来行吗？”

“我现在就想见你。”

“这个台词我超爱听。是不是和其他女人你也会这么说？”

“不，只对你说。”

“警官先生，你简直是我心目中的模范男人啊。”

说着，她解开了楼下门禁系统的锁。两位警官来到二楼时，那女人已经从门里探出半个身子。大波浪卷发、紧身低胸白色 T 恤衫，下身是一条短得不能再短的热裤，让男人的视线没有可以安放的地方。和上次见她时不同，今天她脸上化着浓妆，显出一股奢华的异域风情。

“这和没穿衣服也差不多嘛，你要用手机偷拍的话，我可以帮你打掩护。”岩楯祐也小声地在搭档耳边怂恿着，鳄川宗吾的脸立刻红了，连忙咳嗽两声掩饰自己的慌张。

“他不在我这儿。”

“我们知道。因为楼下没见到那辆红色的豪车。不请我们进屋坐坐吗？”

岩楯祐也迅速地通过门缝向屋里瞟了一眼，女人连忙关上了背后的门。虽然只是瞬间的一瞥，但屋里地板上散落的钞票还是逃不过岩楯祐也的眼睛。都是万元大钞。从倒霉的护士那里骗来的钱一定令她欣喜若狂吧，估计刚才就一个人在屋里发狂，把钞票抛撒了一地。

“房间里很乱，不好意思请你们进屋。”

“看起来好像是挺乱。”

“话说回来，今天找我有什么事？真的要问我做爱体位的事吗？咦？你的手受伤了？严重吗？”

高梨亚美感兴趣地望着岩楯祐也缠着绷带的那只手，同时双臂抱在胸前，将那对丰满的胸部挤得更大。但她似乎在后悔，刚才不该放两个警察进大楼。她低头看了看镶嵌着红宝石的小手表，夸张地传达着她很忙的信息。

国居光辉也好，高梨亚美也罢，都经常会用这种小把戏。

岩楯祐也从鳄川宗吾手里拿过他的智能手机，伸到女人面前。

“我想问问你刚才发生的事情，包括你房间里的钞票。”

高梨亚美看见手机上的照片，眼睛瞪得圆圆的，嘴巴张得大大的，用涂着橙色指甲油的手指指着手机屏幕说：“喂！这是什么！你们跟踪我？！”

“是。”

“你们偷拍我！难以置信！警察居然会干这种事！”

“正因为是警察，我们才有这个权力。不过，我认为这张照片里并没有你啊。”

岩楯祐也脸上露出一个坏笑，那女人后悔地咂了咂嘴。手机照片里只有茶馆外墙的绿色植物和屋檐而已。高梨亚美的眼珠四处游动，她深吸了一口气后，用天不怕地不怕的态度扬起下巴说：“哦，我明白了。是那个厚颜无耻的女人报的警吧？但不管怎样，我觉得自己没做错什么！”

“哦？为什么？”

“不管怎么看，我都是受害者呀。那个女人想夺走我的恋人，变得攻击性特别强。而且，她提出要用金钱来解决问题，她出钱，我让出他。于是我接受了。就这样，完了。”

“恐怕还没完吧，小姐。这才是开始才对。请你告诉我，你那个有哮喘的儿子是从哪儿来的？”

“你说什么啊？”

高梨亚美的目光落到了她那精心修剪的指甲上，时而把手指举起来迎着光线看指甲，时而用另一只手搓着指甲。一看就是在拖延时间，构思下一个谎话。

“你刚才对她说的话肯定有恐吓的成分。这一点你自己当然知道了。”

“不知道那女人跟你们说了些什么，但我绝对没有恐吓她。你们有什么证据这么说我？就听那女人的一面之词吗？”

“好吧，那我先问你一个问题。”岩楯祐也居高临下地盯着高梨亚美，给她一种威慑感。然后他话锋一转，问道：“刚才你恐吓她，是国居光辉指使的吧？”

“我不是说了嘛，我没有恐吓她！更没有受谁的支使！”

“你不用掩饰了，如此精彩的即兴表演恐怕不是你能想出来的，背后一定有职业骗子在指导。”

“胡说八道！”高梨亚美对警官怒目而视。

“我说得不对吗？他已经被警方锁定，所以在这个风口浪尖上亲自出马去骗护士的钱，就太危险了。所以他就利用你，让你出头露面去找那女人要钱。对不对？”

高梨亚美还想表演出一张不服不忿的表情，但也知道已经没用了，假睫毛下的眼睛中流露出了一丝惧色。

“另外再告诉你一个好消息，那位护士小姐把你们俩的对话进行了录音。不过，这也是理所当然的举动。即使她相信那男人，对你还是满怀敌意吧。你既是她的‘情敌’，又是一个拜金女。”

“妈的……”她咒骂了一句，但也终于意识到了事情的严重性，开始心虚起来，低头看着凉鞋前端露出的脚趾。

原本，高梨亚美也是国居光辉欺骗的对象。而且，这个善恶观念薄弱的女子又有少女般幼稚的一面，对国居光辉来说她无疑是一个好利用、好操纵的对象。所以，他想要的东西都以高梨亚美的名义买，这样可以很好地隐藏自己。不用说，遇到什么事情，他都会毫不犹豫地把罪责推到这个女人身上。

反过来，高梨亚美是想从国居光辉身上寻找爱情，为此也愿意和他一起干坏事。在一起做坏事的过程中，与金钱相比，她对国居光辉的感情所占比例更大。所以一想便知，她肯定是被国居光辉利用了。她是一个拥有扭曲灵魂的纯洁的女子。岩楯祐也不禁感到一阵沉闷，因为她的这些特质，不知为什么和自己的妻子也能重叠起来。

三人谈话的场所换到了雅阁汽车里。端坐在后排座椅上的高梨亚美，不安地盯着自己的脚指甲。但突然，她抬起了脸，好像已经下定某种决心似的，清爽地笑了。虽然这笑容中还带着些许不安，却一下子让她显得年轻了 10 岁。这次她又要冒什么坏水？

“警官先生，还真跟电视剧里演的一样，突然有一天来到我面前，用尖锐刻薄的语言对我说一些吓人的话，然后把种种事实毫不留情地摆在我面前。唉，算了，看来事到如今我跟他之间也没有未来了，不如就跟警官坦白了吧。不过，我指的不是你，而是这位警官，你不要误会哟。”

说着，高梨亚美用手指了指岩楯祐也。这个时候她还在戏弄鳄川宗吾，这让正在飞速记笔记的鳄川宗吾感到一阵不快。只见他眉头之间拧成了疙瘩，嘴角还痉挛似的抽动了两下。

“正像警官说的那样，他不想再多生是非。他说过，把板桥那边的事情解决了，就开始过普通的生活。我以为警方并没有怀疑我，所以就策划了一个彻底骗她钱财的计划。我想，到时他看到这么多钱的时候，一定会惊喜万分吧。”

“恐怕要惊喜到哭哟。”

“是吧。”说着高梨亚美咯咯地笑了起来，“所以这个计划我当然不能事先告诉他。”

然后，这个女人又回归了严肃的表情，接着说道：“他没有杀板桥那个女人。”

“是吗？还是被其他什么人抢先了一步？”

“啊？你说什么！”

高梨亚美极力想反驳，但岩楯祐也打断了她：“我说，你是想和他演《雌雄大盗》吗？不要再扯没意义的谎了。国居光辉肯定会不遗余力地把罪责都推到你的身上。”

“他才不会那么做呢！”

“不，他会的。他可不是会为女人挡子弹的人。当然，即使你替他挡子弹，也不可能换回他的爱情。不要再做白日梦了。”

岩楯祐也心里清楚，原本没有必要跟高梨亚美说这些，自己对她有点过于坦诚了。但是，这个女人的不幸让他无论如何也不能袖手旁观。

高梨亚美又开始看她的指甲，把手举起来看个不停。虽然她的手指在微微颤抖，虽然她的眼睛中满含着泪水，但那份倔强却依旧如初。她从骨子里讨厌自己内心的动摇，并用整个身体在表达这种抵抗。

岩楯祐也叹了口气说：“适可而止吧。”

“什么适可而止？”

“想想你自己吧，你自己的幸福。”

“关你什么事？好可笑。”

“但我还是有点担心你。”

“哈？‘适可而止’应该是我的台词才对。多管闲事！我不需要你多余的关心。谁需要你可怜？！”

高梨亚美猛地抬起头，胸脯一起一伏地盯着岩楯祐也。

“我这个人只按照自己的喜好做事，最讨厌听别人的使唤！多余的可怜和说教，对我都无效！因为我干这行，你就可怜我？因为我活得艰难，就需要你温柔地对待？”

“不是那个意思。”

“像你这种正义的化身，世界上还有很多东西你是不知道的。你什么也不懂！我们完全生活在两个不同的世界里！我们生下来的时候就不同！”

“刚出生的时候没有阶层之分。我能理解你，特别是你的心情。”

渴望爱情的女人都有着相似的眼神。憎恶、寂寞和空虚，就像一闪一闪的信号灯，不停地轮换着。而且，在不知不觉之间，这些情绪都落入虚空，让人的心空洞无物。岩楯祐也心想，高梨亚美现在的眼神，自己的妻子肯定也在家里的某个房间中表现过。

高梨亚美兴奋不已，眼中噙着泪水，岩楯祐也注视着她的眼睛。

“把你知道的事情都告诉我，好吗？”

“不！”

“那……跟别的警官说如何？”

“……不行。”

“看吧，还是对我说要好一点。这是给你的特殊福利。”

“什么乱七八糟的！”

看来高梨亚美已经下定了决心要说出实情，但警官们还是等了20多分钟她才开口。她用手指擦去眼睛中溢出的泪水，低着头开始小声讲述起来。

“板桥那个女人打心眼儿里喜欢他。他对她撒谎说自己是美容美发师，她就叫他把自己留了多年的长发剪短了。他老和我吹嘘这件事。真不敢相信！平时连扣子都扣不好的超废物男人，竟然还敢给女人剪头发！”

因为不停抽泣，高梨亚美的鼻尖已经变红，她抬起了怯生生的脸。

“一开始他告诉我，他也是要骗她结婚，但后来，他想利用她骗取生命保险金。好像在他的劝说下，那个女人买了高额的生命保险。所以，这次他是动真格的了。他说，合适的时候就要了她的……命。”

“在这出骗局中你扮演什么角色？”

“在那女人家附近放火。”高梨亚美说得很快，说着还舔了舔涂着唇膏的嘴唇，“因为这半年来板桥一带连续发生了好几次小规模纵火事件，他就想借这个东风，把烧死那女人的罪责嫁祸给纵火狂。但在真正动手之前，他想让我在她家附近找几个点放几次小火。”

板桥地区频发的纵火案启发了两个人，一个是国居光辉，一个是杀死乙部美智的凶手。只不过国居光辉早有计划，但凶手多半是临时起意。

“实际上你放了火吗？”

高梨亚美这次诚实地点了点头。

“放了一次。是她家楼下的一家房产中介店，我把招牌给点着了。因为之前我就讨厌那家老板的脸，一次我从那儿路过的时候，他色眯眯地盯着我看。”

“你是用什么点的火？”

“香蕉水。我上班的夜总会有人闻香蕉水[1]上瘾，我从他那儿要的。”

听到这儿，鳄川宗吾的小眼睛闪着光。宅男死胖子点火用的是煤油，高梨亚美用的是香蕉水。剩下的那个就是杀死乙部美智又放火焚尸的凶手，用汽油点火的肯定是这个人！

1　香蕉水等有机溶剂具有致幻作用，有人把它当毒品吸闻。

好的！趁热打铁！为了防止高梨亚美突发性地再编瞎话，岩楯祐也的眼睛时刻不离她的眼睛。

“你放火的日期还记得吗？”

“10 月 6 号的深夜。”

“你回答得太快了，那么确定吗？”

“嗯，我确定。那段时间我一直在追一部电视剧，那天正好是最后一集大结局，所以我记得特别清楚。我还和他吵了一架，因为我不想去干那种事。但后来我还是去了，到板桥的时候，我想大概是凌晨 1 点。”

询问了那部电视剧的名字和播出时间后，鳄川宗吾把这些信息都记在了笔记本上。

“当时是不是看见了什么人……”岩楯祐也带着感情断言道。

结果，高梨亚美一脸铁青，用手揉了揉眼角，眼线都快揉花了。

“那……那家伙，我想肯定是个危险的家伙！我感觉是这样的。我把招牌点着之后，就担心被人看见。就在我想逃走的时候，我感觉到有双令人讨厌的眼睛正在某个地方盯着我，顿时感觉头皮发麻，头发都竖起来了。我连忙东张西望地四下寻找，当我望向高低的住宅区时……”高梨亚美恐惧地吞了一口口水，“在黑暗中有一个人！那……那人背后的房子墙上贴着白色的瓷砖，所以他很显眼，而且像浮在那里似的。”

回忆当时的情景时，她浑身都在颤抖，说话也磕磕巴巴，还一把抓住了岩楯祐也的手腕。

“太恐怖了！我吓得使出全身的力气跑了起来。我知道他把汽车停在地铁站前面等我，所以我想赶快跑到那儿和他会合，头都没敢回。要是被那个人抓住了，我肯定活不了。那个家伙个子虽小，但感觉太可疑了，我只顾拼命地跑，没时间多想。”

“你看到的只有那一个人？”

“是的。我跑到汽车里，和他一说，他猜测那家伙就是半夜里一直在这一带活动的真正的纵火狂。但我总感觉不是。”

“你为什么这么想？”

“警官先生，如果你看到那个家伙，肯定也会和我有一样的感觉。那个真正的纵火狂有一半是在玩，到处放火无非是想释放压力或给别人制造点小麻烦。但那家伙我虽然只看了一眼，但他身上散发的感觉完全不一样。我在夜总会工作，见识过各种各样的人，越是表面看起来很懦弱、不安的人，一旦他们发怒，越会做出过激的行为。和我一起工作的姐妹就曾被这样的人殴打，牙齿都被打掉了，颧骨都凹下去了。那样的人下手不知道深浅轻重。”

“那人多大年纪？”

“30 岁左右吧。”

“你确定？不是个孩子？”

“嗯，我确定。那人虽然个子小，但绝对是个成年男人。应该是做生意的人，看人我还是挺有自信的。而且，他就是杀人凶手，肯定不会错。所以，我再也不想去那个地方了。估计现在他还在到处找我吧，毕竟我看过他，他肯定要杀我灭口。”

高梨亚美目击的明显不是淳太郎，多半是和淳太郎看见的那个小个子是同一个人。高梨亚美看见那家伙时，也许正是他杀死乙部美智后不久。

正当岩楯祐也在头脑中思考的时候，高梨亚美抓着他手腕的手更加用力了。

“警官，今后我会怎样？要蹲很久的监狱吗？几十年？”

岩楯祐也第一次见到她真正的紧张和恐惧。他轻轻拍了拍高梨亚美的手，尽力安慰她说：“能坦白地认罪，还有立功表现的话，争取从宽处理。”

“可是蹲监狱一天我也忍受不了啊。我的人生将以最坏的形式收场……”

“总之，先把你知道的事情全告诉我们，不要隐瞒。绝对不要撒谎。

明白吗？自己的人生只能自己努力争取。现在还来得及，毕竟你还这么年轻，什么事情都可以重新开始。”

泪水像断了线的珍珠从高梨亚美的脸上不停滚落，那时不时抖机灵的小聪明也消失无踪了。

岩楯祐也把她送上赶来的警察巡逻车，让他们把她带回警署进一步调查。这时，鳄川宗吾终于开口了：“岩楯警部补，你是怎么发现高梨亚美和国居光辉是同谋的？”

“一开始，国居光辉的话就引起了我的怀疑。关于杀害乙部美智的不在场证明，他为什么一开始不让高梨亚美站出来帮他做证呢？我一直觉得这一点有问题。他了解高梨亚美这个女人，口风不严，万一把想要杀害乙部美智骗取保险金的计划走漏了怎么办？这是他最担心的问题。他的红色汽车暴露时，他最紧张，因为通过车牌号可以查到背后的高梨亚美——杀人骗保计划的同谋。”

“可为什么国居光辉当时还要返回板桥去打探呢？这无疑是在过一座危桥。这是一种什么心理？肯定不是担心乙部美智而去打探消息的。”

“要说为什么的话……”岩楯祐也把文件夹放回了汽车后座后，接着说道，“估计他担心高梨亚美到底有没有放火吧。毕竟那个女人是受感情支配的人，说不定会干出什么事来。刚才她那个样子你也看到了，以前肯定也这样，国居光辉清楚地了解这一点。”

不管遇到什么样的局面，国居光辉总能圆滑地为自己善后。当洗去过去的喧闹后，他又会在新的地方掀起尘埃。

“还有，宅男死胖子淳太郎在‘巡逻’时目击的那个‘小个子的孩子’是不是就是真正的凶手？那个小个子，和当地居民的目击证言以及高梨亚美看见的那个人特征一致。”

岩楯祐也回答道：“估计是吧。”但在他心里对于这个回答还没有达到确信的地步。不过，舞台上去除了两个骗子的角色之后，思路可以稍微清晰一点了。之后要考虑的就是现场被目击到的两个人，以及失踪的5名学生。再有就是可卡因和虫子。

“淳太郎干脆地承认了之前小规模纵火的事。根据证据也能确认这一点。但关于杀人，他极力否认。为了洗脱这个嫌疑，他似乎非常配合我们。”

“关于杀人，宅男应该是清白的。好了，接下来我们就从国居光辉身上再挤点东西出来。”

“对他的审问还是你来吗？”鳄川宗吾一边发动汽车一边问道。

“不用，交给负责审讯的警官就行。我想了解乙部美智的真面目。目前从国居光辉那里得知，她是一个过于认真的人，缺乏情趣。她到底是一个漂亮的女人，还是追求完美的女人，抑或是圣母马利亚那样的女人？你那本‘心的笔记本’上也有同样的疑问吧？”

“是的。对国居光辉的审讯中，能让我有印象的只有一句话，就是‘饶了我吧’。”

岩楯祐也笑了。

“也就是说，在国居光辉看来，乙部美智出乎意料的死亡让他十分生气。因为她是他的一颗棋子，他在乙部美智身上花的时间、金钱比其他任何女人都多。她的意外死亡打乱了他的计划，让他前期的付出都打了水漂，他当然生气了。因此，他把自己也看作受害者，让我们饶了他。”

“真是自私自利到了极点！”

“不过，有了高梨亚美的爆炸性证言之后，国居光辉也许会说出更有意思的话哟。我很期待呀，他可是我心目中的潜力股。”

鳄川宗吾不怀好意的坏笑让他的嘴角向上翘了起来。然后他深踩油门，一股推背感随即而来，雅阁轿车飞驰在国道上。

2

身上、手臂上爬满了蝗虫的辻冈大吉，一边呼呼地喘着粗气，一边往箱子里转移蝗虫。他那对可爱的一字眉，很像儿童节目中登场的木偶人物。但今天，一字眉的中央拧成了一个疙瘩。

潮湿的风中夹杂着草、泥土的气息，赤堀凉子闭上眼睛深深地吸了一口这令人舒畅的空气，然后眯着眼睛望向满身是汗的辻冈大吉。他今天不高兴的理由，赤堀凉子最了解。当辻冈大吉觉得自己是一个傻瓜、无能、不中用的人时，悲观情绪就会大爆发，而脸上表现出来的就是小孩跟妈妈赌气的表情——皱眉、噘嘴、鼓腮帮子，似乎在无言地倾诉“我这么可怜，请温柔地对待我”。而赤堀凉子正在思考，到底要不要满足他这幼稚的请求，于是一直盯着他看。

辻冈大吉用他那双大手有条不紊地转移着蝗虫，显出不高兴的只有他的表情。看得出他对待虫子的手法还是很温柔的。赤堀凉子心里暗笑，心想，还是回应他的请求吧。

“把保育器的温度设定错了，现在也没办法挽回了。”赤堀凉子说。

辻冈大吉好像一定要得到肯定回答似的，把之前重复了几次的话又说了一遍：“我不配做人。”

“那倒不至于，只是不配做研究者。”

听到这话，辻冈大吉像是挨了当头一棒，抱着脑袋呻吟似的嘟囔起来。他也不在乎双手沾满了蝗虫吐出来的褐色消化液。

“怎……怎么可以说得那么直白……这比说我不配做人更难听啊……”

“那可是我费尽千辛万苦从蝗虫身上提取出来的寄生蝇幼虫啊，结果一个晚上全被你弄死了。这可不是小事情啊。就连学生都不会犯这种低级错误。大吉，你还是别再打什么昆虫顾问的旗号了。如果连最简单的日常管理都做不好，那和一个喜欢昆虫的小学生没什么区别。”

辻冈大吉双唇颤抖，他已经听不下去了，用双手捂着脸，蹲在地上哭了起来。

“凉……凉子前辈，有必要说得这么狠吗？非要把我逼到这个份儿上吗？是……是不是希望我消失……”

“我说，你够了，振作一点！”赤堀凉子啪啪地拍了几下辻冈大吉的脑袋，“我是替你说出了心里话，没想到真被我说对了。你听了后什么感觉？”

辻冈大吉抽泣着抬起了脸，眼睛中满含着泪水。

“感觉……感觉地球上只有我孤身一人。”

“地球上孤身一人？恐怕是银河系孤身一人吧。”

“你……”

赤堀凉子咯咯地笑了起来，还忍不住双手拍着巴掌。

“大吉，你把自我否定当成‘幸福阶梯’来用了，还是赶快改掉这个毛病吧。”

“什么？什么幸福阶梯？”

“就是说，你不断地贬低自己，并拼命将这种贬低升级，持续积累负能量，然后才能获得一种心灵上的平静。说明白点，我认为这是一种无意义的重脑力劳动。”

“我的性格这么阴暗吗？”

“我很早以前就知道你有阴暗的性格了。”

辻冈大吉一脸怨恨地抬起头来。

“你都有勇气面对周围人的反对，创立了自己的事业，现在还在这儿哭鼻子干什么？大大方方挺起胸膛面对自己的失败不就好了吗？在你那个蘑菇头中，可是装着无穷丰富的知识啊！”

“可是对大多数人来说，我的那些知识都没什么用处啊。而且，当时你不是非常赞同我独立创业嘛。”

“那是当然。世间还有比这更有意思的工作吗？”

虽然辻冈大吉勉强自己做出一个难过的表情，但他上翘的嘴角却出卖了他。他是一个神经质、敏感、容易受伤、不善与人争斗的和平主义者，但体内同时存在正好相反的气质——大胆、莽撞、不瞻前顾后。这两个世界在他体内并存，一会儿这个占了上风，一会儿那个高出一筹。看他这个样子，不禁让人感到一种期待和兴奋，因为这样的他，蕴含着无限的可能性。

“只要再捉些蝗虫，从它们身体里提取寄生虫就行了。就是再麻烦一次嘛，也没什么大不了的。”

“但是，凉子前辈，刚才被你奚落得落花流水，我都有点心灰意懒了。不过，你那么忙，因为我的过错害你又跑到长野来，真是对不起啦！”

“这个你不用往心里去，没有别的目的，我绝不会来长野的。”

辻冈大吉的脸上短暂地流露出思考问题的疑惑表情，随后显出了一个“没听懂”的笑容。

“有些事情我想问问这里捕蜂虫的农家，我请大爷帮我约了他们。”

“嗯，明白了。干这行的人，掌握的信息最直接。”

“是。我之前做了很多调查，发现这个地区的蜂虫出货量最大，占到全日本蜂虫出货量的八成。而且，日本出口海外的蜂虫全是这里产的。”

乙部美智就是在长野县出生、长大的，蜂虫作为当地特产，她肯定从小就吃。后来到东京工作后，肯定也会怀念这种家乡的美味吧。警方调查后，并没有发现她自己购买蜂虫的痕迹，那多半就是朋友或熟人送的。

另外一件事，就是用蜂虫偷运可卡因的猜测，虽然当即被岩楯祐也否定了，但赤堀凉子还是有点不甘心。确实，这个猜测存在很多明显的漏洞，但她却坚定地确信，蜂虫和毒品肯定存在不为人知的联系。而且，这几天以来，赤堀凉子的头脑中反复出现一个场景——凶手把蜂虫送给乙部美智，但凶手也不知道蜂虫中含有可卡因，而乙部美智吃得很开心。

那么，可卡因是在什么环节混入蜂虫的呢？关于这个问题，侦查总部也问过赤堀凉子，她答不上来。是第三者把毒品混入蜂虫的吗？凶手自身是瘾君子，出于种种原因用毒品把蜂虫污染了？类似说得通的假设可以举出很多，但都不能确定。赤堀凉子认为，一定存在只用虫子还无法解释的途径。她一直隐隐约约地感觉，借用虫子来传播毒品的行为，现在说不定还在某个不为人知的地方继续进行着。

就在赤堀凉子的脑袋被各种想象充满的时候，一个沙哑的声音突然传来：“喂！”她扭头一看，一个身材矮小但神采奕奕的老人正向自己走来。老人身后还跟着两个50多岁的汉子。三个男人都有着黑中透红的脸膛，而且堆满笑容。

“让你们专程跑一趟，实在是太不好意思了。”赤堀凉子鞠躬向他们行礼。男人们豪爽地挥了挥手，表示不必客气。

“你就是那位虫博士？这位兄弟前段时间我们在大爷的家里见过，他不太能喝酒啊，一喝酒脸就变成桃红色，跟个大姑娘似的，看起来很纯情啊，哈哈。”

说着，那个头上缠着白毛巾的高个子男人啪啪地拍了拍辻冈大吉的肩膀。看来大家都很喜欢大吉，都邀请他今晚一起喝酒。虽然这些农民说话粗俗，还不时穿插个把黄段子，但这种直爽坦诚并不令人讨厌。

高个子男人戏弄了一番辻冈大吉后，终于心满意足了，然后走到赤堀凉子面前，弯着腰低头看着她的脸。

“这位小妞儿还真年轻水灵啊。大爷跟我说过，看来他没骗我。”

“我没他说的那么年轻。”

“不，你看上去就是个学生。真了不起啊！我竟然能见到博士。我一直以为，我的世界和博士的世界是完全不可能有交集的。”

“这下好了，您可以和那位大吉好好聊聊，他也是博士。”

“好啦。凉子就像是我的孙女，你们要卖力给她帮忙啊。她的工作很辛苦呢。”

交往多年的老大爷一边嘿嘿地笑着，一边抓着赤堀凉子的脖子摇她的脑袋。看着他长长的白眉已经垂下眼角，赤堀凉子总会想起牧羊犬。老人身上散发着阳光、泥土和洋葱的气味。今天他来西边的田里，好像是为了挖土豆。

“听说你这次来是要研究一下蜂胎？真是个奇怪的姑娘。”

“蜂胎？是指蜂的幼虫吗？”辻冈大吉插嘴问道。老人点了点头。

“我们这儿管那种虫子叫蜂胎，而且抓蜂胎在我们这儿是个传统。如今，年轻人都去大城市打拼了，但其实抓蜂胎可是相当赚钱的。”

“大爷可没有开玩笑，抓蜂胎挣的钱可以盖房子呢。我们当地也做了保护措施，防止外面的人进来抓蜂胎。”

另一个中年大叔爽朗地笑着说，然后朝赤堀凉子招了招手，意思是要带他们去找黑胡蜂的巢。

他们一行人进山走了 20 分钟左右，耳畔就传来嗡嗡的蜂子扇翅声。嗅到了人类气息的蜂子，已经开始采取警戒行动。估计蜂巢就在 10 米的范围以内。这一带的湿度比较高，厚厚的落叶和藤蔓植物缠着人的脚，让人行进艰难。赤堀涼子蹲下身来紧了紧登山鞋的鞋带，然后一路小跑地去追那些腿长步大的男人。他们路过一块写着“私有地”的牌子，视野突然开阔起来，阳光毫不吝啬地从天上洒下来。

赤堀涼子手搭凉棚，四下里张望着。在这片开阔的土地上，杂草被人清理过，缓坡上盛开着白色、淡紫色的野菊花。这块地的主人没有割掉这些野花，可能因为他也喜欢它们吧。赤堀涼子真想飞奔过去，在开满野菊花的地上打几个滚儿。

远处有一间用带皮原木搭建的小房子。说是小房子，其实只有三面有墙，屋顶是锌铁皮的，上面还压着石块。在这个奇怪的小屋里面，还有好几个三角形的小屋顶。

赤堀涼子走近小房子想一探究竟。里面的三角形小屋檐，就像很多小祠堂被埋在地下，只露出屋顶一样，那情景很奇妙。

看上去很有仪式感，但也有些令人不寒而栗。

嗡嗡声更大了，脸旁随时有愤怒的蜂子掠过。

“我说，不穿防护服的话，恐怕要出人命吧！”穿一身黑衣服的辻冈大吉似乎是黑胡蜂们最喜欢的目标，他猫着腰往回跑，远远地逃到了空地入口的地方。但当地的大叔却哈哈大笑起来，笑他胆小。

“这都是我们精心养育的蜂子，不会叮人的。”

“哪有懂得感恩的虫子，它们只会以怨报德！啊！糟啦！侦查蜂已经开始分泌警戒信息素了！”辻冈大吉站在远远的地方大喊起来。

大叔们歪着头不解地问：“什么东西？”

“真的糟糕了！工蜂开始兴奋起来了！没看它们都开始回巢了嘛。这是集团攻击的前兆！巢里正在大量释放警戒信息素！如果哪一只叮了人，会更加刺激它们，让它们疯狂起来！”

望着惊恐万分的辻冈大吉，赤堀涼子跟大叔们解释道：“他是害虫防治专家，看到这样的局面，他就稳不住了。”

“是吗？可是，我们觉得黑胡蜂没什么危险啊。个头小、毒性小，没事的。”

“怎么可能没事？！这里肯定还生活着大马蜂吧？”

“山里肯定有大马蜂啊。大吉，你安静一点。”赤堀凉子向学弟摇了摇手，然后向当地的捕蜂专家——大叔们提问。

“你们饲养了黑胡蜂？”

“是啊。你看那个小房子里，露出地面的小三角形屋顶就是蜂箱。这叫堀式蜂箱，没有底的。”

“哦？就是说，你们从山里找到蜂巢，然后把蜂巢带回来埋到这样的蜂箱里，是吧？这样一来，黑胡蜂就可以利用下面的土地，任意扩大蜂巢了。”赤堀凉子一边驱赶脸旁的黑胡蜂一边说，大叔们频频点头。

“蜂箱的形式有很多，比如三宅式、金田式、安藤式。不同的养蜂户，有不同的蜂箱式样，反正都是为了越冬。”

“越冬？蜂后越冬？”

“嗯。”

大叔整理了一下头上缠的白毛巾，指着前方给赤堀凉子看。在小木屋的旁边，堆放着几个像木制食盒一样的箱子。矮小的大爷无视乱飞的黑胡蜂，径直走了过去，滑开箱子的侧板，给赤堀凉子展示里面的样子。

“大爷！等等！小心被蜂蜇了，您这样做也太危险了！”

“是吗？我不觉得呢。”

老人哈哈大笑起来，挥手赶走落在脸上的黑胡蜂，把蜂箱朝着赤堀凉子倾斜过来，让她看得更清楚。

“蜂后就住在这里。和雄蜂交配后，蜂后就被抓出来放在这个蜂箱里，让它在这儿过冬。”

原来如此，赤堀凉子心中不禁发出一阵感慨。这里人所谓的养蜂，其实也只是让它们按照自然的方式生活。不帮它们捕饵，让它们自己筑巢。人类所做的只是为它们提供一个遮风挡雨的场所。

赤堀凉子侧耳倾听着嗡嗡的蜂鸣声，眼睛追逐着蜂的动向。当然，它们已经发出了驱逐入侵者的命令，攻击姿态也没有改变。

黑胡蜂和其他肉食类马蜂还不太一样，它们很少捕食活的猎物。它们的饵食最多的就是死掉的昆虫，它们会灵活地使用口器切开昆虫的尸骸，从中切割肌肉组织。赤堀凉子的头脑中还在思考毒品污染黑胡蜂的过程。当然，在黑胡蜂进食的过程中，如果没有人类的插手，可卡因是没有可能自然转移到幼虫身体里的。

“大叔，”赤堀凉子抬头望着那个高个儿大叔，“你们给蜂子提供了住处，那食物呢？看样子，你们没有给它们喂食。”

“啊，这个问题问得好。黑胡蜂有时会全部死亡，说到原因，可能是夏天不够热，其他昆虫或动物的攻击、疾病或饥饿。这些家伙只会在自己的领地内寻找食物，不会去很远的地方捕食，所以有时会饿死。”

“所以可以给它们喂食啊。”

“不行。”大叔摇了摇头，眉间拧成了麻花。

“之前我们尝试了好多次。喂过鸡脯肉、鱿鱼。整个给它们，它们不吃，我们还把肉剁碎做成肉丸子喂给它们吃，还在宠物店买过菜青虫喂它们。一开始这些黑胡蜂挺喜欢，但没多久就不吃了。在附近捉虫子喂它们，结果也一样。所以，有的时候只能眼看着它们饿死，也帮不上忙。”

“这样啊……”赤堀凉子抱着胳膊若有所思。

也就是说，只要不对黑胡蜂进行改良，就无法改变它们遗传基因中刻录的生活习性——只在领地内觅食，找到昆虫尸体后自行将它解体，然后把能吃的肌肉组织带回巢里。野生动物的这种习性，是人类无法简单干预的。

在食物中混入可卡因，让黑胡蜂带回巢里，让一巢黑胡蜂从大到小都染上毒品。这个猜测一直隐藏在赤堀凉子的头脑深处，没有跟任何人说过，但现在她觉得这个假设太荒唐了。她再次折服于大自然的威力。昆虫绝不会按照人脑设想的那样行动。它们不会违背本能，那也就是说，蜂虫体内之所以含有可卡因，是因为有个环境可以让它们不违背本性，自然而然地摄入毒品。

赤堀凉子“哈”地长舒了一口气，把头上的帽子正了正，准备返回。黑胡蜂们依然疯狂地在脸旁嗡嗡地乱飞，把人类驱赶出去的态度异常坚决。大家开始沿来路往回走，这时，一直沉默不语、满脸青胡楂的那位大叔说话了。他的声音没什么张力，估计平时也不怎么说话。

“你是……政府的人吗？”

“不是的，大爷不是说了嘛，她是昆虫学家。”高个子大叔解释道。

青胡楂大叔笑了，说：“啊，这样啊。”

“警察这阵子是怎么了？”

“是啊，东京的警察突然发来电真，把我们吓了一跳。”

“电真？”

“就是那个，电话铃一响，就有纸从电话里出来，纸上还有字的那种。”

他说的应该是“传真”吧。

“警察让我们告诉他们当地经营蜂胎的农家有哪些，也没说什么原因。当时我正好在村公所，所以第一个看到了那份电真。”

不管怎么样，看来警方的侦查总部也在行动。他们也在调查经营蜂虫的农家。

“到底是怎么回事？东京发生什么事了？”大爷歪着头不解地问。

“我问一下，本地养蜂的农家有多少户？”

“整个长野县，应该差不多有 15 户吧。不过，在山里也有用传统方法捕捉野生蜂虫的，卖蜂虫的人不一定都是自己养的，也有一些从外地来开展‘农研’的人。”

“农研？”赤堀凉子停下脚步反问道。看来已经走出了黑胡蜂的领地，嗡嗡声已经听不到了。

“啊，农研，就是农业研修班。这一带的村子每年都会举办一届农业研修班，就像农业学校似的，给外地来的人上农业技术课。比如，今年夏天的农研，就教了有机栽培技术什么的。来学的有城里人，大多是从公司下岗、想自谋职业的人，也有从其他县赶来学习技术的农民。”

听到这里，赤堀凉子感觉自己的心跳在加快，于是迫不及待地问道：“等等，农研也会教养蜂、捉蜂虫吗？”

头上缠着毛巾的高个子大叔把毛巾取下来搭在脖子上，然后一边走一边滔滔不绝地讲了起来。

“这个嘛，要看学员们的选择。如果他们对养蜂感兴趣的话，我们倒是会教一些。但这些年来，很少有人对养蜂感兴趣。他们从小没有吃蜂胎的习惯，一听说吃蜂胎，都吓得脸色大变。但奇怪的是，今年夏天来的这批学员就对养蜂非常感兴趣。不知道是因为他们好奇心太强，还是听说蜂胎可以赚大钱，才热情万丈的。”

“这批学员都是从哪里来的？”

“有枥木县的、福井县的、富山县的，还有东京的，都是一个叫什么 NPO[1] 的组织的成员。他们好像专门帮助别人。从东京来的家伙，好像还专门跟别人谈人生。”

1　NPO（non-profit organization），非营利组织。

“谈人生？是不是咨询师？”

“谁晓得叫什么。他们好像主张什么自给自足的生活，说人不需要文明，主张脱离社会隐居。听他们说，好像他们在全国各地的农村到处跑，学习各种农业知识和技术。今年夏天来的都是这种奇怪的家伙。但我估计他们多半要失败。我觉得他们想得太简单了，只是一时兴起，玩玩罢了。”

NPO……根据目前掌握的情报，乙部美智倒没有加入 NPO 组织。但她作为一名心理咨询师，加入某个慈善团体倒是很常见的事。

“不好意思，您能给我一份以前参加过农业研修班的人员名单吗？需要的话，我可以让警方开具调档申请。”

调档申请？这个词让大叔为之一惊，他忙说不用不用，在农村不需要那么复杂的手续。他爽快地答应了赤堀凉子的请求。

3

在西高岛平警署的审讯室里，温度比室外低至少 2 摄氏度。屋里的荧光灯过于苍白，营造出一种冬季阴天的阴郁感。只有七八平方米的这个小屋里，一张不锈钢的办公桌放在正中间，桌子那边坐着一个态度不服不忿的男人。他用一个胳膊肘支在桌子上撑着腮帮子，身体斜靠在桌子上，脚后跟不停地敲打着地面。

眼前这个男人和那时的男人还是一个人吗？岩楯祐也抱着极大的兴趣观察着他。那时的他很善于露出一副谄媚的、为难的、讨好的笑容，但今天他嘴角下垂，露出的下流、狡猾神色，让他的脸色显得土灰，让人觉得他好像是世界上所有烦恼的集合体。

“你一定累坏了吧。”岩楯祐也拉了一张钢管椅子隔着桌子坐在国居光辉对面。鳄川宗吾则坐在墙边的一张桌子旁，打开笔记本电脑，准备做审讯记录。

“还要继续辛苦你，真是不好意思。不过我有些话想问你。”

“我已经把知道的一切都跟刚才那位警官坦白了。”

“包括骗保杀人计划？我还想了解你的其他欺诈行为、欺骗的女性人数，还有骗来的巨额金钱的流向。”

国居光辉咂了一下嘴，身体向后靠在椅背上，椅子被靠得发出咯吱咯吱的声响。

“不停地轮换警官来问我同样的问题，这是在搞车轮战吗？我是无辜的，你们这样的审讯是不合法的。”

“这些话你可以跟你的律师说。这个我就管不着了。已经允许你见过律师了，你应该跟他说过了吧。”

说着，岩楯祐也浏览了一遍之前的审讯记录。刚接受审讯的时候，国居光辉亢奋、暴怒，满嘴都是否定性的语言，但审讯进行到一半的时候，他开始哭诉自己被高梨亚美欺骗的经过。随后又变得喜怒无常，一会儿发怒，一会儿巴结警官。估计律师已经嘱咐他要保持沉默，但他的性格好像沉默不下来。

岩楯祐也把审讯记录放回文件夹，然后把双手放在桌子上，国居光辉也停止前后摇晃身体，正襟危坐。

“像高梨亚美那样的女人，真的很麻烦啊。”国居光辉说。

“你想说什么？”岩楯祐也问。

“她表面上看起来很顺从，实际却暗地里使坏，而且很冲动。为了取悦主人，甚至会把主人推到悬崖边缘。”国居光辉一脸怨恨的表情，深深地吐了一口气，接着说，“她就像只猫。在外面抓到麻雀、鸽子之类的，会高兴地带回来给主人看。她本以为会被主人夸奖一番，却被主人臭骂一顿。猫不抓老鼠去抓鸟，当然要被骂了。这样的事情反复发生。她还说以后想在迪士尼乐园举行婚礼，这可笑幼稚的梦，我真是服了她了。她的脑子可能有点问题，惯常撒谎已经接近病态，张嘴闭嘴就骗人。警官先生，你们也轻信了她的话吧？”

“是啊，一不小心就会上她的当。”

“恐怕这次的骗局都是亚美策划的。”

“你也很热心地参与了嘛。什么假装闹离婚纠纷啊，妻子索要几千万分手费之类的。”

“说起来很羞耻，我这是中了亚美的邪。欺骗那个女人的事，我都坦白地承认，骗她的钱我也会补偿给她。但什么骗保杀人计划，子虚乌有，都是亚美的妄想。”

国居光辉不停地变换姿势，卖力地游说警官。但这期间，他的眼神从没稳定过，一直东游西荡的。而且，背后鳄川宗吾敲击键盘的声音他也很在意，似乎每一下都令他心惊胆战。岩楯祐也心想，对于这样的人，就让他使劲地说，说多了不定哪一句就把他自己出卖了。

“好了，这个问题我们先谈到这儿。接下来，我想问问乙部美智的事情。”

“美智的死和我一点关系都没有啊！你要我说多少遍才肯相信？难不成你们要把杀害美智的罪栽在我头上？不要开玩笑哟！冤枉好人可是犯法的，你不会知法犯法吧？”

国居光辉主动出击，先噼里啪啦地说了一堆，想占得先机。岩楯祐也抬起一只手示意他闭嘴，然后面无表情地继续推进话题。

“以前我就讲过，你和她的死到底有没有关系，由我们警方来判断。而且，今天我也不想问你乙部美智死亡的原因。”

“那你想问什么？”

“我想了解她的私生活。为什么要问你，因为你和她已经交往了一年。这一年来，你应该有很多关于她的见闻和感受，我想听听。”

“这些我不也说了好几十遍了吗？还要再让我费口水吗？还是饶了我吧。”

“我再一次拜托你。因为在乙部美智看来，你是她遇到的最好的男人，你扮演着一个异常美好的角色。我想问问你是怎么做到的。”

国居光辉揣测着警官这些话背后是不是有什么阴谋，但岩楯祐也不给他太多时间，继续问道：“首先是她的性格，你能想到的，都可以说。请吧！”说着，岩楯祐也伸出一只手，做了一个“请”的动作。

国居光辉不安地扭动着身子，眉头皱到了一块儿，眼睛盯着桌面思索着，舔了好几次嘴唇，终于用略带嘶哑的声音说话了。

“即使你‘请’我说，我也说不出什么对你们有用的情报了。美智她……无论从好的方面说，还是坏的方面说，都充满了热情。她属于想支配别人的类型。”

“坏的热情？具体讲讲。”

“她不会听别人的意见，我行我素。虽然她的出发点可能是好的，但做的事情往往会给别人造成困扰。因为她是心理咨询师，所以这个缺点就暴露得更加明显。”国居光辉再次舔了舔嘴唇，“总而言之，她会窥探别人的内心。虽然知道这是她无意识的职业病，但一想到有人时刻盯着你的内心看，还是不禁毛骨悚然。她会强迫我向她诉说我的烦恼，她有拯救弱者的绝对自信。”

“听你这么说，我都觉得快喘不上气来了。如果让她发现一点破绽，你们的关系就完蛋了。”

“正如你所说的，我从没遇到过如此让人疲惫的女人。”

“你听她提过以前的男朋友吗？”

“她说 4 年前谈过一个男朋友。好像很快就散伙了。她说后来还一直和那个人是朋友。”

4 年前，乙部美智还住在埼玉县。岩楯祐也迅速翻阅着头脑中存储的资料。当时走访的医生和医院工作人员异口同声地说那时的乙部美智没有恋人，甚至连朋友都没有。

“她那样的性格，恐怕很难找到可以长久交往的男朋友。在两人关系中，她理所当然地认为自己应该站在高人一等的地位，但又对比自己弱的男人提不起兴趣，真是一个矛盾体。也就是说，要攻陷她这种类型的女人，需要用微妙的策略掌握她内心的主导权。”

“哦，厉害！受教了。”

“因为女人的思维都是模式化的。她爽快地剪掉留了多年的长发，正是这个象征，她憧憬那种带点儿强制性的包容力。为别人进行心理治疗，我夸张点说，这样的人自己的内心比孩子还幼稚。她说的话，就跟梦话差不多。”

国居光辉的话匣子一打开就停不下来了，对此岩楯祐也感到十分惊讶。只见他脸上挂着浅浅的笑意，探着身子说话时，那对双眼皮大眼睛闪烁着兴奋的光芒。岩楯祐也心想，如果此时给他一块黑板，他能把勾引女人的要点一条条都写出来。

讲述勾引女人的话题，让国居光辉似乎找到了当老师的快感。岩楯祐也又让他自由发挥了一阵子，然后把谈话引上了正题。

“真是一个很有意思的话题。话说回来，关于4年前她交的那个男朋友，你还能想起点什么来吗？”

国居光辉只是敷衍地假装思考了一下，马上摇了摇头：“我没细问过，美智似乎也不想多说。”

“请你再仔细想想。有没有什么印象，或嗅到什么迹象没有？你的感觉那么敏锐。”

“我真的不知道什么了。”国居光辉不耐烦地嘟囔道，用手摩挲着腮帮子上长出来的胡楂，“她没说过对那个男人的爱呀喜欢呀什么的，好像只说过他们俩的生活方式比较接近。两个人能聊得来，在一起也挺快乐。嗯，美智应该说过类似的话。”

“生活方式接近？对方也是心理医疗领域的人？”

“不，不是。她好像提过一句，是什么来着……”

国居光辉靠在椅背上，手捂着前额，一会儿往前俯身，一会儿仰望天井，花了很长时间使劲回忆。

“美智和心理医生、心理咨询师等同行都合不来。她常说自己的思想和他们正好相反，所以我觉得她的恋人应该不会是同行。”

他又想了一会儿，抱着脑袋好像自言自语地嘟囔道：“她好像没直接说过那个男朋友的职业。但肯定说过点什么，就到嘴边了，我怎么就想不起来呢……”

国居光辉噘起了嘴，一手抱着后脑勺，另一只手的手指尖在桌子上不停地敲，嘴里还念念有词地不知在说些什么，应该是在回忆。突然，他抬起了脸。

“啊！想起来啦！有一次美智跟我抱怨她们诊所的那个老太婆院长时，提到了冒牌心理咨询师。”

“冒牌心理咨询师？就是没有资格证的？”

“对对，就是那种打着心理咨询师旗号行骗的人，他们只有一知半解的心理学知识，就敢给别人做心理咨询，这样的人还很多呢。现在网上的很多所谓心理咨询师就是这样的骗子，他们正儿八经骗了不少患者呢。一个小时的咨询费高得吓人。”

看国居光辉说得如此头头是道，他是不是也把当冒牌心理咨询师纳入了自己未来的“工作计划”？岩楯祐也很想问问他，但最后还是忍住了。而此时的国居光辉也急不可耐地继续往下说。

“后来，美智的话题从谋财害命的冒牌心理咨询师转移到了她不喜欢的人身上。她说有一种职业的人，自己是绝对不会喜欢的。我知道她是认真的。”

“不会是警察吧？”

“不，是教师。”国居光辉肯定地点头说道。

“我不知道她和教师之间发生过什么糟糕的事情，但她否定教师的态度非常坚决，几乎是全盘否定。骂教师的话也很难听，毫不留情。”

乙部美智在学校当过校园心理咨询师，她对学校的麻木态度从心底里感到反感。这一点很容易联想到。

“但在她最激动的时候，无意中带出了一句：‘教师是最差劲的，但他稍微有所不同……’所以当时我就在头脑中随意地猜测了一下：她前男友会不会是教师？然后也没当回事，就过去了。至于我是否猜对了，就不得而知了。”

“她跟你聊这些的时候，有没有提到学校的名字？”岩楯祐也极力抑制着激动的心情问道。这可是一个新情报！校园心理咨询师、失踪的学生。如果乙部美智的前男友真是教师的话，那就和学校这条线联系上了。

国居光辉几乎不用想，当即做出了回答。

“埼玉县的朝霞樱坂中学，应该叫这个名字。我也只听她说过这个名字，其他的就不了解了。”

后面的鳄川宗吾吞了一口口水，心想连这个他都知道。

如果乙部美智和她兼职工作的学校教师谈了恋爱，而且她说两人的生活方式相似的话，那么那位老师应该也不喜欢学校的一些态度和做法。乙部美智后来跨过学校直接到问题学生家里进行家访，恐怕那位男老师就是搭桥的角色。然后，她辅导过的 5 名学生失踪了，再后来她被杀了……这里面到底有怎样的联系呢？

“那位教师的名字你知道吗？”岩楯祐也急不可耐地追问。

而国居光辉呵呵地笑了起来：“好啦，好啦，警官先生，先冷静一下。从你的态度能看出来，这是个重大情报。我也不是傻子。我知道的，一定会告诉你们的。”

虽然对面这个男子很狡猾，但只要顺了他的心意，他也会把自己知道的情报讲出来。

“你在乙部美智家里的时候，有没有遇到什么来访的人？”

“没有，除了送报纸的。”

“乙部美智从 10 月 5 日开始休假，这个事你真的不知道吗？她没有理由不告诉你啊。”

国居光辉耸了耸肩膀，举起两只手说：“我发誓，我真的不知道。这样不是第一次了。美智经常一个人出去，一般都利用周末两天。我曾问过她要去哪儿，她似乎不太想说，我也就没有深问。因为我没有必要非知道不可。”

“是不是有其他男人在背后作祟？如果有的话，你应该能够敏锐地发觉吧？”岩楯祐也盯着对方的眼睛直截了当地问道。

可国居光辉轻松地摇了摇头。

“美智对我是一门心思的。不是自吹自擂，我绝对有这个自信。按照她的性格，在有别的男人之前，她肯定会先和我分手。而且我从未见她接过男人的电话。”

国居光辉带着娘娘腔炫耀似的说着，可突然，他双手一拍道：“啊！对了，对了。我又想到一个重大情报。之前你也问过，美智确实经常使用公共电话。”

“那之前问你的时候，你为什么不说？”

“我忘了，再说了，那种事我根本没放在心上。虽然家里有座机，还有手机，可她还是经常出去用公共电话。”

“她为什么要这么做？”

“是啊。不过，对于她这个有点奇怪的行为，我选择不过多过问。警官先生你应该也懂的，对于女人的秘密，不能干涉太多。弄不好会踩上地雷，那可就麻烦了。”

“原来如此，你是在有意躲地雷，可没想到现在却卷入了最棘手的麻烦。真有意思，难道你有自虐倾向吗？”

国居光辉终于收起了他那副戏谑的笑脸，闭上嘴发呆。要让这个男人闭嘴，只要给他钱就行了，但现在不用给钱他也不说话了。看来是触到了他的脉门。

看来，相马薰子说的是事实，乙部美智确实经常使用公共电话和什么人联系。

钢管椅子很硬，坐了这么久岩楯祐也的屁股有点痛，他调整了一下坐姿，然后盯着对面的这个男人。这人不自然地扭动着身子，好像有点后悔，因为意识到自己刚才说得太多了。但与此同时，他的脸上也隐藏着一丝满意，因为他也知道刚才提供的情报为自己加了不少分。

“乙部美智还有什么其他奇怪的行为吗？”

“做菜超难吃。”

听到这个，岩楯祐也苦笑了一下：“这哪里奇怪了？”

“你要是吃过用蔬菜煮的黏糊糊的绿汤，你就能理解我的话。煮这种汤就是世间最奇怪的行为，不，甚至应该叫恐怖行动。”

什么？！岩楯祐也的心脏一下子拧成了一团，一瞬间，他感觉从头顶凉到了脚指头。

“美智说那叫什么解毒汤，反正在我看来就是一种非常恶心的食物。她还说什么用的是无农药无添加剂的有机蔬菜，都是对身体极好的材料。这种汤不仅对身体好，对头脑也有好处。她的奇怪行为，我能想到的就这么多了，希望对你们有帮助。”

国居光辉还是一脸狡黠，但岩楯祐也觉得此时的他也不是一无是处。麻衣每天晚上给他煮的“魔女锅”和国居光辉说的不就是一种东西吗？！

岩楯祐也极力想抚平混乱的思绪，对国居光辉的审讯算是结束了，把他交给了执勤警官。鳄川宗吾还在猛烈地敲击着键盘，书写审讯记录。

“鳄川，请你帮忙搞一份朝霞樱坂中学的教师名单。从 2008 年到现在的，兼职教师也不要漏掉。”

“明白！”

听到鳄川宗吾的回应，岩楯祐也走出审讯室，在楼道里小跑起来。

他来到办公楼后门的吸烟处，心里庆幸这里一个人也没有。岩楯祐也赶快从内兜中掏出手机，拨出了一个熟悉的电话。电话铃响了 5 声之后，对方接了电话。听筒里传来了妻子麻衣冷淡的声音。

“什么事？”

“有件事想问问你。”

“我正准备出去跑步，等我回来再问吧，再见。”麻衣急着挂电话。

“等等！”岩楯祐也慌忙把妻子喊了回来，“我想问问魔女锅的事情，就是你每天都煮的那种东西。”

“喂！什么魔女锅！不要擅自取那么奇怪的名字好不好！那可是……”

“那可是帮我们排出体内毒素、神赐给我们的圣汤，是不是？这个我知道。”

岩楯祐也先说出了妻子常说的台词，这让麻衣感觉很意外。

“你到底怎么了？平时那么讨厌我的解毒汤，现在却这么说，让我感觉有点恐怖。解毒汤怎么了？”

“谁教你做的？”

“镰田先生的太太。就是我们的邻居，以前当主持人的那个。你肯定认识她呀。”

认识，那个镰田先生现在在一家商社上班，目前被商社派到海外工作了。他们家也没孩子，可能因为同病相怜吧，所以两位太太很聊得来。

“我就直截了当地问吧，那位镰田太太是不是信奉什么宗教啊？”

“哈？你够了！”麻衣不耐烦地叹了口气，“她只吃自己做的食物，只要是入口的东西，她都很讲究，只用带有‘JAS[1]标志’的食材。这方面她可算做到了极致，我是自叹不如。”

岩楯祐也在心里想，这不就是宗教嘛。

“我知道吃有机食物对身体好，但那食材也太贵了，每天吃我们也吃不起。但煮个蔬菜解毒汤还是能够承受的。不但简单方便，而且便宜，最关键的是可以帮我们排出毒素，留住营养。”

“然后你就痴迷于魔女锅了，是吧？”

“没有痴迷！”麻衣厉声反驳道，“有一个网站，热爱有机食物的人们都踊跃在网站发布自己的菜单和做法。网站还会根据人气对大家投稿的菜单进行排名，解毒汤一直名列前茅。只有你看不起解毒汤，网上很多人都因为喝了那汤，身体好起来了呢。我也会一直煮下去。”

也就是说，乙部美智很可能也对有机食物着迷了。话虽如此，但岩楯祐也总感觉其中有些蹊跷。

“不好意思，能不能麻烦你现在就用手机把那个网站的网址发给我？”

“可以是可以，但蔬菜汤和什么案件有关吗？”

“这个，我还不知道。总之，拜托你了。”

说完，岩楯祐也挂断了电话。与此同时，手机竟然振动起来，吓得他打了个冷战。按下接听键后，听筒里传来一个故意压得极低的声音。

“现在，是不是在埋伏敌人？”

听得出是赤堀凉子的声音，装出这样的声音来，她是在演哪出啊？岩楯祐也一边在走廊里穿行一边回答：“没有埋伏。”

---

1 JAS（Japanese Agriculture Standard），日本有机农业标准，是日本农林水产省对食品农产品最高级的认证。

听到这个，对方才舒了一口气。

“那就好。哦，我是赤堀凉子，你好啊！我怕你们埋伏敌人的时候，我打电话来，把敌人吓跑了。到时我可以吃罪不起。”

岩楯祐也心中暗自好笑，埋伏敌人的时候，自己肯定会先把手机电源关闭的。他突然感觉一阵疲惫，用手指使劲按着眉头。

“怎么了？打电话来有什么事？”

“当然有事。我在恒温器里培养的卵，已经发育到和当初‘固定’的那些蛆的同等程度了。我把数据计算出来了，就想先跟你汇报一下。”

“就是蛆球里奇迹般幸存下来的卵吗？”

“是、是，它们当然是按照自然进程发育的蛆。拿到蛆球那天，我‘固定’的蛆是蛆球中发育最快的正常蛆。所以，后来我培育的卵发育到同等程度所用的时间，就是一个重要数据。我把培养的蛆的发育时间换算成了 ADH……”

“等等！ ADH 是什么东西？”

在电话里问这个问题的时候，岩楯祐也已经走回审讯室，正在制作审讯记录的鳄川宗吾听到“ADH”这个词后，也敏感地抬起了脸，并立刻放下手头的工作，拿出笔记本凑了过来。岩楯祐也坐在桌前，把手机放在桌子上打开免提功能，让鳄川宗吾一起听。

“根据尸体发现时的状况，对人工饲养蛆的发育时间进行一定的修正。也就是说，用培育时间乘以摄氏温度，再根据情况加以修正，就得到了 ADH。”

“懂了一点，又好像没懂。”

“在尸体上采集到的正常发育的蛆，基本上都已经发育到初龄末期了。为了计算从卵发育到这个阶段的 ADH，首先需要知道发育到这个阶段的温度和时间，我在 24 摄氏度的恒温器中培育的卵发育到初龄末期，共用了55个小时。对这些数字进行一系列运算，就得到了1485ADH。解剖医生从尸体上采集到蛆的时间是10月12日下午5点47分。再从这个时间点用ADH往前追溯……”

“不好意思，这就完全听不懂了。”岩楯祐也一头雾水。

“是不是说，10月12日那天尸体中蛆的ADH，就是乙部美智公寓的平均温度和蛆发育时间的乘积？”鳄川宗吾一边记笔记一边说。

“鳄鱼先生，看来你听明白了。不过还要考虑火灾高温的因素、凶手冷冻尸体的可能性。”

接着，手机中传出了赤堀凉子认真的声音。

“然后再用ADH总值除以一个小时的ADH值，就能算出蛆的具体发育时间，以小时为单位。”

“算了，你还是直接告诉我结果吧。你讲的已经超出了我的理解极限。”

“好吧，我说最终结论。我计算的乙部美智死亡时间是10月6日0点到凌晨1点之间。”

岩楯祐也立马起了一身鸡皮疙瘩，鳄川宗吾则直接“哇”的一声叫了出来。赤堀凉子当然不知道上午高梨亚美供述的内容。高梨亚美在板桥地区看见那个神秘的男子是在6日凌晨1点多。而赤堀凉子计算的死亡时间，刚好在这之前一点点。结合多种证言分析，她计算的这个死亡时间应该相当准确。这令两位警官吃惊不已。

岩楯祐也心想，看来在案件侦破中，法医昆虫学可以匹敌法医解剖学和科学技术侦查。他回想了一遍赤堀凉子提出的种种推测，通过传统侦查手段获得的情报，都被她从背后印证了。岩楯祐也开始质疑，为什么警方没有早点把法医昆虫学引入侦查工作。

“我觉得你计算的死亡时间应该八九不离十。但是，只通过蛆就计算得如此精确，真是了不起！”

“我都有点感动了。”鳄川宗吾认真地点了点头。

“我早说过，虫子会告诉我们一切。如果能让我第一时间赶到现场侦查一下，应该还有更多的发现。尸体没有被移动的状态，一定要让法医昆虫学家看，因为可以由此推断凶手的行动和性格。”

“怎么推断？”

“举个例子，被遗弃的尸体上会聚集很多虫子，之前我说过吧？”

“嗯，好像主要有四类。”

“对，那四类是来分解尸体的。但如果除了这四类之外，还有很多无关虫子出现，我就可以推断，凶手在选择抛尸场所时并没有计划。”

“为什么呢？”

“如果凶手没有计划，他会慌忙地寻找抛尸场所，这就难免要破坏周围的草地、兽道（动物常走的路径）等环境，附近的微生态也会遭到破坏，于是会有很多无关的虫子聚集到尸体周围来。如果发现这种情况，就可以判断凶手不是一个心思缜密的人。”

“如果有计划，那么凶手会直接把尸体带到事先找好的地方，对周围环境的破坏就不会那么大，是这个意思吧？”

“对。所以，凶手是粗糙型还是细腻型，通过抛尸现场我一眼就能看出来。”

像岩楯祐也这样的老刑警，通过尸体上留下的暴力痕迹，可以判断出凶手的情绪、残暴程度。但听赤堀凉子讲述了虫子的故事之后，他深感法医昆虫学是从另一个切入点更加深刻地剖析犯罪分子的重要手段。

“真厉害呀！”

岩楯祐也心里感慨万千。他望向了旁边鳄川宗吾的笔记本，就在这时，电话里传来一个沙哑、浑浊的人声。那是一个音调奇特，就像刚得感冒时说话的声音，而且听得出来，是一个老头的声音。

“你在外面？”

只听电话那头，赤堀凉子和背后的老人说了些什么，然后两人哈哈大笑起来。

“啊，我到长野县的山里来了，来向养蜂的农户学习。”

“我说教授，下次去哪儿提前跟我打声招呼，我们好保护你。”

“啊，这次不好意思了，谢谢你们！来这儿我还有其他的事。对了，侦查总部也有所行动，他们要了养蜂农户的清单。”

“那当然，不要以为警察都是吃干饭的，我们也会对证核实的。那你看了养蜂现场，有什么直观感受？”

“说实话，很难将蜂虫和可卡因联系起来。我要对头脑中的思路进行大幅修正。我想这就是我的感受。”

她说得很勉强，岩楯祐也甚至能想象出她现在那副不情愿、不甘心的表情。

“你的意思是说，排除了可卡因来自蜂虫的假设？”

“得了吧，才不是那个意思呢。”赤堀凉子用鼻子哼了一声，不屑地说，“我只是要重新思考一下向虫子投放可卡因的环节——他们是如何在不违背虫子生存规律的情况下，向它们身体里投放可卡因的。”

“我很期待哟。”

“总之，我在这边获得的情报回头会用电子邮件发给你。”然后，赤堀凉子说了声再见就唐突地挂断了电话。

真是一个出人意料又令人愉快的女人。

4

有机食物网站，比想象中的规模还要大。

岩楯祐也对着电脑屏幕，浏览着满是照片的有机食物网站。这个网站注册的用户居然有 9 万人之多，帖子的浏览量、回复量也相当惊人。对食物如此讲究，宁愿花高价也要买安全食材的人竟然有这么多，这让岩楯祐也唏嘘不已。但是，对于生活习惯超级不健康的他来说，网站上的很多标语让他感觉眼睛火辣辣地痛。而且，很多标语简直就是为他写的。比如——

“每天吸烟、喝酒，就等于慢性自杀！”

“制造二手烟就等于犯罪，警察应该来抓人！”

“吸烟者应该集中在一个地方隔离生活！”

对于岩楯祐也来说，每一条都说得很恶毒。对于网上的恶意中伤，他虽然早已习以为常，但这个家庭主妇聚集的网站竟然也到处流露着恶意，还是让他觉得挺恐怖的。他草草地浏览了一遍这些令人“胆寒”的健康标语，就赶快打开了麻衣所说的菜单排行榜的页面。

这是一个开放式的网站，任何登录的用户都可以发布自己的菜单，也可以为自己喜欢的菜单投票。最近上榜的菜品中，大部分是以南瓜为原料的，估计是万圣节的缘故吧。在排名靠前的菜品中，只有一道菜原料不是南瓜，那就是“解毒汤”。看到这个熟悉又神秘的名字，岩楯祐也感到一种莫名的疑惑，他认为解毒汤不应该放在菜品一栏中。

岩楯祐也用鼠标点开“解毒汤”，立刻弹出一个新页面，上面全是他熟得不能再熟的照片。绿的、红的、紫的……混合在一起的黏糊糊的浓汁。这就是魔女锅啊！不管这汤装在多么漂亮的碗里，在岩楯祐也眼中都有厌恶和邪恶的感觉。

他想起自家厨房的灶台上，咕嘟咕嘟冒着泡的解毒汤，不禁回忆起了它的味道，他立刻一皱眉，胃里一阵翻腾。

“解毒汤使用十多种蔬菜熬制而成，最后才放土豆、芋头一类的根菜。”

关于解毒汤的做法，网页上只有这么短短的一句。但注明必须使用具有 JAS 认证的有机蔬菜。岩楯祐也浏览了一下旁边一个栏里介绍的 JAS 标准。说是蔬菜在栽培的过程中一定不能使用化肥和农药，不仅如此，就是对土壤中的化学物质也做了严格的规定。必须得是 3 年以上没有用过化学物质的土地才行，还必须经过农林水利部的检测和认证。岩楯祐也不禁在想，农林水利部每年都要检测土地，这花费的人力物力可不是小数目啊。

因为有如此严格的要求，所以有机蔬菜在市场上卖那么贵也就可以理解了。也只有花得起钱的人，才能买到安全的食材。虽然明白其中的道理，岩楯祐也却无法接受这个现实。世间的不公，想一想还真让人有点难过。

尽管如此，乙部美智也会看这个网站，还对解毒汤产生兴趣吗？岩楯祐也想起了她生前在卡拉 OK 厅纵情娱乐的照片。照片里的她不但喝酒，好像还吸烟。是因为这个她才要喝解毒汤排出身体里的毒素吗？……思考了一会儿，岩楯祐也歪着脖子露出了不解的神情。

总觉得乙部美智这个人的气质和有机食物网站不太契合。她是一个打破规则也不会产生罪恶感的人，毋宁说，在她看来，规则才是一种奇怪的存在。以她的性格，如果认为吸烟有害健康，应该不会费事煮什么解毒汤喝，而是干脆利索地直接戒烟。

岩楯祐也仔细研究着解毒汤的网页。解毒汤在本周的排行榜中处于第八位，今年年初被人发布出来，马上就进入了前十名，而且从来没有掉出过前十名。其实，这个网站中还有无数种看起来不错的菜单，可这个其貌不扬甚至有点恶心的解毒汤却一直排名靠前，岩楯祐也本能地产生了怀疑。再看解毒汤的评价栏，几乎清一色是表扬、赞美、感恩的话。有人说喝了解毒汤身体确实好了起来，有人说自己变年轻了，有人说儿子喝了后学习成绩进步了，还有人说自己的不治之症竟然治愈了……

岩楯祐也觉得这群人简直愚蠢透顶。他知道这种蔬菜汤虽然难喝，但对身体确实没什么害处。长期坚持喝，应该也能收到一定的效果，但那效果也不会大于一般的健康饮食。如果把它奉为“神汤”“圣汤”就有点过了。不管怎么看，这个网站对解毒汤都有一种宗教式的强制推广。岩楯祐也心想，如果网站背后没什么猫腻，那像解毒汤这种奇怪食品，即使发布出来肯定也没人投票，多半会石沉大海，很快被人忘记。

岩楯祐也又回到网站首页，四处寻找着有用的信息。他点开了有机栽培农户的页面，其中主要是注册农户的网页链接，数目相当多。

他带着怀疑的眼光想从这些农户中找到些线索，可是经过一番浏览后，并没有嗅到与案件有关的气息。只是他觉得每一家都不太正常，仅此而已。

岩楯祐也转了转僵硬的脖子，在椅子上舒展了一下四肢，结果全身各处的关节都咔嗒咔嗒地响了起来，像一辆缺少润滑油的老爷车。此时的刑警办公室里只有他一个人，也只有几台休眠的电脑偶尔发出散热器工作的声音。看了那个有机食物网站中不让人吸烟的标语，岩楯祐也反倒更想吸烟了。正当他准备关闭电脑浏览器的时候，无意中在农户的网页中发现了含有“解毒汤”的一句话。介绍有机栽培农户的网页图片很多，文字比较少，所以他才能发现它。那句话说：

“可以用便宜的价格买到解毒汤食材！”

既然看见了，就仔细看看吧。岩楯祐也心想。他点开那个链接，进入页面后马上传来喧闹的音乐，他慌忙把电脑的音量调到了零。这个页面令人眼花缭乱，满是gif动图，最上面是一个“有机栽培　开心农场”几个大字，然后是它们花哨的大logo，接下来就是介绍农场的视频。视频的主角是一个可爱少女，看样子是这个农场的代言人，从字幕看，她嘴里说的满是“自然”“有机”之类的词。

这家农户页面上的很多商品都可以网购。一般家庭只要和农场签订合同，农场就可以定期为客户配送有机食材。另外，他们也零售健康食品，比如使用天然酵母制成的面包，有机水果制作的果酱、各种糕点、饮料等，应有尽有。其中，加入有机蔬菜的烤面包，一斤竟然卖到了8000日元，而且网站还注明，购买这种面包，付款后需要等半年时间才能到货，因为排队买这种面包的人太多。

岩楯祐也不屑地用鼻子“哼”了一声，8000日元一斤，什么面包啊？真是莫名其妙。其他商品的价格也贵得吓人，而且都需要等待，看来很受欢迎。他想，也许订货的那些人都是商家找的托儿吧？故意营造出缺货的样子，这也算是一种饥饿营销吧。但他又想起了麻衣对解毒汤的执着，也就明白为什么会有那么多人愿意花高价买这些玩意儿了。他对这家农户的经营头脑深表佩服，推测他们可能已经赚得盆满钵满了。

岩楯祐也的眼睛又被网页中的一处文字说明吸引了。原来解毒汤是这家农户发明的，并向世人大力推广，意思是要把健康洒满人间。下面的一段文字介绍的是他们的一种商品——“解毒汤食材套装”。这个食材套装比其他商品都要便宜，原因是套装里都是“虫咬菜”。他们把那些被虫子咬得很厉害的蔬菜收集起来，将还能吃的部分切下来后打包到一起，就做成了“解毒汤食材套装”。麻衣说她做的解毒汤，用的材料就不贵，可能就是买的这种套装。

“原来如此。”岩楯祐也自言自语道。被虫子咬的蔬菜，当然是有机蔬菜，因为没喷杀虫剂嘛，但如果咬得太严重，就没法当商品销售了。但这个农户确实有头脑，花点时间和人力把没被咬的地方切下来，就又包装成了商品。原本应该扔掉的烂菜，华丽一转身，又能为农户赚钱了。

岩楯祐也的直觉告诉他，这家农户多半在背后操纵了网站的菜单排行榜。“解毒汤食材套装”上架的时间，和解毒汤上榜的时间刚好吻合，这恐怕不是一个偶然吧。

这可不是诚信商家的行为，甚至已经给自己的家庭带来了不良的影响。想到这儿，岩楯祐也开始有点生气了。

正当他生闷气的时候，鳄川宗吾英姿飒爽地走进门来。想想那天晚上他被宅男死胖子划破衣服的狼狈样儿，和他现在的英姿勃发形成了鲜明对比。他系了一条亮黄色的领带，看起来充满了活力，而且它对他过早后退的发际线起到了一定的抵消作用。

“我对所有人进行了对证核实。”

鳄川宗吾拉了一把带滚轮的椅子坐在了岩楯祐也的斜对面，然后拿出了他那个笔记本。

“乙部美智好像劝过所有她的患者喝解毒汤。跟她们说，只要把身体里的负能量都排出去，内心自然会转向积极向上的方向。”

“这是一个心理咨询师该说的话吗？完全是在传播一种宗教啊！”

“是啊，而且她的所有患者真的都喝了解毒汤。令人难以置信的是，她们现在依然在坚持喝那东西。乙部美智给她们推荐了一个有机栽培农户，患者们就直接从那个农户那儿买有机蔬菜。那个农户的名字……”

鳄川宗吾翻着笔记本查那家有机栽培农户的名字。

岩楯祐也看着他说："是不是把事务所设在足立区的开心农场？很好记的名字嘛。"

"是的、是的，哎？你是怎么知道的？"鳄川宗吾吃惊地睁大了眼睛。

"上网查查就能找到啊。"岩楯祐也故弄玄虚地说。他指了指电脑显示器，接着说道："这哪儿是心理辅导啊，完全是潜在支配。你觉得乙部美智到底有什么目的？"

鳄川宗吾来回翻着笔记本，重新搜索着跟乙部美智有关的情报。他眉宇间现出了深深的皱纹，用手背扶了扶眼镜，然后说："她对患者确实热心，这一点我不否认。但是她太我行我素了，并没有考虑患者的内心。"

岩楯祐也无言地思索着，用眼神示意搭档继续说下去。

"患者越依赖乙部美智，就越听她的话，因为她们从一开始就处于弱势地位。而且，患者都认为乙部美智是在真诚地帮自己，从而获得一种安心感。她们也觉得这种安心感有助于自己的康复，于是对心理咨询师越来越依赖。在这个过程中，乙部美智也逐渐产生了错觉。"

"她觉得自己是一个了不起的心理咨询师，可以靠一己之力拯救这些患者。与心理学知识相比，她觉得自己的方法更好，对不对？"

鳄川宗吾苦着脸点了点头，然后说："从表面上看，乙部美智善于关心他人，但实际上，她根本没有理会对方的内心。可以说，她不适合做心理咨询师这个职业。甚至说，她做这一行肯定会出问题。"

岩楯祐也觉得搭档说得没错。即使这次不被人杀害，她以后迟早也要遭遇大问题。

"你应该查查乙部美智和那个有机栽培农户有没有串通一气，感觉她在有意忽悠那些患者，让她们买农家的产品。"

"如果真是这样的话，她还真有点让人生气。"

鳄川宗吾带着一副奇怪的表情在文件夹里搜索着，然后抽出一份放在桌子上，推到岩楯祐也面前。

“还有这个，朝霞市樱坂中学的教师名单。”

“你的动作还真快呀。对方那么痛快就交出了名单？”

“嗯，没遇到什么阻力。接到我们的请求后，当地教育委员会立马拍板交出名单。因为他们也知道，迟早是要交出来的，躲不掉的。”

“不愧是教育者，很善于学习嘛。我们上次去了之后，他们就学乖了很多。”

岩楯祐也首先浏览的是2008—2009年度的教师名单，其中离职的教师有6名，到年龄正常退休的有1名。

“我还专门向樱坂中学的校长、教导主任询问了乙部美智的交往情况，她们都说乙部美智没有和学校老师谈恋爱。不仅如此，所有老师都对她敬而远之，也没听说她跟谁谈恋爱的传闻。”

“看样子不像说谎。她们也知道，到现在这个地步，隐瞒情况没有任何好处。”

和这种性格的乙部美智谈恋爱的话，对方应该也是个奇怪的人，要不就是别有用心之徒。任谁都能看清楚，和乙部美智这样的人在一起，将会影响自己的教师生涯，这个风险还是很大的。

岩楯祐也把教师名单大体过了一遍，没发现什么值得探究的地方。现在掌握的情报还是太有限了。

“只有挨个访查了，包括开心农场。”

岩楯祐也把文件整理好，关了电脑。

Chapter 5

147 赫兹的翅音

1

从东京出发乘火车大约两个小时，就到了奥多摩的鸠之巢，但要到达目的地，赤堀凉子还要坐一个多小时的大巴车。到达目的地下了大巴车之后，因为离开了汽车的轰鸣声，赤堀凉子瞬间感觉整个世界都安静了，误以为自己突然变成了聋子。但只过了十几秒钟，森林中的各种声音开始逐渐出现在耳朵中。风吹树叶的声音、昆虫的鸣叫声、飞鸟拍打翅膀的声音、动物潜行的气息、潺潺的溪流声……湛蓝的天空中飘着大朵大朵的白云，看上去很有弹性的样子。但因为风大，云朵随时变换着形态，朝山的那边飘去。

赤堀凉子朝着上午明媚的阳光痛痛快快地伸了个懒腰，深吸一口气，用清新的空气把肺部充满。这里和长野县不同，空气中腐殖土和溪水的气味更浓郁一些，同时还混有生锈金属的气息。看罢远方，她开始观察近处的景物。

大巴车站牌已经倾斜，支撑站牌的金属杆已经锈蚀，感觉就快撑不住了。赤堀凉子用手轻轻敲了两下站牌的金属杆，结果从它锈蚀的空洞中慌忙蹿出一只蜥蜴，没命地逃进了旁边的草丛。

奥多摩兔原峠的景色已经几十年没有变化了。国道的柏油路面到处都是裂痕，坑洼不平，路边的护栏也是锈迹斑斑。看来这里的道路有些年头没有养护了，沿路的荒草、野花长得异常茂盛。这里的自然，有一种让人忘记都市生活的强大力量。

赤堀凉子背上她那个大背包开始朝目的地进发。走了一阵儿，不见一辆汽车驶过，也没遇到一个人，只路过了一间孤零零呆立在路边的杂货店。

今年夏天，长野县木和田村举办的农业研修班中，对养蜂和蜂虫感兴趣的学员一共有四组。但后来坚持下来学习了蜂箱制作的只剩两组人，分别是福山和奥多摩的NPO组织成员。

昨天，赤堀凉子在长野县对当地养蜂的农户挨家进行了走访，但除了被黑胡蜂蜇了几下之外，一无所获。

但是，她坚信只要耐心地顺着蜂虫这条线索查下去，总有一天会接近案件的真相。

虽然警方也在搜集有关蜂虫的情报，但他们的动作实在太迟缓了，而且对于更深入的调查也缺乏热情。所以，警方查不出蜂虫中可卡因的来源也是理所当然的事情。于是，赤堀凉子下定决心，到基层现场去调查的工作由自己来承担。她知道，有些情报昆虫只会向她一个人倾诉。

赤堀凉子拿出地图，判断出自己当前的位置后，又在地图上查看了通向目的地的路。看准之后，她离开了柏油路，走上了旁边的一条岔路，那是一条未铺砖的砂石小路。小路左侧是一片杂木林，右边就是田地了，田间还零零星星地分布着几户农家。还没来得及收获的稻穗，在前两天台风的淫威下都倒伏在地。就像麦田怪圈似的，呈现出很多复杂的旋涡图案。

这里就是兔原峠了……又往前走了一点，赤堀凉子发现路边有一个木头路牌，上面写着“NPO法人　幸福农场”。但她并没有按照路牌的指示走，而是先走进了旁边一户农家的石头大门。在农家院子里，一位老婆婆正在席子上翻动晾晒的红豆。她跟老婆婆打了招呼后，向她打听了有关幸福农场的一些事情。

老婆婆身上穿着一件大花围裙，头上包着印有当地农业协会字样的毛巾。对于陌生人的询问，老婆婆把自己知道的似乎都说了——

在幸福农场中，只有年轻人，10多个年轻人一起生活在那里。这些年轻人很有礼貌，经常把他们试做的糕点送给老婆婆吃。她家的仓库房顶有一次被台风吹坏了，那帮年轻人都过来帮她搬运仓库里的农具，老婆婆非常感谢他们。另外，幸福农场的土地和房子是从当地一户姓稻光的人家租的，那帮年轻人还在杂木林中开垦了一小块田地，用来栽培有机作物。因为是有机栽培，所以管理起来非常麻烦，费了很大劲儿，收获量却不多。

老婆婆滔滔不绝地讲起来，赤堀凉子花了不少心思才转移话题，让老婆婆没有继续讲下去。看这样子，幸福农场的人已经融入当地小社会，受到了当地人的认可。赤堀凉子向老婆婆道谢后就离开了。之前已经跟老婆婆打听了稻光家的路怎么走。但老婆婆的回答非常笼统，她只说了一句："你一直往那边走就能找到了。"

田间小路像迷宫一样，但赤堀凉子一直按照老婆婆指的大方向走，遇到水渠她会飞身一跃而过。在一个缓坡对面有一架古老的水车。赤堀凉子眯起眼睛，竖起耳朵倾听着水车转动发出的声音。除了流水声之外，还有木头碾压木头发出的吱吱呀呀声，仿佛年迈的水车在发出痛苦的呻吟。

田间小路错综复杂，看起来很近的地方，可能要绕很远的路才能走到。赤堀凉子把海市蜃楼一般的老水车作为下一个目标，绕着路朝它走去。她不时停下来擦擦额头的汗水，不知过了多久，终于来到了水车旁边。在水车旁边，有一个石头堆砌的袖珍小祠堂。小祠堂前面放着一个竹筒，里面插着几枝孤独又可爱的野花。小祠堂中有一座石头雕刻的狐仙坐像，虽然雕刻得比较粗糙，但那狐狸的眼睛炯炯有神。

赤堀凉子望着小祠堂里那个已经多处风化破损的狐仙雕像，对着它摘掉帽子正身站立，双手合十鞠了两个躬。

“希望一切都能顺顺利利。”她向狐仙祈祷。

祈祷完，她重新戴上帽子，走向了小祠堂旁边的小路。沿着蜿蜒曲折的小路走了一段，前面出现了一排开着山茶花的篱笆墙，墙角下堆着一排石头。篱笆墙里有一棵硕大的橡树，枝叶茂密，随风沙沙作响。橡树的枝叶都伸到了篱笆墙外，就像一个镇守城池的武士，看起来非常壮观。虽然离得还远，但赤堀凉子看得出来，这里是有人精心管理的。

应该就是这里了吧。赤堀凉子踏上人工修剪过的草坪，透过大门口的石柱往院里望去。结果，映入眼帘的景致令她惊讶不已。

横向很宽的巨大茅草屋顶造型十分奇特，好像歌舞伎男演员头顶的发髻，屋顶还有天窗。在赤堀凉子印象中，这种形式的屋顶好像叫“入母屋造”。房子立面的墙壁上，还排列着很多格子窗，窗户都挂着苇帘子。

老婆婆说的话一点都没错，确实只要走过来就能找到，这目标太显眼了。再看看院子里的仓库，赤堀凉子不禁想起了古装电视剧里地主家的豪宅。

可能是被眼前这座大院落的规模震惊了，赤堀凉子在门口站了很久一动没动。就在她发呆的时候，背后突然传来一个声音：“你是谁？”

不知为什么，这个不稳定的声音让赤堀凉子联想到了昆虫振翅的声音。回头一看，身后不远处站立着一位瘦高的少年。少年的脸缺少血色，有一种病态的苍白，年龄在十六七岁吧。他乱蓬蓬的头发还带着睡觉时压倒的样子；刘海很长，遮住了他忧郁的眼睛；脸上的肌肉还时而痉挛似的抽动两下。不管从哪个角度看，他都是一个行为可疑的少年，但五官长得倒是相当俊秀。

“你是谁？”少年又问了一句，但他的目光始终不愿和赤堀凉子的目光接触。一看就知道，他是一个不善和人打交道的孩子，或者说人际关系存在问题的少年。

“哎……你是谁？”赤堀凉子用提问回答少年的提问。

少年透过刘海的间隙，瞬间瞥了这个陌生女子一眼，然后目光马上移开了。他用下巴指了指那座大宅：“这是我家。”

“啊，你是稻光家的孩子呀。”

少年慢吞吞地点了点头，然后把手里的一瓶碳酸饮料送到嘴边喝了一口。少年上身穿着一件格子衬衫，下身是一条灰色裤子，看得出膝盖处已经磨得很薄，脚上穿着一双凉鞋。他全身都散发着一种慵懒、对任何事情都毫无兴致的气息。

“有点事我想问一下，你们家里有大人在吗？”

“现在没在。”

“他们几点能回来？”

“姥姥昨天就去外地泡温泉了，姨妈进山了，不知道什么时候回来。”

“哦，那你爸爸妈妈呢？”

“死了。”小声回答之后，少年又喝了一口饮料。他脸上的表情好像在说，我怎么回答都无所谓，我不知道。少年悄悄地偷看赤堀凉子几次之后，又嘟囔了一句：“骗你的。”

“啊？”

“父母死了那事，是骗你的。现在只有我一个人在家。你是谁？还带着个捕虫网，很奇怪。”

接着，少年要求赤堀凉子给个名片，说话的同时就伸出了右手。虽然他眼睛不看赤堀凉子的脸，但歪着头伸出手的样子，倒是相当有压迫感。赤堀凉子从肩头卸下背包，从背包的侧兜里掏出一张名片递了过去。少年接过名片拿到眼前，不感兴趣地看了一眼。

“昆虫学者，副教授。”

“是的，我是研究昆虫的。既然你家里没有大人，那我问问你行吗？”

少年把赤堀凉子的名片揣进兜里，同时微微地点了点头。

“我想了解一下幸福农场的事情。因为听说他们租的是你们家的土地。你了解那个农场吗？”

少年拨了拨刘海，点了点头。

“你对农场的那些人有什么印象？在你看来，他们是什么样的人？”

“一帮差劲的家伙。”少年随即回答道。

“哦？你觉得他们差劲？具体讲讲吧。”

“名字、做的事情、为人。他们就是一个伪善的团伙。”

“关于‘幸福农场’这个名字，我赞同你的看法，确实挺差劲。但你说他们是伪善的人，他们哪里伪善了？”

“他们的所作所为都是伪善的。他们把一帮宅在家里的人和游民组织到一块儿，玩种地游戏。他们总是笑眯眯的，让人看了不舒服。”

“在一般人看来，你这个样子也相当让人不舒服。”

说着，赤堀凉子莞尔一笑，这让少年一惊，抬起头来正面看着眼前这个女人。但他的表情中并没有愤怒。只是对方直截了当地一语中的，让他觉得有点吃惊。可能少年周围的人和他交往的时候，都像摸身上的疖子一样，虽然讨厌它，但还得小心翼翼地摸。忽然之间，赤堀凉子对这个阴郁的少年产生了浓厚的兴趣。

“虽然我说了你的坏话，但还想拜托你一件事，可以吗？”

少年低头看着自己的脚，对她爱搭不理的，但并没有拒绝。

“你所说的那个‘整天笑眯眯的差劲集团’，租你们家土地的位置在哪里？”

“你有什么回报给我？”

“你的脑袋还很好使嘛。回报嘛……好嘞，我想到了。锯齿锹形虫或独角仙的幼虫，还有饲养说明书，如何？”

听到这个，少年脸上露出了如愿以偿的笑容，接着嘴角开始抽动，最后终于没忍住大笑起来。

“你怎么知道我喜欢养这些虫子？”

“你家仓库旁边堆放的那些纵向切割的矿泉水瓶。”说着，赤堀凉子指了指院子里的仓库，“瓶子里装了发酵木屑，那就是养虫子的保育器啊。看样子你养得不是很顺利吧？”

“是啊，幼虫养到二龄，都死了。”

“我认为多半是因为共生菌不够。相对于幼虫的个头来说，你那个培养空间太大了，幼虫无法得到充分的营养补给。”

“哦。虽然不了解你是什么人，但你倒是蛮有用的嘛。你等我一会儿。”

现在少年脸上的表情和一开始已经大不一样，双颊浮现出了高兴的红晕。他一路小跑冲进院子，直奔正房。过了一会儿，赤堀凉子听见咚咚的跑步声，少年跑了出来。只见少年换了条牛仔裤，凉鞋也换成了运动鞋。

“我带你去，嘴上说不清楚位置。”

“谢谢你！不过，你不用上学吗？今天是星期五，现在才是上午。”

“很久以前我就退学了，我就是一个宅男。”

“哦，那我可以放心地请你带路了。”

“你不准备对我这个不上学的人说教一番吗？”

“我想说教的时候，会说教的。对了，你叫什么名字？”

“稻光拓巳。”

少年在报名字的时候，不好意思地低下了头。随后，他开始沿着自家篱笆旁边的小路走下去，赤堀凉子跟在后面。他身上究竟发生过什么呢？看着这个双手插在裤兜里、猫腰低头往前走的少年，赤堀凉子不禁看出一种寂寥。

在去杂木林中开垦的田地之前，少年先带赤堀凉子来到了幸福农场的“根据地”侦查一番。农场的根据地是一片木头造的日本传统平房，四周围着竹篱笆。这片木屋区有一定的纵深，正房周围分散着一些独立的偏房。院子里随处摆放着一些手工制作的木器，都涂着鲜艳的颜色。低矮的屋檐下还挂着和季节不相称的风铃，随风摆动，发出丁零零带有寒意的声音。

“这片房子也是你们家的吗？”

稻光拓巳点了点头说：“姥爷曾经住过。”

赤堀凉子朝里面独立的偏房那边望去，只见在葡萄架下晾着很多衣物，其中最多的是一模一样的蓝色衬衫，还有床单之类的。房门都是敞开的，但感觉没有人活动的气息。

“听说这里住了十多个人。”

“17 个。”

“白天他们都去田里干活了？”

“也许吧。”

刚说完，稻光拓巳身体突然一震，然后就想往赤堀凉子的背后躲。这个动作就像一个怕生的小孩子的举动。赤堀凉子往葡萄架那边望去，透过晾晒的衣物间隙，她看见一个抱着洗衣篮的年轻女人。那个女人同时也看到了他们，脸上立刻浮现出友善的微笑。

“你们好啊！今天的天气真不错。”

这个有点微胖的年轻女人，见到陌生人没有一点不自然，大方地和他们打招呼。看外表，她应该不到 25 岁。赤堀凉子连忙和她问了声好。那女子看到了赤堀凉子身后的稻光拓巳，爽朗地笑了起来。

“哎呀，这不是稻光君嘛，早上好啊。你上午就出来散步，还真少见呢。”

少年畏畏缩缩地躲在赤堀凉子身后不知该如何回答，不停地用手拨弄前额的刘海。被别人注意到，让他觉得无所适从。那女人似乎还想说点什么，赤堀凉子赶快岔开了话题。

“晾的衣物好多啊！”

“嗯，毕竟我们是个大家庭嘛，人多。你是稻光君的朋友吧？”

“是我非要拉他出来散步的。对了，你是他们的辅导员吧？”

“不是，在我们这个大家庭中没有辅导员这个角色。我们所有人都是平等的，不存在上下级关系。是不是有点奇怪？”

那女人眯着眼睛又笑了起来。赤堀凉子认真地盯着她看，能感觉到她由内而外的单纯。她的心是完全敞开的，感觉不到一丝负面的东西。可是，正因为这样，赤堀凉子才感觉特别别扭。不过她想，也许是自己警惕过头了。

随后，赤堀凉子又和她聊了几句不关痛痒的闲话，就告辞离开了。

“确实如你所说，他们一直笑眯眯的。”

身边的稻光拓巳耸了耸肩膀，直说了一句：“不知怎么面对他们。”对于别人的善意和关心，无法正面地接受，这也是一件非常痛苦的事情。少年似乎对自己的这种怪癖也感到很羞耻。结果一下子激发出赤堀凉子对他的保护欲。

“我带你走近道。”

说着，稻光拓巳带着赤堀凉子走上了旁边一条小岔路。这条小路只容得下一辆汽车行驶。把这条小路走完，再爬上一个积满落叶的斜坡，就进入了杂木林。一问才知道，这片树林以及附近的几座山，都是稻光家的财产。面积如此之大，令赤堀凉子感叹不已。她非常希望让这片山林始终保持自然的样子，但当有一天稻光拓巳继承了这份财产，他会怎么处理呢？虽然感觉这个少年并不讨厌山村生活，但也看不出他对大自然有特别的热爱之情。少年走在前面带路，不时扭过半张脸斜眼偷看身后的赤堀凉子，像是担心她跟丢了。这个动作在赤堀凉子看来可爱极了。

落叶常年堆积发酵分解形成的腐殖土，踩起来像海绵一般柔软。每走一步，都会扬起一阵尘土。枫树、山樱、桂树的叶子已经开始红了，但红叶的面积还不大。见到有人类走过来，几只在树下觅食的小松鼠慌忙逃到了大树上。

“你去幸福农场干什么？”稻光拓巳漫不经心地问完，还假装咳嗽了两声，好像要掩盖自己的好奇心。

“调查一下农场周围的昆虫生态情况。”

“不太明白。”

“是吧？其实呢，我自己也不太明白。”

在一棵高大的黄檗前，稻光拓巳向右歪了歪头，示意向右转。又走了几步，突然感觉到人的动静，赤堀凉子上前拉住少年的手腕，让他停了下来。有人！就在左前方……赤堀凉子目不转睛地盯着左前方树木的间隙。从树木的缝隙间，可以看见略带灰色的蓝色物体不断闪现。忽然，两人背后又传来“咔嚓”一声，听上去像踩断树枝的声音。赤堀凉子赶紧转身去看，后面的树林中也有蓝色物体闪动。这蓝色和之前晾衣竿上晒着的蓝色衬衣一模一样。

“什么情况？……”

前后左右都有人！赤堀凉子全身的神经都紧绷起来。鬓角有汗珠淌了下来。农场的那帮家伙把我们包围了！不，看上去他们又像是在树林中漫无目的地瞎逛，这到底是怎么回事？就在这时，赤堀凉子感觉到身边有人逼近，不由得吸了一口气。

树木之间突然现出一个大块头男人。他蓝色衬衫的袖子卷到胳膊肘以上，露出坚实的肌肉。赤堀凉子下意识地拉着稻光拓巳的手腕往后退了一步。大个子的光头闪闪发亮，像专门打磨过一样。

“你们好！”

大个子男人面无表情地低声向他们俩打了声招呼，然而并没有停下脚步，按照原来的步调不紧不慢地从两人面前走了过去。还没等他俩回答，背后又传来“你们好”的声音。两人同时猛然回过头去，这次是一个染着一头金发的女孩。

你们好！你们好！你们好！……

在宽广的树林中，穿蓝色衬衫的人一个接一个地从赤堀凉子他们身边经过。每个人都会和他们打声招呼，但很明显，那些人并没有注意两人，打招呼就像机械的本能反应。这一点令人毛骨悚然。

“精神病院的围墙倒了，这帮人才有机会跑出来吧？”稻光拓巳望着这群类似“行尸走肉”的人的背影，自言自语地说道。

他们确实太怪了。看起来是漫无目的地、机械性地乱走，实际上他们是在拾柴火。

“有礼貌的人反而让人害怕，我还是第一次体验到。”赤堀凉子说。

“住在森林里的‘微笑妖怪’。”

稻光拓巳低着头慢条斯理地说了这么一句，把赤堀凉子逗得大笑起来。

“哈哈哈哈，我说拓巳，你太逗了！这个比喻真是绝了。你还挺有幽默细胞的嘛。”

被人表扬，少年的脸立刻红了，说了句：“走吧！”就带着赤堀凉子继续前进。一路上，他们可以在树林的各处看到蓝色衬衫的影子，但感觉上他们并不是在监视自己。再走一段，蓝衬衫的踪迹就看不见了。

这里阔叶树很茂盛，遮天蔽日，阳光难以照射下来，树林中变得有些阴暗。就这样在林间小道中穿行了 30 多分钟，有人说话的声音随风飘了过来。4个人，不，应该是5个人吧。

稻光拓巳停下了脚步，把脸扭向右边。

“那个方向就是他们开垦的田地。”

“地方是不错，可他们要来种地的话，光走过来应该就已经累了吧？”

“不会累的，汽车可以开到那边。田的那边挨着国道。”

“你们家租给他们的土地，就这两个地方吗？”

少年点了点头。

“你在这附近见过奇怪的小屋没有？就像迷你神社，其实是有三角形屋顶的木箱子，下半部分埋在土里的。”赤堀凉子问。

“一半埋在土里的神社？”少年歪着脑袋思索着，“石头造的小屋，田边倒是有一个。”

“石头造的？”

“嗯，是石窑。他们好像用石窑烤面包、点心，然后去卖。他们还经常送给我姥姥吃呢。但你说的那种，像神社一样的木头小屋我没见过。”

“哦。”赤堀凉子回应了一声，就把目光聚焦到了田里。田里的人和刚才遇到的那些拾柴火的“微笑妖怪”感觉不一样。他们有说有笑，有血有肉。赤堀凉子并没有走过去和他们搭话，而是选择在周围侦查一番。

经过勘察，她发现这里的环境适合黑胡蜂的生息。但是呢，这里人来人往的，要养殖黑胡蜂不太合适。

赤堀凉子心中又涌上一股不祥的预感，估计来这里也和长野一样，没有收获，无功而返。但是，她想在彻底失望之前，再花点时间在周围调查一番。

“拓巳，谢谢你给我带路。现在我一个人调查就行了，你先回去吧。”

“那我的独角仙幼虫和培养说明书呢？”

“等我回东京后给你寄过来。”

“那我还是跟着你吧。”

看来少年想跟她在一起。稻光拓巳腼腆地跟在昆虫学家后面，这时，一阵微弱的昆虫振翅声刺激了赤堀凉子的鼓膜。她的神经立刻紧绷起来，视线像雷达一样开始四处探测。少年见状，不知道发生了什么，问了句：“怎么了？”赤堀凉子赶快回头把食指竖在唇边，示意他不要出声，然后朝两棵大树之间径直走去。这个声音和昨天在长野听到的黑胡蜂振翅声稍有不同，音域更高一些。

他们追随着这个声音走了很远，中途还越过了一条小溪。越过小溪后，一只小黑胡蜂从赤堀凉子鼻尖掠过。她立刻卸下背包，从背包侧面取下捕虫网，在空中一挥，把网子按在了地上。

“你在做什么？看这动作，你是武士吗？”

赤堀凉子又从背包中拿出一条白毛巾递给少年，这时，稻光拓巳的脸色比之前好了很多，有了血色。

“用毛巾把头和脸包住，要么就马上回家。二选一。”

“为什么？”

“因为我已经进入了黑胡蜂的领地。”赤堀凉子满面笑容地告诉少年。

这句话效果十分明显，少年二话不说慌忙把毛巾缠在了头上。

赤堀凉子从背包的一个小袋里拿出一些棉花，然后用指尖将棉花捻成极细的棉线。接着从捕虫网中抓出那只体长不足 2 厘米的黑胡蜂，把棉线系在它细细的腰间。为了不妨碍它在背后扇动翅膀，赤堀凉子还小心翼翼地把绳结系在了它腹部一面。对它说了声“拜托你了”，她就把它放飞了。

“这又是干什么，抓住又放了？”

“顺藤摸瓜，让这小家伙带我们找到它的家。一般情况常用的方法是把饵食系上绳子，让黑胡蜂把饵食带回家。可是，黑胡蜂是喜新厌旧的家伙，如果遇到更好的食物，会毫不犹豫地把这块饵食丢掉。所以，最可靠的方法还是在黑胡蜂身上做记号。”

“虽然我不太明白，但总觉得你的脑子也不太正常。”

“这还算不上不正常。如果让你看到真正的我，你肯定早就吓跑了。”

“还是不正常吧。不过，看起来倒是挺有意思的。”

“好了，不废话了，你把头放低点。”赤堀凉子让少年保护好自己，因为黑胡蜂已经进入警戒状态。她追随着那只系着白线绳的黑胡蜂在树林间穿行。过程中还忙里偷闲地捕捉了几只活的黑胡蜂标本，把它们装进了玻璃瓶，盖好软木瓶塞。

“看，那些是侦查蜂。它们的作用是威吓那些靠近巢穴的外来生物，把它们吓跑。不过……”

说着，赤堀凉子用力地在空中挥舞捕虫网。这次，她并不是为了捉黑胡蜂，而是故意让捕虫网从侦查蜂身旁挥过。

“你到底在干什么？你还嫌它们不够生气吗？”

“没关系啦，把这家伙激怒了，它就会喊来一大批小伙伴。”

“那我们不就完蛋了吗？”

“没事的，只要按照我说的做，就不会被蜇的，没准……”

“没准……”

他们两人猫着腰追着系了棉线的黑胡蜂在林间穿行，耳边黑胡蜂的嗡嗡声越来越多。那是被信息素召唤来的侦查蜂。少年蹲在地上抱着脑袋缩成一团不敢再走了，他瑟瑟发抖的样子就像一只吉娃娃，赤堀凉子觉得他既可怜又可爱。赤堀凉子又捉了几只侦查蜂，给它们的腰间系上棉线后放飞了。只要不过分接近蜂巢，那些黑胡蜂只会威慑敌人，不会真正采取进攻行动的。赤堀凉子拉起稻光拓巳，追着系棉线的黑胡蜂不断向蜂巢逼近。

又这样追了15分钟左右，赤堀凉子盯着一只系棉线的黑胡蜂消失在一棵大树的树根处。抬头一看，这是一棵巨大的大叶栎，粗大的树根像章鱼触手一样趴伏在大树周围的地面上。紧挨着一根树根的地上有一个洞。

看到这个洞，赤堀凉子失望至极，真想一屁股坐在地上。这不是人工饲养的黑胡蜂，地上那个洞只是一个天然蜂巢。天然的黑胡蜂身上应该不会找到案件的线索。如果在这里也空手而归的话，还得去其他地方调查人工饲养的黑胡蜂，那得花多少时间和精力啊。想着想着就想远了，回过神来的时候，赤堀凉子心中一惊，心想，想那么多干什么！既然来了，就先把眼前的工作做好吧。她竭尽全力让自己兴奋起来，知道自己能做的事情只有沿着昆虫这条线索调查下去。而警方则从其他方向追查凶手。

赤堀凉子收集了一些枯叶和树枝，堆在蜂巢入口点燃了。

“你在这儿点火，恐怕马蜂要袭击我们吧？”少年战战兢兢地问，黑胡蜂的嗡嗡振翅声让他的身体也跟着颤抖。不过，他说话的时候，眼睛里闪烁着生气，不像之前那样毫无兴致了。

“被烟熏了之后，黑胡蜂反而不会攻击我们。因为它们知道已经无法保护蜂后和幼虫之后，就会选择逃离。”

赤堀凉子用手捂住口鼻，拿一根小树枝拨着火堆，把树叶盖在火上，以便冒出更多的烟。等蜂子都从巢穴飞走之后，她拿出随身携带的铲子开始挖土。挖出来的蜂巢外表带有灰色的斑点，有小皮球大小。赤堀凉子剥开蜂巢的外皮，就露出了六角形的小蜂室。乳白色的幼虫在蜂室里不停地蠕动。

“虽然看着有点恶心，但估计挺好吃的。”少年凑过来看。

“拓巳，你说到重点了。而且，你胆子还是蛮大的嘛。就连粗壮的刑警听说蜂虫能吃，都吓得屁滚尿流的，当即都要吐了。”

赤堀凉子卸下背包，从里面拿出一个塑料盒。打开盒子，拿出毒品检测板，再用镊子从蜂巢中夹出一条幼虫。少年吞了口唾沫看着昆虫学家的一举一动。赤堀凉子就在少年面前用手术刀切开了幼虫的后背，然后把体液滴在了检测板上，立刻盯着手表看时间。时间到了，判定窗显出了两条线。可卡因反应呈阴性。

赤堀凉子因为失望而垂头丧气，无精打采地把工具收拾回背包里。

少年一脸疑惑，要求昆虫学家进行说明，她只告诉少年是在调查昆虫身上的化学成分。赤堀凉子做好计划，再到幸福农场的田里去看看，然后就转向下一个场所。

就在她慢吞吞地背上背包时，一个声音突然钻进了她的耳朵——147赫兹的振翅声。

2

几只黑色的飞虫在两人周围盘旋着。赤堀凉子挥动捕虫网，一下子捕到了两只。看到网中的飞虫，一股无法言状的不安从她心底涌起。

“这次抓到什么了？”

此时，稻光拓巳的眼睛中闪动着好奇的光辉。赤堀凉子看了他一眼，先把两只飞虫装进了玻璃瓶。

“黑蝇科的苍蝇。”

“这次又改玩苍蝇了？”

“是。如果这种苍蝇大量出现，说明附近肯定有尸体。”

“尸体？！”少年吃惊地说。

“这种黑蝇探测尸臭的本领相当厉害，闻到尸臭，10 分钟之内就会飞来。顺便问你一句，你家的这块私有地里，以前发现过自杀者的尸体吗？”

“自杀者的尸体？没……没听说过。”

那动物尸体的可能性很高。赤堀凉子想马上确认一下。

“那……那我先回去行吗？”

“对，你先回去吧。我想去看看。”

“然后怎么办？”

“可能我很快就会追上你。即使追不上你，我一会儿也会到你家找你，你就在家等我吧。我记得路，不会迷路的。”

“你不害怕吗？”少年脸上的表情，惊恐中带着崇拜。

“我只是去找找苍蝇的据点。如果发现人的尸体，我肯定不会靠近的，我会马上报警。”

少年歪着脑袋，整个身体都表现出一种矛盾的情绪。好像在对赤堀凉子说：我不怕，就是不想去看什么尸体。

但是，赤堀凉子也能看出他的犹豫，他不想把她一个人留下。她想，这个孩子还是很贴心的呀。看见稻光拓巳还有他这个年纪应有的纯真，赤堀凉子安心了不少。

执拗到最后，少年还是在赤堀凉子的劝说下走上了回家的路。少年走后，她做了几次深呼吸，将自己的精神集中起来。苍蝇频繁地从她脸庞掠过，赤堀凉子望向苍蝇飞去的方向。苍蝇和蜂子不一样，很难通过目视进行追踪。但赤堀凉子朝苍蝇消失的方向走了几步之后，就发现这次根本不需要虫子做向导了。

因为风向转变了，一股腐臭味钻进了鼻腔。这股臭味太过浓烈，仿佛让周围的空气一下子变得浑浊、沉重了。赤堀凉子从牛仔裤口袋里掏出大手帕叠成三角形，把口鼻蒙住，并把手帕在脑后系了个结，就像蒙面大盗一样。距离臭味的源头已经不远了，赤堀凉子的腿脚拒绝再往前迈步，但她的大脑命令它们不许停下来。她循着臭味，爬上了一个坡度不大的小丘。

应该就在20米范围以内吧。小丘顶上有一处洼地，里面堆满了落叶。就在那堆落叶中，赤堀凉子发现一个横卧的黑红色物体。她停下来盯着那个物体，刚才就开始打鼓的心脏，现在跳得更厉害了，浑身的肌肉也都强烈收缩起来。但当她看清那物体的真面目后，终于松了一口气——不是人的尸体，是兽类的尸体。

赤堀凉子小心翼翼地走了过去，在尸体附近挥动了几下捕虫网。结果一下子就捕到了好几种昆虫，有黑蝇、丽蝇、绿蝇、黄胡蜂、黑胡蜂、大胡蜂等。她仔细地把不同种类的昆虫分别装入玻璃管，一一塞上塞子，然后走近了那具野兽尸体。

这是一头体长大约 2 米的野猪。它身上的肉已经被其他野兽啃食得乱七八糟，身上茶褐色的毛皮也多处裂开，裹在骨头上，有些地方的骨头已露了出来。獠牙和头盖骨也露在外面，身体上的肌肉组织几乎已经没有了。它早已过了死后的膨胀期，腐烂期也接近尾声了。由此判断，它至少死了 15 天。尸体上的蛆并不多，是因为组织中的水分大部分已经流失。取而代之的是爱吃干腐肉的红褐色埋葬虫，它们是一种甲虫，几乎把野猪骨头的缝隙填满了。

将动物尸体分解，让其回归大地的过程虽然令人毛骨悚然，但对赤堀凉子来说也有无穷的魅力，她的视线都难以从野猪尸体上移开了。她被眼前这一幕吸引，进一步靠近了尸体。恶臭让她频频皱眉，但慢慢地也就适应了。她在野猪头盖骨旁边蹲了下来，蛆发育为成虫后，留下来的空蛹壳，密密麻麻地散落在野猪头部周围。

野猪的死因是什么呢？赤堀凉子检查了野猪的全身，它身体上的伤都是死后被其他动物啃食留下的。

除此之外，没有发现骨折，更没有枪伤。

赤堀凉子用镊子夹起一条肥大的蛆，按照以往的程序对这条蛆进行了毒品检测。她心想，既然已经走到了这一步，不如就做个彻底。她把毒品检测板放在一旁的石头上，在等待结果的过程中，她又采集了一些蛆和尸体周围的泥土。当再次去看检测板的时候，她不禁愣住了。

毒品检测板上只显出了一条紫线。

赤堀凉子赶忙再拿出一个新的检测板，重复了一次刚才的检测。身边是已经白骨化的野猪尸体、刺鼻的腐臭味、无数的虫子，在这样的环境中，她焦急地等待着第二次检测的结果。最后，检测板上还是只出现了一条紫色线。赤堀凉子摇摇晃晃地站起身来，心中有数不清的疑问。

可卡因反应阳性！在这样的地方！到底是怎么回事？野猪的尸体也被可卡因污染了！这到底是为什么？

她离开野猪的尸体，呼呼地喘着粗气，同时环视四周的环境。天然的树木静静地矗立着，阳光从树叶之间投射下来，像洒下万道光辉。这样静谧的自然环境，怎么看也不会和毒品扯上关系啊！

赤堀凉子从背包里抽出装有黑胡蜂活体样本的玻璃管，看着里面的黑胡蜂思索着。难道说，黑胡蜂从野猪尸体上捕捉了被可卡因污染的蛆，并把它们当作食物带回蜂巢喂幼虫？这样一来，就“制造”出了含有可卡因的蜂虫。

她竭力控制着自己颤抖的双手，搓出一根细细的棉线，把它系在黑胡蜂样本的腰间。此刻，她呼吸急促，几乎快喘不上气来。把黑胡蜂放飞后，只见它在野猪尸体上空盘旋了几圈，就径直向右边飞去。赤堀凉子双眼不离那只黑胡蜂，跟着它一路小跑，背上的背包太重，几次让她差点摔倒。她拼命保持着身体的平衡，在树根遍地的林间穿梭。跑了一段路，眼前瞬间豁然开朗，前方空地上出现了一个白色的塑料大棚。

因为跑得太急，赤堀凉子感觉心脏在剧烈地撞击着肋骨，几乎喘不上气来，耳朵里也嗡嗡地响个不停。那不是黑胡蜂的声音，而是自己的耳鸣。塑料大棚周围还有一圈铁丝栅栏，她放慢脚步走了过去。

这一带的树木已被砍伐，草地也经过修整，形成了林中的一块空地。在铁丝栅栏的旁边，还有太阳能电池板，从阳光中吸收着能量。

铁丝栅栏有一根接地线埋入地下，这应该是避免野兽接近的电栅栏。这里虽然已经闻不到腐尸的臭味，但另外一种臭味代替了腐臭。有汽油的气味，还有苯的气味，总之是一种化学物品的混合臭味。

赤堀凉子围着铁丝栅栏走了一圈，发现了一个带木框的小木门，这里应该是出入口。她检查了一下，发现木门上没有通电，于是推开门走了进去。栅栏围着的院子中间，有一个进深只有 3 米左右的小型塑料大棚。这个塑料大棚虽然小，周围却布置了如此森严的警戒，不禁让人生疑。

“莫非里面培育着什么好吃的植物？”

赤堀凉子透过半透明的塑料薄膜朝大棚里张望，隐约可见郁郁葱葱的绿色植物。看样子里面栽培着多种植物，还为藤蔓植物搭着架子，上面吊着的果实也用纸袋包裹着。好像全都是水果。赤堀凉子侦查了一番，发现周围没有人的动静，就开门进了塑料大棚。

大棚里闷热的空气让赤堀凉子马上就出汗了。植物的清香和水果的香甜，再加上塑料的气味，混合到一起让她胸口感觉很闷。

面前一棵树上吊着的果实也被纸袋包裹得严严实实，赤堀凉子伸手解开袋口的绳子，往里面看。原来是尚未成熟的番荔枝，表面呈深绿色，还布满了铠甲一样的鳞片。赤堀凉子曾经在澳大利亚吃过一次这种番荔枝，果肉的口感像奶油一样浓厚，那种甜美令她印象深刻。番荔枝树旁是火龙果，斜对面是番木瓜，还有西番莲和几种杧果树，但都还没有结果。都是珍贵的热带水果，看样子是有人在这里试种。

赤堀凉子在果树之间穿行，检查有没有可疑的地方。只是试种热带水果，为什么非要选这个山林深处呢？专为避人耳目吗？这里也是稻光家的土地，NPO 组织只租了两块地，并不包括这里。之前看到的那些穿蓝衬衫的人令她毛骨悚然，但这里应该不会出现他们的身影。

刚才因为奔跑而超速的心跳现在渐渐平缓下来了。没发现什么可疑之处，正当赤堀凉子想离开塑料大棚的时候，大棚深处种植的齐腰高的植物吸引了她的目光。叶子呈瘦长的椭圆形，枝叶繁茂，长势喜人。

赤堀凉子的心跳速度再次加速起来，她三步并作两步走到那些植物跟前。从枝端摘了一片很有韧性的叶子。她马上把叶子翻过来看背后的叶脉，中央是一根最粗的筋，两侧是细细的直线状叶脉。

这是可卡因的原料，古柯树啊！这古柯树和蛆体内的可卡因，还有那头体内含有可卡因的死野猪，存在什么样的联系呢？

想到这儿，赤堀凉子飞速地蹿出了塑料大棚，粗暴地打开栅栏门，飞奔而出。那头野猪肯定摄入了可卡因，并达到了致死剂量。难道有人在用野猪做毒品的动物实验？但感觉又不像。栽培古柯树的人，也许并不知道那头野猪因可卡因而死。也许附近有野猪经常光顾的取食场所。

赤堀凉子抓着栎树爬上一个有点陡的斜坡，立刻发现了她要找的目标。地面上有一个人工挖的大坑，里面堆满了烂蔬菜、水果，看起来是个生鲜垃圾场。而且，在距离这个大坑不远的地方，赤堀凉子看见了曾经在长野县见到过的东西。有三角形屋顶的小神社，下半截埋在土里，只有三角形屋顶露出地面。那是养蜂的堀式蜂箱。

她径直奔向蜂箱，也顾不上被黑胡蜂蜇刺的疼痛，伸手打开了蜂箱的盖子……对蜂箱里的蜂虫进行毒品测试后，结果是可卡因反应呈阳性！

接下来，赤堀凉子返回了那个垃圾坑，戴上手套开始挖垃圾。垃圾坑里散发着腐烂蔬菜、水果和汽油的混合臭味。挖着挖着，她挖出了一片满是泥土的无纺布。从垃圾堆中抽出这块无纺布，赤堀凉子把它放在眼前仔细观察起来。无纺布上粘着一块块白色的硬块，应该是石灰。这一发现让她感到喉咙一阵干渴，一屁股坐在了坑边。她把那块脏兮兮的无纺布装进了背包。

这附近有精制可卡因的人！通过古柯叶提取毒品成分，确实离不开汽油、石灰、氨等化学物质。使用这些物质可以将糊状的古柯叶提取物进行提纯，制出纯度较高的可卡因。无纺布应该就是过滤用的。用完之后，沾有可卡因的无纺布就被丢弃在这个垃圾坑中，结果来这里觅食的野猪在吃蔬菜、水果的时候把无纺布也吃下去了。而且，野猪有一个习性，就是经常到固定的地方觅食。

在赤堀凉子的头脑中，各种情报的片段已经完整地拼接起来。赤堀凉子从口袋里掏出手机，可是在这深山野岭中，没有信号。她很着急，必须把这个情况告诉岩楯祐也。她背起背包准备离开的时候，感觉背后有动静，连忙转身去看。

“你在这里干什么？”

是一个个子很高、像模特一样的女人。她脸色白皙，眼角上挑。她脸上的五官用点和线就可以画出来，很像濑户特色的偶人。她身材苗条，算得上是一个美人，但不知为什么给人的感觉很冰冷。此人披着一件桃红色运动服，头戴一顶米黄色帽子，帽檐压得很低，都快把眼睛挡住了。她背上背着一个背包，手上拿着一支圆珠笔和一个文件夹板，胳膊上套着一个臂章，好像是什么调查员。

“你是登山者？是不是迷路了？”

赤堀凉子猜不出这个女人的确切年龄，但估计已经过了45岁。而且，她漂亮的脸让赤堀凉子有种似曾相识的感觉。没错，那是稻光家的血统。稻光拓巳所说的“进山里的姨妈”多半就是这个人。

“路上你外甥还给我当过向导。”

“谁？拓巳吗？”

“嗯，是的。最后我还给他一张我的名片。你好！我姓赤堀，是一个昆虫学者。”

说着，赤堀凉子微微鞠躬向那女人行了个礼。对方从头到脚地打量了她好几遍。虽然这样做有些不礼貌，但那女人的好奇心似乎已经胜过了礼貌。

“那孩子呢？”

“半路我就让他回去了。”

“哦……不好意思，我有点吃惊。那孩子平时很少出屋，也不敢和陌生人说话。”

“是吗？我倒觉得他是一个挺有意思的少年。”

那女人意味不明地笑了一下，然后把文件板夹在腋下。

“我听说这一带都是你们家的土地山林，是吧？”

“嗯，是的。市里委托我担任这里的植物生态调查员，主要调查丝柏和榉树。”

“原来如此。那边那个塑料大棚也是你们家的吗？”

“不知道是什么人在那儿建的，这让我们有点为难。想拆除它吧，又不太敢，怕引起什么麻烦。再说，拆除还需要人力。主要是不知道是什么人修建的。”

“会不会和幸福农场的人有关呢？”

那女人叹了口气说：“不知道。他们很麻烦，真的很麻烦。我们知道这一点，但还是把土地租给了他们，确实费心费力。”

“不过，我觉得他们都是懂礼貌又客气的人啊，看起来人都不错。”

“是啊，他们确实不是坏人。”

赤堀凉子还想探听一点消息，但那女人转移了话题。

“对了，你来这里干什么呢？”

“啊，我来研究昆虫。”

“在垃圾里边？”

“嗯，垃圾堆里也有很多虫子在。”

听了这个有点牵强的回答后，那女人眯起了眼睛。那是一张缺乏人情味的精干的脸，刺激着赤堀凉子的警戒心。她俩彼此揣测着对方的内心，就这样过了一段时间后，那女人薄薄的嘴唇浮现出了刻薄的笑意。

“不管怎么说，这是我家的私有地，我就想说这一点。”

“嗯，明白。”

“不管你做什么，都得事先得到土地拥有者的许可。如果你在做什么调查的话，就更需要提前打招呼了。”

她不是直率地警告赤堀凉子，而采用了婉转的方式，但这种方式更令人难以反驳。那女人从口袋里掏出一个卷尺，开始测量眼前一棵榉树的胸径。赤堀凉子礼貌地跟她说了声再见，准备沿来路返回。她刚走出几步，就听背后传来一声惊叫，吓得她差点跳了起来。回头一看，那女人一屁股坐在地上，用手捂着嘴惊恐地说：“那是什么？！”

女人大睁着眼睛望着赤堀凉子，战战兢兢地指着前方。

“怎么回事？”

“那……那边有个奇怪的东西。”

赤堀凉子赶紧走到女人跟前，顺着她指的方向望去，只见草丛中有一个黑乎乎的东西。赤堀凉子小心翼翼地朝那个东西走去，可突然有东西使劲撞在了她的背上。

赤堀凉子一个踉跄，险些摔倒。她连忙回头去看，可是已经来不及了，这次又被踹到了腰上，一股剧痛袭上来。她站立不稳向前扑去，本想用手撑在地面上，可脚下是个大陡坡，身体向前摔倒，而双手也没有找到支撑的地方，整个人就跌了下去……

接下来，赤堀凉子感觉自己的胳膊肘撞到了什么硬邦邦的东西，然后是肩膀、脑袋……在她滚下山坡的过程中，不知撞到了多少石头或树枝，还能不断听到咔嚓咔嚓树枝折断的声音。无数尖锐的东西划过她裸露在外的皮肤，一阵阵热辣辣的刺激猛烈地冲击着头脑。她奋力地伸出双手，想抓住可以救命的东西，可除了潮湿的空气，她什么都没有抓到。

难道自己就要死在这里了吗？死，就这么简单吗？

想到这里的时候，她的身体遭受了更大的冲击，有种四分五裂的感觉。瞬间，她的意识消失了，只感觉一块黑幕在眼前落下。

3

对于清单中列出的埼玉地区的教师名单，两位警官已经完成了逐个走访调查。

当他们坐进雅阁轿车的时候，暗红色的夕阳已经贴着西边的地平线了。夕阳滴着残血一般令人生厌的暗淡颜色。岩楯祐也把遮阳板掀了起来，经过前挡风玻璃反射的夕阳让他眯起了眼睛。这残阳的颜色让他很不舒服，就像人拿着一张红色的玻璃纸挡在眼前看世界，那种感觉太忧郁了。嘴里抽着万宝路香烟也感觉就要窒息，他索性把烟熄灭在车载烟灰缸里。

凶手即将浮出水面了，这种感觉昨天比前天强烈，今天比昨天强烈。但是，他的脸上似乎还蒙着一层磨砂玻璃，他的整体形象还无法清晰地投影在脑海中。

在樱坂中学离职的教师中，也有人对乙部美智还留有鲜明的印象。但他们的印象大多过于主观，无法清楚地探知乙部美智行为的部分。关于这位心理咨询师，所有教师有个共识，那就是她的人际关系问题太大。这些教师中，没有人和乙部美智存在恋爱关系，甚至都没听说过她身上有类似的传闻。关于解毒汤这条线索，由其他侦查员负责调查，结果也只得到一个推测性的结论：可能只有乙部美智深陷其中。其他就没有什么新的发现了。

岩楯祐也和即将没入地平线的夕阳正面相对，专心地将当前掌握的所有情报排列组合起来。回顾今天一天的工作，并没有什么值得高兴的线索出现。但他不知道为什么，就是感觉侦破工作在往前走，好像连接事实真相的那根线就垂在眼前。

两人回到西高岛平警署已经7点多，太阳已经完全落下去了。进入刑警办公室后，鳄川宗吾马上开始写报告书，岩楯祐也则打开了电脑，因为赤堀凉子之前说要给他发电子邮件。

岩楯祐也登录电子邮箱后，看见收件箱里有很多未读邮件，当然，大部分是工作联系邮件，不过，有一封是赤堀凉子发来的。这封邮件还有附件，文件名是《长野县木和田村的农业研修要项》。打开附件整体浏览了一下，正文的文字还没看，先看到了一份参加农业研修的人的名单。正文开头写得就很简单，而且很沮丧的样子。根据这个，岩楯祐也就能猜测出她那边肯定也没什么进展。赤堀凉子在写这封邮件的时候，多半也是垂头丧气的。

“她去了长野县的山里调查，不过关于蜂虫这条线似乎也没什么进展。”

“赤堀教授？”

“是啊，和昨天通电话的时候一样，这封邮件的情绪也不高。木和田村养殖黑胡蜂的农户每年还会举办农业研修班，赤堀凉子好像对这个农业研修班比较感兴趣。”

“哦，农业研修班，好像是整个村子的事业呢。”

“好像是。他们招募有意从事农业的人，夏天花两个月时间对他们进行培训。有城市里的下岗职工想另谋出路，也有其他县的农民想来学习新技术什么的……”

说着说着，岩楯祐也不说话了，噘起了嘴，盯着邮件末尾的地方出神。

邮件中写道：“农业研修班以教授有机栽培方法为主，但对有意愿的

《尸语女法医.虫卵之谜》

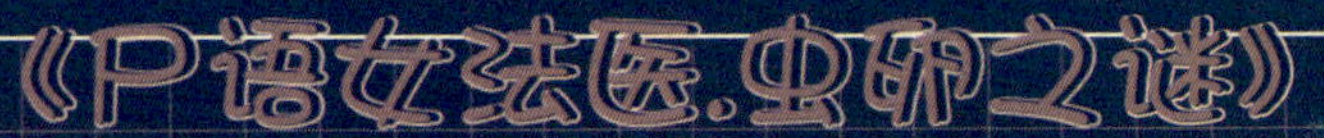

法医昆虫学捜査官：147ヘルツの警鐘

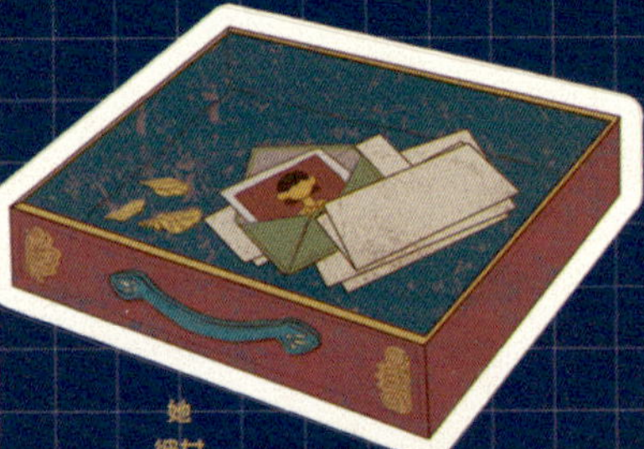

她
彼女

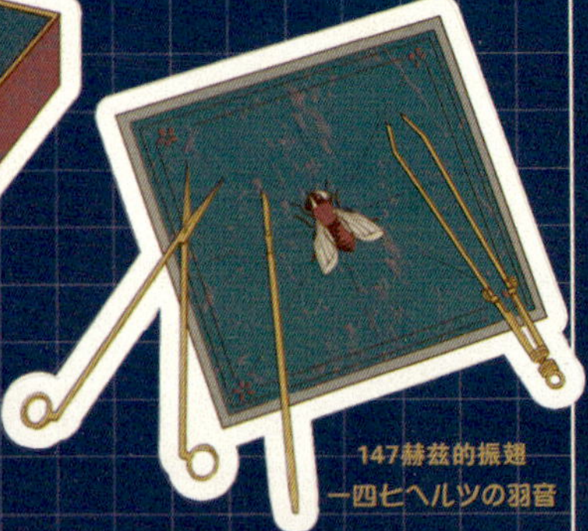

147赫兹的振翅
一四七ヘルツの羽音

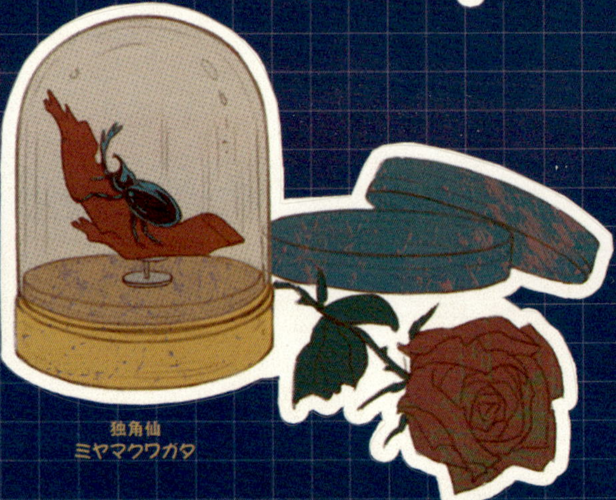

独角仙
ミヤマクワガタ

学员，也传授鲜花栽培和养蜂、捕捉蜂虫的技术。关于这一点，我有点兴趣。”

当然，赤堀凉子感兴趣的是养蜂和蜂虫，但吸引岩楯祐也的只有四个字——有机栽培。

岩楯祐也马上把附件文件打印出来，从头开始审阅农业研修班的参加者。个人参加者居多，但也有城市社区和NPO团体的名字。岩楯祐也看到第三页的时候，好像脑海深处想起了什么，赶快又翻回了第二页。这次他用手指挨个指着名单看，最后手指停在一个地方不动了。

“怎么了？参加者有问题？”鳄川宗吾敏锐地感觉到了不对劲，站起身来到搭档旁边，看着他手指的地方。

“NPO法人　幸福农场。”

“幸福农场？和贩卖解毒汤食材的那家开心农场，名字很像嘛。”鳄川宗吾开玩笑似的说了一句，但马上表情就严肃起来，“等等！莫非这两个农场是一个团体？”

“虽然是两个名字，但从这语感来看，我认为是一个人取的。”

岩楯祐也赶快打开网络浏览器，搜到了开心农场的华丽主页。这个主页上没有任何地方标注有NPO组织，法人代表的名字也和幸福农场的不同。开心农场的事务所位于东京的足立区，而幸福农场是在奥多摩町注册的。两家农场的电话号码和组织机构都不一样，怎么看都是不同的团体。但是，两位警官却无论如何也不相信这是巧合，为什么两个名字那么像呢？绝不能善罢甘休！

岩楯祐也又在网上搜索了一下“幸福农场”，结果找到了它的主页，那是一个毫不花哨的朴素主页。首页写着该组织的概要和活动内容。岩楯祐也再次拿出樱坂中学的教师名单，前后检查了两遍，没有一个人的名字和幸福农场法人代表的一致。

“幸福农场的法人代表名叫船渟雅人，36 岁，NPO 法人认证于 2008 年 12 月。该组织的主要活动是环境保护和青少年教育。”

“不是有机栽培农户吗？还搞青少年教育？”

“看它的详细介绍，所谓青少年教育主要是帮助那些宅在家里、闭门不出的青少年回归社会，自力更生。让这些青少年接触大自然和农业劳动，重新建立与社会的联系。他们还搞了很多次演讲募捐活动。”

“看他们说得挺好听，但我怀疑失踪的那 5 个孩子是不是和他们有关，孩子们失踪的时间和这个 NPO 组织认证的时间重叠了。”

鳄川宗吾开始有点兴奋了，岩楯祐也则抱着胳膊沉思着。

“问题在于，NPO 法人团体当然是非营利性组织，活动内容也是可以自行设定的。但开心农场不一样，任何人一眼就能看出它是以营利为目的的组织，而且还是暴利。但幸福农场会通过演讲会来募捐，一方面可以为开心农场招揽顾客，另一方面也可以为其募集资金。我们不能排除这种可能性，而且，这还是很多企业为了赚钱常用的手段。”

“这不是触犯《出资法》了吗？”

“如果失踪的孩子真和他们有关，那他们还触犯了《未成年人诱拐法》。但是，想想也感觉奇怪，先不说诱拐孩子能不能赚钱，就是窝藏孩子也有相当大的风险啊……”

有必要对这两个组织进行彻底的调查。但是，如果乙部美智也卷入其中，那她在岩楯祐也头脑中的形象又需要大幅修正了。先不判断好还是不好，但乙部美智始终贯彻自己作为一名心理咨询师的立场。她虽然总是按照自己的想法一意孤行，而且固执得很，但她始终坚持真心为患者服务的信念。这样的乙部美智，会追求与自己信念完全相反的金钱吗？而且，她那么担心她的学生患者，是绝对不会让他们卷入犯罪活动的。

但如果换一个角度来考虑呢？假设她太过在乎她的学生患者，进而发起了一个救济团体呢？有没有这种可能性呢？岩楯祐也的头脑中忽然浮现出了鳄川宗吾说过的话。

“你之前说过，孩子们离家出走，也许是出于个人的意愿。”

“是，我是这样猜测过。”

“没准你猜对了。其中肯定有第三者的参与，但最根本的还是孩子们想离开家的愿望。”

孩子们想逃离家庭、学校的想法，乙部美智作为一个心理咨询师，难道不应该阻止吗？如果她没有阻止，甚至协助他们，那说明她坚信自己这样做是为了孩子们好。也许她和学生之间已经完全相互依赖，形成了一种典型的移情状态。她想协助学生离家出走的想法，如果跟当时的恋人说了，结果会怎样呢？

岩楯祐也死死地盯着幸福农场的网页看，竭力想体会杀害乙部美智那个男人的心情。他到底是怎么想的呢？

和乙部美智这样的女人谈恋爱，也许一开始是出于爱情，但时间长了，和这个女人相处还是相当费力的。毕竟她的想法太过异常，性格太过偏执。一般情况下，应该用不了多久就会分手吧。但也许那个男人想出了一个利用乙部美智的点子。借NPO组织打掩护，靠乙部美智的帮助来赚钱。但两个人的初衷不同，在运营过程中当然会产生分歧。随着赚的钱越来越多，乙部美智也就成了那个男人赚钱的巨大障碍。

岩楯祐也寻思，杀人的过程中肯定还有共犯。这个时候，凶手如果找一个贪财的人做杀人助手，许诺足够多的好处，那人应该不会动摇。宅男死胖子的证言是准确的，当时他在现场附近看见了两个人。另外那个人也许还是个女人……

“如果乙部美智也卷入了那个组织，那国居光辉的证言还是具有一定的可信性。”

岩楯祐也这么一说，鳄川宗吾停住了翻阅资料的手，抬起头来。

“国居光辉和相马薰子说乙部美智经常使用公共电话，也许是给那些孩子打电话。从这个细节来看，乙部美智对那些孩子还是相当谨慎的。”

“她跟诊所请假，说是去旅行，也许就是去找那些孩子。”

“嗯。另外，赤堀凉子所说的蜂虫隐藏的秘密估计也快有线索了。幸福农场的人参加农业研修班就学习了养蜂技术，这是一条再明显不过的线索。”

可尽管那帮人喜欢钱、想赚钱，但有必要向毒品伸手吗？

岩楯祐也从内兜里掏出手机，在通信录里找到赤堀凉子的电话拨了出去。铃声响了几次没人接，然后就转入留言服务。岩楯祐也挂断电话，又拨了一次，结果还是一样。他给赤堀凉子留言说：“方便的话请回电话。”然后就挂断了电话。接着他站起身来说，侦查总部的侦查方向需要修正了，目前应该以那两个组织为中心展开全面调查。

4

冷，而且身体由内到外哪儿都痛。

赤堀凉子费了很大的力气撑开沉重的上眼皮，可什么也看不见，周围是一片无尽的黑暗，无法看见任何影像。她的瞳孔努力地想对焦在什么物体上，就像数码相机的镜头一样，反复缩放了好几次。她姑且又闭上了眼睛，过了一会儿，当她再次睁开眼睛的时候，看见正上方有一颗光点。那是天空中的一颗星星，它竟然没被茂密的树木枝叶遮挡，被赤堀凉子看见了，真是个奇迹。

这是什么地方？我到底在这里干什么？

她侧耳倾听，周围死一般寂静。鼻子能闻到的是潮湿的空气和枯叶的气味。这时，赤堀凉子的头脑开始运转了，一点点运转了。但此刻她的思考能力太微弱了，就像平静的水面泛起的涟漪，偶尔在脑中形成一点点波纹。

“……我还活着。”

赤堀凉子开口了，可发出这个沙哑的声音之后，她立刻感觉脑袋右侧一阵刺痛。不过，疼痛对于恢复知觉和思考好像还有帮助。

“我还活着。”

她又对着自己嘟囔了一遍，然后抬起了沉重的左臂，用右手按了下左腕上军用手表的按钮，表上的灯亮了。现在的时间是凌晨 3 点 15 分。

她努力回忆着，当时自己好像被人从背后袭击了，然后就跌了下去。根据现在的时间计算下来，她失去意识的时间应该超过 15 个小时了。结果竟然没死，又是一个奇迹！

赤堀凉子抬了抬右臂，活动了一下手腕和胳膊肘，看来上肢的骨头没有大碍，只是头部右侧随着心跳有刺痛感。她抬手摸了一下那里，那里的头发摸起来像涂了胶水又干了的感觉，硬邦邦、一绺一绺的。看来这里出了不少血，都淌到了脖子。不过血已经干了，也已经止住了。她稍微松了口气。

她扭了下身子想把背包卸下来，但右胸下又袭来一股剧痛，使她不得不屏住了呼吸。她不仅感到右胸下方疼痛不已，而且呼吸困难。她把一只手放在这个部位，轻轻地按了一下，伴随着呼气，一阵钝痛向全身蔓延。估计有肋骨撞裂了，而且可能伤到了肺。

花了很长时间，赤堀凉子才勉强地坐了起来，但又有一股强烈的晕眩袭来。她只得低下头闭上眼，让自己适应一会儿。她静静地感知着胸腹里的各种内脏，好像除了肺，其他内脏没什么问题。经过一阵浅呼吸，挨过了刚才的疼痛，眩晕感也稍微减轻了，她才努力抬起头来。

万幸的是，没有致命伤。也许肺有点伤，但她只能告诉自己问题不大。但接下来她发现了一个大麻烦，当她想活动活动脚腕的时候，发现左脚腕动不了了，用力一动就有一股刺痛直冲脑门。疼痛让她发出了呻吟。

“疼……疼……好疼！……啊！”

左脚腕骨折了。

赤堀凉子抬头检查着自己的上方，看见了石头堆砌的墙壁，墙缝里纵横交错地伸出很多树枝和草。这应该是一口废弃了很久的枯井，井的直径超过 2 米，深度起码有 5 米。这是一口很大的井，以前可能是当地农民的饮用水水源。

因为自己背上有背包、井壁上纵横很多树枝，再加上井底松软的沙子和杂草，才缓和了下落时的冲击。尽管如此，没有摔死还是太幸运了。

“难道是父亲在保护我？看来他在那个世界也在尽力地帮助我。”赤堀凉子抬头向着天空说道。声音被井壁反弹，形成奇妙的回声。她又说了一句：“父亲，你要让我不受伤就更好了。”

喉咙里每发出一次声音，侧胸部都是一阵剧痛，但她尽量不去理会它。

赤堀凉子在身边摸索到一根树枝，用毛巾和树枝对骨折的左脚腕进行了简单的固定。虽然疼得她直掉眼泪，但头脑一直没有停止思考。

我要从这里逃出去。

NPO组织肯定和杀害乙部美智有关，这块土地的所有者——稻光家也脱不了干系。打着帮助有心理问题的青少年重归社会的旗号，暗地里制造可卡因，真是一伙高智商犯罪的恶徒。

但是，警方的伙伴还不知道这些。她已经给岩楯祐也发了电子邮件，是有关农业研修班的资料，相信警方一定能嗅到其中的问题，那是迟早的事情。但是，在那之前，她恐怕就要断气了，在这个不为人知的枯井里慢慢腐朽。身上的血肉成为虫子的腹中餐，最后也变作一具森森白骨……

“别开玩笑了！”

赤堀凉子用手摸索着从背包里抽出了地图和指南针。把头灯点亮，用指南针对照着地图查看自己现在的位置。结果发现，这里距离国道和市道都有10千米左右的距离。最近的人家就是沿来路返回去的稻光家。在这样的深山密林中，即使现在大声呼救也不会有人听见，而且，大喊还会造成气胸，使呼吸变得更困难。这片山林是稻光家的私有地。这里没有手机信号。这个时间，有人从这里路过的概率几乎为零。

那该怎么办？赤堀凉子使劲地转动着头脑，可根本想不到出去的可能性。她又看了一眼手表，现在是 3 点 30 分。如果绝望的话，那就彻底完蛋了。认为自己死定了，就一定活不成。她还想活着见到他们——辻冈大吉、自己的学生、长野县的老人，还有岩楯祐也。

赤堀凉子咬着牙忍着剧痛，扭动着身子挣扎着站了起来。可就在这时，上面传来了踩着枯叶走路的脚步声，她立刻警惕地停止了动作。还能听到上面拖着东西在地面滑行的声音。

“喂！那里面有光。”一个又尖又细的男声。

“呀！真的呀！好像她还活着。”

这是白天那个女人的声音。声音越来越近，很快，赤堀凉子就感到头上落下一束灯光。因为灯光太过炫目，她根本看不清两人的脸。

“看清楚没有？还活着吗？”女人问。

“等等，再让我看看。”男人说。

赤堀凉子听见头顶正上方有人说话。

女人看见赤堀凉子站在井下，讽刺地说：“下面有活人吗？我听到的声音不会是虫子的声音吧？”

“虫子的声音，也是你这种人能听见的？”赤堀凉子反唇相讥。

上面那女人沉默了两秒钟，然后和旁边的男人小声说了些什么，接着对井下的赤堀凉子说：“看样子你还挺有精神的嘛。”

“怎么办？”男人有点担心地说。

“怎么办？你知道我最讨厌这句话了！”

“哦。”

“我最烦别人芝麻粒大小的事情都要问我，你自己不会做决定吗？这种没胆量的男人我最讨厌了。你长点记性吧！”

“哦，对不起……”

“如果你把霰弹枪带来，一下不就解决了？！下回你多用用脑子好吗？”

霰弹枪！赤堀凉子心想，你把我撞到井下就已经够残忍了，还要用霰弹枪打死我？太没人性了！如果他们真从上面开枪，神仙也救不了我了。

“我现在回去拿枪如何？”

“算了，你回去没准我妈已经醒了。真是的！麻烦。”

男人一连小声说了好几遍“对不起”。赤堀凉子猜测，这个男人可能就是幸福农场的法人代表船渟雅人。乙部美智也好，这个女人也罢，性格都比较强势，而这个男人就喜欢这样的女人，有点受虐倾向。没想到事情的主导权都在这个女人手里，说不定杀人计划也是她一手策划的。

“不好意思，我打断一下。”赤堀凉子对着上面的两个人说，“我有话要对你们说，能不能先把我弄上去？”

因为灯光照射，那女人的脸显得惨白无色，但能看出，她脸上露出了一丝不屑的笑容。

“你说什么？好不容易才把你弄下去，怎么可能再把你弄上来？”

“也是。我正生自己的气呢，之前竟然能被你那么拙劣的演技迷惑。不过，你为什么要杀我呢？”

“你居然敢进我们的塑料大棚调查，现在还问我为什么杀你？你应该也看到我们种的古柯树了吧。你是警察聘请的昆虫学家？看你的脸色，我就感觉你好像知道很多事情似的。比如板桥那个女人，你应该知道吧？”

赤堀凉子不停咂舌，后悔自己太轻率了。没想到来这里竟然如此接近真相，当初没意识到危险，自己真是太傻了。不管什么时候、在什么地方，只要在调查案件，就应该时刻保持警惕。所以岩楯祐也之前才提醒她，不管她去哪儿，都要事先和他打个招呼。

“你的突然出现，虽然打乱了我的计划，但我让你多活了这么长时间，你不该感谢我吗？怕你在下面寂寞，我还专程给你带来了礼物。”

说着，从井口落下一个东西。随着一阵树枝折断的噼里啪啦声，一个黑色的物体重重地落到了井底。赤堀凉子贴着井壁，抱着脑袋蹲了下来。

随着那个物体落地，还有一些断树枝、小石子和泥土从天而降，砸在赤堀凉子的头上，接着扬起一片灰尘。赤堀凉子用手捂着口鼻，用头灯照向了那个物体，当她看清楚的时候，心脏一下子揪成了一团。

那是个人。格子衬衫、灰色裤子……

“拓巳！”

赤堀凉子大叫着，赶紧把脸贴在了他的胸前。还能听到微弱的心跳声。但那孩子的胸口和肚子上有一大片黑红色的黏稠液体，他嘴角也有血淌出来。赤堀凉子又把手指放在他的颈动脉处，那微弱的脉搏已经快摸不到了。她反复拍着稻光拓巳的脸颊，不管脚腕和肋骨的疼痛，大声呼唤着少年的名字。

“拓巳！睁开眼睛！你还没到死的年纪！拓巳！”

赤堀凉子不停地呼唤少年的名字。怎么会这样！事情和这个孩子没有关系！她掀开少年的衬衣，用毛巾按住他胸口和肚脐旁的伤口。看样子伤口很深，失血太多了。现在止血可能已经来不及了，但赤堀凉子拼命地按住他的伤口，继续呼喊他的名字。

她只感觉自己已经快喘不上气来，胸腔里也是灼烧般地疼。虚汗已经让全身湿透，晕眩让眼前的视野左摇右晃。这时，上面又传来了闷闷的笑声。

“没用啦。刺伤他已经很久了。”

“你干的？！”

赤堀凉子摇晃着站起身来，瞪着那个看不清面容的女人。心中的愤怒就要爆炸，而同时，悲伤的感情难以言表。

“要不这样，你们把这孩子拉上去，送他去医院！现在说不定还来得及。求你们了！”

“已经没用了。现在做什么都来不及了，你应该明白这一点。”

“你不是拓巳的姨妈吗？你们可是有血缘关系的亲戚啊！你对亲外甥怎么下得去这种狠手？！那孩子什么都不知道！这事和他一点关系都没有！”

“拓巳这小子，看你迟迟不回来，很担心你呢。他说要回林子里找你。我跟他说不要去，可这小子就是任性，不听我的，还闹着说要报警找人。所以，我也没有办法啊。”

稻光拓巳可能很久没有和陌生人接触了，见到自己他心里有多高兴啊。拓巳肯定也一直在寻找机会，寻找能够摆脱当前这种生活的机会。因为担心自己，他说要回林子里找自己……想到这儿，赤堀凉子只觉得胸中像被什么东西搅烂了一样疼。

“你还是人吗？！那么轻易地就夺走亲人的生命，简直就是恶鬼！”

“才没那么回事呢。我可不是滥杀无辜的变态杀人狂。说到底，都是因为这个男人。”说着，那女人咂了下嘴，好像是指了指旁边的男人。接着她说道：“这家伙去了乙部美智家，去问她有关新商品开发的事情。那女人说卖什么蜂虫，那种恶心的东西……真是的！我知道卖蜂虫能赚钱，所以卖也没关系。但不知道这家伙的脑子是不是进水了，把我们种古柯树的事情也跟乙部美智说了。”

“是她先问我农场是不是有什么隐情。我一犹豫，她就看出不对劲儿了，她可是这方面的专家，对人的心理活动非常敏锐。然后她就一个劲地追问，我不得已就……”

“然后你就说了？！”那女人怒吼道，声音大得连身处井底的赤堀凉子听来都觉得震耳朵。

女人接着说：“乙部美智说这是犯罪，就和他撕扯起来了。”

“这是她理所当然的反应，打着帮助青少年回归社会旗号的NPO组织，竟然靠制造毒品赚钱。你们可不是简单的犯罪组织！”赤堀凉子说。

“但孩子们在我们农场确实都能自力更生了。毒品是棵摇钱树。没有钱，在现在的社会里寸步难行。只有金钱不会背叛我们。”女人说。

“是啊。孩子们在我们农场都很开心。”男人附和道，“而且，我也没打算杀死乙部美智。是她先动手的，我只是拼命地反抗。结果，她突然就不动了……”

那女人示意男人闭嘴，向他甩了一句：“真是的！”

“净给我找麻烦，气死我了！不过幸运的是，那一带刚好有人到处放火。搭个便车，一把火把现场毁了就完事了，警察也找不到蛛丝马迹。我还得感谢那个到处放火的家伙。”

“你想得也太简单了。杀人后毁尸灭迹不是常有的事嘛，警察也不都是傻子。”

说着，赤堀凉子脱下风衣外套，又从背包里掏出替换的衣服和毛巾，盖在稻光拓巳身上，为他保暖。此时，他的心跳还和之前一样微弱。

“你们太小瞧大自然的力量了。你们用古柯叶制造可卡因，制造过程中产生的垃圾丢哪儿了？是不是就在附近挖了个坑丢垃圾？那个垃圾坑成了野猪觅食的地方。所以，有头野猪因为可卡因中毒死了。”

听到这儿，那女人脸上一阵痉挛，噘起了嘴。

“摄入毒品这种东西后，即使死了，体内也会有残留。所以，野猪尸体中也含有可卡因。尸体上生的蛆，自然也就摄入了可卡因。黑胡蜂抓住这些毒蛆带回巢当食物喂给幼虫。结果，黑胡蜂的幼虫，也就是蜂虫，也被可卡因污染了。你们肯定不知道这其中的奥秘，还把含有可卡因的蜂虫带给乙部美智吃。结果怎么样，你们能想到了吧？你们想放火毁尸灭迹，但毒品依然在死者体内。警察已经知道这个案件背后跟毒品有关。”

“哼！”虽然还是恶狠狠的，但那女人明显没有之前那么有底气了。但她马上天不怕地不怕地说：“那又怎么样！警察又不会来这儿！如果他们发现了这里，怎么可能让一个昆虫学家单独来？你的那些警察伙伴，肯定正在错误的方向上越走越远呢。”

确实如此。自己能找到这里，都是虫子提供的线索。但是，岩楯祐也一定会来的。只是时间问题，但他一定会来的！赤堀凉子坚信这一点。因为他是唯一一个无条件相信自己的警察。

“反正乙部美智已经成了一个碍事的麻烦，杀了她也好。她觉得全世界只有她是正义的，人格有问题。”

“她在你们这儿，充当什么角色？”

“开发新商品，照顾孩子。根据她平时在心理咨询工作中收集到的信息，可以针对那些心理脆弱的人开发新商品。不得不承认，在这方面她还是蛮优秀的。而且，她指导的孩子确实都有起色，这样也可以帮我们招揽更多的顾客。”

“真是太恶劣了！”

“她那种人，为了贯彻自己的主张，总会无意识挑选那些软弱的人。比如在学校受欺负的孩子、有烦恼的人……他就是一个，超没自信的家伙。”

女人指的是身旁的男人，结果那男人为了掩饰自己窘迫的样子，假装咳嗽了两声。

“拓巳……那孩子也是个麻烦，死了正好。”

“你说什么！？”

“我妹妹 18 岁就生了拓巳，她也是个不靠谱的女孩子，连孩子的爸爸是谁都不知道。结果她还一走了之，把那孩子和所有事情都丢给了母亲和我。拓巳那孩子上学也上不来，干脆就不去了，整天把自己关在家里，连句流利话也不会说，这到底是造的什么孽啊！我母亲供养神佛都花了好几百万了，可又修来了什么结果呢？”

“……简直一派胡言，那不是拓巳的错，因为他周围没有有爱的人。那孩子才是最苦的！”

那女人邪恶地低声笑了笑，整个森林都跟着发抖。

“死才是最大的解脱、最大的幸福，对拓巳来说尤其如此。他只是一个每天浪费食物的废物，根本看不见什么未来。你不觉得吗？”

“真想杀了你！”

“你带着这样的想法去死也不错，好了，明天见。”

说完，他们就用铁板还是什么东西盖住了井口。那巨响震得井底的赤堀凉子耳朵嗡嗡鸣叫。现在井中只剩她的头灯浮在一片黑暗之中。

和杀人犯对话，对于赤堀凉子来说还是头一次。那女人一点罪恶感都没有，甚至连杀人的激情也没有。对她来说，只是因为有必要就杀人，就像处理一项工作。如果有必要，即使在现场放火，毁尸灭迹，她也会毫不犹豫。就好比寄信要贴邮票，杀人放火在她看来也是如此理所当然。这份冷酷令人不寒而栗。

赤堀凉子能够感觉到死亡的气息离自己越来越近，但她还是使出全身的力气大喊：“放我出去！”但从胸中发出的这声呐喊让她的肺撕裂般地痛，她几乎窒息。不过，这种感觉反倒把死亡的恐惧推远了一点。

赤堀凉子用头灯照在稻光拓巳的脸上，帮他擦掉了脸上的泥土。

检查过后发现，少年身上除了胸腹的两处刺伤之外，没有其他伤口。现在的他，就像熟睡中的孩子。赤堀凉子用手臂绕过他的脖子，把他抱在怀里，他的身体还有温度。

“对不起！要是不让你跟我进山就好了。原本不用向导我也能找到这里的。你肯定不想死。对不起！真的对不起！”

稻光拓巳没有任何回应，赤堀凉子只是将他的身体抱在怀里。虽然和这个少年只相处了几个小时，但他好像已经向赤堀凉子倾诉了很多心里话。他的孤独、他的善良，他虽然已经放弃，但似乎又想拼命抓住一根救命稻草……

就在赤堀凉子紧紧抱着少年的过程中，他的心脏安静地停止了跳动。就像卸掉发条的钟，突然就停止了运行。赤堀凉子赶紧去摸少年的颈动脉，已经感觉不到脉搏的鼓动。

“拓巳！”

赤堀凉子把拓巳平放在地上，开始给他做心脏复苏抢救。骨折的脚腕和折断的肋骨随时挑战着她的痛神经，但她却无法停止用尽全身力气按压少年的心脏。

“再……再坚持一下！振作一点！拓巳！睁开眼睛！”

赤堀凉子顾不上擦去滚落的泪水，俯下身子对着稻光拓巳半开的嘴里吹气。但是，因为胸部太痛，吹进的空气也不够，根本无法实施充分的心肺复苏术。

不知道过了多长时间，稻光拓巳没有活过来。而且，赤堀凉子感觉自己也已经到了极限状态。她又抱住了尚有点点温度的少年。她心里在想，可能他现在并不知道自己已经死了。在这个穷途末路的时刻，赤堀凉子的头脑中浮现出少年畏畏缩缩站在面前的情景。

胸腔更痛了，呼吸虽然急促，却失去了节奏。折断的肋骨肯定扎伤了肺。全身的汗腺都在往外喷冷汗，赤堀凉子感觉视线变得模糊，手脚也开始麻痹。真难受！恐怕很快就要失去意识了。那样的话，再次睁开眼睛的可能性就难以保证了。死，变得如此现实，重重地压在她的心头。

对死亡的恐惧让她浑身颤抖，无法自制。但是她知道，在失去意识之前，还有事必须要做……

“我……我一定会把你弄出去的，不用担心！我向你保证！绝对会把你弄出去！不管怎样，我一定要做到！”

赤堀凉子把少年的尸体放平在地上，用颤抖的手把背包里的东西掏出来……

5

在飞驰向奥多摩的汽车中，岩楯祐也把手机放在了耳朵旁。昨晚给赤堀凉子打的电话都没有接通。

她电话里存储留言的空间也已经用完了。联系了大学，说她没去。赤堀凉子就这样失去了联系。

“还没人接吗？”

手握方向盘、一边腮帮子被糖球撑鼓的鳄川宗吾担心地问。也许是因为睡眠不足吧，他的脸显得更加苍白，他的一举一动、一言一行都透露着紧张。岩楯祐也又拨了一个号码，然后把手机放在耳边。

“杳无音信。在长野县的木和田村是有关赤堀凉子最后的情报。”

第二个电话同样没人接。岩楯祐也叹了口气，收起了手机。

“辻冈大吉也没接电话。”

“他俩会不会在一起呢？”

“嗯，可能在一起。”

岩楯祐也抽出一支万宝路，反过来用过滤嘴在烟盒上蹾了几下，然后叼在嘴里点燃了。

赤堀凉子作为副教授，在大学有工作，偶尔还会给辻冈大吉的生意帮忙……难道说她还有什么奇怪的工作瞒着自己？虽然赤堀凉子和自己分在一个小组，但岩楯祐也并没有频繁地和她联络，给她下指示，而是基本上让她自由行动，充分发挥她自己的能力。现在，她多半也在埋头研究她的虫子。岩楯祐也这样想了好几遍，但心中还是无法平静。

汽车从青梅高速出口向岩藏街道行驶的时候，岩楯祐也怀中的手机突然振动起来。他被吓了一跳，烟灰都掉到了裤子上，他慌忙地撣掉了膝盖上的烟灰。从内兜里掏出手机，看了一下屏幕上的来电号码后，他吞了口口水，之前一直像石头一样堵在喉咙的不安感，一下子落进了肚子。

“你好！岩楯警官，我是辻冈大吉。之前你好像给我打了好几个电话，不好意思没听到铃声。”

辻冈大吉好像在野外，说话时还在呼呼地大口喘气。

“最近接到了很多驱除害虫的工作，忙得连睡觉时间都没有。现在是一年中最挣钱的时候。马蜂到处惹祸。”

“生意红火比什么都强。”

“还过得去吧。”辻冈大吉不好意思地大笑起来。随后，电话里传来了辻冈大吉的大喊声，好像是指导别人调节杀虫药的浓度。“对了，你找我有什么事？莫非你家也有害虫了？”

“如果哪天我家有了害虫，第一个找你帮忙。我想赤堀教授现在和你在一起吧？”

“啊？你说凉子前辈？她不在我这儿呀。”

“不在？”

岩楯祐也的身体瞬间僵住了，一秒钟后才慌忙从嘴里抽出烟卷掐灭了。

“你最后见到她是在哪儿？”

“在长野县的木和田村。我和她待了将近一天时间。当时我还被她数落了一通。难不成你们联系不上她了？”

“是。昨天她从长野县给我打过电话之后，就再也联系不上了。今天她也没去大学上班。”

“那家伙真的是神出鬼没的……”说完，辻冈大吉思考了一会儿，接着说，“说不定她从木和田村直接去了什么地方。她经常这样。”

“那你知道她去哪儿了吗？”

不祥的预感似乎变成了现实，岩楯祐也肚子上的肌肉都开始紧张起来。

“这我就不太清楚了。不过她在木和田村听说了农业研修班的事情，好像是教养蜂技术什么的。说不定她去追查这条线了。”

岩楯祐也赶快找出了赤堀凉子给他发的邮件的打印稿，在文件中找到了在农业研修班申请学习养蜂技术的团体。除了他们正在赶往的奥多摩之外，还有福井县、枥木县、富山县的三个团体。

“如果你有了她的消息，赶快和我联系好吗？不管什么时间都行，立刻和我联系。”

“没问题，放心吧！”辻冈大吉回了一声。然后岩楯祐也就挂断了电话。他马上给侦查总部打了个电话，向一课长汇报了情况，请求各处的侦查员都要密切留意有关赤堀凉子的任何情报。

不会有错，她一定发现了什么，然后独自去调查，结果使自己身处失去联络的境地。比如，山里没有手机信号；迷路了；受伤不能行动；或者，进入了凶犯的控制范围……

想到这儿，岩楯祐也的身上慢慢地、一点点地起了一层鸡皮疙瘩。

说起来，赤堀凉子这个人对人世间的恶意太缺乏认识了。犯罪分子是多么狡诈、多么卑劣，他们的演技是多么逼真，那个单纯的昆虫学家还知之甚少。别人说什么，她都相信。在社会上生存，这可是一个致命的弱点。犯罪分子的凶残是超乎想象的，作为一名老刑警，岩楯祐也就曾遇到过杀人不眨眼的凶徒。对方都已经跪地求饶了，他还能毫不犹豫地杀死那个人。尤其是这次的案件，从凶手的作案方法来看，他或者他们多半是毫无同情心的家伙。

竟然在人口密集的住宅区放火，目的只是销毁自己的罪证，凶手根本没有考虑周围无辜人的生命。这种人自私到了极点，只要觉得别人对自己不利，就可以轻易剥夺对方的生命。这也等同于毫无善恶意识。

岩楯祐也的头脑中像走马灯一样闪现着过去看过的凶杀案受害者照片，那暴力、血腥、残忍的场面令人发指。尸体那些扭曲的容貌不知为什么和赤堀凉子的脸重叠在了一起，他顿时感到一阵窒息，思考也无法继续下去了。

从西高岛平警署开车到奥多摩町，需要大约一个半小时的车程。沿路的树木在强风中摇曳，树叶被风戏弄，哗啦哗啦地翻动着。时而，像女人哭泣般的风声从车边掠过，风中的小沙粒敲打着前挡风玻璃。

岩楯祐也叼着烟卷，眯着眼睛望着远处山峦的轮廓。在暗灰色云层的下面，有一群黑色的鸟像一片黑云在移动。在这个没有阳光的上午，山林景色的阴郁简直难以言表。岩楯祐也的心更加难以平静了。

“虽然奥多摩町还属于东京都，但和城里完全是两种感觉啊。”鳄川宗吾谨慎地握着方向盘，小声地嘟囔了一句。

路边满是锈迹的防护栏上还时而能看见由于汽车剐蹭留下来的各色油漆。

“虽然逃离了钢筋水泥的大都市，但看到这里阴森的山林，感觉更不舒服了。不像有些人，到了大自然里感觉神清气爽。可我总觉得会遭到出其不意的攻击，有点恐怖。”

“是啊，大自然本来就是这样。它对人类并不温柔，甚至可以说威胁无处不在。”

导航发出语音提示，告诉驾驶员目的地已接近。岩楯祐也立刻熄灭了香烟，他知道，把土地租给 NPO 组织的稻光家就在附近了。又开了一会儿，导航不断提示目的地已到达，令人心烦。岩楯祐也关闭了导航，展开了地图。

“这一带就是兔原峠。沿这条山路开上去再右转，应该就到稻光家了。”

“稻光家门口的山路这么烂，难以想象。”

鳄川宗吾踩下油门踏板，汽车卷起一阵尘埃，沿着崎岖不平的山路朝山坡上开去。雅阁轿车爬这条又窄又陡转弯又急的坡道还真有点费力。鳄川宗吾不时大幅度打着方向盘，否则一些急弯根本转不过去，还得倒车。一个突出到路边的消防栓使小路变得更窄，不过，通过这个消防栓，就看到了一个小祠堂，里面有一个狐仙雕像。

一棵硕大的橡树立在眼前，枝叶在风中摇曳。大树后面，一个华丽的屋顶露出了头。这里就是这一带的地主家了吧？从院落设置和建筑物的风格，可以感受到一股庄重的品位。

鳄川宗吾不禁发出一声感叹，然后穿过石头门柱把车开进了院子，停在了一辆黄色轻型小货车旁边。

庭院里很素雅，还种着细竹，随风舞动的竹叶沙沙作响，在这种反差之下，周围的环境显得更加幽静。小水池旁别具匠心地堆砌着几块天然石头，池中黑色的鲤鱼悠闲地摆着尾巴。

“从这里目所能及的地方，全是稻光家的土地山林。继承这么大的产业可不得了啊。”

两位警官下了车，踩着条石铺的小路走到了敞开的玄关前。岩楯祐也对门里打了声招呼：“不好意思，请问有人在家吗？”不一会儿，从里面走出一位高个子老太太。甚至都不能称她为老太太，因为虽然上了年纪，但她的腰身依然挺拔，端庄的脸上恰到好处地排列着精致的五官。看样子这位老人应该已经 70 岁出头了。她身穿一件浅茶色的薄毛衣，一头银发没有一丝黑色，头发虽然短，但梳得很整齐，气质不凡。年轻的时候，她绝对是个美女。老太太腰上稍微有些赘肉，但正是这些赘肉让她显得丰满美艳。这个年纪，身上还残存着美艳的气质，真是令人惊讶。

两位警官向老太太出示了证件，同时客气地打了招呼。这位稻光家的主人表情稍微有些吃惊。

“今天想跟您了解一些NPO组织幸福农场的事情，听说他们用的土地是您家租给他们的。”

“幸福农场？进屋谈吧。从大老远过来，真是辛苦你们了！”

老太太跪坐在玄关里向二人发出了邀请。进屋来到客厅坐下后，两位警官看见白色的推拉窗大开着，透过这个落地窗，刚才看到的漂亮庭院一览无余。客厅里几乎没有任何摆设，推拉窗与顶棚之间的小格窗虽然素雅，毫无修饰，却像艺术品一样成为整个房间的亮点。待二人坐定后，老太太离开了客厅，很快就端着茶盘走了回来。

“啊，您不用客气。”

“这个时候也只能招待你们喝茶了。对了，幸福农场怎么了？”

沏好了茶，她把茶杯摆在了警官面前。

“听说2008年你们租了一部分田地和建筑给幸福农场，您家是怎么和幸福农场联系上的呢？”

“我家老头子曾经加入了一个有机栽培的农户组织，他是在那里拍板决定租地给幸福农场的。那段时间他说，他上了年纪，不想再从事农业生产了。然后他就把那块被认定为‘有机耕地’的土地租给了幸福农场。”

“不好意思，您老伴儿在家吗？”

“前年他就走了，在林子里发生事故死的。”说着，老太太脸上露出了怀念的微笑。

“稻光太太，您参加过幸福农场的活动吗？”

“没有。”老太太微微摇了摇头，“我老伴儿活着的时候，偶尔会教他们一些有机栽培的技术。我呢，最多就是当当试吃员。”

“试吃员？好像是品尝一些新商品，是吗？”

“嗯，是的。那帮年轻人太厉害了。不断有新的创意迸发出来，原来是来干农活的，但他们把农活干得根本不像农活，很精致。我老伴儿也说过，他们不仅会种植农作物，还会对收获的农作物进行加工。那些孩子，非常善于提高商品的附加价值。”

“哦，原来是这样。您了解他们是什么样的一帮人吗？”

“嗯……是一群脱离了社会的孩子。”

“那稻光太太，您觉得他们都是什么样的孩子？您的印象也好，听到的传闻也好，都说来听听。”

老太太歪着头若有所思，然后把视线转向了庭院里沙沙作响的竹子。

“他们很阳光，而且精神饱满。不过，仅限于在这里。”

“什么意思？”

“距离我家20分钟车程的地方有一个大超市，我有时会去采购东西。我曾经在那里遇到过这群孩子，他们个个一脸紧张，能感觉到他们的神经都是紧绷的。我真担心他们会不会出什么问题。看来他们害怕和人交往，抗拒回归社会。但在农场干农活的时候，他们却完全是另外一副样子。看来，他们还是只能生活在自己认可的同伴中间。我真替他们担心。”

“幸福农场的目的就是帮这些青少年回归社会，是吧？”

“是啊。但是我觉得，孩子们一旦进了农场，就再也不想出去，不想再回到现实社会了。他们只能生活在属于自己的王国里。只有18个人的小王国。”

“18个人？”

“嗯，17个孩子，1个法人代表。”

但在岩楯祐也印象中，幸福农场登记的孩子只有12人。未成年人要加入这个农场，需要监护人签字同意才行。其余的 5 个人会不会是离家出走的那些中学生呢？……

岩楯祐也端起青瓷茶碗喝了一口茶，看鳄川宗吾记完笔记后，又开始了询问。

“幸福农场的法人代表是个什么样的人？好像叫船滓雅人吧？”

老太太没有马上回答，而是思索了一阵。她的眉头还皱了一下，露出一副厌恶的表情，虽然只有短短的一瞬间，但也没有逃过岩楯祐也的眼睛。

“我觉得他是一个和善温柔的人，总是一张笑脸，没有什么令人讨厌的地方。”

“实际上呢？”岩楯祐也不失时机地抛出了这么一句。结果老太太端向嘴边的茶碗在空中停住了，直直地对视着警官的目光，然后又把茶碗放回了茶盘。

“你这是什么意思，好像话里有话？”

“我就是想了解稻光太太您的真实感受。他会不会把孩子们当奴隶使唤？深更半夜林子里会不会传出令人心惊肉跳的惨叫声？如果有这样的情况，我就更感兴趣了。”

听到这话，老太太捂着嘴角咯咯地笑了起来。

“警官先生您还真幽默呢。有人告诉您您很幽默吗？”

“没有，从来没有。我是一个和幽默不沾边的人。”

“是吗？我倒觉得你挺有意思的。说实话，我确实对船滓雅人没什么好印象。他太喜欢察言观色了，已经有点过头了。说话客气得令人感觉不自然，还会莫名其妙地对人笑。我就觉得他缺乏男子气概，很小气。哎呀，我这样背后说别人，是不是有点过分？”

“没关系。您和他闹过矛盾吗？”

“矛盾倒是没闹过。我总感觉他是一个不好惹的人，他一边装出很懦弱的样子，同时又在寻找别人的弱点，那种感觉你懂吧？令人讨厌。”

岩楯祐也一边点头一边从提包里拿出那个鼓鼓囊囊的文件夹，从中抽出了一张照片。是改变形象以前的乙部美智，一脸严肃的表情。岩楯祐也把照片放在有着漂亮原木花纹的桌子上，推到老太太面前。老太太用关节骨感、细长而白皙的手拿起了照片。

“您对这个女人有印象吗？”

“有啊。”老太太立即回答道。这让岩楯祐也很吃惊，他本来还想考考老太太的眼力呢，结果这么快就被人家打败了。

鳄川宗吾在旁边咽了口口水，还把钢笔不小心掉到了榻榻米上。也就是说，乙部美智和幸福农场有联系，和船滓雅人也有联系。

“我估计她可能每个月都会来农场，不过我只见过她几次。”

“那您怎么知道她每个月都来呢？”

“从孩子们的脸上就能看出来呀。特别是她要来的前一天，孩子们一整天都会兴高采烈地烤面包、做糕点，就像要过节似的。”

“您知道她是什么人吗？”

“好像是老师吧。看气质就像，而且很受孩子们崇拜呢。”

乙部美智掩盖了船滓雅人的窝囊，她的光芒盖过了他。因此，船滓雅人心生嫉恨，最后把她杀死了。那么，另外一个从犯会是农场的孩子吗？还是……杀人的凶手是孩子？疑问的旋涡在岩楯祐也的脑中一个接一个。但不管怎样，来到这里，侦破是有进展的，这是最大的喜讯。

岩楯祐也又拿出一张照片放到老太太面前。这是一张证件照，本应该很严肃，但照片中的女子一脸笑容。

“这个女孩子您见过吗？前天或者昨天，她没准来过您家。”

老太太看着赤堀凉子的证件照，摇了摇头。

“不好意思，前三天我都不在家，昨天傍晚才回来的。”

就在两位警官感到遗憾的时候，啪嗒啪嗒……一阵拖鞋声靠近了。

“妈妈，我要出去了，可能会晚点回来……”

这位衣襟大敞的女人，看见两位陌生男人之后，立刻僵住了。

“啊，不好意思！有客人啊。”

“是从东京来的刑警先生。”

“刑警？”那女人重复了一遍，吃惊的同时，像看稀有动物一样来回打量着两位警官。这女人身材高挑、匀称，脸上的五官精致端庄，就像艺术家用黏土捏出来的一样。长发扎成了马尾，从脖颈后垂到胸前，宽宽的额头露在外面。这个女人的整体容貌、气质都和她母亲很像。她冷静、冷漠的气场中，还散发着一股强硬的气息，让人难以接近。这也继承了稻光家的血统。

老太太和颜悦色地向两位警官介绍自己的女儿。

“这是我大女儿由香子。说不定我大女儿见过照片中的这个人。”

“什么事啊？”

由香子加入了他们的谈话，跪坐在母亲身边。她穿着一身登山装，左臂上还戴着一个臂章。她的眉间有一道不算太深的皱纹，给人一种禁欲主义者的印象。虽然她整体上看上去很美，但某个瞬间某个侧面也会让人觉得很丑。

“前天或者昨天，照片中这个女孩子来过你们家吗？”岩楯祐也问。

由香子看了一眼照片，马上抬头说：“没有。”然后她又问道：“进山迷路的人？”

“嗯，有可能迷路了。”

“你在林子里见过这个人吗？”老太太问道。

由香子摇了摇头，说：“最近我在山里没遇见过登山者。”

“你进山是对自己的土地进行巡视，还是做什么？”

“不，市里面委托我对森林进行调查。我一般都进深山，没见过这个女孩子。”

如果赤堀凉子是循着农业研修班资料的线索追查到这里的话，那她一定会来稻光家。她不会冒冒失失地直接去幸福农场。莫非她没来奥多摩？

由香子撩起袖子看了眼手腕上的手表，一脸不好意思地站起身来，说：“不好意思，我还赶时间，要先走一步了。如果在山里遇到人的话，我会帮你们打听这个女孩子的消息。她叫什么名字？”

“赤堀凉子。”岩楯祐也回答。

那女人把这个名字默念了一遍，然后礼貌地道了别就出去了。

“稻光太太，这几天您不在家的时候，家里就只有由香子一个人吗？”

“哎……不是。”老太太回答得有点犹豫。“我外孙也在家。”她不情愿地说道。

“外孙？是由香子的孩子吗？”

“不，是我小女儿的孩子。已经 17 岁了。小女儿有事，就把外孙寄养在我家了。”

“我想见见您外孙，和他聊聊……啊！对了，现在他应该在上学。”

老太太好像不太想往下说，叹了口气，脸上露出了苦笑。

“实际上，那孩子已经退学了，就宅在家里闭门不出。我老伴儿去世之后，他都不怎么开口说话了，真愁人啊！”

“那孩子是不是受到了家庭暴力什么的？”

“没有啊。我们家人都很温柔，不会打孩子的。他就是一个自我封闭的孩子，我还曾劝他去幸福农场劳动，他也不愿意去。”

没想到外表看起来富足幸福的家族，也有难以启齿的烦恼。老太太疲惫地讲完，噘着嘴发呆。

“能让我们见见您外孙吗？”

“从昨天晚上到今天白天，我叫他他也不答应，也没出来过。由香子也说，我不在家的这几天，那孩子也没出来过。”

“那我能去他的房间看看吗？他叫什么名字？”

岩楯祐也站起身就要走，老太太赶忙也站起来，说：“叫拓巳。但去他房间有点……没准他还在睡觉呢。而且他不让别人进他的房间。”

“那我喊他出来就行了，就在他房门前，我不进去。”说着，岩楯祐也就沿着走廊往后面的卧室走去。

如果没有坐实赤堀凉子没有来过这儿的证据，就没法确定下一步的行动。此刻的他，心中充满不安，已经无法集中注意力。

走廊的石材墙壁打磨得锃光瓦亮，都能照出人脸来。经过走廊，来到一个风格大变的小客厅，不同于前面的日式客厅，这里的风格变得现代、摩登，墙边还摆着一张藤子摇椅。小客厅右边的墙上，有一个安装了磨砂玻璃的格子推拉门。老太太示意这就是拓巳的房间。

“拓巳，我们有话想问问你，能出来一下吗？我们是警察。”

等了一会儿，里面没有回应。岩楯祐也敲了敲门，又喊了少年的名字，依然没有回应。他把耳朵贴在门上听屋里的动静，没有任何声音。于是，他说了句：“那我自己开门了啊！”随后就拉开了格子门。

房间有 8 张榻榻米大小。对面墙上有两个大窗户，外面阳光照进来，亮得有点炫目。床上放着风衣，地板上丢着牛仔裤。书、杂志、游戏机，散乱地放着，但并没有拓巳的踪影。

“咦？他出去了？”岩楯祐也背后传来惊讶的声音，“他出去，我怎么一点动静都没听到？”

“以前他出去过吗？”

“出去过。有时他会沿着国道去商店，有时会到后山的林子里散步。”

岩楯祐也给鳄川宗吾递了个眼色，走进了房间。满是尘埃的木地板，踩上去咯吱咯吱地响。墙上贴着摇滚歌星的海报，CD 光盘堆满了书架。床上枕头旁边还放着耳机、CD 播放机，CD 机的电源还没关。感觉就像他刚才还在听音乐，为了换下心情，现在出去散步了。但岩楯祐也的目光落在了一张古色古香的、用铁杉木制成的书桌上。

桌上杂乱地堆放着书籍、笔记本，旁边放着一张牛皮纸的小纸片，只有一张。岩楯祐也在翻开这张纸片的时候，呼吸都要停止了。

这是赤堀凉子的名片。

岩楯祐也不再说话，而是带着鳄川宗吾往雅阁轿车跑去。

6

岩楯祐也用无线电对讲器向总部请求了支援。等支援的警力赶到之后，就要对 NPO 团体幸福农场展开搜查。但是岩楯祐也等不到那个时候了。他的头脑中一直回响着踩碎玻璃那种令人汗毛倒竖的声音。他感觉自己身体里的每个细胞都在发出呐喊，这种紧张让神经无法正常工作。他真想大喊：“你们快点来！”

岩楯祐也从枪套中掏出手枪，来回地检查着弹夹。

“岩楯警部补，你要干吗？”坐在驾驶席的鳄川宗吾用责备的严肃口吻问道。

“赤堀凉子肯定不在幸福农场。她能追查到这里，肯定不会贸然进入可疑的幸福农场，她不是傻子。”

“可即便如此，她也有可能在山林的什么地方被他们抓住，绑架到农场里啊。”

“不可能。那个女人可不是省油的灯，不会老老实实就范，有 17 个孩子的农场里，她这么一闹，能藏得住吗？而且，你想想，那 17 个孩子都想承担杀人的罪责吗？”

鳄川宗吾一心想阻止岩楯祐也单独行动，于是谨慎地选择着合适的语言，和他周旋。

“警部补，我们还是应该在这里等待支援。单独行动太莽撞了。毕竟我们现在唯一的线索就是那张名片，而且并不知道她的具体位置。我们不是已经申请出动警犬了吗，耐心等等吧。”

岩楯祐也把手枪插回枪套，看着鳄川宗吾的眼睛说：“赤堀凉子来到了这里，对我来说，这个情报就足够了。当时她来到了稻光家，遇到了稻光拓巳，她最先向拓巳问的应该是什么？肯定是幸福农场的事。刚才稻光太太也说了，她家租给幸福农场的地有两块，其中的耕地就在国道边上，那里人流相对较大。而另一块地在林子里，据说农场的人在那块林子里也开垦了田地。你觉得赤堀凉子得到这样的情报后，她会采取什么行动？她本来就是来调查蜂虫和毒品的。”

“那位昆虫学家的话……她首先会寻找蜂虫，当然是进入林子了。因为养蜂的话，不会在国道边，肯定会在林子里。”鳄川宗吾一边思考一边说。

“而且，她肯定带着拓巳一起进了林子。因为她需要一个向导。”

“但是，那少年平时可是闭门不出的宅男，见到陌生人也不会说话。他怎么可能跟着第一次见面的赤堀凉子走呢？”

“对付这种难搞的小少年可是赤堀凉子的强项。他们俩在一起，肯定没错。而且，我总有种预感，他俩现在已经身受重伤，寸步难行了。”

岩楯祐也停了下来，好像不想再说下去。因为一旦说出来，就增加了几分现实的意味，他尽量避免做出最坏的预测。可是，他又难以抑制自己内心的担忧，不得不继续说下去。

“我要是犯人的话，绑架、囚禁什么的都觉得太麻烦了。发现他们当场就会要他们的命。”

“岩楯警部补……”

“我也不想往那方面设想。但不管什么样的理由，随着时间的流逝，赤堀和拓巳存活的概率会越来越小。”

岩楯祐也在心中把自己骂得狗血淋头，真想痛殴自己一顿。当初为什么不加强团队建设呢？本来和赤堀凉子是一个小组的，就应该多一些团队合作的意识啊！因为在自己头脑中的某个角落，他还是没有把她当作自己人。虽然作为一个人、一名学者，自己是信任她的，却一直没有把她看作一名破案的侦查员。可能也正是因为这样，赤堀凉子才会如此拼命地努力，为法医昆虫学正名。

“我肩负着第一个找到赤堀凉子的义务。活要见人，死要见尸！”岩楯祐也咬着牙从牙缝里挤出这句话。

鳄川宗吾叹了一口气，平时那飘飘忽忽的表情也终于严肃起来。

“明白了！这个义务，我当然和你一同承担！我想，教授不会那么容易就死的。去哪儿我都跟着你！”

鳄川宗吾也从枪套里掏出手枪，仔细检查了一遍。看到同伴给力的支持，岩楯祐也胸膛里的激情更加炙热了，但表面上并没有表现出来。鳄川宗吾发动了汽车，沿着蜿蜒的山路向国道方向驶去。

“我还想到了一件事情。”岩楯祐也呆呆地望着道路前方说。鳄川宗吾一边开车一边揣测着岩楯祐也的心思。

“稻光由香子在说谎，这一点我敢确定。”说着，岩楯祐也看了一眼驾驶席上的鳄川宗吾。

“没错。去温泉旅行的稻光太太就不说了，而由香子这几天都在家，和拓巳在一起。她不可能没有注意到外甥出去了。再闭门不出，那孩子总要吃饭吧，总要上厕所吧。他们家的构造，从拓巳的卧室到餐厅或厕所，都要穿过长长的走廊。”

“而且，她还是森林调查员，在林子里遇到赤堀凉子的可能性也不是没有……”

“我又想到，宅男死胖子淳太郎在板桥目击的可疑人物，有一个也是个子挺高的人。我总感觉那个高个子和由香子挺像。”

当岩楯祐也把赤堀凉子的照片给由香子看的时候，她好像已经预测到了一样，出奇地冷静。而且，她都没有仔细看那张照片，就断言没见过这个女人，语气中透着冰冷无情。她还故意问了照片中女人的名字，但问的时候，那双眼睛却像玩闹一样轻佻。不管怎么看，由香子都像在掩饰什么，在说谎。

雅阁轿车已经开到国道，并沿着国道飞驰了一段时间。不久，他们看到路边有一尊小的地藏菩萨像，这是之前稻光太太告诉他们的标志，见到这尊菩萨像，就可以左转了。汽车左转，驶入一条农道。这是一条很窄的农道，估计只有拉货的农用轻型货车经过。泥地上有两道深深的车轮印记。雅阁轿车沿农道开了一小段，就停在了路边林子里，车头几乎没入草丛。两位警官下车进入了林子。风比刚才更强了，树木的枝叶瘆人地哗啦哗啦随风舞动。

两人的皮鞋很快沾满了泥巴，变得沉重，让他们步履艰难。岩楯祐也想起汽车后备箱里躺着的长筒雨靴，但现在也只有怀念的份儿，来不及回去换了。沿着农道走了一截，他们发现林中有一个石头小屋，那阴森的感觉好像里面住着邪恶的女巫。屋前还有原木支撑的桌子、椅子。石头小屋旁边就是一块开阔的耕地。耕地周围的树木都被砍伐了，草地也经过了修整，田边还有一个储存雨水的蓄水池。

他们没有贸然前往，而是站在远处观察了一段时间，没有发现一个干活的人。视野中在动的除了被风吹动的枝叶外，就只有一个人造的风速计在飞速地旋转着，好像马上就要被大风吹毁了似的。

岩楯祐也指示鳄川宗吾留在原地进行警戒，自己小心翼翼地朝石头小屋靠近。小屋的石头墙壁上长满了又潮又绿的青苔，基本上让这个小屋融入了这片阴郁的森林。到了近处，岩楯祐也发现这个小屋并不是住人的，而是一个石窑。小屋下方是一个炉子，上面应该是烤面包的地方。

看到这个，岩楯祐也心中一颤，无论如何也要过去查个究竟。

为了让自己镇定下来，岩楯祐也做了几次深呼吸，然后顺手拿过立在石窑墙壁上的烧火棍。用棍子把炉膛下面的灰烬和燃烧残留物拨了出来。此时，他再次想起妻子麻衣说过的话，她说警察这个职业被恶意包围，世界上没有哪种职业在这一点上比得过警察。而自己就是在充满恶意的世界中，在这个炉膛里寻找着赤堀凉子的残骸。

他仔细检查着拨出来的炉灰，没有发现衣服或骨头的残片。岩楯祐也舒了口气，擦了擦额头上渗出的汗水。他又绕过炉子往小屋后面侦查。小屋里到处挂满了蜘蛛网，岩楯祐也知道每张蜘蛛网的中心都趴伏着一只准备捕食的蜘蛛。但此时他头脑中感觉恐惧的神经已经麻痹，他现在甚至敢用手拂掉那些蜘蛛网。沾了一头蜘蛛网他也毫不在意，他就是想找到那个人！没有发现赤堀凉子，连个人的气息也没有，太好了！

岩楯祐也给在远处放哨的鳄川宗吾打了个手势，然后点了点头。鳄川宗吾明白了他的意思，也放心地点了点头。

“赤堀凉子和稻光拓巳应该是从稻光家后边进入林子的。应该不会直接去幸福农场的耕地。因为方向不对，她也有意要避开幸福农场的人。根据长野县养蜂农户的介绍，养蜂的场所也不会选在耕地附近。”和鳄川宗吾会合后，岩楯祐也分析道。

鳄川宗吾则马上展开地图，指着地图上的位置说：“这片杂木林里有道路。从稻光家背后向西北方向有一条直直的路，中途会和我们刚才走的农道会合，在会合点形成一个岔路口。”

“好，我们就去那里！”

一身茶色皮毛的松鼠在林间树上穿梭，原本在地上捡拾松果的松鼠感觉到人类的气息，马上蹿上枝头。而更高的树枝上一群乌鸦好像在看热闹，还会发出难听的叫声呼朋引伴来一起看。岩楯祐也前进的时候故意用脚扬起地上的枯叶，吓跑地上的松鼠。

来到鳄川宗吾所说的岔路口时，他们看见小路的一端延伸向密林深处。小路两侧树木茂密。小路并不是直的，而是像匍匐在地面上的蛇，蜿蜒曲折，所以无法看清它到底通向哪里。树叶在大风中舞动，衰老的枯叶像雪片一样落到地上。

岩楯祐也在岔路口站了一段时间，眼睛始终望向密林深处。他绷紧全身的神经，想感知赤堀凉子的气息，可是一点线索也没有。他的头脑则在反复回忆着昆虫学家以前的行动和语言，尝试思索着站在她的角度会怎么想、怎么做。赤堀凉子最后说的话是虫子会把我们带到凶手身边。她一直在用自己的专业知识侦破案件。她寻找养蜂线索的时候，不会像普通人一样只用眼睛去看，而是会发动视觉、嗅觉、听觉、触觉等所有感觉。

岩楯祐也用下巴指了指通向密林深处的那条小道，告诉鳄川宗吾自己决定走这条路去追踪。他的直觉告诉他，肯定是这条路没错。与此同时，他也竖起了耳朵，仔细捕捉着昆虫扇动翅膀的声音。在不远的前方，他似乎看见了赤堀凉子那若隐若现的背影。他迈开脚步去追赶那个眼看就要消失的背影。肯定是这条路，不会有错！

“岩楯警部补！”背后传来鳄川宗吾的呼唤声，岩楯祐也并不回头，而是举起一只手示意他安静。因为就在刚才那一瞬间，他感觉到半透明的赤堀凉子的背影突然改变了方向。

“你听见没有？”岩楯祐也停住脚步，屏息凝神地探测着大森林里的声音。他听到了微弱的昆虫振翅声。他抬头向上望，果然有黑色的小虫飞过头顶。他盯着小虫，追随它向林间走去。

“警部补，离开道路进入林子是很危险的！没准我们会迷路回不来了。”

“即使迷路，也要找到赤堀凉子！再说了，即使真的迷了路，在林子里走上一天也能找到国道。你手机上不是有 GPS 吗？”

“太胡来了！”

岩楯祐也就当没听到鳄川宗吾的劝告，“咔嚓咔嚓”地踩着枯枝往微暗的林中走去。虫子的振翅声还能听到。追踪了不知多长时间，他又听到了潺潺的流水声。前方有条小溪。

来到小溪边，他们终于发现了人类的痕迹，那是几个脚印。

“两个人的脚印，像是一男一女。”

鳄川宗吾有点兴奋，蹲下来仔细检查岸边的脚印，还拿出手机把脚印拍了下来。

“看来岩楯警部补的嗅觉是对的。”

“不是嗅觉，是听觉。你看那边。”

说着，岩楯祐也指向了小溪对岸的枫树。在红色的叶子之间，飘荡着一根类似白线的东西。

“啊！那个……”鳄川宗吾顿时也大为吃惊。

“赤堀凉子就曾用那种方法做记号，让蜂子带她找它们的巢穴。在蜂子身上系一根白棉线。”

这个发现也印证了他们选的路是正确的。两人飞身跨过小溪，朝系着白线的蜂子追去。耳边蜂子振翅的声音多了起来，但它们并没有发动攻击的迹象。岩楯祐也盯着眼前的蜂子，只想快一点来到赤堀凉子身边，哪怕早一秒也好。跟着蜂子追踪了一段时间后，不远的前方出现一个半坍塌的斜坡，坡上长着一棵巨大的大叶栎树，树根像章鱼的触手向四面延伸，匍匐在地面上。

两人三步并作两步跑到树下，经过一番侦查在树根处发现了一个洞，周围还散落着焦黑的树叶和枯枝。野蜂还在头顶上盘旋，但依然没有发动攻击。两位警官也能看出，它们的巢穴被烟熏过，而且巢被人挖走了，无家可归的蜂子不知所措，已经无心攻击“入侵者”。

“肯定是赤堀凉子干的！她发现了蜂巢，并把它挖走了。”

即使凶手发现了昆虫学家这种奇怪的行为，应该也不会马上就杀死她。等到查清她究竟要干什么再下手也不迟。赤堀凉子已经接近案件的核心了！

岩楯祐也警觉地四下观察了一番，除了树木之外没有别的东西。他抓着树根，踩着松软的腐殖土沿斜坡攀缘而上。登到斜坡顶上之后，眼前的光景令他呆住了。

空中还有几条白色的细线在飞舞。有的在树叶中间、有的横向划破天空、有的悬浮在空中、有的被树枝缠住……这幻觉一般的景象，惊得他说不出话来。很多飞虫身上都系着白线。随后爬上坡顶的鳄川宗吾也被眼前的景象惊呆了，“这……”岩楯祐也只感觉胸口异常沉重，像被千斤大石压着一样。

“这是赤堀凉子在给我们发信号，她肯定就在附近，但是已经动不了了。”

也许是因为天上的积雨云变得更厚了，周围的环境比刚才更暗了。远处时不时传来几声鸟儿的悲鸣，像脖子被踩住时发出的哀鸣。西风强劲地摇晃着树木的枝叶，在这枝叶的哗哗声和虫子振翅的声音中，也传来了有人说话的声音。一瞬间，两位警官同时拔出了手枪，弯下腰做好了临战准备，同时竖起耳朵侦测着声音的来源。

有人！随着风声的起伏，说话的声音也时高时低，但感觉离得并不远。是两个人在对话，一个低声细语，一个声音比较尖。声音贴着地面传了过来。

岩楯祐也用手势指示鳄川宗吾，两人兵分两路向声音的来源进发。他猫着腰迂回到一个小山包后面，在那里看见了一具动物的尸骸。尸骸散发的恶臭令人窒息，岩楯祐也用袖子捂住口鼻，借助大树的掩护，一点一点向目标移动。很快，树木就没有了，豁然开朗地出现一块空地。空地中央有一个围着栅栏的白色塑料大棚。在塑料大棚后面不远的地方有人影晃动。鳄川宗吾在较远的一棵大树背后露出了半张脸，岩楯祐也示意他在原地警戒，自己则悄无声息地隔着塑料大棚向两个人靠近。

一个个子较高的人上身穿了一件胭脂红的户外冲锋衣，正是刚才见到的稻光由香子。她旁边的矮个子男人应该就是船洼雅人呀。他个子矮小，还有点胖，错眼把他看成高中生也不奇怪。岩楯祐也的眼睛四下里侦查了一番，他想找赤堀凉子的身影，可是并没有发现。

“之前你到底干什么去了？”

近距离进入耳朵的是稻光由香子的声音，没有抑扬顿挫，毫无感情，冰冷无比。

“夜里我不是告诉你了吗？接下来你一个人把他们解决掉。”

“这……这太难办了……没你的帮助，我下不去手……”

“那你为什么不早说？你就像个小孩似的，怕得缩成一团。”

“我……我想整理一下思路。”

“那你整理之后，得出了什么结论？”

“哦，这个……还没有结论。对不起……”

“你以为道歉就完了？真让人生气！”

“哦，对不起！”

男人眼巴巴地看着女人，弯下腰鞠了个躬。

这就是可能杀害乙部美智的男人？别开玩笑了！愤怒让岩楯祐也的胸中好似燃烧着熊熊烈火。他心想，如果是眼前的人掐死了乙部美智，还用保冷剂处理尸体，然后又就着纵火狂的便，在尸体身上淋上汽油，毫无顾忌地点燃了房子……那自己一旦抓住他，就要立刻把他绑起来，逼他说出所有的实情，然后把他送进监狱。这样的人简直不是人，连畜生都不如。对，他就是这么打算的。可是，眼前这个男人是个什么东西？只能让人感觉同情和厌恶，难以想象他能干出什么凶恶的事情。

只见稻光由香子无奈地仰天长叹，然后像安慰自己的孩子一样，慢条斯理地对男人说：“总之，雅人，你只要按我说的做就行了。到目前为止，按我说的做，出过什么问题吗？”

“那倒是没有。”

“是不是？你还是很能干的，要多一点自信。嗯，明白了吗？”

“……嗯。”

男人可怜巴巴地垂下了眉角，用手擦着脏污的脸。

岩楯祐也想起了稻光太太对这个男人的评价——不好对付。眼前这两个人的对话就像一个强势的母亲和一个懦弱的孩子，但这个看上去很窝囊的男人没准才是真正掌握主导权的人。岩楯祐也仔细地观察着，眼睛盯着那个男人的一举一动。好几次都是女人下巴一仰，男人就知道该做什么。不管怎么说，这两人之间的关系令人感到一阵反胃。

不过更重要的是，赤堀凉子到底是从哪里放出的信号呢？岩楯祐也在视野中寻找着一切蛛丝马迹。树干之间、堆满枯叶的地面，甚至高大的杉树上面。但是，到了现在这个时候，视野之内反倒找不到系着白线的虫子了。难道自己已经错过了赤堀凉子所在的位置？还是并没有掌握到那一男一女绑架赤堀凉子的确凿证据？

岩楯祐也又把注意力拉回到那对玩“母子角色扮演”的一男一女身上。同时，他有意识地感觉了一下怀中手枪的重量。好嘞！现在我要主动出击，一探究竟。光站在背地里观察就是在浪费宝贵的时间。他给鳄川宗吾发出一个原地警戒的信号，然后走到明处，踩着枯叶和树枝向二人走去。

稻光由香子和船渟雅人被突然出现的刑警吓呆了，两人身子都不禁颤了一下，但马上带着暧昧的笑容向他打招呼。但两人难掩心中的惊惧，男人还不时用脚踢着地上的枯叶。

“吓我一跳，这不是警官先生吗？您到这儿来干吗？”

“寻找下落不明的昆虫学家啊。你做森林调查还要进入深山老林，真是辛苦啊。哎？这位是……”

岩楯祐也把视线移向了脸色略显苍白的矮个子男人，结果对方和善地向他点头致意：“我姓船渟。”

“您是在找刚才照片中的那位小姐吗？好像叫赤堀凉子吧？”

“是啊。对了，船渟先生，你见过这个女人吗？”

说着，岩楯祐也从怀里掏出赤堀凉子的照片，递到男人面前。船渟雅人眨着微肿的眼睛盯着照片看了一会儿。岩楯祐也的眼睛一秒也没有离开过这个男人，他的任何表情、一举一动都在警官的侦测范围之内。岩楯祐也想看看他看到照片之后的反应。结果，男人刚才那一副可怜相消失了。

“没见过。您确定她进了林子？”

“是的，而且她来过附近，这一路上她留了很多记号，只有她才会做的记号。我就是沿着她做的记号找到这里来的。”

“记号？有这种东西吗？我们完全没注意到呢。是不是在树干上做的记号？”

“是只有登山老手才看得懂的记号。我想她是不会迷路的，也许她已经穿过林子走出去了。”

稻光由香子歪着头用一只手指撑着腮帮子思考，船渟雅人也抱着胳膊若有所思的样子。两个人的眼中都没有躲闪的神色，反之，好像还在为下落不明的赤堀凉子担忧。

岩楯祐也的头脑混乱了。赤堀凉子和那个少年真的被这两个人绑架了吗？可是，再怎么说，拓巳也是稻光由香子的外甥啊。她会对自己的外甥下手吗？两个人又猜测说，赤堀凉子会不会朝南面走，已经穿出了林子。岩楯祐也继续观察他们的言行举止。他们都很自然，不像有所隐瞒的样子。而且，此时的他们也不像残忍杀死乙部美智的那种人。两个人和这个案件真的有关系吗？岩楯祐也犹豫了，难道绑架什么的，是自己一厢情愿的臆断？也许赤堀凉子在山林中遇到了事故……

岩楯祐也再次瞪大了眼睛向四周张望，看有没有系着白线的虫子，结果没有任何发现。那些虫子到底是从哪里飞出来的呢？如果赤堀凉子就在附近的话，她为什么不大声呼救呢？为什么感知不到她身上那种阳光、开朗的气息呢？岩楯祐也不想思考其中的原因。在看到赤堀凉子死去的面容前，在绝望袭上心头之前，岩楯祐也抬起了脸，对眼前的两人说："不管怎样，我有些事情想问你们，跟我一起回去吧。"

"什么？现在吗？"

"嗯，给你们添麻烦了，请一定配合一下，毕竟人命关天。有些事我一定得问清楚。"

两人一脸为难地对视了一下，然后都耸了耸肩膀又点了点头。不管怎样，此刻，岩楯祐也不许自己的眼睛离开两人。他再次扭回头望了望，想最后感知一下赤堀凉子的体温，可依然毫无收获。心情更加沉重，他迈开脚步准备回去了，可就在这时，他敏锐地捕捉到视野的一角有什么东西在动！从不远处的地面，飞起了一只系着白线的虫子。那一带的枯叶中间，还有两只系着白线的虫子在爬动。那块地面上有一个黑色的东西，像是生锈的铁板。

岩楯祐也正想冲过去看个究竟，可余光中他看见船渟雅人快速蹲了下去。当他扭头去看的时候，只见矮个儿男人已经把手伸进了脚边的枯叶，像是在拿什么东西……

接下来的瞬间，一声响亮的枪声震动了整个山林。一秒钟之后，岩楯祐也就感觉自己已经动弹不得了。枪弹从自己脑袋旁边擦过，他还能闻到头发被烧焦的焦煳味。

“哇！”随着船渟雅人的一声怪叫，又响起了枪弹划破空气的爆裂声。岩楯祐也在此之前百分之一秒本能地横向跃了出去，趴到了地上。他只感觉脸庞的枯叶和泥土四处乱飞，他知道枪弹射在了他脑袋旁边。脸颊感到一阵疼痛，火药爆炸的热气扑入眼睛。有部分小铅弹射在石头上，向四面八方飞溅。这时，岩楯祐也才意识到发生了什么事情。

那个人想杀了自己，毫不犹豫。岩楯祐也连掏枪的时间都没有。他想翻滚起身，隐藏在旁边的一棵大树后面，但背后传来了那个男人的吼声。

“不……不许动！再动我就开枪了！我是认真的！认真的！”

船渟雅人大口喘着粗气，肩膀跟着上下起伏着，同时，他的枪口对准了岩楯祐也。他手里是一把旧式的来复枪，枪管被割得很短。看到这把枪，岩楯祐也脊背一阵发凉，如果对方在这个距离扣动扳机，自己全身都会被霰弹包裹。只需一枪，一切就都结束了。

“专门把枪管割短，你打算干什么？”

岩楯祐也用肩膀蹭掉脸颊的汗水，但血却不停往下滴，染红了衬衣。

“近……近战用的来复枪。遇到熊的时候，防身用的。你再动一下，我就让你浑身是洞。”

“是啊。”

“把你的枪交出来，慢慢地。”

船渟雅人的表情和之前完全不一样了，一副忘我的兴奋神情。嘴唇扭曲着，充血的眼睛大睁着。放在扳机上的手指瑟瑟发抖，不知什么时候就会开枪。鳄川宗吾在哪儿？岩楯祐也用眼神扫视着四周。

船滓雅人盯着岩楯祐也一点点向他靠近，其实他是走向那口枯井。他用脚踢开铁板上的枯叶和树枝，露出那个圆形的井盖。井盖没有盖严，露出一条小缝，正有一只黄色的胡蜂往外爬，它身上也系着一条白线。

岩楯祐也的心脏剧烈跳动着，感觉就要从嗓子眼蹦出来了。赤堀凉子就在井中。但是，一点活着的气息都感觉不到。她为什么不求救呢？按照她的性格，如果知道外面来人了，应该大喊大叫才对呀。岩楯祐也咬着牙根思索着，难道她在这样的地方呼出了最后一口气？那样一个活生生的女人！

“不……不许动！”

船滓雅人这次开始向岩楯祐也逼近，但他的声音在岩楯祐也听来却很遥远。

“……你这浑蛋！”岩楯祐也从牙缝中挤出几个字，“你杀了赤堀凉子？我要宰了你们！”

“她是自己死的。”在船滓雅人背后一直没说话的稻光由香子终于开口了，“不是我们杀的，这是真的。准确地说，她的死也让我们很麻烦。”

“你们说什么？！”

“她自己掉到井里，又吵又闹的。刚才我往井里看了一下，她好像死了。”

“胡说八道！”

岩楯祐也紧握着拳头，船滓雅人大口喘着气，弓着背上下起伏着肩膀。

赤堀凉子根本没必要死的。是他们杀了她，他们……岩楯祐也再也无法抑制心里愤怒的感情，他把手伸向怀里，船滓雅人怒吼着端平了来复枪。

即使同归于尽，也要宰了这家伙！岩楯祐也心想。

“我还想问你一句，你是怎么找到这里来的？奇怪的昆虫学家来了，随后你们警察也来了。即使追查乙部美智周围的一切，也不会联系到船漥或稻光的姓氏啊。你们到底是怎么做到的？”稻光由香子抱臂于胸前，面无表情地看着因愤怒而发抖的岩楯祐也。然后她接着说：“这个男人虽然在埼玉县的樱坂中学干了一年的兼职老师，但当时并没有用船漥这个姓。”

“……原来如此。也就是说，幸福农场的法人代表船漥雅人这个名字，也是借的亲戚或别人的名字？”岩楯祐也说。

“哟，你很敏锐嘛。他父母收养了一个孩子，算是他的弟弟，名叫船漥雅人。这个男人有自己的名字。”

“你们的警惕性还很高嘛。设立NPO组织，可以说是乙部美智的梦想。她想按照自己的方法来拯救弱者。她是一个骄傲的梦想家。她想拯救那5个离家出走的学生，同时也召集其他有类似遭遇的孩子，帮助他们重返社会。但你们从中看到了商机，借此赚钱。”

稻光由香子并没有做出回应。她一张白脸上只有嘴唇是红色的。嘴角每次上扬，都像一个奇怪的虫子在蠕动。

“你父亲也是你杀的吧？”岩楯祐也毫无顾忌地说。

“乙部美智看穿了你杀死父亲的事实吧？不管好的方面还是坏的方面，她都很敏锐，这是不可否认的。所以你们把乙部美智也给杀了。对吧？”

稻光由香子依然沉默不语。

“你是长女，即使什么也不做，也可以继承财产啊。为什么要做这些事呢？”

这时，稻光由香子皱起了眉头，终于恶狠狠地开口了。因为憎恨，她的脸上蒙上了一层灰色。

“我的人生已经支离破碎了。以前我讨厌被家人束缚，嫁了出去，可是婚姻失败，离婚后我又回到了这里。结果我妹妹生了个私生子，还抛下孩子自己跑了。但最后父亲竟然决定让拓巳继承所有财产。可能是他心疼我那个傻得可怜的妹妹。他好像还偷偷地给妹妹寄钱。可照顾那孩子的担子都落到了母亲和我身上。后来父亲甚至修改了遗书，说死后把所有财产都留给拓巳。”

她的语气虽然充满了愤恨，但摇了摇头，马上又恢复了那一脸轻飘飘的样子。

“父亲自作主张，不公平又小气，母亲也瞧不上我。鉴于此，父亲活得越久，我越痛苦。母亲也被他像仆人一样使唤了好几十年，所以，父亲死了，我觉得母亲倒是解脱了。”

“你父亲反对你们召集有心理问题的孩子来吗？”

“他那个人啊，对慈善呀、志愿者之类的词一点抵抗力都没有。听到这些词，自家的孩子他都能抛到一边，竭力去拯救那些孩子。真正的伪善者！但这样对我们也有好处。”

“你父亲和乙部美智属于同一种类型的人？”岩楯祐也问。

稻光由香子浅浅一笑。这一笑让她看上去很美，透着冷酷的美。

“但是，乙部美智做得有点太过分了。有几个孩子想离家出走，她就劝他们放弃家庭和学校，还把他们带到这深山老林中来。虽然她的想法和行为都很怪异，却得到了孩子们的信任和爱戴。那家伙固执，却有热心，拼命地努力，做的事情虽然麻烦，却一直坚持着。对于生意，她也有敏锐的嗅觉，不过……”

说到这儿，女人叹了口气，对端着来复枪的矮个儿男人扬了扬下巴。

“这个男人一时意气用事，杀了乙部美智。他还干了很多事呢。”

“包括制造毒品？真是一个恶徒！”

“你可能看不出来，这家伙还是个农业科学家呢。曾经的他不理世事，埋头于农业技术研究，是一个很能为我赚钱的人。但他运气不好，只在学校混了个兼职教师的职位。听他说，在乙部美智家，那女人先动手，他出于反击才不小心把她杀了，真是的！”

矮个儿男人一脸苍白，浑身不停地颤抖。

“不过也没关系啦，过去的事情都过去了。重要的是未来，你好好想想未来吧。”稻光由香子安慰这个男人说。

“是啊。你们的精神已经完全失控了。最好去医院看看医生。然后我会让你们在铁窗中度过人生剩余的未来。那个男人，该吊死。”岩楯祐也对他们说。

“我不喜欢那样的未来，不用麻烦你来安排。对了，另外一位警官呢？”

“我让他在你家待命。”

“哦，那他捡了一条命。暂时让他多活一会儿。”

说着，稻光由香子笑了笑，啪地拍了一下矮个男人的肩膀。得到这个指示后，男人端正了枪管。

岩楯祐也毫不犹豫地抽出了手枪，与此同时，鳄川宗吾从树后冲了出来。男人看到有人闯入，马上把枪口转向了陌生人。可岩楯祐也的枪早于男人 0.01 秒响了。男人一声惨叫，来复枪射向了空中，树上的枝叶哗啦哗啦掉了一片。男人刚一倒地，岩楯祐也一个箭步冲上去踢飞了男人手中的枪。

“岩楯警部补！”

岩楯祐也用余光看到鳄川宗吾朝自己奔跑过来。他则低头盯着躺在地上微弱呻吟的那个男人。此时，他的感情已经爆发，根本无法控制。

岩楯祐也面无表情地一脚踏在了男人的小臂上。透过鞋底，他能感受到像踩断枯枝似的感觉。但他并不罢休，抬起脚又用尽浑身力气踩了下去。又是“啊！”的一声尖叫。可此时不管这个男人叫得有多惨，岩楯祐也丝毫不为之动心，他又无言地抬起了脚，再次用力踩了下去。

“岩楯警部补！够了！请住手！他已经不能动了！”

虽然鳄川宗吾在呼喊，但岩楯祐也权当没听见。因为他全身的血液都沸腾了，自制力这种东西已经不知道跑到哪里去了。

这家伙杀了赤堀凉子！我要宰了他！

赤堀凉子灿烂的笑容浮现在脑海中，让岩楯祐也悲伤不止。他不停地折磨着倒地的男人，根本停不下来。周围尘土飞扬，男人的惨叫声响彻了整个树林。

“警部补！你打算杀了他吗？你忘记了自己的身份吗？”

此时的岩楯祐也已经忘乎所以，达到了近乎发狂的状态。鳄川宗吾想从背后抱住他，制止他做出傻事，但岩楯祐也一把推开了他，然后把倒地的男人丢在一旁，蹲下身来拉开盖在枯井上的铁板，用几乎要撕破喉咙的声音对着井下大喊：“赤堀！不要死在这样的地方啊！”

鳄川宗吾呼叫的支援大部队赶到这里时，已经接近日暮了。大批的侦查员各行其是，给白色塑料大棚周围拉起了黄色警戒线。痕迹鉴定员运来了探照灯，开始把灯架在大树上。

消防员也赶到了，立马对井下人员展开救援。当他们下到井底，首先用绳索把稻光拓巳拉了上来。少年已经失去了生命力，看到少年的样子，岩楯祐也悲伤得胃里一阵翻腾。即使已经死去，少年依然有一张俊秀的脸，他身上盖的衣服、毛巾，不正是赤堀凉子的吗？他不敢再在井边待下去了，他怕看见下一具拉上来的尸体。

他转过身去开始往远处走，可就在这时，井底传来一声带回声的喊叫：“喂！这个女的还活着！”

什么？！还活着？！

“请慢慢把她拉上去，她非常虚弱！”

岩楯祐也马上跑回井边，看着被绳索慢慢拉上来的赤堀凉子。她的右半边脸已经被黑红色的污血覆盖，一条小腿还胡乱地用毛巾、树枝固定着，看样子是骨折了。那副惨样儿已经无法形容了。一股安心感让岩楯祐也立刻失去了力气，一屁股坐在地上。其实他脸上也满是伤，凝固的血液还沾了很多污泥。那股激动劲儿消退后，他的意识也有些模糊了。

拉上地面后，赤堀凉子被放在担架上，医护人员马上给她戴上了氧气面罩。岩楯祐也啪啪地拍着她的脸颊，大声地问："教授！你还好吗？"

"拓……拓巳……把我搬到拓巳身旁。"

"现在不行，你得休息。"

"我没事……求你了！岩楯警官……"

赤堀凉子无力地拽了拽岩楯祐也的衣袖。岩楯祐也抱起她，在稻光拓巳的尸袋旁放了下来。赤堀凉子颤颤巍巍地伸出了手，拉开了尸袋的拉链。

"拓巳，我们终于从井里出来了。"

她伸手去抚摸少年已经没有血色的脸，但是，可能是那已经冰冷的皮肤吓到了她，她马上缩回了手。"拓巳！拓巳！……"她反复呼唤着少年的名字，最终还是接受现实，紧紧握住了少年冰冷的手。岩楯祐也蹲在她的身边，赤堀凉子满含眼泪的眼睛望向了他。

"岩楯警官，对不起！我擅自行动才造成了这样的后果。这孩子本来不应该死的。是我害死了他，我也算是凶手。我该怎么办？岩楯警官，我该怎么办？……"

岩楯祐也无言地把手搭在她的肩膀上，赤堀凉子拉掉氧气面罩，把头埋在岩楯祐也的胸口痛哭起来。而岩楯祐也找不出合适的话安慰她，只能紧紧地搂着她。除了把胸膛借给她依靠，岩楯祐也此刻什么都做不了。

7

原本绿意盎然、枝叶繁茂的奥多摩山林，现在已经失去了颜色。在12月的北风中瑟瑟发抖的光秃树干，就像躺在病床上呻吟的老人，忍耐着严冬的时光一点点滑过皮肤。风吹枝干发出的萧萧声，正像那微弱的呻吟。风声每响起一次，都像带走一丝生命的气息。

岩楯祐也叼着万宝路香烟，把大衣的两片衣襟紧紧地合在一起。眼前的坟墓融入了荒芜的山色，没有一点色彩。坟前竹筒中插的花早已干枯，在寒风中显得更加萧瑟。

在这样荒芜的环境中，只有赤堀凉子怀里抱的花束是彩色的。那是一束黄色的、象征生命力的向日葵花。好像冬日的寒意也没能穿透这束鲜花，向日葵花周围散发着明快的夏日气息。

“都12月了，还有向日葵花？”说着，岩楯祐也吐出的烟雾，立刻消散在北风之中。

“我们学校农学系有塑料大棚啊。说实话，拿到这些花还不那么容易呢。”

“不容易？你偷的吧？”

“嘻嘻，你猜对了一半。”赤堀凉子回过头对身后的岩楯祐也笑了，“塑料大棚的看门人被我贿赂了，所以允许我进去随便摘。当然，贿赂人要投其所好。有的人喜欢甲虫，有的人喜欢鳞翅目昆虫。这次我用的是天蚕。天蚕的幼虫可以吐出绿色的丝，非常漂亮。”

“你还真是不择手段啊。”

“哈哈。”赤堀凉子蹲在墓碑前，从竹筒中拔出那束干枯的菊花，插进了向日葵花。立刻，周围的温度好像都随之升高了，萧瑟的坟地也染上了颜色。

“那男人都招供了吧？”

“嗯。”

“但稻光由香子始终不开口。用鳄川的话说，她有某种人格障碍。从小到大，她母亲都更偏爱妹妹，这让她始终有种不足感和饥饿感。为了掩盖心中的缺憾，她对金钱产生了执拗的欲望。”

“哦。”

“检方正在努力搜集整理证据。把稻光家的老主人推下河溺死、杀害乙部美智、刺死稻光拓巳，都是那个男人干的，稻光由香子没有直接下手。”

那个狡猾的女人肯定不会弄脏了自己的手。稻光家现在的主人——稻光太太应该也对大女儿的恶行有所觉察。她应该知道自己丈夫并不是死于意外事故那么简单。但从她口里也挖不出任何证言。稻光家的女人身体里都隐藏着一种静谧的疯狂。

嘴上的烟已经烧到过滤嘴附近，岩楯祐也把它掐灭在随身携带的小烟灰缸里。

“农场的那些孩子也都是受害者呀。看他们的样子都觉得可怜。啊，不过他们已经不能算是孩子了。乙部美智带来的那几个孩子，现在都有20岁了。”

“在农场的生活，以及经历的这次事件，对那些孩子也是有帮助的。现在，他们应该已经找到了未来的方向吧？”

“啊，是啊，他们自己又设立了一个新的团体。他们会把之前学到的经验用起来，相信这次可以真的自立了吧。”

“不自立也不行了。”

赤堀凉子抚摸着墓碑上新雕刻不久的名字——稻光拓巳，一瞬间泪花涌上了眼眶。但是，她马上收起了这份伤感，克制自己又恢复了平常的样子。她把围到鼻子的围脖又往上提了提，然后抬起被寒冷润湿的眼睛望向岩楯祐也。

“岩楯警官，谢谢你今天陪我来扫墓。”

“也算是给这段经历做个了结吧。”

“是啊。我脚腕、肋骨和肺上的伤都好得差不多了。天气这么冷，也快过新年了，我还有很多事情要做。就像年底大扫除一样，也该把旧事收拾收拾收藏起来了。”

两人离开墓地，沿着砂石路往停车场走。走着走着，赤堀凉子忽然从背后取下运动背包，打开后从中拿出一个黑色的东西。岩楯祐也还以为是什么东西，仔细一看原来是手腕粗细的一块朽木。

只见她沿着道边的斜坡吭哧吭哧地爬了上去，在树林边上找块空地放下了那块朽木，然后又用泥土和枯叶仔细地把朽木埋了起来。她还是和以往一样，喜欢做莫名其妙的事情。

“能告诉我你到底在干什么吗？”

赤堀凉子一边哧溜哧溜地从斜坡上滑下来，一边说：“那个呀，是一块营养丰富的朽木，里面有独角仙的幼虫。”

“嚯，这次你又成了传播独角仙的人。”

“到了夏天，就会有特大号的独角仙从里面爬出来。这是我给拓巳的报酬，当初和他约好了的，我不会食言的。”

这个时候的赤堀凉子，脸上已经没有一丝难过的表情，又恢复了那个大大咧咧的昆虫学家的样子。

“对了，我们的高层应该给你发了邮件吧？”岩楯祐也问着，两人又开始朝前走，“这个案件要是没有你的热情和洞察力，恐怕还得花很长时间才能破案。有了这次破案经历，我也觉得法医昆虫学很了不起，警方应该专门设立一个法医昆虫学部门，协助破案。”

“哟，岩楯警官怎么学会夸奖人了？是吃错药了吗？”

“这是我的心里话。不过，我们高层给你发的邮件，你似乎一封也没回。什么原因？”

“是啊，没回。”

“其实我也能猜到，侦破这个案件让你差点丢了性命，精神上也受到很大打击吧？我都担心你会考虑洗手不干了呢。”

“我是那样的女人吗？我告诉你吧，今天早上我收到的第一封邮件就是你们高层发来的，主题是‘法医昆虫学协助侦查合同更新’，请求我务必继续协助警方破案。”

“哇，太好啦！”

岩楯祐也用力地捶了一下赤堀凉子的胳膊，感觉这个女人就像一朵很大的向日葵花，带着耀眼的笑容。

主要参考书目

死体につく虫が犯人を告げる

マディソン・リー・ゴフ　著　垂水雄二　訳（草思社）

応用昆虫学の基礎

中筋房夫　内藤親彦　石井実　藤崎憲治　甲斐英則　佐々木正己　著（朝倉書店）

虫屋のよろこび

ジーン・アダムズ　編　小西正泰　監訳（平凡社）

飛ぶ昆虫、飛ばない昆虫の謎

藤崎憲治　田中誠二　編著（東海大学出版会）

世界昆虫記

今森光彦　著（福音館書店）

焼かれる前に語れ

岩瀬博太郎、柳原三佳　著（WAVE 出版）

解剖実習マニュアル

長戸康和　著（日本医事新報社）

人の殺され方——さまざまな死とその結果

ホミサイド・ラボ　著（データハウス）

図解雑学・科学捜査

長谷川聖治　著　日本法科学鑑定センター　監修（ナツメ社）

警視庁捜査一課殺人班

毛利文彦　著（角川書店）

心の臨床家のための精神医学ハンドブック

小此木啓吾　深津千賀子　大野裕　編（創元社）

本书内容纯属虚构，
与现实中的任何组织、个人均无关系。